"意义之音"：

罗伯特·弗罗斯特十四行诗研究

徐新辉/著

U0330321

中山大学出版社
SUN YAT-SEN UNIVERSITY PRESS

·广州·

图书在版编目（CIP）数据

"意义之音"：罗伯特·弗罗斯特十四行诗研究/徐新辉著. -- 广州：中山大学出版社，2024.12. -- ISBN 978 - 7 - 306 - 08121 - 6

Ⅰ. I712.072

中国国家版本馆 CIP 数据核字第 2024VD3838 号

出　版　人：王天琪
策划编辑：熊锡源
责任编辑：葛　洪
封面设计：林绵华
责任校对：刘　婷
责任技编：靳晓虹
出版发行：中山大学出版社
电　　话：编辑部 020 - 84110283，84113349，84111997，84110779，84110776
　　　　　发行部 020 - 84111998，84111981，84111160
地　　址：广州市新港西路 135 号
邮　　编：510275　　传　　真：020 - 84036565
网　　址：http://www.zsup.com.cn　E-mail：zdcbs@ mail.sysu.edu.cn
印　刷　者：广州市友盛彩印有限公司
规　　格：787mm×1092mm　1/16　17.25 印张　374 千字
版次印次：2024 年 12 月第 1 版　2024 年 12 月第 1 次印刷
定　　价：60.00 元

前　言

　　美国诗人罗伯特·弗罗斯特被誉为"美国文学中的桂冠诗人"，其诗歌以简明洗练的语言、清新晓畅的风格、深刻含蓄的寓意、鲜明新颖的形象、严整工巧的结构和自然真挚的情感赢得了世界的广泛关注和赞誉。

　　今天，英美民众仍十分喜爱弗罗斯特的诗歌。他的诗集是英美许多家庭的"床头书"，也是节日喜庆时许多亲朋好友之间互赠礼物的首选，还是许多国家的大学、中学文学课程教学和诗歌研究的必选素材。

　　如果说，弗罗斯特是一位伟大、优秀的十四行诗人，许多人会皱眉迟疑。的确，在人们心中，弗罗斯特算不上一个伟大、优秀的十四行诗人。在西方诗歌发展史上，伟大、优秀的十四行诗人，在人们心中留下不可磨灭的印记的，应数意大利的彼特拉克和但丁，英国的西德尼、斯宾塞和莎士比亚。把弗罗斯特和世界文学巨匠、十四行诗发展史上标志性的人物相提并论，的确有许多人会对此持怀疑态度。

　　在其漫长的创作生涯中，弗罗斯特坚持创作十四行诗。更可贵的是，在许多诗人弃十四行诗转身而去，随潮流去创作自由诗或小说的年代，在许多人怀疑十四行诗的艺术理想和审美价值的年代，弗罗斯特仍孜孜以求，笔耕不辍，创作了许多十四行诗，其中不少是英语十四行诗的经典之作，如《进入自我》（"Into My Own"）、《有利视点》（"The Vantage Point"）、《播种》（"Putting in the Seed"）、《丝织帐篷》（"The Silken Tent"）、《相逢又分离》（"Meeting and Passing"）、《熟悉黑夜》（"Acquainted with the Night"）、《曾临太平洋》（"Once by the Pacific"）、《意志》（"Design"）等。

《丝织帐篷》是西方十四行诗发展史上的一颗璀璨明珠。这首只用一句话写成的十四行诗，全诗只有**104**个单词，句法简洁，层层推进，在一气呵成的叙事中，运用古老神秘的隐喻，赋予普通的"帐篷"蓬勃昂扬的生命精神，展现了女性外秀内慧的优雅形象，以及女性和自然、人类、环境的高度和谐统一，实现了本真生命的回归和人类灵魂的止栖。

《丝织帐篷》是英美十四行诗发展进程中的一座艺术丰碑。许多读者和论者都认为，单凭《丝织帐篷》，弗罗斯特就堪称伟大、优秀的十四行诗诗人。

目前，国际学术界在弗罗斯特诗歌研究上取得了丰硕成果，出版的专著、论文和赏析文章已积简充栋、多如牛毛。但是，专门研究弗罗斯特十四行诗的出版物却屈指可数、凤毛麟角。这些寥寥无几的研究硕果，多从某一视角、某一层面对特定的十四行诗进行逐行逐句的词法考察和意义分析，进而上升至哲理思考和探索，推论有理有据，结论令人信服，为人们了解、欣赏弗罗斯特十四行诗敞开了一扇闪亮的窗口，为读者通往弗罗斯特十四行诗的艺术殿堂打开了一扇神奇的大门。

国际学术界对弗罗斯特十四行诗的探索，虽然取得了一定的成果，但仍须完善系统性和整体性。在全面考察弗罗斯特十四行诗艺术方面、在整体把握弗罗斯特十四行诗的创作理念和实践方面、在概括总结弗罗斯特在英美十四行诗艺术的历史地位和作用等方面，学术界仍须努力进取，加快推进。

努力的方向和前行的目标鞭策我们在研究弗罗斯特具体十四行诗的基础上，突破时间和空间限制，将观察视野和探索触须聚焦于弗罗斯特在不同时期所创作的十四行诗之间的内在关联、不同诗集中的不同十四行诗之间的相互关系、弗罗斯特十四行诗与同时代英美诗人的十四行诗之间的本质异同等方面，充分认识弗罗斯特十四行诗在西方诗歌历史发展过程中的重要意义和作用，揭示弗罗斯特十四行诗艺术与英美文学、社会历史、文化艺术、宗教哲学之间错综复杂的内在联系。

谨引《弗罗斯特集：诗全集、散文和戏剧作品》序诗《牧场》

（"The Pasture"）向诗歌爱好者和研究者发出诚挚邀请——"你也来吧"，走进弗罗斯特十四行诗大花园，沉浸于弗罗斯特十四行诗的艺术国度里。

牧　场

我要出去清理牧场的泉源，
我只是想耙去水中的枯叶，
（也许我会等到水变清冽）
我不会去太久——你也来吧。

我要出去牵回那头小牛，
它站在母牛身旁，那么幼小，
母亲舔它时它也偏偏倒倒。
我不会去太久——你也来吧。①

在弗罗斯特十四行诗的艺术殿堂里，弗罗斯特用"意义之音"构筑了一个自由自在的精神国度：新英格兰的旖旎风光、人性善恶美丑之间的巅峰对决、个体生命之间的慰藉关怀、生活延展中的鲜花和掌声、生命律动瞬间的意义聚集和释放、人生累积中对理想的执着和守护……当然，其中也蕴含了弗罗斯特的审美情趣、审美理想和艺术追求。

---

① ［美］罗伯特·弗罗斯特：《弗罗斯特集：诗全集、散文和戏剧作品》（上），曹明伦译，沈阳：辽宁教育出版社，2002 年，第 17 页。

目　　录

第一章　绪论 ……………………………………………………………… 1
　　第一节　弗罗斯特诗歌 ………………………………………………… 1
　　第二节　"意义之音" ………………………………………………… 2
　　第三节　弗罗斯特十四行诗 ………………………………………… 13

第二章　《少年的心愿》 ……………………………………………… 22
　　第一节　《少年的心愿》概述 ……………………………………… 22
　　第二节　《少年的心愿》中的十四行诗 ………………………… 25

第三章　《山间低地》 ………………………………………………… 49
　　第一节　《山间低地》概述 ………………………………………… 49
　　第二节　《山间低地》中的十四行诗 …………………………… 51

第四章　《新罕布什尔》 ……………………………………………… 74
　　第一节　《新罕布什尔》概述 ……………………………………… 74
　　第二节　《新罕布什尔》中的十四行诗 ………………………… 77

第五章　《小河西流》 ………………………………………………… 85
　　第一节　《小河西流》概述 ………………………………………… 85
　　第二节　《小河西流》中的十四行诗 …………………………… 89

第六章　《山外有山》 ………………………………………………… 120
　　第一节　《山外有山》概述 ………………………………………… 120
　　第二节　《山外有山》中的十四行诗 …………………………… 122

第七章　《见证树》 …………………………………………………… 146
　　第一节　《见证树》概述 …………………………………………… 146

第二节 《见证树》中的十四行诗 ·············· 148

第八章 《绒毛绣线菊》 ·············· 167
第一节 《绒毛绣线菊》概述 ·············· 167
第二节 《绒毛绣线菊》中的十四行诗 ·············· 169

第九章 《诗外集》 ·············· 205
第一节 《诗外集》概述 ·············· 205
第二节 《诗外集》中的十四行诗 ·············· 205

结束语 ·············· 254

参考书目 ·············· 255

后　记 ·············· 266

第一章　绪　　论

第一节　弗罗斯特诗歌

弗罗斯特从 16 岁开始就发表诗歌，直至耄耋之年仍笔耕不辍，可谓诗作等身，硕果累累。

纵观弗罗斯特漫长的诗歌创作生涯，他生前出版了 11 部诗集，共 344 首诗，其中包括 1949 年出版的《弗罗斯特诗全集》305 首和 1962 年出版的《在林间空地》39 首。另外，1995 年，由美国文库出版社（The Library of America）出版的《弗罗斯特集：诗选、散文和戏剧》（*Frost: Collected Poems, Prose, & Plays*）收入了弗罗斯特早年在报刊上发表的，以及私人手稿、私人通信中的诗作共 94 首，以《诗外集》为辑名。弗罗斯特诗歌出版大致情况如下：

在 1913 年至 1947 年间，弗罗斯特一共出版了 10 部诗集。分别是：《少年的心愿》（*A Boy's Will*, 1913）、《波士顿以北》（*North of Boston*, 1914）、《山间低地》（*Mountain Interval*, 1916）、《新罕布什尔》（*New Hampshire*, 1923）、《小河西流》（*West-Running Brook*, 1928）、《山外有山》（*A Further Range*, 1936）、《见证树》（*A Witness Tree*, 1942）、《理性假面剧》（*A Masque of Reason*, 1945）、《绒毛绣线菊》（*Steeple Bush*, 1947）和《仁慈假面剧》（*A Masque of Mercy*, 1947）。

1949 年，纽约亨利·霍尔特出版公司将以上 10 部诗集汇编成《弗罗斯特诗全集》（*Complete Poems of Robert Frost*, 1949），另外选择了 3 首新诗，即《选择某种像星星一样的东西》（"Choose Something Like a Star"）、《永远了结》（"Closed for Good"）和《从水平到水平》（"From Plane to Plane"），以"尾声"（"An Afterword"）为辑名，安排在诗集的最后。

《弗罗斯特诗全集》共收入 305 首诗作。从时间上看，"尾声"标志着弗罗斯特诗歌创作生涯一个阶段的结束，也预示着诗人第二个创作阶段的开始。

在 1949 年《弗罗斯特诗全集》问世后很长的一段时间内，弗罗斯特仍笔耕不辍。1962 年，弗罗斯特出版了《在林间空地》（*In the Clearing*, 1962），其中收入诗人 39 首新诗，包括一首序诗《但上帝降己为人》（"But God's Own

Descent")、《永远了结》（"Closed for Good"）和《彻底奉献》（"The Gift Outright"）。《永远了结》曾收入《弗罗斯特诗全集》之"尾声"的修订版。《彻底奉献》是为1961年1月20日肯尼迪总统就职典礼而作，弗罗斯特应肯尼迪总统之邀，在总统就职典礼上朗诵了这首诗。

弗罗斯特在早年，即他正式出版诗集之前，就已在报纸、杂志、文学刊物上发表过一些诗作。人们在《劳伦斯中学校刊》（*Lawrence High School Bulletin*）、《大西洋月刊》（*Atlantic Monthly*）、《美国人民报》（*Daily American*）、《暮光》（*Twilight*）、《菲利普斯·安多弗镜报》（*The Phillips Andover Mirror*）、《独立》（*The Independent*）、《德里新闻报》（*Derry News*）、《七艺》（*The Seven Arts*）等报纸、杂志上都读到过弗罗斯特早年发表的诗作。

弗罗斯特和文学界人士、出版商、亲朋好友之间长期保持着书信联系。在这些信件或其他的手稿中谈及诗歌理念和诗歌创作时，弗罗斯特也创作了一些十四行诗。这些十四行诗从来没有发表过。例如，他在《大西洋月刊》（1946年10月号）发表的《始终如一的信念》（"A Constant Symbol"）一文中，就提到过一首十四行诗《致正常人》（"To the Right Person"）。在历次辑录诗集时，弗罗斯特出于主观和客观原因，都不愿意将这些十四行诗作列入其中。

1995年，美国著名文学批评家理查德·波里尔（Richard Poirier，1925—2009）和马克·理查森（Mark S. Richardson）编辑出版了《弗罗斯特集：诗全集、散文和戏剧作品》（*Frost：Collected Poems，Prose，& Plays*，1995），除了《弗罗斯特诗全集》和《在林间空地》的诗作，还收入了弗罗斯特早年发表过或者晚年不打算出版的诗作94首，结集成《诗外集》（*Uncollected Poems*），其中包括9首十四行诗。同时，该集也收入了弗罗斯特的散文作品88篇和戏剧作品3部。

由此可见，弗罗斯特在生前出版和身后由他人编辑出版的诗作共有438首，其中有38首十四行诗。

第二节 "意义之音"

"意义之音"（the sound of sense）是弗罗斯特的"诗歌创作理论"（theory of versification）或"诗歌创作原理"（principle of versification），是他毕生筚路蓝缕的创作实践和孜孜以求的诗歌理想。在漫长的诗歌创作生涯中，弗罗斯特不断丰富和发展"意义之音"的基本概念和思想内涵，逐步形成了一套完整、系统的诗歌创作理论（poetic theory），并有效地将其应用于自己的诗歌创作实践中。

在诗歌创作初期，他总对自己的作品不满意，总陷入深深的痛苦之中。

"我弄不清楚我和我的写作有什么不妥，也弄不清楚别人的写作有什么不妥（I didn't know what the matter was with me and my writing and with other people's writing.）。"

早在 1894 年，弗罗斯特在一封写给周刊《独立》（*The Independent*）的文学编辑苏珊·海耶斯·沃尔德（Susan Hayes Ward）的信中曾说，他对诗歌的"声音元素"（the element of sound）具有十分浓厚的兴趣。他说："'声音元素'能使想象化为理性（One, but for which imagination would become reason.）。"

这是弗罗斯特提及与"意义之音"相关的概念"声音元素"的最早记录。可见，弗罗斯特很早就将"声音元素"与诗歌想象、逻辑思维、阅读体验等心理活动有机联系了起来。

此时，"声音元素"只是一个比喻性、象征性、模糊性的概念。弗罗斯特并未弄清语言中的"声音元素"究竟具体指什么，究竟该如何提炼声音特性为诗歌创作服务。事实上，弗罗斯特经历过 20 多年的苦苦追寻，不断挖掘"声音元素"的基本概念和特有含义，逐步将语言声音特性、诗歌语言音乐性发展成具体、明确、具有实践意义的诗歌创作理论。

1912 年 8 月 23 日，弗罗斯特举家从波士顿乘船前往英国。他决定在英国侨居几年，全身心投入诗歌创作，希望英国的人文环境能助他一臂之力。抵埠不久，弗罗斯特就和在当地的著名诗人如埃兹拉·庞德（Ezra Pound, 1885—1972）等建立了联系。在英国期间（1912—1915），他遇到更大的困难和压力。他清楚地意识到，要在人才济济、诗家云集的英国诗坛崭露头角并占有一席之地，仅凭一身诗艺、满纸好诗根本无济于事，仅凭那个简单、模糊的"声音元素"完全是杯水车薪，如同痴人说梦。

要成为一名真正的诗人，要实现诗歌理想，他还得有标新立异的诗歌理念或别出心裁的创作主张。标新立异，不能丢弃自己固有的诗歌理想；别出心裁，必须找到一个超越自我或他人的突破口，向英国文坛领袖、各派诗人展示自己的诗歌判断力和艺术鉴赏力，必须找到一条与众不同的途径，向英美普通读者展现自己的艺术创新精神。

弗罗斯特曾多次表示：自己从不随波逐流，从不同流合污；自己是一个"完全彻底的象征派"（an out-and-out metaphor）或"一个提喻派"（a synecdochist），与英美文坛纷纷扰扰的现代主义保持距离，与盛极一时的象征主义划清界线。

但是，事与愿违，弗罗斯特这种非此即彼的宣示或若即若离的主张，加深了英国文坛对他一早就形成的"刻板印象"：他是一美国佬，一个美国新英格兰的地域性诗人。

弗罗斯特求教于意象主义诗人弗兰克·S. 弗林特（Frank S. Flint，1885—1960）和托马斯·E. 休姆（Thomas E. Hulme，1883—1917）。弗兰克·S. 弗林特是一个诗人、哲人和文学理论家，是意象主义流派关键性人物，他就诗歌理论、创作原则等问题曾给弗罗斯特不少有益的建议。在弗兰克·S. 弗林特的启示下，弗罗斯特着手寻找、归纳、提炼一套别开生面、不落俗套的创作理念。

1913 年 7 月 4 日，弗罗斯特在给约翰·T. 巴特利特（John T. Baytlet）的一封信中开诚布公地宣称："我是最值得关注的时代匠人之一（One of the most notable craftsman of my time.）。[①]"

弗罗斯特宣称自己是一个能工巧匠（a good craftsman），把自己归入优秀诗人行列。他旗帜鲜明地和其他诗人划清界限，对那些被评论家吹捧得天花乱坠的诗人嗤之以鼻，称他们只不过是些"手艺人"或"三流诗人"。

他还说："我或许是当今唯一一个不停地创作，但就是不信奉过时的'做诗理论'（a worn out theory of versification）的人。"的确如此，在第一部诗集《少年的心愿》（1913 年）出版之前，他一直笔耕不辍，辛勤耕耘，创作了许多优秀诗篇。弗罗斯特富有诗才，缪斯之泉赋予了他源源不断的灵感；他的诗篇，信手拈来，水到渠成。在此之前，他没有用某一"做诗理论"标榜自己，更没有以某一诗歌原理或创作原则沽名钓誉。

随着诗集出版，好评如潮让他踌躇满志，雄心勃勃；非议和诟病，让他饱受煎熬，苦苦思索。弗罗斯特已经意识到：提出某种"做诗理论"或"做诗原理"，有利于他为作品正本清源，有利于他在评论界拨乱反正，更有利于他在读者心中树立起独具一格的优秀诗人形象。

在客居英国期间，弗罗斯特与他在美国的朋友约翰·T. 巴特利特和锡德尼·考克斯（Sidney Cox）保持通信联系，在一系列信中从不同侧面不断丰富和完善"意义之音"的含义，为创作实践提供指导原则和理论基础。他在致约翰·T. 巴特利特的信中首次提出"意义之音"这一概念。他自豪地说："在英语作家中，独我一人，一直意志坚定、有意识地从我所称的'意义之音'中获得音乐性。"

在弗罗斯特看来，"意义之音"是诗歌语言音乐性的精华所在。那么究竟什么是"意义之音"呢？

他在信中说："意义之音，……它是我们日常说话的抽象生命力（It is the abstract vitality of our speech.），是纯粹的声音——纯粹的形式（It is pure

---

① Robert Frost, *Frost：Collected Poems*, *Prose*, *& Plays*. Richard Poirier and Mark Richardson, eds. New York：Library of America, 1995, p. 664.

sound—pure form.）。"具体说，"意义之音"是自然声调，是口语的节奏，是字、词、句的意义和它们相应的音韵之间的自然融合，特别是意义和重音的微妙融合。其中，意义重音优先于其他重音。

他提出，"意义之音"即"无规则的重音和格律中有规律的节奏的相互交错（The sounds of sense with all their irregularity of accent across the regular beat of the meter.）。"

可见，"意义之音"肩负着传递意义的重任，它甚至能独立于字词意义之外，传递出字词无法传递的言外之意和弦外之音。

语言的音乐性是个十分古老的话题，诗歌的音乐性体现在它的节奏和音韵上。抑扬顿挫的节奏和悦耳和谐的音韵相得益彰，增强了诗歌的音乐性，提升了诗歌意境，历来为诗人所重视，弗罗斯特也不例外。

但是，弗罗斯特指出，当今诗人把字词的音乐性简单地归纳为"一个字词元音和辅音相和谐的问题（A matter of harmonized vowels and consonants.）"，即字词的音乐性过分注重元音和辅音和谐，斯温伯恩和丁尼生的创作"主要以谐音效果为目标"（aimed large at effects in assonation.）。弗罗斯特认为：他们走错了路（They were on a wrong track.），他们走上了一条日暮途穷的"短道"（on a short track），此路已经山穷水尽（They went the length of it.）。

显然，弗罗斯特批评的锋芒直指现代主义诗人。现代主义诗人，如庞德等人，虽重视诗歌的音乐性，但忽视日常生活语言的节奏和声韵，片面强调语言元音和辅音的机械结合和消极和谐。

弗罗斯特找到了出路。他明确指出：这种抽象、纯粹的"意义之音"，"存在于一扇隔断单词的门后的声音之中"（from voices behind a door that cuts off the words）。表象的单词和本质的声音之间存在着一扇门，诗人的任务是"开门"或"拆墙"，透过表象看本质，透过单词获声音。那"声音"（voices）具有音乐性（the music of words），是诗句的音乐伴奏，是句子的和谐声调，比字、词、句刻画的形象更生动，表达的意义更深刻，传递的情感更丰富。毋庸置疑，弗罗斯特选择了一条康庄大道，前途光明。

"意义之音"不是将多音节单词简单地组合，将韵律节奏机械地重复。"意义之音"不只是音韵，它是字词音韵和意义的有机融合。重音是关键，重音蕴含着无限变化和丰富意义，重音和"意义之音"自然融合（the mingling of sense-sound and word-accent），能激发出千变万化的情感，引起读者的强烈共鸣。

对"意义之音"的敏感和挚爱，是成为诗人（作家）的先决条件。敏感，让诗人敏锐地从千变万化的字词中捕捉重音所在，捕捉抑扬顿挫的节奏变化；挚爱，让诗人从重音和节奏碰撞中提炼出语言的自然韵律。诗人必须娴熟地从音节和节奏的自然融合中获取"意义之音"。

弗罗斯特骄傲、自豪地说：在用英语写作的作家中，只有他单枪匹马有意识地从"意义之音"中提炼语言的音乐性。他坚信，借助"意义之音"，他定能成为"一个雅俗共赏的诗人"（a poet for all sorts and kinds）。

1915 年 5 月 10 日，弗罗斯特应邀在布朗和尼科尔斯中学（Browne and Nichols School）作题为《会想象的耳朵》（"The Imagining Ear"）的演讲。他回忆起自己 18 岁创作《我的蝴蝶》（"My Butterfly"）第二诗节时欣喜若狂的情景："我记忆犹新，我第一次为我的思想找到合适的表达方式时的那份满足、喜悦之情。那时，我欣喜若狂，情不自禁地哭了起来。"

那种"为我的思想找到的合适的表达方式"（an expression adequate for my thought）就是"意义之音"（the sound of sense）。

在 1913 年 7 月 4 日给巴特利特的那封信中，弗罗斯特选择了几个日常语言中十分简单、极富口语化的句子，进一步阐明"意义之音"的深刻含义。

> You mean to tell me you can't read?
> I say no such thing.
> Well read then.
> You're not my teacher.
>
> ———————
>
> He says it's too late.
> Oh, say!
> Damn an Ingersoll watch anyway.
>
> ———————
>
> One-two-three—go!
> No good! Come back—come back.
> Haslam go down there and make those kids get out
>   of the track. ①

弗罗斯特强调，类似于"You're not my teacher.""Oh, say!""One-two-three—go!"等口语化的句子富含"意义之音"：声调铿锵，音韵丰富，节奏

———————

① Robert Frost, *Frost*: *Collected Poems*, *Prose*, *& Plays*. Richard Poirier and Mark Richardson, eds. New York：Library of America, 1995, p. 665.

明快，最宜入诗。换言之，诗歌就要体现日常生活语言的节奏和音韵。

"意义之音"是一种自然融合，是"神奇的融合"（a curious thing），是情感表达的最好形式——一种纯粹的形式。为了突出"纯粹的形式"，强化"纯粹的声调"，弗罗斯特甚至走向一个极端：贬低字词意义的价值。1915 年，弗罗斯特在接受一次采访时说："字词本身不传递意义（Words in themselves do not convey meanings.）。"

弗罗斯特坚持以普通百姓日常语言入诗，与华兹华斯《抒情歌谣集》序言的主张如出一辙。他强调口语化的"意义之音"在诗歌创作中的地位和作用，批评者质疑他是"爱默生的追随者"（an Emersonian），是哲学上"乐观的一元论者"（a cheerful Monist）。这样的批评有失公允。事实上，弗罗斯特最为忌讳的，就是步人后尘，亦步亦趋。

1959 年 10 月 8 日，美国艺术与科学院（American Academy of Arts and Sciences）授予弗罗斯特"爱默生—梭罗奖章"，弗罗斯特应邀发表演讲《论爱默生》（"On Emerson"）。弗罗斯特称，他一直敬重爱默生和梭罗，自己一生都受惠于爱默生，自己的创作语言受到爱默生简洁质朴的文风的影响。这种影响一直存在着，弗罗斯特说，"他差点让我成为一个'反词汇主义者'（an anti-vocabularian）"。

可见，弗罗斯特晚年意识到自己在强化"意义之音"、弱化词义功能方面矫枉过正了。的确，弗罗斯特受到爱默生语言简洁、声韵丰富的文风的影响，但是，他们在创作思想和艺术风格上有着很大不同。弗罗斯特以"意义之音"尽量拉开与爱默生的距离，尽力与当时的现代主义诗人，特别是倡导自由诗的"自由派"撇清关系，从而保持自己诗歌创作的独特风格和独立精神。

1915 年 9 月 18 日，弗罗斯特致信沃尔特·P. 伊登（Walter Prichard Eaton）时，说："我和那些撰写自由诗的人毫无共同之处（I have nothing in common with the free-verse people.）。"那些撰写自由诗的人根本不在乎声调。诗人写没有声调的自由诗，就像网球运动员不支起球网打网球一样。

弗罗斯特利用"夸大的声调、戏弄的声调和怀疑的声调"（with boasting tones and quizzical tones and shrugging tones），敏锐地捕捉"那些从来没有在书中出现过的声调"（to catch sentence tones that haven't been brought to book），使用他所钟情的"句子声调"（sentence tone）进行创作，以"意义之音"将自己的诗歌列入与莎士比亚、雪莱、华兹华斯、爱默生一脉相承的文学传统。

弗罗斯特对意象主义诗人嗤之以鼻，曾讽刺"为眼睛而写诗"的意象主义诗人以"撩眼的意象"写诗，认为他们是"野蛮人"（a barbarian）。但是，弗罗斯特推崇意象主义诗人艾米·洛威尔（Amy Lowell）的作品。他在《艾米·洛威尔的诗》（"The Poetry of Amy Lowell"，1925）中指出：她的诗让眼睛湿润，她的意象主义主要在于"呈现给眼睛的意象"（images to the eyes）。弗罗斯特认为：艾米·洛威尔的意象主义在于她精心设计的"表面上的意象"，她的诗永远是"一种清脆的共鸣"（a clear resonant），呼唤人们"远离所见的意象"（calling off of things seen）。在顷刻间，读者就能感受到诗人扣人心弦的节奏，就能倾听诗人感人至深的心声。

弗罗斯特盛赞艾米·洛威尔的创作手法高明。艾米·洛威尔的诗永远留在人们心中，是因为在诗中她精心设计，表面上写给眼睛、实质上写给耳朵的意象，是因为她的诗激发读者从"欣赏的眼睛"（the appreciative eye）转向"会想象的耳朵"（the imaginative ear），是因为她引进了活生生的口语声调，激起了读者强烈的听觉回响和思想共鸣。

弗罗斯特借助"会想象的耳朵"进一步阐明"意义之音"的生活源头和提炼方法。1915 年 5 月 10 日，弗罗斯特在布朗和尼科尔斯中学做了一场题为《会想象的耳朵》的演讲，鼓励学生们倾听身边人说话时的措辞（hear words）和留意他们的声调（note tones），随时随手记录下口语声调，进一步想象这些生动的声调（imagine them），然后把声调写进自己的作文中（get them down in writing）。在演说的最后，他热情洋溢地鼓励学生：在写作时，应"用耳朵搜寻句子，然后用耳朵想象句子，再写进作文中"①。

耳朵不仅会想象，而且能聆听。"聆听的耳朵"（the hearing ear）是"能使我们想起生动句子形式的耳朵"（the ear that calls up vivid sentence forms）。1914 年 12 月，在一封致锡德尼·考克斯的信中，弗罗斯特用常见的句子说明句子的声调可以表达和字词意义完全相反的意思，比修辞手法（比喻）传递的意义更丰富。句子声调声音洪亮，抑扬顿挫，直接作用于人的听觉。诗人写眼之所见，更要写耳之所听，凭听觉对声音的想象从现实生活中获取创作素材。

1929 年，弗罗斯特在诗歌《〈出路〉序言》（"Preface to 'A Way Out'"）中再次提及"想象的耳朵"（the ear of imagination）在句子和作品中的重要作用。他开宗明义：任何作品都具有戏剧性（EVERYTHING written is as good as it is dramatic.），句子本质在于它的戏剧性。句子如果没有戏剧性，对读者就没有吸引力，就会失去生命力。拯救句子的唯一方法是"以某种方式让字词相互纠缠、拴牢于书页、激发耳朵想象的说话声调（the speaking tone of voice）"②。说话的声调是句子的生命，让句子充满戏剧性，让作品具有艺术感

---

① Robert Frost, *Frost: Collected Poems, Prose, & Plays*. Richard Poirier and Mark Richardson, eds. New York: Library of America, 1995, p.689.

② Robert Frost, *Frost: Collected Poems, Prose, & Plays*. Richard Poirier and Mark Richardson, eds. New York: Library of America, 1995, p.713.

染力。

以声调串起字词，让"富有戏剧性意义的语音语调穿过严格、呆板的格律所呈现的可能性是无穷无尽的（The possibilities for tune from the dramatic tones of meaning struck across the rigidity of a limited meter are endless.）。"1939 年，弗罗斯特的《诗合集》（*Collected Poems*）出版。1 月 11 日，他为诗集撰写了题为《一首诗的运动轨迹》（"The Figure a Poem Makes"）的序言。他以日常用品拐杖比喻语音语调，生动地指出，"富有戏剧性意义的语音语调"宛若"一根优质拐杖的直中有曲（the straight crookedness of a good walking stick）[①]。"

直中有曲，曲中有直，是声调赋予诗句的纯粹品质，也是"意义之音"赋予诗歌的纯粹形式。弗罗斯特谈及诗歌形式：一首诗有独特的运动轨迹，有各自的运行方向，"始于欢欣，终于智慧（It begins in delight and ends in wisdom.）"，经历一连串的偶然和侥幸，经历反反复复的起伏和波折，最终达到"生命中的澄澈"（a clarification of life）。诗歌不能以"撩眼的意象"反映无序，挑起分裂，制造混乱。诗歌必须以纯粹的形式"暂时遏制混乱"（a momentary stay against confusion），让世界变得有序，让生活变得有趣！

1935 年 3 月 25 日，弗罗斯特在《致〈阿默斯特学生报〉的信》中再次谈到诗歌形式的问题。他指出：世界上有许多美好的东西，"允许形式存在和形式创造"（… it admits of form and the making of form）。世界之美好不但承认形式，而且呼唤形式。因此，形式要反映世界之美好，形式要为世界之美好服务。

弗罗斯特的"形式创造"，在于诗歌创作。诗歌创作，在于"创造秩序，浓缩形式"（any small man-made figure of order and concentration），在于发现、感知、捕捉"意义之音"。作为诗歌"纯粹的声调"和"纯粹的形式"，"意义之音"让"自然在我们心中升华为至高形式，而且通过我们超越自身（In us nature reaches its height of form and through us exceeds itself.）"[②]。诗人以"形式创造"为重任，以"意义之音"为理想，岂不快哉！（What pleasanter than that this should be so?）

弗罗斯特在"意义之音"下的形式创造和形式浓缩，实际上是在继承和发扬诗歌传统的基础上的创新和超越，用他自己的话来说，是一条"创新的老路"（the old-fashioned way to be new）。弗罗斯特用"创新的老路"赞扬诗人埃德温·阿灵顿·罗宾逊（E. A. Robinson）的诗歌。他赞赏罗宾逊坚持在

---

① Robert Frost, *Frost*：*Collected Poems*，*Prose*，*& Plays*. Richard Poirier and Mark Richardson, eds. New York：Library of America, 1995, p.777.

② Robert Frost, *Frost*：*Collected Poems*，*Prose*，*& Plays*. Richard Poirier and Mark Richardson, eds. New York：Library of America, 1995, p.740.

格律诗传统中进行诗歌创作，赞赏罗宾逊的诗歌《贾斯帕王》（"King Jasper"）以日常语言和丰富声调超越诗歌本身。

口语化声调——弗罗斯特在罗宾逊诗歌上找到了共同点。1935 年，弗罗斯特在《罗宾逊〈贾斯帕王〉序言》（"Introduction to E. A. Robinson's ' King Jasper'"）中，以"创新的老路"赞扬罗宾逊、肯定自己的诗歌风格，以"创新的新路"（the new ways to be new）批判现代主义诗歌主要依靠"减少—消除"（by subtraction-elimination）的方法进行诗歌创作。他们只用视觉意象取悦眼睛，删除标点符号和大小写字母，无视音韵和节奏，造成抑扬顿挫的听觉声响失落和充满激情的语音语调丧失！

"风格即人格（The style is the man.）。"①弗罗斯特和罗宾逊的诗歌创作有共同之处，他们都在传统格律诗和现代诗（自由诗）之间找到平衡。他们尽力打破传统诗歌严格韵律的形式桎梏，又尽力避免自由诗漫无边际、不顾形式的所谓"形式实验"。

1946 年，《始终如一的信念》（"The Constant Symbol"）一文发表于《大西洋月刊》（Atlantic Monthly）10 月号上。弗罗斯特坚持以"意义之音"为最高形式，以象征遣词造句，以修辞装饰诗行，以隐喻激发听觉想象，熔传统和创新于一炉，全面提升诗歌意境和感染力。

他强调"形式是一个整体（But form as a whole.）"。"意义之音"是一个整体，离不开字词意义和修辞手段。一首诗有其内在的形式，"一首诗的内在本质是一个新的隐喻（Every poem is a new metaphor inside.）"，否则就称不上是一首诗！从某种意义上说，"所有诗都是同一个古老隐喻（…all poems are the same old metaphor always.）"。

弗罗斯特喜欢在不同时间和场合谈及自己的诗歌。他谈得最多、最为得意的是他诗歌中的隐喻。他在文中解释隐喻的含义：隐喻，即"言此意彼"（saying one and meaning another），"指东话西"（saying one thing in terms of another），一种"隐喻性欢愉"（the pleasure of ulteriority）。②

隐喻性欢愉是一种"内在情绪"（an inner mood of thought），诗行的运行方向、滑动的轨迹和内在的音乐性都让人感到一阵莫名的狂喜。内在情绪和听觉意象、声音的想象和诗行的旋律之间存在着某种天然的联系，决定着格律韵式和诗行长度。

弗罗斯特认为，语言形式支离破碎，字词就杂乱无章。字词没有形式，就

① Robert Frost, *Frost：Collected Poems，Prose，& Plays*. Richard Poirier and Mark Richardson, eds. New York：Library of America, 1995, p. 746.

② Robert Frost, *Frost：Collected Poems，Prose，& Plays*. Richard Poirier and Mark Richardson, eds. New York：Library of America, 1995, p. 786.

没有生命力，就没有灵魂。语言形式和字词各自有着"巨大的困境"（a great predicament），在各自运行的轨迹上都面临着各自的障碍物，相互纠缠时都遇到难以逾越的鸿沟。它们之间联结的生命纽带，就是"意义之音"。语言形式和字词"在创造中"（in creation）诗意地相逢，在"意义之音"中欢欣地结合。

一首诗，无论是一个古老的隐喻，还是一个巨大困境的缩影，抑或是诗人的自由意志以"始终如一的信念"（a contant symbol）跨越陌生的障碍物时的一个"形象轮廓"（a figure of will），都汇集于"意义之音"的诗歌理论中，都汇集于语言形式和意义之间相互纠缠、相互作用的激烈碰撞中，形成一曲酒歌式的悲喜交融，赋予心灵澄澈，赋予意义形式，赋予世界秩序，最终达到生命中的一片净土。

"意义之音"赋予一个诗人自由意志，赋予一首诗永恒生命，在一首诗跌宕起伏的运动轨迹上，在诗人砥砺前行的人生轨道上，将呈现出诗人生命的永恒意义和诗歌艺术的无穷魅力。

弗罗斯特的"意义之音"，对于中国读者来说，似乎很抽象，很高深，很陌生。有人说，弗罗斯特的"意义之音"，对中国普通读者而言，是一条不可逾越的语言、文化鸿沟。甚至，一些中国学者对此也望而却步，知难而退。

其实不然！鸿沟确实存在，但语言可以学习、可以掌握，文化可以感知、可以比较。架起桥梁，跨越鸿沟，天堑就能变通途。

中国是诗歌的国度，日常语言质朴清新，融入诗歌，节奏鲜明，韵味深长，音调动听，极富清韵。中华源远流长的诗歌的音乐性深入人心。

自 20 世纪 60 年代开始，华夏大地流行着一首军旅歌曲《打靶归来》（牛宝源词、王永泉曲）：

> 日落西山红霞飞
> 战士打靶把营归把营归
> 胸前红花映彩霞
> 愉快的歌声满天飞
> ……
> 愉快的歌声满天飞
> 一、二、三——四！

歌词最后的"一、二、三——四！"简单明了，音节整齐，铿锵有力，呈现出战士们生龙活虎的画面，传递出战士们喜悦欢快的心情，展现出军人"团结紧张、严肃活泼"的优良作风。

我们还可以把历史镜头推拉摇移至《诗经》的年代。那个年代蛮荒而纯真，生活简朴而多彩，语言生动且极富音韵之美。《秦风·无衣》：

岂曰无衣？与子同袍。
王于兴师，修我戈矛。
与子同仇！

岂曰无衣？与子同泽。
王于兴师，修我矛戟。
与子偕作！

岂曰无衣？与子同裳。
王于兴师，修我甲兵。
与子偕行！

这是一首秦国军人的军歌。全诗共三章，每章有五句。每章前四句，结构完整，意义清晰。但是，每一章的最后一诗句显得孤零零，似乎是画蛇添足。但恰恰相反，每一章的最后一句至关重要，是画龙点睛之笔：回环往复的节奏、跌宕起伏的激情、排山倒海的气势、同仇敌忾的士气和军民团结的精神，全部体现在"与、子、同——仇！""与、子、偕——作！""与、子、偕——行！"上。

《诗经》的年代，真实的生活、动感的现场、真实的情绪，栩栩如生地展现在我们当下。《诗经》离我们很近，恍如上个世纪甚至就是昨日的场景。中华诗歌的传统，词藻源自生活，平仄取自日常，声调来自百姓，自然音韵就在日常生活的语言中。

中国读者，有《诗经》精神的滋养，有流行音乐的浸润，有日常语言的感染，就一定能弄懂弗罗斯特的"意义之音"。

弗罗斯特用来阐述"意义之音"的几个日常口语句子，特别是"One-two-three—go！"（一、二、三——走起！），与《打靶归来》中"一、二、三——四！"异曲同工，与《诗经·秦风·无衣》殊途同归。

什么是"意义之音"？简言蔽之：意到笔随，笔落有音；意随音动，音意相生；意外有音，音吐鸿意；音里含意，意在韵内。它是弗罗斯特诗歌艺术的声音，也是他十四行诗的声音。因此，"意义之音"是一根"阿里阿德涅之线"（Ariadne's Thread），是通往弗罗斯特十四行诗艺术殿堂的一盏明灯。

第三节　弗罗斯特十四行诗

　　关于英语十四行诗的本质属性，美国著名文论家埃伯拉姆斯（M. H. Abrams）在《文学术语汇编》（*A Glossary of Literary Terms*）中做了明确界定和高度概括：一种抒情诗（a lyric poem），只有一个诗节（a single stanza），共有十四行（fourteen lines），每行五音步抑扬格（iambic pentameter lines），其押韵格式错综复杂且严谨精致（linked by an intricate rhyme scheme）。[①]

　　弗罗斯特是一位才华横溢的十四行诗诗人。即使在"十四行诗成为备受质疑的形式"，"迫使许多人转而去写自由诗或小说"[②] 的年代，弗罗斯特也始终如一，持守信念，笔耕不辍，硕果累累。

　　十四行诗是弗罗斯特十分喜爱的诗歌形式。在给路易斯·昂特迈耶（Louis Untermeyer）的一封信中，弗罗斯特说：我写作时，十四行诗是我自然而为的最严格的一种形式，我却时常把它装扮成非十四行诗。[③]

　　在《始终如一的信念》一文中，他辛辣地嘲讽当时诗歌创作上颇为流行的歪风邪气：一些诗人不顾十四行诗的实质性内容，只追求十四行诗的形式，为了写一首有十四行的诗（outlast or last out the fourteen lines），七拼八凑，东挪西借，首尾牵强附会，前后生拉硬扯。[④]

　　弗罗斯特坚持认为，一首诗必须具有形式，至少要表面看上去具有独创的形式（pretend to be inventing its form）。一首真正的十四行诗，兼具外在、内在形式。所谓外在形式，主要指诗行数量 14 行，按照弗罗斯特的说法，他创作了不少诗行数量并非 14 行（多于或少于 14 行）的十四行诗。所谓内在形式，主要指"意义之音"所固有的格律、韵式等形式，是"形式的形式"，是"纯粹的形式"。一首十四行诗的本质，不是由诗行数量，而是由"意义之音"决定的。照此，我们不难理解为什么弗罗斯特说他创作了 50 多首十四行诗。

　　在主题思想上，弗罗斯特十四行诗明显受到欧洲浪漫主义思想和美国超验主义思想的影响；在创作方法和技巧上，彼特拉克和莎士比亚的影响挥之不

---

　　① M. H. Abrahams & G. G. Harpham, *A Glossary of Literary Terms*, Beijing：Foreign Languages Teaching and Research Press, 2016, p.290.

　　② Robert Frost, *Frost：Collected Poems, Prose, & Plays*. Richard Poirier and Mark Richardson, eds. New York：Library of America, 1995, p.780.

　　③ Nancy Lewis Tuten and John Zubizarreta, eds. *The Robert Frost Encyclopedia*. Santa Barbara, CA：Greenwood Press, 2000, p.333.

　　④ Robert Frost, *Frost：Collected Poems, Prose, & Plays*. Richard Poirier and Mark Richardson, eds. New York：Library of America, 1995, p.780.

去。他的十四行诗体现出现代英语十四行诗的传统特征，即语言含蓄洗练，诗歌格律整齐，结构精雕细琢，文辞华丽优雅。如果严格按照埃伯拉姆斯的定义，弗罗斯特共创作了 38 首形象生动、意象深邃、想象丰富、情感饱满、音韵优美的传统十四行诗，主要涵盖了意大利彼特拉克体和英国莎士比亚体两大类型的十四行诗。

一、对彼特拉克十四行诗的传承

追源溯流，英语中的十四行诗（sonnet）一词源自意大利语的 sonetto，意思是"短歌"。短歌是 13 世纪流传于意大利民间的一种民谣式抒情诗，共 14 行，每行音步和音节数相同。起初，短歌主要表达深涉爱河的男女双方的希望或失望、喜悦或痛苦、妒忌或祝愿等复杂心理。意大利著名的人文主义学者弗朗西斯科·彼特拉克（Francesco Petrarch，1304—1374）是位激情澎湃的诗人。

1327 年 4 月 6 日，他在法国东南部小镇阿维尼翁圣克莱尔教堂门前，与一位贵妇人劳拉（Laura）不期而遇。劳拉天生丽质，雍容华贵，优雅端庄，气质不凡。诗人对她一见倾心，思念成梦，梦醒成诗，写下不朽的十四行诗组诗《歌集》，韵致灵妙，情真意切，如歌如泣，感人至深。

从此，以爱情为主题的十四行诗成为构思新颖、别具一格、引领时尚的诗歌形式。人们对十四行诗爱不释手，争相传阅，竞相模仿。

彼特拉克在欧洲十四行诗的发展中影响深远，所以意大利十四行诗（Italian Sonnet）又叫作彼特拉克体十四行诗（Petrarchan Sonnet）。

在英语中，彼特拉克体十四行诗具有鲜明的特征：一首诗共 14 行，每一诗行有 5 音步、10 音节，依照 abbaabba cdecde 押韵格式，分为前 8 行（octave）和后 6 行（sestet）两部分。其中，后 6 行诗节押韵格式较灵活，主要有 cdecde 和 cdcdcd 等格式变化。

在主题思想方面，前 8 行的首 4 行诗节提出问题，次 4 行诗节展开论述问题；后 6 行的首 3 行诗节针对问题提出例证，探索问题实质，次 3 行诗节解决问题，总结主题，结束全诗。

彼特拉克体十四行诗采用抑扬格，音韵优美，结构紧凑，节奏感强，押韵形式灵活，富有变化，生动活泼，很适合表达爱情主题，抒发诗人对甜蜜爱情的渴望、崇敬、向往和失恋的痛苦、失望、焦虑等复杂情感。

弗罗斯特是个感情丰富、笔触细腻的诗人，很喜欢以彼特拉克体十四行诗的形式来表达思想情感。他的十四行诗作品明显受到彼特拉克的影响，带有典型彼特拉克式的、几近"精神恋爱"般的幻想。《相逢又分离》（"Meeting and Passing"）是他根据自己和妻子的爱情故事创作的一首十四行诗。

在结构上，前 8 行按照 abbaabba 韵脚铺陈，是典型的彼特拉克体结构，每一诗行10个音节，5音步，抑扬格。前8行虽包含两个4行诗节，但却是一个密不可分的整体。在韵律格式上，后6行是cdcdee韵脚，这是彼特拉克体十四行诗押韵较为少见的变体。

弗罗斯特是一个热爱经典、超越经典，又基于传统、敢于创新的现代诗人。他在十四行诗创作上，并不拘泥于彼特拉克式十四行诗，对韵律形式、押韵格式和诗行结构都有大胆探索，推陈出新。

例如，彼特拉克体十四行诗通常在第八行结束后、第九行起首处有一个转折，即英语十四行诗上的"突转"。弗罗斯特把"突转"手法延缓到第十三行。这一转折的延缓，在结构和形式上接近莎士比亚十四行诗的最后双行押韵对句（couplet）。不过，弗罗斯特十四行诗的双行押韵对句虽然是对全诗的总结和概括，但并不具备莎士比亚十四行诗中双行押韵对句的警言性质。

二、对莎士比亚体十四行诗的传承

莎士比亚是英国十四行诗的集大成者，他的剧作中时有十四行诗点缀。其《十四行诗集》共154首十四行诗，除了第99、126两首，其余152首都步英国体十四行诗韵脚。莎士比亚体十四行诗具有两大特征，一是abab cdcd efef gg韵式，二是诗行结构"四、四、四、二"，即3个4行（quatrain）诗节和一组双行押韵对句（couplet）。这种改造后形成相对固定韵脚和诗行结构的十四行诗，形式独特，韵律优美，十分符合英语的语言特征和英国人理性的思维特征。由于莎士比亚是英国十四行诗的集大成者，故英国十四行诗又称莎士比亚体十四行诗（Shakespearean Sonnet）。

弗罗斯特谙熟英美文学，十分喜爱莎士比亚的作品，对莎士比亚十四行诗爱不释手，其创作深受莎士比亚十四行诗的影响。弗罗斯特创作了不少堪称经典的十四行诗，其中《最佳速率》（"The Master Speed"）属珠玑锦绣之作，在结构、韵律和风格上都是一首完美的莎士比亚体十四行诗。

1936年10月15日，弗罗斯特的女儿伊尔马·弗罗斯特（Irma Frost）和约翰·科恩（John Cone）结婚。为了配合婚庆喜气、庄严、典雅的气氛，弗罗斯特选择了古典的莎士比亚体十四行诗形式，创作了《最佳速率》这首感情真挚细腻、催人奋发向上的诗篇。《最佳速率》将茫茫宇宙周流万物运行中最常见、最普通、最基本的特性——速度作为核心意象，揭示人类社会生活中的基本主题：男女双方通过恋爱和婚姻能获得物质和精神合一的超验力量。

无论从韵律还是结构上看，这首诗都集中体现了莎士比亚体十四行诗的根本特征。全诗押韵为abab cdcd efef gg格式，呈"四、四、四、二"结构，由3个4行诗节和最后双行押韵对句组成，诗行属抑扬格5音步，每一诗行有10

音节。诗人采用传统的十四行诗形式，强调婚恋男女双方对传统家庭的责任和对天长地久婚姻的承担。

另外，这首十四行诗的传统特征还体现在第八、第九两行的"跨行连续"（enjambment）创作技巧上。"跨行连续"是莎士比亚特别喜欢的创作手法，主要通过两种途径实现句法结构、主题思想的"跨行连续"。

一是通过句法连续，句子从一个诗行或诗行单元不间断地转到另一诗行或诗行单元，让诗行或诗行单元无缝融合，一气呵成。如莎士比亚第 63 首十四行诗的开头：

> Against my love shall be, as I am now,
> With Time's injurious hand crushed and o'erworn;
> When hours have drained his blood and filled his brow
> With lines and wrinkles; when his youthful morn
> Hath traveled on to age's steepy night,
> And all those beauties whereof now he's king
> Are vanishing or vanished out of sight,
> Stealing away the treasure of his spring;
> …①

为了遵循十四行诗惯用的抑扬格五音步格律，诗人将一个原本完整的由"when"引导的从句在第四行和第五行之间中途折断，将句法单元一分为二。通过句法的"跨行连续"手法，配以韵脚，将两个 4 行句法单元紧密结合，构成一个相对完整的整体。

二是通过破折号实现"跨行连续"，例如莎士比亚第 26、46、48、49、108 和 133 六首十四行诗均采用破折号将两个诗句或句法单元有机连接起来，在形式和内容上形成了一个不可分割的整体。

弗罗斯特在十四行诗创作上继承和发展了莎士比亚的韵律、结构和创作手法，在三个方面取得了创新性的突破。

第一，在"跨行连续"上，弗罗斯特将句法连续和破折号两种方法结合，一并融合到《最佳速率》的创作中，构成一个完整的"四、四、四、二"整体，完满地实现了思维逻辑的有序铺垫和主题思想的层层深化，理顺成章，层层递进，将主题发展推向全诗高潮，即最后双行对偶句一气呵成，突出主题，

---

① David Bevington & David Scott Kastan, *William Shakespeare*：*The Poems.* Toronto/New York/London/Sydney/Auckland：Bantam Books, 1988, p. 255.

提升境界，结束全诗。

第二，在韵律方面，全诗基本上是抑扬格五音步，只是在第六行"But in the rush"中第一个音步插入扬抑格，第二个音步又恢复抑扬格，却不破坏韵律的平衡和节奏的优美，反而为全诗增添了几分抑扬顿挫感。雄浑的抑扬格和优柔的扬抑格有机结合，隐喻男女双方由豆蔻年华步入青春芳华，步入婚姻的殿堂，同结连理，从此携手同行，和谐相处，求同存异，白头偕老。

神圣的婚姻，让男女双方拥有"最佳速率"（the master speed）和"能保持静止的力量"（That you may have the power of standing still），"顺着那一束光直冲云霄"（up a stream of radiance to the sky），能够"顺着时间长河穿越历史"（through history up the stream of time），从此比翼齐飞，守望相助，天长地久。

第三，在主题上，弗罗斯特拓宽和丰富了莎士比亚十四行诗的爱情传统题材。莎士比亚的 154 首十四行诗都是爱情题材。而弗罗斯特的《最佳速率》初读是一首爱情诗，但仔细推敲，诗人实际上是借助十四行诗诠释自己的诗歌理论。他认为，客观世界和超验世界都混乱不堪，而诗歌创作能"暂时遏止混乱"（a momentary stay against confusion），"一首诗自有其运动轨迹。它始于欢欣，终于智慧。这条轨迹对爱情也是一样。谁也不可能真正相信那种强烈的感情会在一个地方静止不动。它始于欢欣，它喜欢冲动，随着第一行写出它就开始设定方向，然后经历一连串的偶然和侥幸，最终达到生命中的一片净土——那片净土不必很大，不必像各教派学派立脚的地盘那么大，但应在与混乱相对的片刻清净之中。"[①]

诗歌和爱情一样，能让我们拥有"保持静止的力量"，能够"暂时遏止混乱"——客观世界和主观世界的混乱。拥有爱情，就能"顺着时间长河穿越历史"，甚至像《小河西流》（"West Running Brook"）中所说的那样，"今天我们迈着迫不及待的步伐/正溯流而上要回到一切源头的源头（the beginning of beginnings），/回到永远在流逝的万事万物的溪流"[②]。

那"一切源头的源头"，是万事万物的源头，是宇宙的源头，是人类文明的源头。对于弗罗斯特，那"一切源头的源头"，是缪斯之泉，诗歌理论和创作实践的源头，是西方文明史上古希腊罗马光辉灿烂的文化。

弗罗斯特大大地丰富了莎士比亚十四行诗的主题思想和精神内涵，即使同样是爱情主题，莎士比亚也把对爱情的歌颂建立在时间和空间的交汇点上，凸

---

① ［美］罗伯特·弗罗斯特：《弗罗斯特集》（下），曹明伦译，沈阳：辽宁教育出版社，2002 年，第 982 页。

② ［美］罗伯特·弗罗斯特：《弗罗斯特集》（上），曹明伦译，沈阳：辽宁教育出版社，2002 年，第 332 页。

显爱情在万事万物周流不息中的永恒性。正如莎士比亚第 18 首、第 60 首和第 102 首等十四行诗的主题一样，都是通过强调时间的残酷和空间的飘渺来反衬诗人忠贞不渝的爱情和锦绣诗篇的永恒的。

弗罗斯特对爱情的歌颂建立在外在秀美和内在慧美的平衡上，注重男女双方对爱情超越物质形态的形而上的超验体验，赞美现实世界和精神世界的水乳交融。他献给糟糠之妻的《下种》（"Putting in the Seed"）、写给红颜知己凯瑟琳·莫里森（Katherine Morrison）的《丝织帐篷》（"The Silken Tent"）和这首作为结婚礼物送给新婚女儿和她丈夫的《最佳速率》等经典十四行诗，都体现了弗罗斯特柏拉图式的超验爱情观，也体现了他毕生追求的诗歌理想。

三、传承与超越

弗罗斯特创作十四行诗，坚持古典规范，以格律作诗，以音调入诗，即使在抒情短诗、素体诗里都隐藏着格律的影子和旋律的音调。但是，凡诗有定格便有"变格"或"破格"。他善于融会贯通，致力变革求新，创作了不少具有英语传统十四行诗明显特征的作品，如《雨蛙溪》（"Hyla Brook"）、《割草》（"Mowing"）、《架线工》（"The Line-Gang"）、《匆匆一瞥》（"A Passing Glimpse"）、《彻底奉献》（"The Gift Outright"）等。它们属于弗罗斯特"非规则十四行诗"（Irregular Sonnets）：行数 14 行左右（13～16 行），在形式、韵式或诗行结构等方面具备某些十四行诗的基本特征。

《雨蛙溪》有 15 诗行，其韵脚与十四行诗韵脚相似，是同一诗集前一首十四行诗《相逢又分离》（"Meeting and Passing"）的姊妹篇，具有明显的十四行诗韵律特征。

《割草》有 14 诗行，韵式为 abc abd ec dfeg fg，但韵式松散，不规则，而且每一尾词只押一韵，行末韵只是机械地重复上一行韵。在每一句法单位或修辞单位里根本就不押韵，十四行诗的抑扬格五音步消失了。简单、机械、重复的韵式真实再现了劳动场景，传递出"意义之音"的深刻含义：田野上万籁俱静，自然声音的缺场反衬出镰刀反复掠过、饲草依次伏地的生动声响；割草人挥舞长镰，长镰在低声吟唱，吟唱一曲无词却真实的大地之歌。

《架线工》只有 13 诗行，韵脚与十四行诗韵脚迥异；《匆匆一瞥》只有 12 诗行，但是韵脚排列规则，呈严谨的 aa bb cc dd ee ff 排列；《彻底奉献》有 16 诗行，基本上是抑扬格五音步。这些诗作究竟是不是十四行诗，在学术界仁者见仁，智者见者。

十四行诗是一种具有严谨格律和优美音韵的诗体，评判一首诗是不是标准的十四行诗，主要看其是否严格遵循十四行诗严谨的格律和优美的音韵，需综合考察其诗行、韵脚、韵式、音步、音节等规范。按照英语十四行诗传统的格律和音韵标准，弗罗斯特一共创作了 38 首具有严谨格律和优美音韵的十四行诗。

另外，他擅长基于经典又超越经典，也创作了一些在结构、韵律、主题上具有鲜明十四行诗特征的优秀诗篇。其中，以《割草》最具有代表性。此诗在结构和韵式上十分接近传统"规则十四行诗"（Regular Sonnet），被普遍视为英语"非规则十四行诗"（Irregular Sonnet）。①

在这 38 首十四行诗中，弗罗斯特共用了 18 种押韵格式，具体如表 1 - 1。

表 1 - 1　弗罗斯特十四行诗押韵格式

种类	押韵格式	标题	韵数	共计（首）
第 1 种	abab cdcd efef gg	On a Tree Fallen Across the Road The Master Speed The Silken Tent Never Again Would Birds' Song Be the Same Time Out No Holy Wars for Them On Talk of Peace at This Time The Pans	7	8
第 2 种	aabb ccdd eeff gg	Into My Own Acceptance Once by the Pacific On a Bird Singing in Its Sleep A Bed in the Barn	7	5
第 3 种	abbaabba ccddee	Why Wait for Science The Broken Drought Despair	5	4
第 4 种	abbaabba cdcdee	A Dream Pang Meeting and Passing Any Size We Please The Rain Bath	5	3

---

① 鉴于国内外对这些诗作究竟是不是十四行诗的问题争议很大，意见不一，本书作者只选择其中一首最具传统十四行诗特征的《割草》纳入十四行诗研究，权作投石问路。

续上表

种类	押韵格式	标题	韵数	共计（首）
第5种	abbacddc effegg	The Flood A Soldier The Investment	7	3
第6种	abababab cdcdee	Putting in the Seed	5	3
第7种	abbaabba cdecde	Pursuit of the Word Trouble Rhyming When the Speed Comes	5	1
第8种	ababbaba cddcee	Etherealizing	5	1
第9种	abbaabba cddcee	The Mill City	5	1
第10种	abbaabba ccdeed	Range-Finding	5	1
第11种	abbaabba ccdcdd	Bursting Rapture	4	1
第12种	abbaabba acaacc	Design	3	1
第13种	abbaacca deedff	The Vantage Point	6	1
第14种	aabcbdcd eefgfg	The Oven Bird	7	1
第15种	aba bcb cdc dad aa	Acquainted with the Night	3	1
第16种	abacbcdade edff	Unharvested	6	1
第17种	aaa bbb ccc ddd ee	The Planners	5	1
第18种	abc abd ec dfeg fg	Mowing	7	1

由此可以看出，弗罗斯特严格遵循古典十四行诗的韵律法则，保持传统十四行诗的押韵格式和韵脚排列，以清新的语气、自然的音调和日常生活说话的节奏，反映普通百姓的生活气息和生命情感，将严谨的诗歌格律和自由思想的诗意表达有机融合在英语十四行诗和谐统一的强大张力之中。

在38首十四行诗中，弗罗斯特基本上采用了"前8行、后6行"的诗行结构，但也有例外，如《进入自我》（"Into My Own"）等采用了4诗节的"四、四、四、二"诗行结构，《不等收获》（"Unharvested"）采用了"前10行、后4行"的诗行结构，《熟悉黑夜》（"Acquainted with the Night"）和《割草》（"Mowing"）都采用了3行诗节结构。

与"前8行、后6行"诗行结构相适应，弗罗斯特运用 abab cdcd efef gg 创作了8首十四行诗，在38首十四行诗中数量最多；其次是 aabb ccdd eeff gg 韵式，一共有5首诗，位居第二。他用 abbaabba cdcdee 韵式创作了4首诗，数量位居第三。弗罗斯特分别运用 abbacddc effegg、abbaabba ccddee 和 abbaabba cdecde 韵式各创作了 3 首十四行诗。另外 12 首十四行诗的韵式变化很大，属于一首诗一韵式范畴。

总体而言，前 8 行诗节的韵式工整，但并非一成不变；后 6 行富于变化，常有"变格"或"破格"的新奇和石破天惊的艺术效果。押韵格式的变化并非随意而为之，而是为了更好地服务于主题思想。弗罗斯特的"变格"或"破格"是以英语古典十四行诗的传统韵律为依归的。实际上，38 首"弗罗斯特式十四行诗"与意大利式十四行诗、英国莎士比亚式十四行诗的艺术风格是一脉相承、融会贯通的。

在韵脚数量方面：38 首十四行诗中有 18 首是 7 韵（a-g），数量最多；14 首为 5 韵（a-e）；2 首为 6 韵（a-f）；2 首为 3 韵（a-c）；4 韵（a-d）的最少，只有 1 首。在英语十四行诗创作中，韵数越少，难度越大，韵脚更复杂，结构更精巧。

弗罗斯特并未一成不变地接受英语诗歌格律规范和押韵格式的刻板束缚。为了表达思想，适应修辞、意象、意境、情志、立意、音调、神韵等需要，他立志变革，锐意创新，不断实践，逐步形成独具一格、意味深长的诗歌理论"意义之音"，创造出脍炙人口、声韵铿锵的"弗罗斯特式十四行诗"（Frostian Sonnet）。

第二章　《少年的心愿》

第一节　《少年的心愿》概述

1912 年，年近不惑之年的弗罗斯特怀揣少年初心，远渡重洋，举家移居英国，追寻诗歌梦想。

苍天不负有心人。1913 年，《少年的心愿》(*A Boy's Will*, 1913) 由伦敦大卫·纳特 (David Nutt) 公司出版。《少年的心愿》是弗罗斯特出版的第一部诗集。诗集扉页献词是"献给 E. M. F."，即诗人的妻子艾琳娜·米里亚姆·弗罗斯特 (Elinor Miriam Frost)。

诗集一经发行，大受欢迎，好评如潮，一时"洛阳纸贵"，诗人声名鹊起，享誉英伦。

在《少年的心愿》付梓之际，埃兹拉·庞德 (Ezra Pound, 1885—1972) 迫不及待地赶往出版社先睹为快。庞德为该诗集写了评论，对弗罗斯特清新自然的诗歌风格赞不绝口。威廉·叶芝 (William B. Yeats, 1865—1939) 认为，《少年的心愿》是"长久以来在美国创作的最好的诗歌"[1]。

相比之下，在大西洋彼岸，在弗罗斯特的祖国，人们对《少年的心愿》则褒贬不一，质疑之声不绝于耳。尽管如此，英国评论界对诗集的热情赞扬影响了美国诗坛的风向，激发了美国读者的浓厚兴趣。美国读者对诗集的热情逐渐高涨，引起美国出版界的高度重视。

1915 年，纽约的亨利·霍尔特出版公司 (Henry Holt & Company) 隆重推出了弗罗斯特的两部诗集：美国版的《少年的心愿》和弗罗斯特的第二部诗集《波士顿以北》(*North of Boston*, 1915)。

从此，弗罗斯特跻身于英语诗人之林，成为英语诗坛上一颗耀眼的明星。

诗集《少年的心愿》的标题取自弗罗斯特一向敬重的美国诗人亨利·沃兹沃斯·朗费罗 (Henry Wadsworth Longfellow, 1807—1882) 的著名诗作《我失去的青春》("My Lost Youth") 中各节末尾的两行诗句：

---

[1]　R. Baird Human, *Great American Writers: Twentieth Century*. New York: Marshall Cavendish Publishing House, 2018, p. 368.

A boy's will is the wind's will,

And the thoughts of youth are long, long thoughts. ①

少年的心愿是风的心愿,

青春的思绪悠长且幽远。

弗罗斯特十分喜爱朗费罗的诗歌作品。弗罗斯特在不同时期、不同场合的演讲和与友人的通讯中,时常流露出对朗费罗的敬重之情。弗罗斯特早在 1907 年创作的一首《晚期的吟游诗人》("The Later Minstrel", 1907)中,便称朗费罗为"一个在黄昏时常唱着完美之歌/拨动你心弦的人(At eve, one knocking at your heart/With perfect songs to sing.)。"

Who sang the long, long thoughts of Youth,

The Secret of the Sea. ②

他唱过悠长且幽远的青春思绪,

还有那《大海的秘密》③。

《少年的心愿》共收入 32 首诗作。根据弗罗斯特后来的说法,这些诗都是诗人在新英格兰时创作的。诗集共分为三部分,第一部分有 20 首,第二部分有 7 首,第三部分有 5 首,共计 32 首。④

在目录中,除了《取水》("Going for Water")和《不愿》("Reluctance"),其余各首诗的标题下都有诗人的按语,点明该诗主题。

例如,《进入自我》("Into My Own")的按语是,"诗中的那位少年坚信,他逃离喧嚣世界将拥有更多的自我(The youth is persuaded that he will be rather more than less himself for having forsworn the world.)。"

再如,《割草》("Mowing")的按语是,"他辛勤劳作享受简单生活(He takes up life simply with the small tasks.)。"

诗集出版前,弗罗斯特按照一个少年的心愿或梦想主题,精心挑选每一首

---

① *American Poetry*: *The Nineteenth Century*. New York: Library of America, 1994, Vol. 1, p. 406.

② Robert Frost, *Frost*: *Collected Poems*, *Prose*, *& Plays*, ed. Richard Poirier and Mark RIchardson. New York: Library of America, 1995, p. 511.

③ 《大海的秘密》("The Secret of the Sea")是朗费罗的一首诗,收集在他的诗集《海边和炉边》(*The Seaside and the Fireside*, 1849)中。

④ 诗集《少年的心愿》收入作品的数量,诗人在不同时期再版诗集时有所删减。诗集最终版本共 30 首诗。

诗，编排诗作的顺序，凸显一个处于青春年少中的男孩的远大理想和艺术追求。

这个追梦少年"我"，不仅仅指弗罗斯特本人，而且具有更加宽广的指向和含义。"我"，有时是大写的"I"，有时是小写的"i"，有时是"he"或"she"。

"我"有弗罗斯特自身的影子，也有与他同时代的青春少年的印记，还有未来的处于同一年龄阶段的任何男孩的志向和抱负。

诗集中有 3 首诗，《请赐玫瑰》（"Asking for Roses"）、《以公平奉献》（"In Equal Sacrifice"）和《死者遗踪》（"Spoils of the Dead"），在以后各版《少年的心愿》中均被弗罗斯特删除。

《少年的心愿》的创作题材广泛，多个主题时隐时现，错综交织，贯穿于整部诗集。1942 年 7 月 26 日，弗罗斯特在《序〈吾诗精华〉自选诗》（"Preface to Poems in 'This Is My Best'"）中说，我用《少年的心愿》中 30 首诗，构成一条人生曲线（a curved line），一条逃离人群又回归人群的曲线（flight away from people and so back to people）。①

诗人直接点明诗集的总体主题思想。诗人逃离喧嚣尘世，进入神秘的自我，进入奇妙的梦境，进入黝黑的森林；诗人不畏艰难险阻，孜孜不倦，不断追问，努力寻找，探索未知，追索未来，追寻真理。

为了梦想，为了真理，他离开熟悉的家园，踏上探索真理之路，走进森林，奔向远方，看看别样天空，听听自然呼吸，享受新鲜空气，体会陌生经历，感受新鲜变化，期待收获喜悦。

在追求梦想、寻找真理的道路上，注定有悲伤和痛苦，有忧愁和焦虑，有交集和互联，有怀疑和不信，有意愿和不情愿，还有面临着不同方向岔道的自主判断和艰难抉择，更有在羊肠小道上与陌生人不期而遇的喜悦和在炎炎烈日下辛勤劳作的收获和快乐。

前方道路上，不同的方向让人踌躇不前，模糊的路标让人犹豫不决，但是，最终的抉择往往是不约而同、殊途同归的。人生的道路大致如此，必然中的自然，偶然中的因果，正合"众里寻他千百度。蓦然回首，那人却在，灯火阑珊处"。

弗罗斯特的追求和探索，正如他在《牧场》中所说的那样，"我不会去太久(I shan't be gone long.)"，必然回归到对人性本质的思考和对生命意义的追问。在《少年的心愿》中，充满了人性思索、生命思考和人文关怀。诗人从

---

① Robert Frost, *Frost：Collected Poems*, *Prose*, *& Plays*, ed. Richard Poirier and Mark Richardson. New York：Library of America, 1995, p.784.

第一首《进入自我》的逃离家园、走进茂密森林、探索神秘的未知，到最后一首《不情愿》的接受现实、走下山岗、沿着大道、高兴回家、听从天命、见好就收，正好见证了诗人在诗歌艺术道路上的蓦然回首和思想回归。

弗罗斯特的思想回归，也体现在他对《少年的心愿》中各首诗的精心编排和顺序设计上。诗集的每一首诗都有明显的时间背景，读者翻阅诗集，宛如随着时间长河，从秋流到冬，从冬流过春，从春流至夏，从夏回归秋：《进入自我》黑沉沉的秋日森林、《深秋来客》中的绵绵秋雨、《害怕风暴》中厚厚的积雪、《风与窗台上的花》中剔透的坚冰、《致春风》中欢快流动的雪水、《春日祈祷》中清脆的啁啾鸟鸣、《割草》中恼人的炎炎夏日、《潘与我们在一起》中夏日炙烤的土地、《十月》中凋零飘落的树叶、《我的蝴蝶》中深秋时节散落的枯叶和破碎的翅膀。

第二节 《少年的心愿》中的十四行诗

在《少年的心愿》中共有 4 首十四行诗。它们是《进入自我》（"Into My Own"）、《梦中的痛苦》（"A Dream Pang"）、《有利视点》（"The Vantage Point"）和《割草》（"Mowing"）。

一、《进入自我》

Into My Own

One of my wishes is that those dark trees,
So old and firm they scarcely show the breeze,
Were not, as 'twere, the merest mask of gloom,
But stretched away unto the edge of doom.

I should not be withheld but that some day
Into their vastness I should steal away,
Fearless of ever finding open land,
Or highway where the slow wheel pours the sand.

I do not see why I should e'er turn back,
Or those should not set forth upon my track
To overtake me, who should miss me here
And long to know if still I held them dear.

They would not find me changed from him they knew—
Only more sure of all I thought was true. ①

弗罗斯特于1909年5月首次在《新英格兰杂志》（*New England Magazine*）上发表了《进入自我》这首诗，并于1913年将其收入《少年的心愿》诗集。

《进入自我》是弗罗斯特精心打磨的一首十四行诗，在内容和形式上，都具有鲜明的诗歌艺术特色。弗罗斯特将它编排在第一部诗集《少年的心愿》的第一首诗的位置，足见它在诗人心中的地位，足见它在诗集、在弗罗斯特诗歌艺术中的作用。

《进入自我》是弗罗斯特诗歌艺术百花园中一粒生命力旺盛的种子，是弗罗斯特漫长诗歌创作道路上的一盏指路明灯，也是美国传统诗坛上的一座闪耀灯塔。它自出心裁，卓然独立，在美国文学史上的诗歌地位和历史作用，一点也不亚于英国文学史上华兹华斯和柯尔律治的《抒情歌谣集》上的"序言"。

《进入自我》由3个四行诗节和一个押韵双行诗节组成，呈现"四、四、四、二"结构。这种十四行诗称为"双行体十四行诗"（couplet sonnet），莎士比亚的"双行体十四行诗"已达到炉火纯青的境界。

《进入自我》表明，弗罗斯特也对"双行体十四行诗"得心应手，诗行的押韵格式为 aabb ccdd eeff gg，十分工整，意境深邃，韵律铿锵，将相对独立的诗节联结成密不可分的整体。《进入自我》在诗节安排和韵式布局方面都具有鲜明的英国莎士比亚体十四行诗的特征和风格。

弗罗斯特一共创作了5首押韵格式为 aabb ccdd eeff gg 的十四行诗。除了《进入自我》，弗罗斯特还创作了《接受》（"Acceptance"）、《曾临太平洋》（"Once by the Pacific"）、《睡梦中歌唱的小鸟》（"On a Bird Singing in Its Sleep"）和《谷仓里的一张床》（"A Bed in the Barn"）。这一韵式的诗作数量，仅次于 abab cdcd efef gg 韵式的十四行诗（8首），反映出弗罗斯特对 aabb ccdd eeff gg 韵式情有独钟。

从具体诗行上看，《进入自我》的诗行韵律为抑扬格五音步。在这首严整抑扬格五音步的十四行诗中，弗罗斯特通过日常生活的自然语言的节奏变化和韵格变异，通过语调调整、重音和非重音的有机组合，让诗句传达出丰富、深刻的意义，具有节奏丰富、韵律优美和音韵铿锵的艺术效果。

"意义之音"穿梭在字里行间，回荡着弦外之音，流露出言外之意。诗句在韵式规律性的递进中，在语言节奏和声韵变化中，以"意义之音"更好地

① Robert Frost, *Frost：Collected Poems*, *Prose*, *& Plays*, ed. Richard Poirier and Mark Richardson. New York：Library of America, 1995, p.15.

凸显诗人的想象力，更好地烘托诗人的内心情感，一步步渲染《进入自我》的诗歌主题。

弗罗斯特善于运用不规则韵式，敢于打破音步、格律和韵式的限制，反映出诗人的创作理念和诗歌风格。

第一行韵律十分特殊：第一音步 One of 是扬抑格，即前者 One 为重音节，后者 of 为轻音节；第五音步 dark trees 是扬扬格，即前者 dark 和后者 trees 都是重音节；中间的音步有的是抑抑格，即两个音节均为轻音节。

扬抑格音步散见于其他诗行中，例如，第二诗节第一行行尾 some day 和第三行行首 Fearless；第三诗节第一行行尾 turn back 和第二行中的 set forth。

另外，弗罗斯特还灵活地运用扬扬格，除了在第一行行尾的 dark trees，还在第二诗节最后一行倒数第二个音步 wheel pours、最后押韵双行诗节中最后一诗行第二个音步 more sure 等处，插入了扬扬格，改变了韵律格式，让诗行的节奏充满动感活力，让押韵变得丰富多彩。

《进入自我》语言简练，工整精巧，对比鲜明，比喻美妙，极富情致，用典贴切，意蕴深远。

诗中的核心意象是"幽暗的树林"（dark trees），是一片黑沉沉的世界，充满混乱、无序、危险和不确定性，让人望而却步，不敢深涉。同时，"幽暗的树林"人迹罕至，远离尘嚣，有利于诗人排除尘世纷扰，坚定信心，独立思考，思索自我，探究世界本质，探究宇宙真理。

"幽暗的树林"也象征深不可测、变幻无序的自我灵魂世界。第六行的"悄然溜走"（steal away）一词，源自 19 世纪末、20 世纪初的灵歌，即北美黑人的宗教礼拜歌曲，直接指向人类的精神世界和诗意栖息地。"悄然溜走"在诗集《山外有山》（*A Further Range*，1936）中的《培育土壤》（"Build Soil"）一诗中再度出现：

…
Steal away
The song says. Steal away and stay away. ①
开溜吧
那首歌唱道，开溜吧，且离远点。②

---

① Robert Frost, *Frost：Collected Poems*, *Prose*, *& Plays*, ed. Richard Poirier and Mark Richardson. New York：Library of America, 1995, p. 296.

② 笔者自译。

从中可看出，"幽暗的树林"是弗罗斯特探索未知、思考真理、追问灵魂的所在，也是诗人在漫长的创作生涯中探索、思考和追问的对象。"幽暗的树林"是物质世界和精神世界的象征。

"幽暗的树林"深不可测，长阔无边，延伸至地极天际，"直至地老天荒"（unto the edge of doom）。词组"the edge of doom"源自莎士比亚《十四行诗集》第 116 首第十一至十二行：

> Love alters not with his brief hours and weeks,
> But bears it out even to the edge of doom. ①
> 爱并不因时辰短暂而又变故，
> 而是持之以恒直至地老天荒。②

莎士比亚在诗中所体现的对青年男子、黑肤女郎之爱，不因时间流淌或世间嬗变而见风使舵，他的爱是一座亘古不变的长明灯塔，巍然耸立，光芒万丈，直至末日尽头，直至地老天荒。

弗罗斯特对未知的探索、对自我的思考和对真理的孜孜以求，不因树林的深沉神秘而裹足不前，不因树林的幽暗伪装而心生畏惧，不因茫茫林海深不可测而三心二意，"没有任何理由中途折返"。诗人追求的脚步不止，探询的目光无限，寻觅的疆域无边，直至末日尽头，直至地老天荒。

《进入自我》的句法独特，结构分明。从句法结构上看，第二诗节中的"I should not …"和第三诗节中的"I do not …"形成了句法平衡结构，两句遥相呼应，相辅相成，将诗节更加紧密地联结起来，进一步推进主题思想的发展。这种结构上的平衡看似被第十三行的 They 打破了，实际上却强化了主题思想的发展。

对于弗罗斯特而言，生活如同旅程，始于那片"黑沉沉的树林"（dark trees），终于"地老天荒"（unto the edge of doom）。旅途中充满着"幽暗的伪装"（the merest mask of gloom），"我"都无所畏惧，勇往直前。

或许，"我"会孤独寂寞，恐惧无助；或许，"我"会惦记亲朋，思念好友，但对亲朋好友的牵挂不会成为"我"走回头路的理由。相反，"我"会鼓励他们沿着"我"的足迹加入"我"通往未来、探索未知的旅程，"迎头赶上我(To overtake me.)"。

---

① William Shakespeare, *Shakespeare：The Poems*, ed. David Bevington. Tornonto/New York/London：/Auckland：Bantam Books, 1988, p.308.

② ［英］威廉·莎士比亚：《莎士比亚：十四行诗集》，曹明伦译，保定：河北大学出版社，2008 年，第 233 页。

前十二诗行，主语都是"我"。诗行随着诗节层层递进，以砥砺奋进的力量，不断推动着"我"沿着句子铺就的轨迹探索未知，伴随着"意义之音"走向未来。诗中连续用了 5 个 should 和 5 个 not，进一步强化了少年在人生旅途、诗人之路上义无反顾、不折不挠的坚强意志。

最后的押韵双行诗节将主题思想推向了高潮。第十三行行首的 They，突然转换主语，would not 也更进一步强化了主语 They。

弗罗斯特通过 They，巧妙地使用了"突转"手法，实现了人称、结构的转换，为深化主题思想做好准备。

"突转"（Turn or Volta）是十四行诗中最具活力、最具魅力的艺术手法。"突转"与十四行诗的押韵格式和主题思想有密切关系。在十四行诗艺术中，"突转"大致可分三类：彼特拉克式、莎士比亚式和斯宾塞式。

彼特拉克式突转（Petrarchan Turn），由前 8 行诗节（octave）和后 6 行诗节（sestet）组成，韵式为：abbaabba cdecde（后 6 行韵式有变化），"突转"通常在后 6 行首句开头。

莎士比亚式突转（Shakespearean Turn），由 3 个四行诗节（quatrain）和一个对偶句（couplet）组成，韵式为：abab cdcd efef gg，"突转"通常在第十三行。

斯宾塞式突转（Spenserian Turn），结构同莎士比亚式，但"突转"的位置灵活多变，时而在第二、三诗节之间，时而在第三诗节和最后双行对偶诗节之间。

弗罗斯特在《进入自我》中第十三行运用"突转"手法，They（他们）一词起到了画龙点睛的作用。

"他们"，那些"此时此刻还惦记着我的朋友"，应转换视角，重新审视"我"的生活道路和探索轨迹。而"我"，即"他们所熟知的我"，一切都没有改变，在神秘的未知面前从不畏惧，在自我面前毫不掩饰，在困难面前绝不妥协。因为，"我更加坚信我思索的一切是真理"（more sure of all I thought was true）。

就弗罗斯特而言，《进入自我》是诗歌理想和艺术追求的"宣言书"。弗罗斯特向世人宣告：诗歌创作必须扎根传统又要超越传统，诗歌传统是用来超越的，而不是用来固守的。在此，弗罗斯特用传统的对仗工整的十四行诗形式，结合简朴的语言与和谐的音韵，通过铿锵有力的"意义之音"，表达了"自我"的梦想：突破诗歌传统束缚，开辟诗歌创作新道路，通往诗歌艺术新境界。

二、《梦中的痛苦》

A Dream Pang

I had withdrawn in forest, and my song

Was swallowed up in leaves that blew away；

And to the forest edge you came one day

（This was my dream）and looked and pondered long,

But did not enter, though the wish was strong：

You shook your pensive head as who should say,

'I dare not—too far in his footsteps stray—

He must seek me would he undo the wrong.'

Not far, but near, I stood and saw it all

Behind low boughs the trees let down outside；

And the sweet pang it cost me not to call

And tell you that I saw does still abide.

But 'tis not true that thus I dwelt aloof,

For the wood wakes, and you are here for proof. ①

　　《梦中的痛苦》是弗罗斯特早期创作的一首十四行诗。关于这首诗的具体创作时间，一直存在着争议，至今也没有定论。根据弗罗斯特回忆，他是在马萨诸塞州劳伦斯定居期间创作了这首诗。据此推断，这首诗的创作时间大约在19世纪90年代末期。也有学者认为，这首诗创作于1902年。

　　《梦中的痛苦》是弗罗斯特最为得意的十四行诗之一。根据劳伦斯·汤普逊（Lawrance Thompson）在《弗罗斯特早年岁月：1874—1915》中的记载，1907年8月6日，弗罗斯特写信给出版商苏珊·海耶斯·沃德（Susan Hayes Ward），随信附上了这首十四行诗。弗罗斯特自豪地说：我终将掌握十四行诗这一诗歌形式。②

　　事实证明，《梦中的痛苦》意境开阔，构思巧妙，设想新奇，风格素朴，给人一种一鸣惊人、石破天惊的感觉。

　　几乎在同一时期，弗罗斯特找到了表达思想的"意义之音"，破解了字词和音调精妙融合的奥秘，捕捉到日常语言的自然韵律，给十四行诗插上了一双抑扬顿挫、朗朗上口、思想深邃的翅膀。

　　《梦中的痛苦》采用"前八、后六"的诗行结构，带有意大利彼特拉克体十四行诗的遗风。同时，它的押韵格式是 abbaabba cdcdee，独具一格，兼具英

① Frost Robert, *Frost*：*Collected Poems*, *Prose*, *& Plays*, ed. Richard Poirier and Mark Richardson. New York：Library of America, 1995, p.25.

② Lawrence Thompson, *Robert Frost*：*The Early Years 1874—1915*, New York：Holt, Rinehart and Winston, 1966, p.561.

国十四行诗的鲜明特色，带有西德尼、斯宾塞和莎士比亚的韵脚特征。

弗罗斯特特别喜欢 abbaabba cdcdee 韵式。除这首《梦中的痛苦》之外，弗罗斯特还创作了《相逢又分离》（"Meeting and Passing"）和《大小随心如意》（"Any Size We Please"）两首押韵格式为 abbaabba cdcdee 的十四行诗，其中，《相逢又分离》是欧美国家家喻户晓的名篇。这 3 首十四行诗的韵式均为 abbaabba cdcdee，但是它们在诗行排列和诗节安排上各具特色，各有千秋。

《梦中的痛苦》前 8 行包含两个诗节，韵式是 abbaabba，和西德尼的十四行诗韵式一脉相承，异曲同工。西德尼的《爱星者与星星》共收录 108 首十四行诗，其中有 63 首采用了 abba abba cdcd ee 韵式。这种韵式在西德尼手中变得浑然一体，一气呵成，曾是英国十四行诗的标准和规范。

斯宾塞也喜欢西德尼十四行诗的押韵格式。他借鉴意大利十四行诗人为意大利体十四行诗创建的前 8 行诗节的押韵格式传统，秉承英国十四行诗人为英国体十四行诗前 8 行诗节（第一、第二个四行诗节）所树立的押韵格式传统，借鉴西德尼在《爱星者与星星》中对十四行诗后 6 行（第三个四行诗节和结尾对偶句）规定的押韵格式模式，创立了斯宾塞体十四行诗的押韵格式 abab bcbc cdcd ee。

《梦中的痛苦》的后 6 行诗句，即第三诗节、押韵双行诗节仍然采用西德尼和斯宾塞十四行诗的结构安排和押韵格式。

西德尼和斯宾塞对莎士比亚的十四行诗创作产生了深刻影响，这在莎翁的《十四行诗》和《情女怨》中表现得尤为明显。莎士比亚遵循并超越了英国十四行诗的传统。他进一步强化了十四行诗"四、四、四、二"的整体结构，规范了英国体十四行诗的押韵格式 abab cdcd efef gg。

《梦中的痛苦》最后两行诗句，具有明显的莎士比亚体十四行诗的特色：双行押韵和工整对偶。弗罗斯特对这种典雅的押韵格式 abbaabba cdcdee 情有独钟，而且运用自如，得心应手。

弗罗斯特在《梦中的痛苦》中的视角，已由《进入自我》的"黑沉沉的森林"，转到森林中的"矮树后面"（Behind low boughs，第十行）。诗中有两个人物，"我"（I）和"你"（you）。

"我"已经先行一步，躲进了森林，投入一个崭新世界的怀抱，并转过身来，向"你"频频招手，正如《牧场》一诗所说的那样，示意"你也来吧"（you come, too）；而"你"依然犹疑不决，站在森林之外静眼观瞧，凝神思索。两人的思想交流和全诗的精彩对话由此展开……

诗人置身于寂静的森林之中，利用有利视点和独特视角，将森林外面的世界看得清清楚楚，看得真真切切（saw it all，第九行），包括在森林边缘徘徊不前、忧心忡忡的"你"。

"你"面对沉静的树林，东张西望，若有所思，在欲退还前之际，却临阵止步，踌躇不前，摇摇头说："我不敢"（I dare not，第七行）。原来，"你"始终怀疑"我"的选择，认为"我""足迹偏离得太远"（too far in his footsteps stray—）；原来，"你"始终怀疑"我"的追求，诚如《未走之路》（"The Road Not Taken"）所言，树林里，杂草丛生（grassy），人迹罕至（wanted wear）。

"你"不敢听从"我"的召唤，勇敢地向前迈步，与"我"汇合，携起手来，一起走进森林。相反，"你"一再劝说"我"：有朝一日，"你若迷途知返就来找我"（He must seek me would he undo the wrong，第八行）。

"你"拒绝了"我"的善意邀请，否定了"我"意志坚定的选择，让"我"感到"一阵甜蜜的剧痛"（the sweet pang，第十一行）。好在"这只是一场梦"（This was my dream，第四行），"我"孤独一人、离群索居并非真实（But 'tis not true that thus I dwelt aloof，第十三行），森林也会有苏醒的时候（the wood wakes，第十四行），"我"也终将醒来，回到现实之中。

由此可见，整首诗都在描写一场梦境，延续了《少年的心愿》中的孤独、冲突主题。在《少年的心愿》中，那位少年因为孤独，逃离喧嚣的现实，进入黑沉沉的树林。在《梦中的痛苦》中，那位少年因为孤独，逃离嘈杂的环境，偷偷溜进梦境，在梦中和"你"展开一场对话。

对话，是驱除孤独、排解苦闷的一方良药。现实中难以展开的对话，在梦境中顺利进行。现实中难以实现的愿望，在梦境中如愿以偿。

但是，那位少年在虚幻的梦境中睁眼所见，包括森林、人物和人物之间的对话，都不是真实的，和现实中的场景、人物及其对话完全不同。梦境和梦醒形成了鲜明对照，映射出反差、虚幻和冲突。

这就触及到《梦中的痛苦》孤独之外的另一主题：冲突和矛盾，包括人与人之间的冲突、梦境和现实之间的冲突、个人和社会之间的冲突等。

人与人之间的冲突是弗罗斯特诗歌中常见的主题，但在《梦中的痛苦》中揭示主题的角度十分独特，反映主题的深度也不同寻常。

"我"是一名孤独的歌者，但是歌声总被风湮没、被树叶卷走（and my song/Was swallowed up in leaves that blew away，第一至二行）。这就奠定了全诗两人对话的基调：悲凉、伤感、不平衡、不和谐。

诗人的歌声如此脆弱，听众相隔遥远，歌声无法跨越遥远的距离。甚至，梦中根本就没有听众。"我"歌唱的愿望强烈，说话的心愿单纯，但是没有听众，没有对话的伙伴。冲突就此展开在读者面前。

当"我"看见"你"来到森林边缘（to the forest edge you came，第三行）的时候，"我"却不愿、不想或无力告诉"你""我所看见依然存在"（I saw does still abide，第十二行）。"你"忧心忡忡地摇着头，拒绝了"我"的对话请求，无法听到"我"的歌声。两人之间的矛盾激化。

弗罗斯特的十四行诗中，经常出现一个意象：歌（song）。在《梦中的痛苦》里，林风乍起，林叶飘落，将诗人的歌声湮没在茫茫林海中。他的诗，没有掌声；他的歌，没有听众。

诗人生而歌唱。唱歌，若没有听众，不仅是诗人个体的悲哀，而且是那个社会和时代的悲哀。

在十四行诗《灶头鸟》（"The Oven Bird"）里，灶头鸟也是没有听众的歌手。灶头鸟在夏日森林中放声高唱，尽情享受由树林枝干反射的回声。灶头鸟是唯一的听众。诗人警告灶头鸟：百鸟争鸣之时，你最好停止歌唱！不然，你必将在万物轮回中走向消亡（a diminished thing）。

在十四行诗《睡梦中歌唱的小鸟》（"On a Bird Singing in Its Sleep"）里，那只小鸟躲在灌木丛中，在半睡半醒间哼了半曲歌谣便骤然停止。若一味任性放声高歌，小鸟将成为生物链上最容易被捕食的猎物（much more easily a prey）。

在十四行诗《鸟的歌声绝不该一成不变》（"Never Again Would Birds' Song Be the Same"）中，伊甸园里的鸟儿，因为整天听着夏娃的声音，不再用自己的声音歌唱，早已掺杂着夏娃那悦耳动听的声音和意味深长的腔调。鸟儿的歌，已不再是鸟儿的原唱！

《梦中的痛苦》中的歌手，和密林中的灶头鸟、灌木丛中的小鸟一样，都是孤独的歌者，歌声哀婉，旋律忧伤。不过，《灶头鸟》中的灶头鸟并非用字眼或言语（but words）提出的有关万物兴衰和世事更替的问题令人深思。在《鸟的歌声绝不该一成不变》中，夏娃的腔调没有字眼或言语（without words）同样意味深长且发人深省。

在另一首十四行诗《熟悉黑夜》（"Acquainted with the Night"）中，那位孤独的人，冒着大雨，行走在漆黑的街巷里，遇上了看更人，还得"垂下目光"。他不愿意、也无法解释为什么要"垂下目光"。

歌声随着大风被树叶吞没，鸟儿的歌不再是原唱，夏娃的声音虽意味深长却没有字眼或言语，就连那位孤独的雨夜行人路遇更夫也不愿意用字眼或言语来做任何解释说明。可见，悲凉已无以复加，孤独已难以承受。

不过，对于诗人而言，这都不是问题。诗人，总要歌唱，不管有没有听众！诗人的歌，有语言也有形式。十四行诗这一古老传统且充满活力的形式，让诗人可以尽情尽兴，唱出优美动听的歌。

十四行诗具有旺盛的生命力，诗句意义（meaning of sentence）和语言风格（syntax idiom）相向而行，在相互碰撞中融合无间，在相互纠缠中浑然天成，激发出优美动听、和谐委婉的音调（intonation），传递出声韵悠扬、有声有色的"意义之音"。

在《梦中的痛苦》的前 8 行中，"pensive" 和 "pondered" 两个女性化含义的单词，提醒读者："你"是一位女性，"我"则是男性。原来，对话的双方是诗人弗罗斯特和他的妻子艾琳娜。早年，两人的争吵时有发生，激烈争吵之后，弗罗斯特偶尔也离家出走，逃避烦闷。

冲突通常以弗罗斯特做出让步、向艾琳娜道歉收场。正如弗罗斯特在《家庭墓地》（"Home Burial"，1914）中所说："男人与女人一起生活，／就得当让则让（A man must partly give up being a man/With women-folk.）。"

当家庭"战火"硝烟散去，心灵天空晴朗，弗罗斯特向艾琳娜道歉，两人和好如初。

《梦中的痛苦》就是弗罗斯特写给艾琳娜的一首爱情诗。对于弗罗斯特来说，双方冲突之后，有一个地方可以逃离，那就是"树林"；逃离之后，有一个地方值得回归，那就是"家"。

"家"是什么？弗罗斯特认为，这完全取决于读者心中关于"家"的理解。他在《雇工之死》（"The Death of the Hired Man"）中给出一个富有哲理的答案："家就是你不得不进去的时候，他们不得不让你进去的地方。"①

解决家庭矛盾，如同解决个人和社会冲突一样，弗罗斯特的策略是，先逃离后回归。反观弗罗斯特的创作生涯，又何尝不是这样？《少年的心愿》中，这位意气风发、怀揣梦想的少年，离群索居，到森林中寻找自我，追寻梦想。在《少年的心愿》诗集末尾的一些诗篇中，"回归"的主题若隐若现，初露端倪。

《波士顿以北》出版之后，弗罗斯特在诗歌创作上就实现了主题思想的"回归"。那位追梦少年的身影渐渐隐去，取而代之的是"人"。弗罗斯特后来在《贫穷与诗歌》（"Poverty and Poetry"）一文中提到，"当我创作《波士顿以北》这部'人的书'之时，我直抒胸臆，绝无言外之意"②。至此，那位少不经事的懵懂少年，已经长大成为成熟稳重的自信成人。他将目光投向了更加宽广的未知境域。

从句法上看，《梦中的痛苦》由 3 个完整的句法单位构成。前 8 行构成第一个句子。后 6 行有两个句子：从第九行到第十二行构成第二个句子，最后双行押韵句子构成第三个句子。每个句子结束处有一个句号作为标志。

---

① ［美］罗伯特·弗罗斯特：《弗罗斯特全集》，曹明伦译，沈阳：辽宁教育出版社，2008 年版，第 57 - 58 页。

② Robert Frost, *Frost: Collected Poems, Prose, & Plays*, ed. Richard Poirier and Mark Richardson. New York: Library of America, 1995, p. 763.

这 3 个句子各自独立却又联系紧密。英语十四行诗常常在第八句和第九句之间有一个"突转"标识，第九行行首的否定词"Not"印证了读者心中对句法和意义转折的预期。

但是，第九行行首的"Not"和第五、七行的"not"具有同样的否定语气和语法功能，都在讲述同一语境中的同一件事，只是叙述的角度由"你"转换成"我"，并没有句法和意义上的转折。

从"你"的角度，当诗人的妻子来到树林边缘却不愿进入森林和诗人汇合的时候，读者有一个直觉：诗人一定会劝说妻子尽快进入林子和诗人一同探索未知世界。

从"我"的角度，第八行中处于宾格位置的"me"到了第九行中转变为处于主格位置的"I"，标志着叙述角度的转换。

不料，第九行的"Not"给了读者一个意外：诗人只在"不远处"静悄悄地看着妻子，却"不愿召唤"（not to call）妻子。第十一行的"not"延续和加深了读者的意外之感。

可见，俩人对话有障碍，交流有阻隔。读者可以设想：如果诗人愿意召唤妻子，鼓励妻子，他妻子或许就会进入林子，和他共同欣赏林中美景。诗人的境况一定会有所不同。有妻子的加入、陪伴，一路前行，诗人就不至于寂寞、烦恼、孤独、痛苦了。起码，诗人心中感到的"剧烈疼痛"在一定程度上能得到减轻或缓解。

实际上，这只是一个意外，并没有给读者带来戏剧性的惊喜，更没有给读者带来句子或意义上的意外转折。真正的转折在于第十三行的"But"。

"But"不仅具有句法和意义上的转折作用，而且具有警句作用。这是英语诗歌双行押韵警句的奇妙之处，也是"突转"手法在英语十四行诗的灵活应用。

全诗共有 5 个否定词"not"，将全诗置于否定的氛围中。第一行的"withdrawn"、第二行的"swallowed up"和"blew away"、第七行的"stray"等一连串具有否定意义的动词，语气层层加强，主题步步深入，进一步强化了诗行中的否定意义，增添了全诗悲凉、愁闷、抑郁的气氛，凸显了诗歌对立冲突、相互矛盾的主题。

这种悲凉孤单、落寞彷徨的气氛，一直延伸到最后两行的押韵双行对句。"But""突转"之后，诗人决意扭转全诗令人沮丧的失望氛围，在第十三行再次选择了一个具有否定意义的词组"dwelt aloof"之后，笔锋一转，点明主题：诗人进入森林，逃离家庭，远离人群，都是一场梦；梦醒时分，森林醒来，大地焕然一新，心情为之一振，"你就在这里作证"（you are here for proof，第十四行）。

弗罗斯特采用了 5 个否定词 "not" 和一连串具有否定意义的动词词组，语气逐行增强，主题层层深化，将全诗悲凉、失望的气氛推到顶点之后，笔锋一转，点明主题，全诗戛然而止，收到意蕴千钧的效果。

无独有偶，《进入自我》也有 5 个否定词 "not"，同样营造了一种悲凉的氛围，同样具有否定、疏离、冲突和矛盾的意义。从这个角度上看，《梦中的痛苦》和《进入自我》在句子结构和主题思想上是密切相关的。

《进入自我》中的那位少年，有离群索居的冲动和探索真理的理想。《梦中的痛苦》中，他的冲动潜入深层思想意识，他的理想溜进神秘梦境。在他的意识深处，他梦想着勇敢地走进一座森林，投入另外一个陌生世界，从森林这一有利视角，仔细观察里里外外的世界。

在下一首十四行诗《有利视点》中，那位追梦少年真正地采取实际行动，大胆地走进森林，选择一个制高点，将森林的里里外外、上上下下都看个真真切切，将人间万种情、千种态、百样人都看个明明白白。

三、《有利视点》

The Vantage Point

If tired of trees I seek again mankind,
    Well I know where to hie me—in the dawn,
    To a slope where the cattle keep the lawn.
There amid lolling juniper reclined,
Myself unseen, I see in white defined
    Far off the homes of men, and farther still,
    The graves of men on an opposing hill,
Living or dead, whichever are to mind.

And if by noon I have too much of these,
    I have but to turn on my arm, and lo,
    The sun-burned hillside sets my face aglow,
My breathing shakes the bluet like a breeze,
    I smell the earth, I smell the bruisèd plant,
    I look into the crater of the ant.

根据出版商苏珊·海耶斯·沃德的回忆，1907 年 8 月，她收到了弗罗斯特寄来的《有利视点》诗稿。可见，弗罗斯特是在 1907 年（他 33 岁）之时或更早之前就完成了这首十四行诗的创作。

《有利视点》表明,诗人的十四行诗创作已炉火纯青,主题思想已步入出神入化的境界。

《有利视点》证明,弗罗斯特在创作生涯的早期(1907 年或更早之前),就形成了语言简洁明丽、对照鲜明突出、声调悠扬动听的诗歌风格。

正如诗人于 1925 年 6 月在《〈艺术作品选:达特茅斯诗歌卷〉引言》("Introduction to 'The Arts Anthology: Dartmouth Verse'")一文中所言:诗人必须在 15 至 25 岁这个年龄阶段就形成自己的创作风格(strike his individual note);诗人保持这种风格的时间或长或短,但是他必须在这个年龄段形成自我风格,否则就永远休想了。①

在形成创作风格的过程中,他自始至终十分注重诗句的音调(intonation),重视重音、扬音、长音、停顿的浑然融合,凝聚"句子声音",提炼"意义之音",赋予诗歌语言无穷的生命活力。

弗罗斯特以毕生的创作实践,践行着自己的诗歌理想。

《有利视点》的押韵格式是 abbaacca deedff,呈"前 8 行、后 6 行"结构。在前 8 行中,首 4 行诗节 abba 属于彼特拉克的韵式,acca 是英国诗人华兹华斯的韵式。在后 6 行中,deedff 是弗罗斯特独创的韵式。如果严格按照传统十四行诗韵式,全诗可用 4 韵,即 abbaabba cddccd 或 abbaabba cdcddc,也可用 5 韵,即 abbaabba cddece 或 abbaabba cddcee 等。但是,弗罗斯特一反传统手法,全诗采用 6 韵,即 abbaacca deedff。这是弗罗斯特唯一一首韵式为 abbaacca deedff 的十四行诗。

那位意气风发的追梦少年,在《少年的心愿》中立志逃离现实,远离喧嚣的社会,进入黑沉沉的森林,独立思考世界本质,自行探索生命意义。梦想和现实相距遥远,唯有实际行动才能拉近梦想和现实之间的距离。

在《梦中的痛苦》中,他进入梦境,梦想着逃离嘈杂的环境,进入神秘莫测的森林,站在低矮的树丛后面,回望来时之路;占据有利位置,仔细观察树林外面的世界,与森林之外的人进行交流。但是,这只是梦境而已。他在梦境中有超强力量,但在现实生活中,他仍然没有胆量和勇气采取实际行动,追逐自我梦想。

在《有利视点》中,他逐渐强大起来,逐渐自信起来,毅然决然地跨出勇敢的第一步,将多年的人生计划和毕生的宏伟构想付诸实际行动,将虚幻的梦境变成真切的实境,将多姿多彩的梦想变成可触可摸的现实。

---

① Robert Frost, *Frost: Collected Poems, Prose, & Plays*, ed. Richard Poirier and Mark Richardson. New York: Library of America, 1995, p. 710.

《有利视点》的标题含义丰富，意蕴千钧，是我们理解全诗主题的关键。"Vantage"一词，意为"优越的位置""有利的形势"或"有利的时机"，可指人观察环境、思考形势、把握时机的优势。

那位志存高远的男孩，决意离群索居，但对人类社会始终有着难以割舍的情结，在远走高飞的旅途中，时不时停下脚步，留意身边的景色，眺望逐渐缩小的城市村镇，思念熟知的亲朋好友，重新定位自我和他人之间的角色，深入思考人与社会、人与自然的关系。

宏观视野

前8行诗节：诗人将读者带入一个宏观视野。一天拂晓（in the dawn），晨曦初现，作为一个独立思考的视觉主体的那位男孩，走上有羊群守护的高坡（To a slope where the cattle keep the lawn.），躲进枝繁叶茂、枝桠低垂的杜松树林，懒洋洋地斜躺在草地上，占据有利地形，构筑观察据点，对周围环境进行全方位观察，林里林外、近处远方和天上地下无一遗漏地被纳入自己观察的视野。

他占尽了天时地利人和。在他周围，牛羊成群，绿草如茵，矮树掩映，环境优美，一片宁静。他地处高坡，居高临下，视野开阔，自然景象饱览无遗，他所在之处是观察世界的最有利地形，其重要意义不亚于军事要塞。

当然，这位喜欢掌控视野的自信男孩，不是指挥千军万马的将军，他占据"有利视点"的目的也不是克敌制胜。他是"一位哲性诗人"，把自己隐藏起来，"别人看不见我"（Myself unseen），自己却能极目远眺，目的是通过"视觉主体"对"视觉权力"的自觉实践，通过对宇宙万象的仔细观察，寻找"不可言说"的真相，占领人类思想的制高点，将思想利剑直指人性弱点和社会弊端，重构人和社会、人和自然的和谐关系。

"别人看不见我"（Myself unseen）：别人看不见我，而我可以极目远舒，尽情观看。他不用担心像萨特在《存在与虚无》中所揭示的观看主体因"他人的注视"而由"主体—我"沦为"对象—我"，也不用顾虑像福柯在《临床医学的诞生》中所描述的观看主体因"他者凝视"的目光渗透而由"生命主体"消解为"死亡主体"。

"远离人家的地方，看更远之处"（Far off the homes of men, and farther still）：他可以自我主体的目光为中心，极目远眺，统摄万物。他那独一无二的眼睛成为世界万象的中心。世界风景都向眼睛聚拢，直至视点在远处消失；那可见的万象世界都是为他——一个自由观看者——而安排的，正如宇宙一度被认为是为上帝而安排的一样。

他观看，不但用笛卡尔的"我思"策略来证明自我存在，而且充分用自我存在来拓展和深化"我思"的意义。他通过视觉观看，陷入了沉思："生者的家园"（the homes of men）映射当下人类社会，"死者的墓穴"（the graves of men）反映来生的精神生活。

他通过主体视觉观看，建立起一个自由的凝视王国，目光所及之处，世间万物都为自我而存在，为证明自我的价值而存在。他充分运用视觉权力，对一系列可见的客观对象进行命名，对由目光建立起来的自由王国进行"界定"（defined）：观看者和被看者、生者和死者、家园和墓园、现世和来生等。这种界定，充分反映了弗罗斯特二元论的哲学思想。

他的目光王国，自由自在，悠然自得，充满着五光十色的生命色彩。色彩充满着生命的力量，色彩成为自我构筑统摄万物的目光王国的生命媒介，成为他通往自由王国的必由之路。在这里，"一片有羊群守护青草的坡地"（a slope where the cattle keep the lawn），漫山遍野的绿色象征绚丽的生命和美好的希望。

"死者的坟墓"（the graves of men），浓密的树林和黝黑的坟墓，透出一片黑色。黑色，象征生命的终结。

"我看到被定义的白界"（I see in white defined）：白色，象征着恐怖和死亡。白界充满着一片白色，充满杀戮和哀悼，是死亡的世界。白界是生命世界的终结，也是死亡世界的开始。

白色在弗罗斯特诗歌中有着深刻的含义。在《意志》（"Design"）中的"白色"，象征捕杀和死亡。一只白色的胖蜘蛛在白色的万灵草中捕杀了一只白色的飞蛾，这又是一个"白界"，一个充满着白色恐怖的世界。

同时，白色又象征着复活和重生。在《小河西流》（"West-Running Brook"）中，白色的小鸟在黑色河流上追逐白色的浪花，编织出壮丽的生命之舞，白色象征生命的律动。

在《有利视点》中，白色（in white）居于绿色和黑色、生命和死亡之间。白色，是联结生命和死亡的界域，让人联想到通常也为白色的教堂。教堂，是生者和死者的通道，是现世和来生的中转站。在圣洁的教堂里，死者获得了超越时空的自由和权威，注视世界的秩序和宇宙的周流；肉体在此安息，灵魂渐行渐远，走向极乐世界。

创作手法"突转"

《有利视点》在诗节安排上采用了"前8行、后6行"结构，其韵式是abbaacca deedff，其中，首4行韵式 abba 源自彼特拉克，次4行 acca 是华兹华斯韵式；后6行 deedff 完全是弗罗斯特独创的。

弗罗斯特喜欢形式（form），善于形式独创（the making of form）。他将"意义之音"概括为"纯粹的声音"（pure sound），即"纯粹的形式"（pure form）。

他在《致〈阿默斯特学生报〉的信》中说：世界美妙之处，在于它承认形式存在和形式创造，在于它不断呼唤形式（not only admits it, but calls for it）。[①]

《有利视点》后6行诗节 deedff 韵式是弗罗斯特承认形式、独创形式、呼唤形式的诗歌理念的成功实践和价值体现。在此，"意义之音"是隐藏在韵式背后的形式，是存在于"一扇隔断单词的门后的声音中"的形式，是"形式中的形式"，是诗歌艺术的"最高形式"。

"突转"手法高妙，是弗罗斯特形式创新和主题拓展的成功范例。弗罗斯特在第十行实现了"突转"，以"turn"双关语为标志。单词"turn"力拔千斤，一字九鼎，具有多重的阐释维度和丰厚的思想容量：它是一种富有魅力的十四行诗创作手法，同时也反映出弗罗斯特的诗歌艺术理想和哲学思想。

第一，"突转"是时间和空间的交汇点。在时间上，春末夏初，季节转换；拂晓之前，红日厚积薄发，万物欢呼雀跃，牛羊悠然自得，树林生气奔涌，原野郁然高朗。

在空间上，前8行诗节涵盖了3个空间维度：一是弗罗斯特式的世界，由"有牛群守护青草的坡地""杜松树林"和"远离人家的地方"构成的现实世界；二是托马斯·莫尔的乌托邦世界，生者和死者共同守护的"白界"，一个由教堂承载的象征符号所指——天堂；三是米歇尔·福柯的"异托邦"世界，死者的家园——"白界内的座座坟墓"。"乌托邦"世界虚幻而不真实，而"异托邦"则可感可知，只不过要理解"异托邦"世界需要知解力和想象力。

福柯认为，只要我们想象安葬在墓地中的人的性别、曾经生活的年代、生平、环境，以及语言、信仰等文化元素，就不难理解墓地是一个受身份、地位、等级等权力因素影响的异域空间。

第二，"突转"是"阿基米德支点"。古希腊伟大的百科全书式科学家阿基米德曾说，"给我一个支点，我就能撬动地球"。这就是著名的"阿基米德支点"（Archimedean point）。弗罗斯特在《有利视点》中的突转，是一个将时间和空间、宏观世界和微观世界联结起来的关键点，具有推动时间和空间相互变换、宏观世界和微观世界有机联结的魔力。

在"突转"的支点上，时空得以转换：1）季节转换（春末夏初）；2）时间飞逝（由破晓到正午）；3）观看者体位翻转（左右斜躺）；4）韵式变化（前8行 abbaacca、后6行 deedff）；5）句子声音转调（音长、音量、音高等）；6）观看主体视野缩小（由宏观到微观，由茫茫森林到无名小草，由健壮牛群到微小蚁群等）。

在观看者视觉原动力的驱动下，宏观世界和微观世界这两个自在自足、各

---

① Robert Frost, *Frost: Collected Poems, Prose, & Plays*, ed. Richard Poirier and Mark Richardson. New York: Library of America, 1995, p.740.

自周流的世界煞那间同律同构，从此生生不息，浑然一体。

第三，"突转"是"小规模的哥白尼式转变"（Little Copernican Turn）。弗罗斯特在《有利视点》中的"突转"手法，集中反映出个人和诗歌在美国文学史上的重要作用。弗罗斯特认为，他的第一部诗集《少年的心愿》，是他个人诗歌创作生涯中的关键转折点，也将折射出英美诗歌艺术风格的跨越式转变。他的十四行诗，如同在天文学上哥白尼的"日心说"宇宙观对沿袭甚久的"地心说"宇宙观的突破，也必将突破传统十四行诗的形式和内容桎梏，开拓英语十四行诗艺术新视野和新境界。

第四，"突转"实现了奥古斯丁的物理时间到心理时间的转变。奥古斯丁颠覆了亚里士多德的"时间是关于前后运动的数"的物理时间观，提出了"内在时间观"：时间是人的思想的延伸和延展，过去存在于"记忆"中，将来存在于"期待"中，当下则存在于"注意"里。奥古斯丁把过去和将来都纳入当下。

弗罗斯特在《有利视点》中，通过"突转"手法，伴随着"意义之音"，实现了前8行的物理时间（清晨、拂晓）到后6行的物理时间（中午）和内在时间（乌托邦时间、异托邦时间和洞喻时间）的转变。

微观世界

后6行诗节：诗人通过"突转"手法，将读者带入一个微观世界。这位少年，作为一名观察者，看腻了牛群、青草、树林，厌倦了绿色、黑色、白色，斜躺观看的时间长了，"太阳炙烤的山坡使我脸颊发烫"（The sun-burned hillside sets my face aglow），身体上来一个"华丽转身"（Turn），"换只胳膊倚傍"（turn on my arm）。他转过身子，手肘弯曲，掌托脑袋，由宏观的远眺转为微观的凝视。

由此华丽转身，他开始了微观凝视：近观蝼蚁，凝视洞穴。弗罗斯特在微观世界里，也向读者呈现了两个生命空间：植物空间和动物空间。

在植物空间中，"bluet"和"bruisèd plant"两个词是关键，具有丰富的象征意义。

"bluet"即"矢车菊"，是北美大地常见的一种开蓝花的植物。"bruisèd plant"是指由于"我"转变观看体位而"被擦伤的植物"。"我用气息像微风一样让野花摇曳"（My breathing shakes the bluet like a breeze）。在这个微小的空间里，他通过"气息"（breathing）建造了一个供小我和植物共享的生态天地：这些小花小草，不仅是大自然的装饰物，而且是具有独立意识的生命，与"我"咫尺相望，同声相应，相互交融，共拥天地。

在动物空间里，诗人开始质疑肉眼的能力和视野，引进了柏拉图著名的"洞穴比喻"。他决意将凝视的视野拓展到深不可测的地下，从而颠覆肉眼所见世界的真实性。

弗罗斯特对肉眼的质疑，在《熟悉黑夜》（"Acquainted with the Night"）、《熊》（"The Bear"）等诗篇中均有深刻见解。

在《熟悉黑夜》中，他就以"灵视"直视更夫的肉眼凝视，颠覆权力集团的监视，实现了心灵凝视对肉眼观看的超越。

在《熊》一诗中，弗罗斯特嘲讽阿卡德米学园的柏拉图及其弟子们，终日在树林里边散步边传授知识，用"问答式对话"探究真理，宛如一只被关在树林中的笼子里的熊，一手拿着望远镜，一手拿着显微镜，迈着"科学的步伐"（scientific tread），企图穷究宇宙奥秘。

诗人尖锐地指出，他们简直是痴心妄想，终究挣脱不了"理念论"笼子的桎梏。与其遥望星空，空谈天道，不如脚踏实地，仔细观察，从实践中得出真理。他借助柏拉图的显微镜，凝视"蚁穴"（the crater of the ant），凝视洞穴中的蚂蚁，赞叹蚂蚁的聪明、勤劳、团结、合作精神。弗罗斯特眼中的蚂蚁，自由自在，无忧无虑，悠然自得，其乐无穷，远非柏拉图洞穴中的人能所及。

弗罗斯特利用一个充满生命力的意象"My breathing"，配合"自然之风"（a breeze），融合诗句的"意义之音"，将动物世界和植物世界联动起来。

至此，那位追梦少年，利用有利视点，通过主体凝视将天上、地面和地下的万象都纳入了自我的视野；通过韵式、跨行连续、"突转"手法和"意义之音"，建立了一个自由自在、息息相通的世界，让植物世界、动物世界和人类世界和谐共生，共同繁荣。

四、《割草》

Mowing

There was never a sound beside the wood but one,
And that was my long scythe whispering to the ground.
What was it it whispered? I knew not well myself;
Perhaps it was something about the heat of the sun,
Something, perhaps, about the lack of sound—
And that was why it whispered and did not speak.
It was no dream of the gift of idle hours,
Or easy gold at the hand of fay or elf:
Anything more than the truth would have seemed too weak
To the earnest love that laid the swale in rows,

Not without feeble-pointed spikes of flowers

(Pale orchises), and scared a bright green snake.

The fact is the sweetest dream that labor knows.

My long scythe whispered and left the hay to make.

《割草》是弗罗斯特早期创作的和农场劳动主题有密切关系的一首诗。这与弗罗斯特早年在新英格兰的德里农场的务农经历有关。这位新英格兰的"农民诗人"，创作了许多和农事有关的诗歌，包括《补墙》("Mending Wall")、《熟悉乡下事之必要》("The Need of Being Versed in Country Things")、《摘苹果之后》("After Apple-Picking")、《播种》("Putting in the Seed")、《斧柄》("The Ax-Helve")、《运石雪橇里的一颗星星》("A Star in a Stone-Boat")等。

弗罗斯特创作以农事为主题的诗歌，并非为了晓喻人们精耕细作、适时播种、及时收获的知识或技术，而是指向更深邃的哲理：农民在田野劳作中的平整高低不平的土地、除去田间害虫杂草、修剪植物的残枝败叶、储存丰收果实等农事活动，和诗人在书房内进行诗歌创作中的遣词造句、精选意象、修饰声韵、反复推敲、谋篇布局等智力活动，在动机、过程、目的和成果等方面都息息相通、密不可分。

农民的劳作和诗人的创作一样，都在改造自然、创造世界，本质上都是将杂乱无章、纷繁复杂的无序改造成井井有条的秩序。在农民手中，荒野变良田，沼泽成清泉，荒草成肥料，粪便成宝贝；在诗人笔下，陈词赋新意，老调显新韵，微言含深意，旧曲谱新篇。

农民手中的镰刀挥洒自如，低声吟唱谱写大地之歌；诗人手中如椽大笔掷地有声地谱写心灵之歌；字里行间音韵悠长、铿锵有力、抑扬顿挫地成就诗歌的"意义之音"。

农民的劳动是创造，艺术家的创作也是创造。《割草》一诗，反映出弗罗斯特的创作思想：农民和诗人一样，都具有化腐朽为神奇的力量！

那位怀揣梦想的追梦少年，走出了梦境，放弃了幻想，拥抱真实的世界，开始用农民般诚实的态度和大地诚恳地交流，开始以辛勤的劳作拥抱现实世界，开始以诗人般丰富的想象收获智慧成果。

《割草》是一首不规则的十四行诗。它的不规则具体表现在三个方面：一是它的押韵格式不规则，韵式为 abc abd ec dfeg fg；二是它的诗行音步数量不一，有的 5 音步（10 音节），有的 6 音步（12 音节），有的介于 5、6 音步之间（11 音节）；三是它的诗行格律参差不齐，多数是抑扬格，有的是扬抑格，有的是抑抑格。

　　《割草》是弗罗斯特最喜爱的诗作之一。诗人日后与友人通信、谈话时，在不同场合的演讲中，都常常朗诵或引用《割草》一诗。弗罗斯特颇以《割草》一诗为得意之作，因为他在这首诗中打破了传统十四行诗在韵式、韵律、韵脚和音步方面的限制，在创作手法上推陈出新。更重要的是，《割草》一诗集中体现了弗罗斯特关于提喻手法和"句子的声音"的诗歌理论精华，反映出弗罗斯特孜孜以求的创作理想和艺术追求。

　　弗罗斯特在早期的诗歌实验中，就十分喜欢运用提喻修辞手法（synecdoche）表达深刻含义和主题思想。他曾说："在诗歌中，我更喜欢提喻——这种以局部代表全部的辞格（I prefer the synecdoche in poetry — that figure of speech in which we use a part for the whole.）。"也曾说："如果我必须被归为诗人这一类的话，我是一个提喻派（If I must be classified as a poet, I might be called a Synecdochist.）。"①

　　提喻法又称举偶法，根据 Webster's Ninth New Collegiate Dictionary 的解释，提喻是一种修辞格，包括以部分代表整体（a part for the whole）、以整体代表部分（the whole for a part）、以属代表种（the genus for the species）、以种代表属（the species for the genus）或者以原材料的名称代表其制成的东西（or the name of material for the thing made）。

　　从提喻角度看，《割草》一诗中的许多词汇具有提喻功能和修辞价值。此诗标题富有深意："Mowing"一词有"割草"的含义，泛指田间的体力劳作。但是，诗中开头告诉我们：树林边，这里的环境静悄悄；田野上，收割的长镰在低声吟唱。"只有一种声音"（never a sound...but one）表明，割草不仅是简单的、机械的、重复的体力劳动，还指复杂的、创造性的脑力劳动，即诗歌创作。

　　"长镰"（long scythe）是体力劳作的工具。田野上，长镰在劳动者手中，来来回回地挥向草丛，发出"嚓、嚓、嚓"的声音，欢快地"对着大地低声吟唱"（whispering to the ground），收获着大地的无私馈赠（My long scythe whispered and left the hay to make），就像对着世界深情歌唱的诗人手中的笔一样，充满着诗人的灵感，自由自在地在洁白的纸上飞舞，愉快地发出"沙、沙、沙"的声响，拥抱"仙女精灵施舍的黄金"（easy gold at the hand of fay or elf），迎接诗人创造性劳动的精神成果。

　　弗罗斯特通过提喻手法，丰富了一把作为纯粹的体力劳动工具的长镰的深刻含义。在诗人心中，长镰是已经涵盖了人类体力劳动和脑力劳动的创造性工

---

　　① Elizabeth Shepley Sergeant, *Robert Frost：The Trial by Existence*, New York：Holt, Rinehart and Winston, 1960, p. 325.

具，收获的不只是人类田间劳动的物质成果，还有人类在精神领域辛勤耕耘的思想成果。

在诗歌理论方面，弗罗斯特坚持以新英格兰日常生活为创作背景，将日常生活中清新、鲜活、朴素、自然的语言融入诗歌的字里行间。弗罗斯特认为诗歌中最小的语义单位不是字、词而是句子，那种强调字、词的声音（音乐性）的创作道路已经山穷水尽。他提出，诗歌中最小的语义单位是句子，应从整体句子的"意义之音"中获取诗歌音乐性。他说："要获得这种抽象的意义之音的最佳之处，在于一扇隔断单词的门后的众多声音之中（The best place to get the abstract sound of sence is from the voices behind a door that cuts off the words.）。"①

弗罗斯特强调了"意义之音"表达诗歌情感的重要作用，随后提出了"句子—声音"的诗歌理论，认为诗歌中的句子本身就是声音，这种声音能传递出字、词所不能表达出来的深层次含义。

理解"意义之音"，是理解弗罗斯特诗歌之要。一般而言，诗人在创作诗歌时或读者在欣赏诗歌时十分关注诗句"内容"，即词语、句子所传达的意义，在弗罗斯特看来，这"内容"应让位于"意义之音"，即句子的轻重音、声调、节奏、音韵等所包含的意义。

什么是"意义之音"？弗罗斯特指出，它是"纯粹的声音——纯粹的形式"（pure sound—pure form）。《割草》充满了"意义之音"。在前8行，诗人用了一个关键意象"我的长镰"（my long scythe），其具有双关意义，既指割草者手中飞舞的镰刀，又指诗人手上疾书的笔杆。

"我的长镰对着大地低声吟唱"（my long scythe whispering to the ground）引出了诗人关于诗歌创作的"意义之音"理念。

空旷的原野上，茂密的树林边，一片寂静。此时此地，没有风声，没有虫鸣，没有蛙声，只有"长镰对着大地在低声吟唱"。一个孤独的割草人，一边辛勤劳作，一边苦思冥想大地的声音——"意义之音"。

"长镰在吟唱什么？我并不太知晓"（What was it it whispered? I knew not well myself）。割草人真的听不懂长镰的吟唱？他真的不知道长镰吟唱的"意义之音"？

不！他懂得。他懂得长镰那悠扬的声调、和谐的音响、鲜明的节奏、张弛的力度、舞动的速度……还有长镰割草时发出清脆的"嚓、嚓、嚓"声响背后的全部意义。那就是"意义之音"。

---

① Robert Frost，*Frost：Collected Poems*，*Prose*，*& Plays*，ed. Richard Poirier and Mark Richardson. New York：LibFrost, rary of America, 1995，p.664.

诗行中，清晰的"s"和响亮的"w"交替出现，结合抑扬格、抑抑格等韵格变化，将字词的声音、句子的声音呈现出来，渲染出一片平和宁静的气氛，反衬出周边万籁俱静的正午景色，反映出原野上物物相通、人物相容的和谐氛围。

"意义之音"并非自然之音，因为第一行中的否定词"never"已表明，四周万籁俱静。自然界的声音从割草者周围的世界中隐去。"意义之音"是长镰对着大地低声吟唱之音，是长镰和料草之间交互的声音，是真实的劳动者之音。"意义之音"源自割草者的真实劳动。

长镰对着大地低声吟唱，并不向割草者直接言说（it whispered and did not speak）。为什么长镰不直接对割草者言说，因为正午阳光炙烤（something about the heat of the sun）或周围万籁俱静（Something ... about the lack of sound）。

长镰低吟的内容是什么？诗人用否定词"never""not well"和表示存疑的词"perhaps"，排除人们在理解"长镰低声吟唱"的思想内涵时的妄生穿凿；用"no dream of .../Or easy gold ..."消除了人们在把握"意义之音"诗歌理论时的牵强附会。

割草者猜测，既然体力劳作和精神创作殊途同归，长镰和诗笔异曲同工，那么，长镰低声吟唱的内容，不是"梦想得到闲暇时光的礼物"（no dream of the gift of idle hours），也不是"仙女精灵手上的轻而易得的黄金"（easy gold at the hand of fay or elf）。

弗罗斯特在前8行明确指出：割草者面向大地，诗人面向生活。割草者需要以长镰为劳作工具，需要和大自然密切合作，讲究天时地利人和，才能从大自然中有所收获，有所满足。他割下料草，将草排列成垄（lay ... in rows），需要正午的阳光（the heat of the sun）曝晒，直至料草完全干透，最后收仓入库。

割草者热情地歌颂脚踏实地的劳动态度，他手中的长镰绝不异想天开，梦想得到不劳而获的礼物。诗人热情拥抱勤勤恳恳的生活精神，他手中的锐笔绝不想入非非，祈求缪斯女神的慷慨恩赐。

长镰低吟的内容是什么？割草人在前8行中一直在猜测答案。在后6行中，诗人笔锋一转，由虚转实；割草人由猜测转向确信，由迟疑转向断定。诗人在后6行中揭示了"长镰低声吟唱"的丰富内容和"意义之音"的真正含义。

长镰之下，料草成行成垄，井然有序，就连杂乱无章的原野，也变得有条不紊，层序分明。辛勤的劳动，丰硕的成果，这一切都真实自然，令人欢欣鼓舞。这一切都归功于割草者手中飞舞的"长镰低声吟唱"。

长镰的低吟声中蕴含着割草者充满希望和激情的"真挚之爱"（the earnest love）。草丛中那些"娇嫩的花穗"（feeble-pointed spikes of flowers），充满着华兹华斯的气息；风中摇曳的"娇弱的兰花"（pale orchises），饱含着柯尔律治的情怀；被长镰"惊扰的一条绿色的蛇"（scared a green snake），蕴涵着英国文学传统中的浪漫主义精神。

弗罗斯特对英国浪漫主义情有独钟，对美国文学中的超验主义也念念不忘。但是，弗罗斯特并非浪漫主义或超验主义的忠实信徒，似乎对两者都抱着若即若离的态度。他认为：

Anything more than truth would have seemed too weak
To the earnest love that laid the swale in rows. ①

超过真实的一切之于真挚之爱都过于柔弱，过于虚妄。他更加相信真实劳动和现实生活。诗歌最后两行：

The fact is the sweetest dream that labor knows,
My long scythe whispered and left the hay to make. ②

事实，或真相，是辛勤劳作所洞悉的最甜蜜的梦想；"我"的长镰在低声吟唱，留下成行成堆的干草。在英语中，"make"一词有多重含义，构词方式多种多样。在这诗行中，"make"一语双关，指"晒干……"也指"创作……"由此可构成"to make the hay"（晒草）、"to make a poem"（作诗）或者"hay making""poem making"等。

"make"成为连接体力劳动和脑力劳动的桥梁，成为割草者得心应手的镰刀和诗人挥洒自如的笔杆的纽带。

长镰在割草者手中低声吟唱的，正是劳动者在原野上的堆垛干草、真实劳动和甜蜜梦想，正是创作者在艺术上的生活语言、真实音调、自然节奏和丰硕成果。劳作者和创造者都蕴含着对自然社会、普通民众和现实生活的"真挚之爱"。

一个优秀的诗人以"真挚之爱"从现实生活中获得生活语言的自然韵律，将"意义之音"自然融合到诗歌的字里行间去。"意义之音"是一种纯粹的声

① Robert Frost, *Frost: Collected Poems, Prose, & Plays*, ed. Richard Poirier and Mark Richardson. New York: Library of America, 1995, p. 26.

② Robert Frost, *Frost: Collected Poems, Prose, & Plays*, ed. Richard Poirier and Mark Richardson. New York: Library of America, 1995, p. 26.

音，也是一种自然的声调，具有真实、质朴的声音特征，本身就蕴含着"真挚之爱"。

真正的诗人能熟练地从重音和节奏的结合中寻找"意义之音"，获取语言的自然韵律。语言的自然韵律只能在日常生活语言中去寻找。只有这样，诗人才能创作出清新贴切、不假雕饰、富于生活气息的优秀诗篇。

《割草》全诗主旨：大自然万籁俱静，唯有长镰低声吟唱；诗歌所隐含的深意，所揭示的真相，所启迪的哲理，所昭示的真理，全靠"意义之音"。

"意义之音"，这隐藏在句子背后的声音，伴随着弗罗斯特真实的生活态度、诗人丰富的想象，一直陪伴着那个志存高远、脚踏实地的追梦少年，踏上一条荆棘丛生、弯弯曲曲却又收获满满、充满喜乐的诗歌创作之路。

在漫长的诗歌创作生涯中，弗罗斯特一直很精致地经营着诗句的"意义之音"，坚持把日常生活语言引入诗行，使诗行充满鲜明节奏和清新气息。他打破了英语十四行诗的抑扬格五音步的传统，把重音和节奏、声调和韵律、音韵和意义自然融合在诗行里，从而获得了语言上自然和谐的韵律和流畅的音乐性。

"意义之音"让弗罗斯特的十四行诗熠熠生辉，让他的诗歌独具一格。

第三章 《山间低地》

第一节 《山间低地》概述

1916 年，是弗罗斯特的丰收之年。他当选为全美文学艺术学会会员，这提升了他在英美文坛的影响力。

1916 年 11 月 27 日，纽约亨利·霍尔特出版社（Henry Holt & Compary）出版了弗罗斯特的第三部诗集《山间低地》（*Mountain Interval*）。《山间低地》也是弗罗斯特自英国返回美国后在本土出版的第一部诗集。应出版社邀请，弗罗斯特前往纽约签名售书。

在诗集的扉页，弗罗斯特清楚地告诉读者，《山间低地》是献给妻子艾琳娜·米里亚姆·弗罗斯特（Elinor Miniam Frost）的一部诗集。

> To you who least need reminding that before this interval of the South Branch under black mountains, there was another interval, the Upper at Plymouth, where we walked in spring beyond the covered bridge; but that the first interval of all was the old farm, our brook interval, so called by the man we had it from in sale.

"To you" 中的 "you" 指的是诗人的妻子艾琳娜·怀特。"this interval of the South Branch under black mountains" 是指新罕布什尔州弗朗科尼亚的 "黑山南脉前的一片低地"。1915 年，弗罗斯特购买了这个农场。

"another interval, the Upper at Plymouth" 指普利茅斯北坡低地。1911 年，弗罗斯特携家带口从德里农场搬到普利茅斯农场。在此期间，弗罗斯特在普利茅斯师范学校任教。

在这片低地，一条小河蜿蜒而流，河上廊桥飞度。春天，低地绿草如茵，繁花似锦。弗罗斯特常携妻子到低地散步，流连忘返。

弗罗斯特特别强调的 "the first interval of all"，即 "首要的低地"，是指他们在新罕布什尔州的德里农场。1900 年，弗罗斯特携妻子和 1 周岁的长女莱斯利（Lesley）定居于德里农场。在德里农场期间，家庭新添 3 个孩子：儿子卡洛尔（Carol）生于 1902 年 5 月，女儿厄玛（Erma）生于 1903 年 6 月，女儿马乔里（Majorie）生于 1905 年 3 月。在德里农场期间，弗罗斯特务农和教学之余，笔耕不辍，创作了许多优秀诗篇。"interval"具有空间和时间意义指涉，既指德里农场，又指他在这里度过的美好时光。

"our brook"是一条流经德里农场旁边的小溪。小溪曾见证了弗罗斯特一家人其乐融融的生活，也见证了诗人创作上的丰收喜悦。弗罗斯特的名篇《雨蛙溪》（"Hyla Brook"）就是从这条小溪获得创作灵感的。

弗罗斯特将德里农场称为"老农场"（the old farm）。"老农场"并非从他人手中购得（we had it … in sale），而是祖父留给他的遗产。祖父临终前将德里农场赠送给弗罗斯特，并叮嘱弗罗斯特：诗人之路是一条荆棘丛生之路，你只要拥有农场，脚踏实地，勤勤恳恳，安心务农，你就可像爷爷一样一辈子衣食无忧，安居乐业。

但是，弗罗斯特有一颗不安分的心，他最终卖掉了德里农场，决心弃农从诗，踏上了一条与众不同的道路。诗集《山间低地》的开篇是著名的《未走之路》（"The Road Not Taken"），深刻反映了弗罗斯特的心路历程。

可见，《山间低地》中的"低地"之于诗人弗罗斯特具有双重含义：既指不同生活阶段的生活居所，又指人生旅途中的闲暇、快乐时光。

《山间低地》出版后，销量不如诗人和出版商的预期，更难和《少年的心愿》与《波士顿以北》相提并论。学术界和评论家对《山间低地》反应平平，褒贬不一。

弗罗斯特对《山间低地》也有些失望。他从英国回到美国之后，并不急于出版第三部诗集，但出版商却急于求成，获利心切，不断催促弗罗斯特选择诗篇，辑录书稿。弗罗斯特希望能像前两部诗集一样，按照一定的主题，仔细选择佳作，精心编排诗篇顺序。可惜，在出版商的一再催促下，弗罗斯特未能如愿以偿，留下了遗憾。

在《山间低地》的目录印刷上，弗罗斯特也精心安排，连排版细节也不轻易放过。目录上，共有 6 首诗的标题用大写字母印刷：《圣诞树》（"Christmas Trees"）、《最后阶段》（"In the Home Stretch"）、《白桦树》（"Birches"）、《山妻》（"The Hill Wife"）、《篝火》（"The Bonfire"）和《雪》（"Snow"）。

另外，目录上第一首诗《未走之路》（"The Road Not Taken"）和最后一首诗《树声》（"The Sound of Trees"）是用斜体印刷的。

《山间低地》销路平平，读者反应不一，评论家褒贬不一。他为诗集标题的"Interval"增加了一条脚注：低地，是忙碌生活的安身之处，是躁动心灵的栖息地，也是诗人创作生涯的低谷。

历史证明，《山间低地》中有许多优秀诗篇，不乏弗罗斯特的经典诗作，如《未走之路》（"The Road Not Taken"）、《熄灭吧，熄灭吧》（"Out, Out"）、《一个老年人的冬夜》（"An Old Man's Winter Night"）等。其中 4 首十四行诗，如《相逢又分离》和《播种》，都是英语十四行诗的锦绣之作。

第二节　《山间低地》中的十四行诗

《山间低地》共 4 首十四行诗。它们是《相逢又分离》（"Meeting and Passing"）、《灶头鸟》（"The Oven Bird"）、《播种》（"Putting in the Seed"）和《测定射程》（"Range-Finding"）。这些十四行诗，立意新颖，不落俗套，直率坦达，别具一格，具有强烈的艺术感染力。它们为诗集增光添彩，让人爱不释手。

一、《相逢又分离》

Meeting and Passing

As I went down the hill along the wall
There was a gate I had leaned at for the view
And had just turned from when I first saw you
As you came up the hill. We met. But all
We did that day was mingle great and small
Footprints in summer dust as if we drew
The figure of our being less than two
But more than one as yet. Your parasol
Pointed the decimal off with one deep thrust.
And all the time we talked you seemed to see
Something down there to smile at in the dust.
(Oh, it was without prejudice to me!)
Afterward I went past what you had passed
Before we met and you what I had passed. [1]

《相逢又分离》是弗罗斯特根据自己的真实经历创作的一首十四行诗，再

---

[1]　Robert Frost, *Frost: Collected Poems, Prose, & Plays*, ed. Richard Poirier and Mark Richardson. New York: Library of America, 1995, p.115.

现了诗人和邻居女子艾琳娜于 1891 年在奥西匹山上那次不经意的初次邂逅：尴尬中有期望，紧张中有惊喜。

这首诗的押韵格式是 abbaabba cdcdee，和彼特拉克十四行诗的押韵格式十分相似。彼特拉克十四行诗的押韵格式是 abbaabba cdccde。通过比较我们可以看出，两者前 8 行的韵式均为 abbaabba，不同之处落在后 6 行。弗罗斯特将彼特拉克的韵式加以改造，创造出了莎士比亚十四行诗的双行押韵对句。最后两行都以"passed"结束，以"e e"收韵。

前 8 行采用传统的彼特拉克韵式，"句子的声音"在表达主题思想时占主导地位，诗韵（韵脚、韵词、韵律等）只是揭示主题的辅助手段。在后 6 行，弗罗斯特改变了传统韵式，融合了莎士比亚式十四行诗的押韵双行对句，旨在突出诗韵的主导地位，让"句子意义"退居幕后，让"意义之音"隐藏在创造性的诗韵之中。

在诗歌创作中，弗罗斯特十分重视诗歌中的"意义之音"，同时也采用戏剧化手法创作诗歌，以增强诗歌的戏剧性效果，突出表现戏剧性主题。《相逢又分离》是一首戏剧性很强的十四行诗。

弗罗斯特采用诗歌韵律和"意义之音"两种手段，突出《相逢又分离》的戏剧性。诗歌韵律和"意义之音"在弗罗斯特手上，珠联璧合，相得益彰，在表达主题思想、揭示思想内涵、增强戏剧性效果上起到了关键性作用。

在前 8 行，按照 abbaabba 的韵式铺陈，每一诗行 10 个音节，抑扬格五音步。前 8 行的两个四行诗节构成一个密不可分的整体。同时，"意义之音"从头到尾都彰显着自身的价值和重要作用。"意义之音"将读者带入了一对陌生人初次偶遇的戏剧性场景。

在首 4 行的语法结构上，第四行起着承上启下的作用。这一诗行既是第一个句子的结束（As I went down the hill…As you came up the hill.），又是第三个句子的开头（But all…），还包含了全诗最短的一个句子（We met.）。

诗人遵循传统英语十四行诗抑扬格五音步的传统，把第三个句子的头两个单词"But all"安排在第四诗行，句子的其余部分转入第五诗行之后，直至第八诗行的"as yet"结束。这是英语十四行诗中特有的"跨行连续"（enjambment）手段，在全诗中起到承上启下、继往开来的作用，将两个 abba abba 的韵式单元联结成一个密不可分的整体，有益于十四行诗的背景设置和主题铺垫。

前 8 行中，两个四行诗节一气呵成，前置背景和前后主题完全一致。首四诗行交代了时间背景和主题：某个夏日，他正沿着一道石墙根下的小路下山，来到一道栅门前，倚门欣赏山上无边的景致。但是，那一堵墙挡住了他的视线，让他兴致减半。"the wall"成了人和自然融合的阻隔。无奈，他只好转身，往山下望去。

他眼前一亮，视野中闪现出一位朝气蓬勃、风华正茂的青春女子。她正沿着他来时的路走上山来。

与他下山的足迹相向而行，首四行只用了一个句子，一气呵成，"意义之音"乘着字词的翅膀，如猛虎下山之势，涌向句子末尾，直至第四行的第一个句号结束。

第四行的第一个句号标志着"意义之音"短暂结束，但"意义之音"并未停留太久，随即开启了动人心弦的一幕："我俩相逢"（we met）。

"意义之音"蓄势待发，推动着一个长达 4 诗行的长句向前不断延伸，到第四行稍作停顿，在同一诗行里再引出一个只有两个单词的短句，就戛然而止。动人一幕，精彩瞬间。动人的故事就此开始，精彩的戏剧就此揭开序幕。

"意义之音"在第四行"But all"再次开启了一个横跨 5 个诗行的长句，在第八行的"as yet"结束。

第一行的"I"和第四行的"you"，转换成第七行中单数的"the figure of our being"（我们存在的身影），两个陌生人的空间距离拉近了，心理距离也拉近了。

在夏日的尘埃中，俩人大小不同、深浅不一的足迹在蜿蜒中相近，在曲折中交汇，由此开启了人生道路上冥冥之中注定的动人序幕。第六行行首的"Footprints"（足迹）具有深刻含义：两行足迹，象征着他和她各自生命个体中的过去，终于在可触可摸、实实在在的"现在"或"当下"中交汇融合、合二为一，融入连接着过去、现在和未来的"我们存在的身影"。

两行相交的足迹意象，一方面拓宽了诗中爱情的想象空间，另一方面又预示着两个年轻人在偶遇中特有的腼腆、羞涩、疏离等复杂而细腻的变化。

她已走过了他上山时的路，她将继续前行，将他的足迹和他的过去纳入自己的脚下，未来无边的景致在等待着她。他已经走过的路，将深深印上她崭新的足迹，他还将继续前行，把她的足迹和她的过去融入自己的未来，未来无限的美好在召唤着他。

"我们存在的身影"预示着一个浪漫的开始，夏日尘埃中大小不一的足迹见证了一个动人的时刻。但是，两人的空间距离变小了，但心理隔阂还存在。"我们存在的身影"只不过是"大于一但小于二"（The figure of our being less than two/But more than one）。

在第八行的"as yet"结束句子后，弗罗斯特再次运用了"跨行连续"的手法，用"Your parasol"开启了另一个句子，推动主题思想向前发展。"跨行连续"之后，弗罗斯特开始了"突转"。

第八行的"Your parasol"开始"突转"，引出后 6 行诗句。韵式也开始由传统的彼特拉克式 ade ade 转变成弗罗斯特式的 cdcdee。弗罗斯特通过韵式的转变，提醒读者在关注"意义之音"之时，千万别忽视了诗韵、意象的深刻含义。

"你的阳伞"（Your parasol），"你"一词在此时此地隐含着"我"，表明俩人的空间和心理距离。阳伞，对于她而言，是一种有力的防御武器，进可攻退可守；对于他而言，是一道难以逾越的鸿沟，是一堵不可穿越的高墙。"阳伞"一词，与第一行中的"墙"（the wall）遥相呼应，为她共同构筑了一道牢固的防守屏障。我们如果将这里的"阳伞""墙"的意象，和弗罗斯特另一首名诗《修墙》（"Mending Wall"）结合起来，就会有更深刻的认识和理解。

俩人初次偶遇，她有些紧张。她有意地把阳伞在地上一捅，标出了"一个深深的小数点（Pointed the decimal off with one deep thrust.）"，将一位兴奋、急切的陌生男子拒之千里之外。

诗人用了"the decimal"而不是"a decimal"。"a decimal"语气较轻，含义较宽，对他者行为的预判、预期也较为随意，暗指两人之间的现实隔阂、心理距离或许存在或许不存在。但"the decimal"则不同，语气重，含义确定，对他者行为预期有着明确的规定性和指涉性，暗指两人的现实隔阂、心理距离确实存在。

她用阳伞标出了一个小数点，在两人之间画了一条明确的分界线，同时也为自己构筑了强大的安全空间。

"小数点"（the decimal）是一种数学语言，是一种纯理性语言。在诗性语言中，"小数点"象征分离、分隔或阻隔，还有"暂停、停歇"的隐喻。她在地上用阳伞捅出一个深深的"小数点"，表明他们之间还有空间和心理距离。

但是，她的"小数点"又是一个开放性的解读符号，和英文中的"句号"相似。这个点，"小数点"或"圆点"，都标明一个句子的顺利结束，也象征一件事的圆满结束、一项任务圆满完成。她对他持着开放性的态度，愿意和他进一步沟通交流。

"小数点"的开放性和多元性，以及"阳伞"的女性特征和语用功能，入木三分地揭示了偶遇中芳心萌动的女性特有的自我保护意识，将一个内心激动、跃跃欲试却腼腆羞涩、疏离防范还半推半就、欲退还前的女子形象，活灵活现地展现在读者面前。

在谈话中，那堵"墙"（the wall）也没有成为他们沟通交流的阻隔。他们都站在墙的同一边相向而谈，你试我探，有问有答，进行着一次紧张、喜悦的谈话。她意此言他，低着头，双眼看着脚下，"似乎一直在偷瞧/尘埃中的什么并对它露出微笑"。

第十一行开头的"Something down there…in the dust"具有双重含义："尘埃中脚下的什么"或"尘埃中山下的什么"。

"尘埃"（dust）一词，在第六行中出现（in the summer dust），在第十一行中也出现了（in the dust），它提示我们："尘埃中脚下的什么"是指第六行中的"脚印"（Footprints）。

"Something down there"中的"down"，与第一行中"As I went down the hill"中的"down"一词、第四行中"As you came up the hill"中的"up"一词遥相呼应，提示我们"尘埃中山下的什么"都指向山下他们各自上山时曾经走过的共同的路。

看着他们的"脚印"和曾经走过的路，她微笑了。她已经将他们的眼下、过去纳入了自己的视野，未来渐现在他们前面：

Afterward I went past what you had passed
Before we met and you what I had passed.

最后两行，句法相同，押韵对句，韵律铿锵，形式完美，一切都融合于"意义之音"之中。一对陌生男女，一次山门前偶遇，一段天赐的美好机缘，一生不离不弃的守护。两颗年轻的心，火热碰撞，激情交融，一切都在预期之中。

偶遇时陌生人之间的心理距离、由阳伞划出的空间距离，还有那堵墙所带来的现实隔阂，都被男女双方走过的"路"消解了。最后两行的"我走过了你上山时走过的路，/而你也走过了我下山时走过的路"预示着他们在将来漫长的爱情和生活道路上，虽然有"小数点"般的疏离，"阳伞"似的隔阂，甚至还有不可逾越的"墙"的阻隔，但是，只要他们真心相爱，彼此珍重，就一定能沿着布满"大小不同的足迹"的崎岖小路，绽放生命绚丽，走向生活璀璨，活出自我精彩。

最后一行"we met"和第四行的"We met"两句都是扬扬格，相映成趣，引起读者的注意。通过仔细分析，我们可发现两句的不同之处：第四行的"We met."是一个完整的封闭句子，以句号结束，表明此时此地两人的关系疏离、生疏或分离，而最后一行的"we met"作为时间状语的一部分，融入整个双行押韵对句之中，象征两人融洽、协调、和谐的关系。

这两个句子，字字铿锵，声韵别致，由想象力唤起的"意义之音"见证了一对青年男女从疏离到熟悉、从拒绝到接受、从封闭到开放、从分离到团圆、从各行其是到相向而行的心路历程。

不过，最后的双行押韵对句，是由莎士比亚体十四行诗借鉴而来，也是对全诗句法的提炼和对主题的总结，但并不具备莎士比亚体十四行诗中的双行押韵对句的醒世警言性质。

《相逢又分离》是弗罗斯特送给妻子艾琳娜的礼物。如果我们结合他们两人的生活经历和爱情心路历程来理解这首十四行诗，一定会加深我们对它的认识和理解。

大约 1906 年，弗罗斯特创作了《相逢又分离》，作为生日礼物送给妻子艾琳娜，再次与妻子共同追忆 1891 年的那次温馨、浪漫的偶遇。

正如诗集《山间低地》中的第一首诗《未走之路》（The Road Not Taken）所言，"那让后来的一切都截然不同"（And that has made all the difference）。

偶遇，让他们相识，相知，相恋，相爱，走进了婚姻的殿堂，并在婚后的生活中，同甘共苦，共担风雨。

《相逢又分离》不仅是弗罗斯特和艾琳娜美好爱情的甜美回忆，也是他们共同生活的生动写照。

1892 年，弗罗斯特和艾琳娜作为劳伦斯中学的优秀毕业生在毕业典礼上发表告别演说。同年暑假，弗罗斯特和艾琳娜订婚，并互换戒指作为爱情信物。

高中毕业后，艾琳娜就读于圣劳伦斯大学，弗罗斯特上了达特茅斯大学。同年 12 月，弗罗斯特因厌烦大学枯燥无味的生活而退学。他还试图劝艾琳娜也退学，同他结婚。艾琳娜断然拒绝了他的要求。弗罗斯特心灰意冷，并怀疑艾琳娜移情别恋。

1894 年，弗罗斯特将自己创作的 5 首诗编辑成册，取名《暮光》（Twilight），在当地印刷厂印了两册。这年秋天，弗罗斯特到圣劳伦斯大学找到艾琳娜，将一册《暮光》送给她。艾琳娜的态度冷漠，让弗罗斯特心烦意乱，萌生出走念想。

11 月 6 日，弗罗斯特悄悄离开劳伦斯，搭火车，转轮船，一路颠簸，风餐露宿，到了巴尔的摩。此时此地，他身无分文，食不果腹，无奈之下写信让母亲寄来返程路费。11 月 30 日，弗罗斯特回到劳伦斯。

弗罗斯特竭力讨好艾琳娜，艾琳娜始终不冷不热。两人终于在 1895 年 12 月 19 日在劳伦斯举行婚礼。

在爱情长跑中，他们有着共同的爱的信念。但弗罗斯特和艾琳娜对待爱情、追求爱情的方式方法大为不同。弗罗斯特往往操之过急，急于求成；艾琳娜总是从长计议，从容不迫。

《相逢又分离》的句法结构蕴含着一种相反、矛盾却又相向、平衡的力量。诗中的第一行、第四行开头"我沿着石墙根下的小路下山……当时你正走上山来"。两个人朝着同一个目标，但是，他们在不同的地点、不同的时间出发，沿着不同的方向，朝着那个目标前行。

全诗的措辞也充满着冲突、抵触却又和谐、融洽的力量，如标题中的

"Meeting and Passing"，第一、四行的 "down" 和 "up"，第五行的 "great and small"，第七、八行的 "less than one" 和 "more than two"，第十三、十四行的 "Afterward" 和 "Before"，等等。

诗行的结构和措辞相互结合，隐藏在字里行间背后的 "意义之音"，宛如一串串起诗句、诗行和诗节的 "声调项链"（the necklace of intonation），共同推动着主题思想向前发展，共同陪伴着爱人在漫漫人生路上，风雨兼程，守望相助。

诗中充满着向上向下、向左向右、向前向后的神秘力量，营造了强烈的矛盾冲突氛围和戏剧性效果，反映了弗罗斯特和艾琳娜之间一波三折、跌宕起伏的心路历程，折射出诗人在创作生涯中饱经风霜、艰难曲折的艺术轨迹。

诗中的浪漫邂逅，生活中的真情印记，艺术生涯的理想追求，都被诗人巧妙地融合在《相逢又分离》之中，被诗人精心地设计在诗集《山间低地》的脚注之中。

《相逢又分离》韵律铿锵，结构严谨，用词简朴，韵式工整，浪漫地再现了弗罗斯特和艾琳娜初次偶遇的情景。全诗紧扣一个 "情" 字，烘托出 "意义之音"，声情并茂，绘声绘色，层层铺垫，情景交融，衬托出环境的幽静、偶遇的甜美和恋人心中的幽情，谱写了一曲令人回味无穷的青春恋曲。

二、《灶头鸟》

The Oven Bird

There is a singer everyone has heard,

Loud, a mid-summer and a mid-wood bird,

Who makes the solid tree trunks sound again.

He says that leaves are old and that for flowers

Mid-summer is to spring as one to ten.

He says the early petal-fall is past

When pear and cherry bloom went down in showers

On sunny days a moment overcast;

And comes that other fall we name the fall.

He says the highway dust is over all.

The bird would cease and be as other birds

But that he knows in singing not to sing.

The question that he frames in all but words

Is what to make of a diminished thing.

灶头鸟是北美常见的一种小鸟。这种鸟筑巢的方式很特别，它喜欢在低矮的树丛下，用干枝枯草将自己的巢窝筑成像平常人家老式炉灶的形状，故得名"灶头鸟"或"灶巢鸟"。它的鸣叫声音响亮，很像英文单词"teacher"的发音，前一个音节/tiː/长而响亮，后一个音节/tʃə(r)/短而急促，故又得戏称"教师鸟"。

灶头鸟对季节变化敏感，仲夏时节在美国北部的低矮树林里筑巢生活。入秋后，它们则迁移至气候较为温暖的南方。

仲夏时节，灶头鸟成双成对，养育雏鸟，其乐融融，尽情享受着上天的恩赐。大多数鸟类喜欢在春天尽情鸣啼，而灶头鸟却喜欢在仲夏时节落在高高的树梢上放声歌唱。仲夏时节，灶头鸟的歌声不绝于耳，它的身影随处可见。

弗罗斯特深谙灶头鸟的习性，创作了《灶头鸟》。灶头鸟的一些显著特征和习性在诗中都有反映。例如，第十二行中，"它懂得不在百鸟鸣啼时歌唱"（he knows in singing not to sing），指灶头鸟与众不同，喜欢在仲夏放声歌唱，不像大多数鸟类那样在春天鸣啼。

第十三行中，"它几乎用词语提出的那个问题"（The questions that he frames in all but words），指的是灶头鸟的叫声似唱非歌、似言非说的特征。

但是，弗罗斯特的诗并不是为了再现灶头鸟的特征和习性，而是另有所指，别有深意。灶头鸟是大自然中独一无二的歌手，是弗罗斯特创作思想和艺术追求的代言人。

弗罗斯特采用了拟人手法，赋予灶头鸟以诗人的语言表达诗人对于自然和社会的思想认识：大自然瞬息万变，天机流荡，无物永驻；人世间变幻莫测，世代更迭，沧海桑田。

为了配合这一主题，弗罗斯特在押韵格式上做了巧妙的安排。《灶头鸟》的押韵格式为 aabcbdcd eefgfg。这种韵式在传统的英语十四行诗中实属罕见，在弗罗斯特十四行诗中只此一次，足见《灶头鸟》别具一格和独一无二。

不规则的韵式，不规则的诗行，规律性的抑扬格中偶尔插入的抑抑格，诗行悦耳的元音和清脆的辅音，富有深意的音调穿行于限制严格的格律之间，"意义之音"如同充满野性的旋律（a wild tune），正好用于表达自然界的变化无常和人类社会的世代更迭。

全诗开头，一个由"There is"起首的叙述性句子占据了前三行的诗行空间。诗人宣告，灶头鸟是"一位众所周知的歌手"（a singer that everyone has heard）。它在盛夏时节，在密林深处，占据有利的时间和空间，向世界亮开歌喉，放声高歌。

"There is …"宣示了一位歌手的真实存在。第一诗行是抑扬格五音步，但韵律呈规律性向前推进。但是，第四个音步"everyone"后两个音节，突然变成了抑抑格，打破了韵律的均衡性和节奏性。之后的音步落在"has heard"的两个音节上，才恢复了抑扬格。韵律的突然变化，且落在"everyone"上，让韵律和意义巧妙结合。"意义之音"抑扬顿挫，声声入耳。这一巧妙的安排富有深意：人人都听过它的歌声，人人都看见过它的身影，人人都受到心灵撼动，人人都深受其益。

第二诗行，单词"Loud"含双元音，长而响亮，是一个强音，后面的标点符号"，"进一步延长了停顿时间。对于第一行最后才恢复的抑扬格音步，读者希望能一直延续到第二行，并一直延续到其他诗行。不料，重读音"Loud"一词打破了抑扬格均衡，开启了一个扬抑格音步，让人感到意外。诗行中的扬抑格、扬扬格交替出现，展现了"意义之音"的神奇魅力。

"Loud"一词的意义和音响熔于一炉，浑然天成。声音洪亮（Loud），节奏明快，婉转动听，"意义之音"实现了智慧和欢欣（delight and wisdom）酒歌式的融合。

不过，在单词"Loud"之后，是两个复合词"mid-summer"和"mid-wood"依序出现，富有节奏感，让人松了一口气。原来，弗罗斯特是要通过对韵律的巧妙安排，让读者在节奏、韵律的不断变化之中体会诗句和"意义之音"的深意。"Loud"一词，展现了灶头鸟洪亮的歌喉，它在百鸟沉寂、不再歌唱的仲夏时节，高歌一曲季节和时序强音。

到了第三诗行，诗韵又恢复了抑扬格。但是，抑扬格也只延续了3个音步，第四个音步"trunks sound"两个单词都是重读音，是扬扬格，第五个音步"again"是抑扬格。抑扬格五音步中穿插了扬扬格，彰显了灶头鸟歌唱季节更替和时序变化的强音。

灶头鸟的歌声充满着生命动感和季节力量。它的歌声能撼动森林中高大结实的树干，让树干发出高亢回响，回荡在森林深处，传播到四面八方。

灶头鸟的歌声，歌唱季节和时序；"意义之音"昭示诗意和真理。"意义之音"是一种"更逻辑的野性"（a better wildness of logic）的呼唤，充满朝气和活力，隐藏在字里行间，携带着"一种启示，或一连串的启示"（a revelation, or a series of revelations），遵循"一首诗的运动轨迹"（the figure a poem makes），启迪诗人，感染读者，昭示世界。

第三行中的"the solid tree trunks"，指"森林里高大结实的树干"。森林，是弗罗斯特最喜爱的自然意象之一。《灶头鸟》和诗人第一部诗集《少年的心愿》中的十四行诗一样，是弗罗斯特早期创作的十四行诗。在这些十四行诗中，森林是关键意象。

在十四行诗《进入白我》中，那位追风少年怀揣梦想，走进"黑沉沉的树林"，放飞心灵，追求理想。如今，那位追梦少年的动人身姿，出现在《灶头鸟》一诗里的森林之中。

灶头鸟站在高高的树梢上，敞开歌喉，放声高歌，唱出激昂强音，奏出感人乐章。灶头鸟感人肺腑的歌声，震撼"森林里高大结实的树干"，让看似强大、实则脆弱的树干不得不发出回响。

这位追梦少年，是一位真正的歌手，向时代发出最强音，向貌似强大无比、坚不可摧，实则顽固不化、腐朽落伍的 19 世纪美国文坛发出严正抗议，提出大胆挑战。

第三诗行中"makes the solid tree trunks sound"的头韵"s-t-t-s"和尾韵"s-s"（makes 和 trunks）交替出现，尾韵"d-d"（solid 和 sound）呼应第二诗行中连续出现的"d"音，再呼应第一诗行中最后一个单词"heard"音，清脆响亮，音义相衬，声情交融，具有语言的音乐性和审美的整齐性，使得灶头鸟的歌声更具表现力和感染力。

弗罗斯特分别在第四、第六和第十诗行用了 3 个"He says…"的句子，各加一个宾语从句，句法简单，结构严谨，但言简意赅，意蕴丰富，将一天中的阴晴变化、一年中的四季轮回、人生中的生死循环和天上人间的融通等都纳入了主体观察视野和深层思考。

第四诗行，行首的"He says…"提示读者，那位灶头鸟歌手，是诗人的代言人；灶头鸟并非真正在唱歌，而是在言说，在用语言宣告诗人对自然和社会的深刻思想。灶头鸟是一位思想的传播者。

这位代言人想说什么？这位传播者要宣扬什么思想？

第四、第六和第十诗行均以"He says…"开头，语法结构相同，语言表达方式也基本一致。但是，"He says…"之后的宾语从句句法结构则稍有不同。

第四行"He says…"后带两个由"that"引导的宾语从句，延续到第五行结束。他看到了大自然由春及夏的景象：仲夏时节，春芽已脱，"树叶苍老"（leaves are old）；春花飘落，春华消退，"仲夏之花已不及春花之十分之一"（…for flowers/Mid-summer is to spring as one to ten）。他感慨万千：由春及夏，娇嫩的春芽变成苍老的树叶，春色褪尽，夏花零落。自然的变化，一切尽在不知不觉之中。

第六行"He says…"之后的宾语从句省去了引导词"that"，但从句中包含一个由"When"引导的时间状语从句。宾语从句由第六行延续到第九行结束。夏日晴空万里，艳阳高照，不料阵风乍起，乌云密布，夏雨霖霖。风雨中，群花萎缩，雨带梨花，风卷桃花，落花飘零，残叶漫天。

夏日的一天之中，天气突变，时而风和日丽，时而风雨交加。正当他叹息伤感之时，不料，"被叫作飘落的另一个秋天将至（And comes that other fall we name the fall.）"。

诗中第九行用了两个"fall"，其含义不同，一语双关：第一个"fall"指"落下、失落、掉落、衰落"等意，可指树叶、雨水、雪花、尘埃等的"飘落"。第一个"fall"也巧妙地回应了第六行的"petal-fall"（花瓣飘落）和第七行末尾的"in showers"（阵雨）。从花瓣飘落和夏日阵雨的意象中，读者不难想到英语中表示"下雨"的单词"fall"。

第九行中第二个"fall"指一年四季中的"秋天"，这是另一番景象：夏去秋来，秋天催寒了春水，催黄了夏叶。秋风乍起，花叶染霜，残枝枯梗，一望无际。

一语双关的"fall"也提示读者：被人称为"秋天"的"fall"，也预示着严冬的来临。从反复出现的"fall"意象中，读者不难想到英语中另一个单词"snowfall"。

一语双关的"fall"，还隐喻西方文学史上的一个永恒母题：人类在伊甸园的失落（The Fall from Eden）。人类的始祖亚当和夏娃，不懂珍惜美好的伊甸园家园，受到恶蛇引诱，偷吃禁果，遭到上帝惩罚，被上帝永远逐出永恒家园。从此，人类失去了天堂般的栖息地；从此，人类有了痛苦，生命有了尽头；从此，人类四处漂流，四海为家。

第九诗行的"we"，标志着诗歌的"突转"。灶头鸟，一位季节性的歌手，歌唱的主题由季节转向"我们"人类自身。时光荏苒，春去秋来，无物永驻。人类也面临着同样的命运：人在旅途，步履匆匆；生命无常，时代更迭；从摇篮到坟墓，从天堂到地狱，匆匆一瞬间。

第十诗行"He says…"之后是一个简单句。它看到了秋天雨后的景象：秋雨之后，秋阳似火，天干地燥，大道上尘埃弥漫，遮天蔽日。"尘埃"（dust）力量无比，催生万物，养育万物；遮蔽一切，淹没一切。

《创世记》第3章第19节："你必汗流满面才得糊口，直到你归了土，因为你是从土而出的。你本是尘土，仍要归于尘土。"尘土，是一切生命的本初源头和最后归宿。

第十一、十二诗行，弗罗斯特再次提醒读者，灶头鸟就是诗人自己，灶头鸟的歌唱就是诗人自己在歌唱。灶头鸟是大自然的歌手，是诗人的传声筒。

大多数鸟儿在春天里放声高歌，热闹非凡，但难免落入鹦鹉学舌、人云亦云的俗套。

灶头鸟，一位聪明敏锐的歌手，"懂得不在百鸟鸣啼时歌唱"（he knows in singing not to sing）。它在春天里保持沉默，养精蓄锐，韬光养晦。

灶头鸟，一位特立独行的歌手，"若像其他鸟一样，它也许早就息声"（The bird would cease and be as other birds）。它在盛夏打破森林的沉默，一鸣惊人。它的歌声，震撼树干，引起回响，传播到四面八方。

第十三、十四诗行，灶头鸟提出了一个引人深思的问题，"该如何去利用事物的更替"（what to make of a diminished thing）。但是，"它并非用字眼提出问题"（The question that he frames in all but words）。

灶头鸟的"字眼"（words），表面上是人类的字眼或语言，就像它独特的鸣叫声一样，很像英文单词"teacher"的发音，前一个音节/tiː/长而响亮，后一个音节/tʃə（r）/短而急促。灶头鸟的字眼，表面上也是森林中普通鸟类歌唱的"语言"。

灶头鸟用于提出问题的语言，和人类表达思想的书写语言迥然有别，和百鸟歌唱的"鸟众语言"大相径庭。它是一种与众不同、充满活力、明白如话的崭新语言。在这里，灶头鸟用响亮的歌喉为弗罗斯特的诗歌思想代言：诗歌语言源自普通老百姓的日常生活语言。

他断言，"一首诗如果只是一种声音（a sound），该有多么美妙（sound）。这声音是矿石中的金子。"因此，诗人的任务，就是"淘出金子，摒弃其他无关紧要的东西"。

日常生活中口语化的语言，词语平淡却诗意浓厚，声韵朴素却铿锵有力。这种明白晓畅的语言，平易之中显现丰富意蕴，真挚感人，别有情致，适于表达真情实意和思想内涵。

"a diminished thing"，指宇宙中"事物的更替"，即宇宙中万物枯荣的更替，包括日月交替、四季轮回、人事兴衰、生死更替等；也包括诗歌创作中的音韵转换、声调变化、音量调谐、音节配置等。灶头鸟用一种全新语言，向世人揭示了深刻的思想：万物皆流，无物永驻；良辰美景，转瞬即逝。

《灶头鸟》的语言朴质无华，无一生词难字。诗行中，"意义之音"声声入耳，朴质的词汇随处可见，平凡的意象生气盎然，清丽的声响真挚感人，丰富的想象形象生动，深邃的思想影响深远。

三、《播种》

Putting in the Seed

You come to fetch me from my work tonight

When supper's on the table, and we'll see

If I can leave off burying the white

Soft petals fallen from the apple tree

(Soft petals, yes, but not so barren quite,

Mingled with these, smooth bean and wrinkled pea;)

And go along with you ere you lose sight

Of what you came for and become like me,

Slave to a springtime passion for the earth.

How Love burns through the Putting in the Seed

On through the watching for that early birth

When, just as the soil tarnishes with weed,

The sturdy seedling with arched body comes

Shouldering its way and shedding the earth crumbs.

　　《播种》是一首洋溢着新英格兰乡间浓浓生活气息的十四行诗。它也是弗罗斯特将日常语言口语化节奏和英语十四行诗格律韵式完美结合的典范。

　　弗罗斯特一直信守他在《牧场》中对他人的庄重承诺"我不会去太久"（I sha'n't be gone long）和诚挚邀请"你也来吧"（You come too），他已经走出了《进入自我》的那片黑黝黝的森林，回归人类社会，过上平凡、平静的农场生活。她也褪去了《相逢又分离》中那位少女的羞涩和矜持，走进了他的农场生活。那对炽烈恋人，如今成为一双恩爱夫妻。

　　《播种》的背景是新英格兰农场。某天，华灯初上时分，妻子备好晚饭后，离开厨房，走出大门，来到了丈夫劳作的田间地头，请丈夫回家吃晚饭。

　　场面温馨，气氛感人，这是新英格兰农场上普通农民夫妻日常的生活平常一幕。弗罗斯特是一个哲理诗人，擅长从普通、平凡、日常之事入手，对生活进行深入思考，挖掘广阔的审美空间，揭示深刻的哲理思想，给人无限想象和有益启迪。

　　根据弗罗斯特的传记作家劳伦斯·汤普逊创作的《丰年》记述，弗罗斯特于1906—1907年间创作了《播种》。在此期间，弗罗斯特居住在德里农场，这正是诗人十四行诗创作的高峰时期。弗罗斯特曾回忆，他于1905年创作了《播种》。1914年，弗罗斯特将《播种》寄给《诗歌与戏剧》杂志社。11月份，《播种》正式发表于该杂志上。

　　《播种》是一首兼容彼特拉克式和莎士比亚式的十四行诗。弗罗斯特仍用彼特拉克惯用的"前八、后六"结构，以莎士比亚的押韵双行对偶句作结。该诗押韵格式为 abababab cdcdee，含5韵数（a-e）。

　　但是，弗罗斯特对诗节结构进行了改造，变"前八、后六"为"前九、后五"，即前后两部分分别是一个完整的句子，第一个句子有9诗行，第二个句子有5诗行。一个句子横跨9行诗行，另一个句子横跨5行诗行，足见弗罗斯特驾驭十四行诗的娴熟技巧和运用诗行"句子声音"表达创作思想的良苦用心。

播种

第一个句子横跨 9 行诗行，措辞简单，字句相生，语言晓畅，声韵铿锵，富有浓郁的乡间韵味和生活情调。

"今晚你来叫我停下农活回去/说晚餐已备好上桌"（You come to fetch me from my work tonight/When supper's on the table）。在第一、二诗行，弗罗斯特采用"跨行连续"（enjambment）手法，用日常生活的语言，简单交代了诗歌场景、人物、时间和地点，将农场的田间地头、农人手中的农活、家人之间的真挚情感编织成富有诗意、情调的劳作场景，将人物之间细腻的感情、农家和土地之间的亲密关系融入富含人情味的浓厚的生活气息中。

但是，第一个句子的句法复杂，结构繁复。第二行"When"引导的时间状语从句、第三行"If"引导的宾语从句、在宾语从句中的时间状语从句"ere you lose sight"（第七行）和宾语从句"what you came for"（第八行），以及第六行的过去分词"Mingled with..."对正确理解诗行意义造成一定困难。此外，"句子声音"在复杂的句法结构中起着重要的作用。

人称变化是理解诗歌含义的一把钥匙。在第一、二诗行中，人称的变化有着深刻的含义。

第一行的主语"You"和宾语"me"，表明两人还是独立的主体，各有各的存在目的，各有各的生活空间。丈夫整天在田野上忙着农活。妻子来到地头田间，叫丈夫回家吃晚饭，因为"晚餐已上桌"。

第二行，主语"You"和宾语"me"消失了，取而代之的是主语"we"。两个各自独立的个体，合二为一成为一个意义更丰富的主体。行末"we'll see"表明：妻子没有说服丈夫回家吃饭，而是应丈夫的邀请，"我们将看看"。

看看什么？"If"引导的宾语从句从第三行开始，直至第九行结束，其中包括"If I can leave off...and go along with you..."。有一点值得注意，宾语从句中的主语是"I"，宾格是"you"。尽管在时间状语从句中的"ere you lose sight/Of what you came for and become like me"的"you"是主语，但最终结局是你"变得和我一样"。

"we'll see"，主语是"我们"，但实际上是丈夫邀请妻子看，因为在她来到地头时，他已经忙了一整天了。他既是观看者，也是经历者。

她在丈夫的引导下，看到田间地头里发生的变化：杂草丛生的大地变得井井有条，散发着泥土芳香；杂乱无章的白色苹果花瓣堆成营养丰富的肥料；空气中弥漫着堆肥气息，预示着来年收获。

他在春天里播种。他将"光滑的黄豆种子和褶皱的豌豆种子"（smooth bean and wrinkled pea）播撒到土地上，再"掩埋这些白色的/从苹果树上落下的娇嫩的花瓣"（burying the white/Soft petals fallen from the apple tree），因为这些白色的娇嫩的苹果花瓣，能提升土地的生产能力，也是"光滑的黄豆种子和褶皱的豌豆种子"的最佳伙伴。

作为一个普通的农民，他从事着一份古老而神奇的职业，参与一项春播、夏长、秋收、冬藏的伟大轮回。怀着对春天的一往情深，怀着对播种的无限期望，怀着对播种者的深情厚谊，她忘记了来时的初心，忘记了早已上桌的晚餐，为春天的神奇力量所折服，深深地眷恋着这片富饶、神奇的土地。她和他一样，"成为对土地怀一腔春情的奴仆"（Slave to a springtime passion for the earth）。

在诗中的第一个句子里，弗罗斯特通过"You""me"和"we"的人称转换，成功地将她拉拢到自己的一边，让她和自己一道，欣赏这片神奇的土地和欣欣向荣的春景。诗人又通过豆种、花瓣、土地等意象，向她呈现了豆种和肥料相生相旺、种子和土地亲密无间的关系，最终让她自然而然地留下来，和他一起欣赏他的劳动过程，分享他的劳动成果。

弗罗斯特在生机盎然的春天背景下，将男人和女人的关系，悄悄地转换成人类和大地之间的关系，他们以简单而隆重的仪式，表达了对春天和土地的敬意。

弗罗斯特也通过"跨行连续"创作手法，暗示着人称、视角的转换，也实现了具体向抽象、字面意义向象征意义、句子意义向声响意义的升华。

例如，第二行末尾"we'll see"和第三行行首的"If I ..."就是典型的"跨行连续"手法。当我们读到"我们将看看"时，会有一种心理期待，期待着下一诗行出现具体、翔实的视觉图景。可是，第三行，这种具体、翔实的视觉图景并未出现，取而代之的是一个动作"leave off"。从第二行末尾"we'll see"和第三行行首的"If I can leave off burying..."转换中，我们可知，"see"并非字面意义上的具体的"观看"行为，而是一种象征意义上的抽象的"探索"行为，类似英文另一个词组"find out"。

再如，第二行末尾"we'll see"的动词"see"，到了第七行末尾变成了名词"sight"。第七行"ere you lose sight"和第八行的"Of what you came for"也是典型的"跨行连续"手法。"sight"有"视线、视力、视野"等具体意义，但是"sight"后的介词词组"Of what you came for"却并非具体、真实的视觉图景，而是十分抽象的目的，即"你来这里的目的"或"你来地里做什么"。名词"sight"由字面意义的"视线、视力、视野"升华至象征意义的"视觉"或"视觉痕迹"。

由此看来，标题"Putting in the Seed"也不局限于农民"播种"的意思。在《播种》的后五行诗节，弗罗斯特揭示了诗歌标题的深刻含义和哲学意蕴。

收狄

前九行的诗行结构虽然打破了传统的"前八、后六"的诗行安排，但是韵式在前、后结构和主题发展中仍发挥着重要作用。第八、九行的"突转"之后，诗人显然没有停留在诗行的字面意义上，转而挖掘字、词、句丰富的声响含义和象征意义，进行深层的哲理思考和真理探求。

弗罗斯特将第九行"对大地怀着满腔春情"（a springtime passion for the earth）上升为第十行的大写的"爱"（Love），并鲜有地将诗歌标题"Putting in the Seed"镶嵌进第十诗行，3 个单词首字母大写（Love，Putting，Seed）进一步强化主旨，揭示了一个基本道理：男人和女人之间的关系，如同人类和土地之间的关系，其之所以亲密无间、和谐共生，根本原因在于大写的爱。

大写的爱，是两性之间手足情深的原动力，也是人类和大地之间完美结合的驱动力。由此，播种就获得播撒种子于肥沃大地、播撒大爱于无垠心海的力量。

大写的爱，是种子生长的原动力。在大写的爱的驱动下，大写的"播撒"（Putting）具有神奇的力量，大写的种子（Seed）具有强大的生命力，无视田间地头杂草蔓延，无视四周泥土的泰山压顶，任何力量都无法阻止种子破土而出，早早降生（early birth），让大地生机无限，诗意盎然。

最后两行，生机勃勃的籽苗弯着身子（with arched body）顽强地抽芽，冲破泥土（Shouldering its way），抖掉身上的泥渣（shedding the earth crumbs），顶开一条向上生长的生命之路，为春天带来新生希望，为大地披上生命盛装。

诗行中的动词"Shouldering""shedding"富有声响意义。"意义之音"如同春之歌，驱动着种子萌动，籽苗抽芽，破土而出，苗壮成长，一路前行，走向成熟，通往收获，演绎着天地轮回的生命之舞。

弗罗斯特在诗歌最后 5 行诗句，将诗行的具体字面意义及其声响意义进一步升华到抽象的象征意义。大写的种子（Seed）一字千金，意蕴丰富。它是生命种子，是希望种子。

第一，他平整土地，除去杂草，松动泥土，播下豆种，种子发芽，籽苗生长，破土而出，幼苗苗壮成长。幼苗早早破土而出（early birth），是他播种的目的；幼苗苗壮成长，是他辛勤耕耘的劳动成果。

弗罗斯特在《割草》一诗中就有关于人类劳动的精彩论述："真实乃劳动所知晓的最甜蜜的梦(The fact is the sweetest dream that labor knows.)。"我们若把"The fact"（真相）改为"The act"（实际行动），那么对《播种》一诗中的"劳动"就会有更深刻、更丰富的理解。

第二，第十三行介词词组"with arched body"（弯着身子），字面意义是指豆种的"籽苗"，但是，"arched body"，即"弯着的身子"，暗指人类母体子宫里的胎儿。从这一角度看，"大地"（the earth）隐喻母亲的"子宫"，大写的"种子"（Seed），隐喻男人的"精子"或"精液"。因此，"arched body" 和 "Seed" 在大写的爱的驱动下，共同指向人类的 "苗裔" "后裔" "子孙" 或 "后代"。

子孙后代，是他在大写的爱的驱动下，和心爱的人凤协鸾和、琴瑟和鸣的 "实际行动" 的成果。

第三，弗罗斯特认为，"诗之喻如同爱之喻（The figure for poetry is the same as for love.）。" 种子破土而出（early birth），新生儿呱呱坠地（arched body），都饱含着两性之间爱的元素和特征，具有滋长、孕育、新生意蕴，也明显指向思想孕育、诗歌创作和艺术成就。

他怀着对诗歌的炽烈之爱，将杂乱无章的字、词、句汇流成语言质朴醇厚、措辞准确传神、格律自然工整的不朽诗作。不朽诗歌所承载的深邃思想，像娇嫩的籽苗破土而出、向上生长一样，冲破传统固有的思想藩篱，志存高远，无远弗届。

人类两性之间的薪火相传，人类和大地之间的生生不息，语言和思想之间的同根共荣，字面意义和 "意义之音" 之间的和谐融合，都融会在大写的种子（Seed）里。

春天孕育着希望，播种期待着收获。当我们满怀希望和深情欣赏着《播种》一诗时，我们也别忘记：弗罗斯特是一个敏感、忧郁的诗人，甚至是一位 "黑暗诗人"。

《播种》中，"苗壮的籽苗"（The sturdy seedling）柔弱娇嫩，贵如黄金，生命力极强。但是，"苗壮的籽苗" 转眼间变成 "弯着身子" 的幼芽。幼芽转瞬间也笑含春花，根须旺盛，浓荫蔽日。浓荫转瞬间成为枯叶，凋零朽败。

诚如《美好时光难存留》（"Nothing Gold can Stay"）所言，清晨宁静美好，晨曦初现，朝霞渐露，厚积薄发的太阳破云而出，清晨眨眼间变为白昼。日沉日出，瞬息之间。

从《美好时光难存留》的角度解读《播种》，我们不难将《播种》中农场上的普通夫妇与伊甸园的亚当和夏娃联系起来。亚当和夏娃不懂感恩，不知自爱，偷吃禁果，沉沦尘世，历经沧桑。当他们回首往事时，也许会感慨万千：天堂时光，何其美好，弹指一挥间；人间苦难，不堪重负，何时何地有尽头！

同时，我们也不能忘记，弗罗斯特也是一位善于玩文字游戏的多变诗人。古老诗歌和远古神话都表明，农耕是一种崇高、庄严的仪式。但是，在现代文明社会，爱的奠仪不断被格式化，农耕仪式被日益淡化，语言底蕴被逐渐弱化。

弗罗斯特在《播种》中，从具体到抽象，从实体到幻体，从字面意义到 "意义之音"，以浸润着大写之爱的诗笔，以广阔田野为背景，在新英格兰的明亮星空之下，举行了一场浓墨重彩的庄严仪式，向人类大写之爱致敬，向人间之爱、大地之爱致敬。

庄严的仪式之后，他和她一唱一和，高声唱着心中赞歌，跳着大地之舞，欢天喜地走向那亮着灯光、敞着大门、被称为"家"的地方。在那里，丰盛的晚餐"早已上桌"，正等着他们的另一番庄严仪式，正等着他们的另一场生命之舞。

《播种》全诗充满着田园般的诗情画意，融抒情性、叙事性和戏剧性于一体，诗句在口语化的语言节奏中依声韵不断前行，"意义之音"在字里行间跌宕起伏，人物在叙事中适时出现，情感在抒情中层层升华，故事在戏剧化场景中不断延续，揭示了男人和女人、人类和大地、社会和自然之间真实而复杂的关系。

四、《射程测定》

Range-Finding

The battle rent a cobweb diamond-strung
And cut a flower beside a ground bird's nest
Before it stained a single human breast.
The stricken flower bent double and so hung.
And still the bird revisited her young.
A butterfly its fall had dispossessed
A moment sought in air his flower of rest,
Then lightly stooped to it and fluttering clung.
On the bare upland pasture there had spread
O'ernight 'twixt mullein stalks a wheel of thread
And straining cables wet with silver dew.
A sudden passing bullet shook it dry.
The indwelling spider ran to greet the fly,
But finding nothing, sullenly withdrew.

《射程测定》是弗罗斯特在和平年代创作的一首关于战争题材的十四行诗。

在德里农场生活期间，弗罗斯特享受着新英格兰乡村的平和日子和宁静生活。然而，诗人在十分平和宁静的日子里，并没有高枕无忧，及时行乐，而是居安思危，忧盛危明。

《进入自我》中那位怀揣梦想的追风少年，从《有利视点》中有牛群守护的斜坡上走下来，把观察宏观世界的望远镜和洞察微观世界的显微镜，变为战场上枪炮的瞄准装置——准星，开始关注战争的本质及其对人类社会和自然界（植物和动物）的影响。

大约在 1902 年，弗罗斯特创作了这首以战争为题材的十四行诗，标题为《战争小事》（"The Little Things of War"）。1911 年圣诞节期间，他将《战争小事》和另外 16 首诗一并寄给出版商苏珊·海耶斯·沃德。后来，诗人将该诗标题《战争小事》改为《射程测定》，并于 1916 年收入诗集《山间低地》正式出版。

20 世纪初，美国经济繁荣，科技持续发展，但好景不长。1914 年，第一次世界大战爆发，美国也卷入了这场史无前例的战争。从《射程测定》的创作时间和历史背景来看，我们佩服弗罗斯特的先知先觉和先见之明。

《射程测定》是一首彼特拉克式十四行诗，呈"前八、后六"的诗行结构，押韵格式为 abbaabba ccdeed，有 5 韵数（a-e）。这是弗罗斯特唯一一首韵式为 abbaabba ccdeed 的十四行诗。

全诗以抑扬格五音步为主，也有变化，例如在第九行行首的"On the"就是抑抑格。抑抑格后紧跟着一个扬扬格"bare upland"，这一韵律的突然变化，打破了前 8 行中相对稳定、平实的韵律节奏。抑抑格和扬扬格相互配合，提醒读者：韵律节奏、声音轻重、音节长短的变化，预示着"语言风格"（syntax idiom）和"句子意义"（meaning of a sentence）之间的相互纠缠，预示着形式和主题的"突转"，也标志着戏剧性场景的转换（the bare upland pasture）和战场上时间的变化（O'ernight）。

第九行"突转"之后，韵律节奏仍以抑扬格五音步为主，抑抑格穿插其间。第十三行行首的抑抑格（The indwelling）之后，诗行延续到第十四行，韵律节奏又恢复了稳定、平实的抑扬格五音步。

弗罗斯特在诗行中描写了人类（human）、植物（a flower）和动物（a butterfly…The indwelling spider）在枪响后的瞬间反应，极速转换镜头，闪现出 3 个不同的生命世界和存在状态。读者似乎有个错觉，战争场景在转换，战斗的时间在变化。

实际上，诗歌背景并非炮火横飞、硝烟弥漫的战争场面，倒像是一个非常狭小的存在空间。诗行中的场景转换并没有改变空间距离，时间悄然流逝也没有强化情节的戏剧性效果。

弗罗斯特在第十四行恢复了抑扬格五音步，把读者重新拉回了原来的场景和那一刹那的瞬间。

实际上，戏剧性情节在一个很有限的窄小空间内展开。在这里，情节所承载的人类社会、动物界和植物界 3 个世界都十分微小，生态十分脆弱。故事几乎在一瞬间同时发生。这一瞬间，就在于枪手瞄准准星、锁定目标后扣动扳机和敌人应声倒下的那一刹那。

诗歌标题《射程测定》表明该诗是一首战争题材的诗。"射程测定"是一个军事术语，专指枪手或炮手测定枪击或炮击目标射程以调整瞄准器的过程。弗罗斯特并未直接描述人类战争的惨烈场面，他像一个胆大过人、沉着冷静的士兵一样，以睿智者的慧眼，不断调整观察视角，不断扩大洞察视野，将目光投向一朵鲜花、一只小鸟、一只蝴蝶、一只蜘蛛的微观世界，将观察触须延伸到人类社会广阔的生存空间，探索在战争这一特定条件下人类、动物、植物的相互关系和存在意义。

全诗只有两个单词和战争有关：第一行的"战斗"（battle）和第十二行的"子弹"（bullet）。它们分别是前 8 行的关键词和后 6 行的关键词，也是全诗的关键词。

前 8 行诗节通过人、动物、植物意象呈现了残酷的战斗给人类和自然界带来的巨大灾难。

战斗开始之前，自然界中风和日丽，万紫千红，草长蝶飞，鸟语花香。那张如宝石般"亮晶晶的蜘蛛网"（a cobweb diamond-strung）表明，这里人迹罕至，万籁俱静，环境美丽如画。

可是，在每一个象征美丽、美好的名词前面都有一个象征破坏力量的过去式动词，如"a cobweb"之前的"rent"（撕裂）、"a flower"之前的"cut"（折断）和"a single human breast"之前的"stained"（弄脏），形象生动地描绘了一幅战争劫后图景。

特别是第四行的那朵鲜花之前的"被折断"（stricken）、之后的"弯着腰身"（bent double）和"耷拉着脑袋"（hung）等，它们告诉读者：美好环境已遭破坏，美好时光早已远去。

战斗开始之后，画面冷酷，血渍斑斑，生灵涂炭，一片狼藉。

首 4 行诗节：子弹"弄污了一个人的胸膛"（stained a single human breast），一个人的胸膛遭到了致命一击，他存活的机会微乎其微。那张"亮晶晶的蜘蛛网"被无情地撕裂了；地上的鸟巢倾覆了，鸟妈妈不得不远走高飞，抛弃嗷嗷待哺的小鸟；"一枝折断的鲜花，弯着腰身，耷拉着脑瓜"（The stricken flower bent double and so hung）。

次 4 行诗节：鸟妈妈频频飞回巢穴，探望惊慌失措的小鸟，发现巢窝已今非昔比；那枝"折断的鲜花"，惊起一只蝴蝶；蝴蝶失去依附，只得在空中挥着翅膀，寻找栖息之地。

不过，蝴蝶算是幸运的，毕竟它最终找到了栖身之所，它"轻轻降落到花上并扇动着翅膀"（lightly stooped to it and fluttering clung）。蝴蝶的意象，为遭受战争破坏的大自然带来一线生机，为劫后余生的人类带来了一丝希望。

小花、小鸟、蝴蝶依照本能和自然法则，在远古就已经"设计"好的轨道上重复着亘古不变的生命轨迹。人类挑起的战争，虽然折断了鲜花，倾覆了鸟巢，惊起了蝴蝶，但是似乎对大自然的生物没有任何影响。人类的精神状态，欢呼也好，痛苦也罢，和自然界中的飞禽走兽、鲜花野草，似乎毫无关系。

大自然不以人类战争为然，不为人类的悲欢喜怒所左右，完全按照天道生生不息，彰显出顽强的生命力。

弗罗斯特像一位战场上举枪瞄准的战士一样，将观察视野集中于一只蜘蛛。后6行诗节集中描写了一只蜘蛛对一颗穿过蜘蛛网的子弹的瞬间反应，进一步揭示在战争这一特定时空之下人类和自然的相互关系。

"那片光秃秃的高地牧场"（the bare upland pasture）是交战双方的前沿地带，也是双方的火力交集区域，属于战区中最危险的地方。这片牧场，和《牧场》诗中的和平、宁静形成强烈、鲜明的对照。

在这无人区域，野毛蕊花在绽放，藤蔓旺盛。"拉紧的电缆"（straining cables）是人类高科技的杰作，表明这一区域在战前就有人来过，架设了电缆，并有适当的日常维护。人类在这一区域留下了"拉紧的电缆"的痕迹，是人类适度而为改造自然的行动，不至于对大自然造成破坏。相反，"在拉紧的电缆上凝聚着银色的晶莹剔透的露珠"（wet with silver dew），为大地增添了一道美丽的风景线。电缆和露珠的意象组合显示了环境的优美和脆弱。

对人类来说最危险的地方，对动植物来说却是最安全的地方。

第一诗行那张"蜘蛛网"（cobweb），依然悬挂在野毛蕊花藤蔓和绷紧的电缆之间。蜘蛛觉察到蜘蛛网被战斗撕裂之后，在本能的引导下，及时修补了蜘蛛网。蜘蛛网焕然一新，已经不是那张普通的"蜘蛛网"（cobweb）了，而是改头换脸，摇身一变，成了"一轮蛛丝大轮盘"（a wheel of thread），变得更大、更结实了。

蜘蛛躲在隐蔽处静候猎物。突然，一颗子弹打破了四周的沉静。"一颗飞速穿过的子弹（A sudden passing bullet）从蜘蛛网中穿过，抖落了网上的露珠。词组"A sudden passing bullet"生动传神，炼字精妙。子弹的速度、运行轨迹和致命力量瞬间闪现，跃然纸上。

"子弹"的意象含义深刻，子弹击中目标，胜利者欢呼雀跃，庆祝胜利；敌人应声倒下，痛苦死去。

在弗罗斯特看来，人类通过战争展示出来的勇气、智慧、力量、胆识等，与自然界万事万物毫无关联，对其毫无意义。相反，自然界万事万物恰好是人类战争行为的最好注脚。

子弹对于人类而言非同小可，攸关生命；但对于蜘蛛而言，却无关紧要，不痛不痒。在蜘蛛的世界里，人类子弹毫无实质性意义，充其量只是一次虚假警报。

蜘蛛是自然界勤劳、坚韧和智慧的象征。子弹从蜘蛛网飞过，触动蜘蛛网，蜘蛛出于本能反应，主动出击，向猎物扑去，结果发现：触动蜘蛛网的并非猎物，那张如宝石般"亮晶晶的蜘蛛网"上空无一物。蜘蛛空欢喜一场，乘兴而来，悻悻而归。

蜘蛛的世界是一个封闭的世界，其依照动物本能法则，自我运行，我行我素。蜘蛛的一切行动，如织网、诱捕、猎食等，乃至机警、敏捷、狡猾等特性，都是与生俱来的，并非通过后天学习而得。

蜘蛛对人类的子弹毫不惧怕，对战争后果无动于衷，对人类命运漠不关心。我们若从动物本性角度看，蜘蛛并没有错。人类不能赋予蜘蛛任何伦理价值和道德判断。

在蜘蛛的封闭世界里，它意识不到子弹的无情、炮火的血腥和坦克的残酷，它也洞察不到人心的冷暖、人情的深浅和人性的冷漠。这归于自然造化和动植物本能。

在蜘蛛的封闭世界里，它按照动物本能，反应敏捷，行动果断；它按照自然法则，不计成败，专注于猎物。

一次扑空之后，蜘蛛在本能的驱动下，再次归位，照常等待，静候下一次猎物触动蜘蛛网。这颗子弹在蜘蛛的世界里是一顿盛宴。于是，蜘蛛快速"冲出来迎接苍蝇"（to greet the fly）。结果，它什么也没有发现，只好"悻悻退回"（sullenly withdrew）。

蜘蛛乘兴而去，败兴而归。"sullenly"一词有"不高兴地""闷闷不乐地"之意，是全诗中唯一一个带有感情色彩的副词。弗罗斯特却用它来描述蜘蛛的行为。这一词可用来描述人类的情绪或情感，具有一定的伦理、道德意义指向。

弗罗斯特用"sullenly"一词描述蜘蛛的"行为退缩、后退、退回"，旨在赋予蜘蛛（包括小鸟、蝴蝶等动物）某种情感色彩，彰显"意义之音"，具有反讽意味。蜘蛛本能地感受到环境的变化，但并不能意识到人类战争的意义，并不能感受到人类悲欢离合、生死存亡的主观情绪。

在弗罗斯特的诗歌中，自然是冷漠无情的。在自然灾难或人为灾难面前，自然往往袖手旁观，置之不理，动物依然独行其道，植物依然一如既往，甚者，人类自身也依然我行我素。

正如弗罗斯特在诗集《新罕布什尔》最后一首诗《熟悉乡下事务之必要》（"The Need of Being Versed in Country Things"）中所揭示的那样，一座房屋在熊熊烈火中化为灰烬，剩下一根烟囱孑然独立。人类千万别以为微风、小鸟、榆树、丁香会悲叹哀伤！晚风照常徐徐吹拂，小鸟照常飞来飞去，被大火灼伤的丁香还会长出叶子，被大火舔伤的老榆树还会抽芽。弗罗斯特在最后一诗行提醒读者："千万别以为小鸟们会流泪（Not to believe the phoebes wept.）。"

人类的悲欢离合和甜酸苦辣与大自然万事万物毫不相干。人类的情感色彩、伦理价值和道德观念之于动植物世界，毫无意义可言。

弗罗斯特在《射程测定》中用平和的语气、简单的语言，轻描淡写地将枪手扣动扳机、子弹出膛和击中敌人的一刹那呈现在读者面前。当沉浸于轻描淡写、不痛不痒的情境中而似乎忘记了战争的残酷和血腥之时，读者千万别忽视弗罗斯特深藏在简单语言词汇之中的"意义之音"。

"sullenly"一词的弦外之音，在于提醒读者：自然界在表面上对人类战争似乎漠不关心或无动于衷，但是实质上，动植物对周围环境变化的反应并不全是自然而然的应然之举，而一定蕴含着丰富的情感，传递出复杂的信息，等待人类来解读分析，得出合情合理的解释和结论。

读完《射程测定》全诗，再看看诗歌标题中的"射程"（range）一词的深刻含义和丰富意蕴。它不只是战场上一位持枪战士在举枪瞄准时反复调校的快速时间凝固和精准的空间定位。它是《进入自我》中那位心怀梦想的追风少年观察"黑黝黝森林"的视野延伸，是《有利视点》中那位意气风发的青年睿者观察"远离人家的地方"的视界拓展，是《相逢又分离》中那对朝气蓬勃的男女青年感受那个用阳伞轻轻捅出的"深深的小数点"的心灵视域延展，是《播种》中那对"成为对土地怀着满腔春情的奴仆"的农民夫妇体悟"茁壮的苗籽弯着身子抽芽"的灵魂视窗绵延……

第四章 《新罕布什尔》

第一节 《新罕布什尔》概述

1923 年，弗罗斯特的第四部诗集《新罕布什尔》由纽约亨利·霍尔特出版社出版。美国著名艺术家兰克（J. J. Lanke）为诗集配上了精雕细琢的木刻版画。诗歌和木刻相得益彰，珠联璧合，两种艺术完美融合于诗集之中。

同时，亨利·霍尔特出版社还面向弗罗斯特诗歌爱好者和收藏者推出 350 本限量版的《新罕布什尔》，该版本扉页上有弗罗斯特的亲笔签名，每一本诗集都印着限量版序列号。

《新罕布什尔》一经面世，普通民众就对它爱不释手，专业评论者好评如潮。1924 年，《新罕布什尔》获得普利策文学艺术奖。这是弗罗斯特平生首次获得普利策奖。

在诗歌思想和创作实践方面，弗罗斯特一向反对传统刻板、迂腐的风气。他在设计该诗集标题时，却一反常规，给诗集取了一个具有浓郁学术意味的标题《新罕布什尔：一首有注解和装饰音的诗》（*New Hampshire*：*A Poem with Notes and Grace Notes*）。"装饰音"是一个音乐专业术语，又称"花音"，用来装饰旋律，丰富曲调，增强音乐美感。"装饰音"是弗罗斯特诗歌艺术"意义之音"的丰富注脚。

当时，在文章、书籍的标题之下加上一行小标题是传统的学术界、出版业的风行时尚，弗罗斯特对此嗤之以鼻。弗罗斯特在出版新诗集时依葫芦画瓢，蕴含其中的讥讽、嘲笑、调侃、戏弄意味，溢于言表，跃然纸上。

在《新罕布什尔》的创作形式和手法上，弗罗斯特模仿托马斯·艾略特（T. S. Eliot, 1888—1965）的《荒原》（"The Waste Land", 1922），通过大量的典故、隐喻、意象、象征以及它们之间的前后关联、上下联系等，组成了一幅新英格兰五彩缤纷、色彩斑斓的自然、社会、人文、历史长卷。

初版的《新罕布什尔》有献词："献给佛蒙特和密歇根"，共分为 3 辑。第一辑"新罕布什尔"，包括一首题为《新罕布什尔》的长诗。第二辑"注释"，共 13 首诗。第三辑"装饰音"，共 30 首诗。

标题诗《新罕布什尔》共 413 行，描写了来自美国各州形象各异、性格不同的具有代表性的人物，对各自所在的各州各具一格的鲜明特色进行炫耀性夸奖。诗歌表现了诗人对新英格兰本乡本土的风土人情、社会风貌和历史变迁的特殊眷恋之情和引以为傲的自豪感。

同时，他们对各自所在的州进行炫耀时，也流露出对其他州的善意嘲讽和讥笑，表现出一种强烈的本土意识和乡土观念。他们是弗罗斯特的代言人，他们的观念和意识，都属于诗人弗罗斯特。

《新罕布什尔》是弗罗斯特的一首代表性长诗。弗罗斯特早有打算创作一首歌颂新英格兰美丽自然风光和深厚文化底蕴的作品。在动笔之前，诗人经过较长时间的酝酿。一天傍晚，缪斯女神来叩门了。弗罗斯特诗绪涌动，情不自禁，奋笔疾书。第二天凌晨，大功告成，长诗《新罕布什尔》横空出世。

此时此地，弗罗斯特虽有倦意，但依然心潮澎湃，诗泉涌动。诗人的灵魂深处隐隐约约回荡着一种古老神秘、微弱亲切的远方呼唤，他欲罢不能，只好再次提笔，在半睡半醒之间，一挥而就。一首名诗《雪夜在林边停留》（"Stopping by the Woods on a Snowy Evening"）横空出世。此诗也被收入在诗集《新罕布什尔》中。

弗罗斯特在标题诗《新罕布什尔》和其他一些诗中加上了一些脚注，提醒读者诗句与诗句之间，诗句与社会、历史、文化、生活之间的相互联系。例如，《新罕布什尔》中第六十四至六十九行，集中描写了新罕布什尔州深厚的文化底蕴和独立的人文精神。弗罗斯特在这短短的 9 行里加了两处注释。在第六十四至六十六行：

> She had one President（pronounce him Purse,
>
> And make the most of it for better or worse.
>
> He's your one chance to score against the state）.

弗罗斯特为第六十四行的"Purse"加了一个注解，引导读者参阅诗集后第二十九条注释。他注释道："指美国总统富兰克林·皮尔斯（1804—1869），在任期 1853—1857 年。"

富兰克林·皮尔斯（Franklin Pierce, 1804—1869）是美国历史上第十四任总统，出生于新罕布什尔州希尔斯伯勒县。他的姓"Pierce"和英语中"purse"（钱包）的读音极为相似。弗罗斯特在诗中提到新罕布什尔州的光荣历史时，故意把"Pierce"拼写成"Purse"，旨在嘲讽皮尔斯小时候不爱读书、痴迷战争的往事。

在皮尔斯竞选总统期间，反对党讥锋尖锐，直戳皮尔斯的致命弱点，常常揪住他常用错别字的坏毛病不放，嘲笑皮尔斯大学毕业后就能很自信、很正确地纠正父亲常常拼错的"but"一字了。皮尔斯当选美国总统后，于1854年签署了《堪萨斯—内布拉斯加法案》（*Kansas-Nebraska Act*），最终酿成了堪萨斯内战，导致了南北战争。在第六十七至六十九行：

> She had one Daniel Webster. He was all
> The Daniel Webster ever was or shall be.
> She had the Dartmouth needed to produce him.

弗罗斯特称：新罕布什尔州还养育了全美国著名的律师丹尼尔·韦伯斯特（Daniel Webster，1782—1852）。弗罗斯特也加了一个注释，引导读者参阅诗集后第三十条注释。此处注释较长，大意是：丹尼尔·韦伯斯特生于新罕布什尔州索尔兹伯里的一个农场上，天生聪明但拙于农活和言辞，上埃克塞特预科学校时还怯于在全班面前朗读。但是，丹尼尔·韦伯斯特上达特茅斯学院期间（1797—1801）已精通演说和辩论，毕业后成为一名律师。1818年，美国最高法院审理达特茅斯学院诉伍德沃德一案，丹尼尔·韦伯斯特代表达特茅斯学院出庭作辩，证明新罕布什尔州议会吊销达特茅斯学院的机构许可证，旨在使该学院从私立学院变为公立学院的行为违反了美国国法。1819年，美国最高法院裁定达特茅斯学院胜诉，丹尼尔·韦伯斯特因此声名鹊起，成为全美最著名的律师之一。

弗罗斯特在短短的9行诗行中提到了美国总统富兰克林·皮尔斯和美国著名律师丹尼尔·韦伯斯特。弗罗斯特认为：他们都是新罕布什尔州的优秀儿女，是新英格兰人民的杰出代表，是新罕布什尔的肥沃土地和新英格兰的深厚文化底蕴滋养了他们。弗罗斯特无比骄傲地说：新罕布什尔州拥有一座久负盛名的达特茅斯学院，孕育出富兰克林·皮尔斯和丹尼尔·韦伯斯特等伟大人物。

第二辑"注解"，共13首诗，从《运石橇上的一颗星星》（"A Star in a Stone-Boat"）开始到《我要歌颂你哟——"一"》（"I Will Sing You One-O"）结束。诗歌形式以戏剧性独白和对话为主。

戏剧性对话诗以《斧柄》（"The Ax-Helve"）一诗为代表。一个男人和他的邻居展开一场对话，谈论的话题涉及知识的作用、孩子教育等，因为邻居是一个伐木工人，俩人自然而然地谈论起伐木工具——斧柄。

俩人就天然弯曲的斧柄和机器加工的斧柄孰优孰劣的问题争执不休。最后，伐木工人的观点占上风：好斧柄的木纹天生就有纹理，它的形状虽弯曲但美观。一把好斧柄，自然长成，天生木纹，纹理清晰，无需人工雕饰。这样的斧柄才有韧性和承受力。

伐木工人实际上是弗罗斯特的代言人：优秀诗歌，天然去雕琢；劣质诗歌，雕琢仿天然。

戏剧性独白以《人口调查员》（"The Census-Taker"）、《枫树》（"The Maple"）和《野葡萄》（"Wild Grapes"）3 首诗为代表。《人口调查员》探讨人类和大自然的关系；《枫树》探索命名的偶然性、必然性和名字的终极意义；《野葡萄》通过一个顽皮、贪玩、爱思考的"假小子"的内心独白，探索大脑和心灵、心事和心扉、感觉和知识的哲理问题。

第三辑"装饰音"，共30 首诗，以抒情诗为主。包括首篇《蓝色的碎片》（"Fragmentary Blue"）和末篇《熟悉乡下事之必要》（"The Need of Being Versed in Country's Things"）。这些诗的注释少了，说明它们和标题诗《新罕布什尔》的关系稀疏了，但读者依然可以感受到"意义之音"的铿锵有力和不同凡响，体验到诗歌主题的多样性和丰富性。一首诗，流淌着"意义之音"，就像一首乐曲，主部主题和副部主题交相辉映，主旋律与和声相得益彰，主旋律中不时闪现出倚音、颤音、回音、波音等装饰音，余音缭绕，意蕴无穷。

诗集《新罕布什尔》中的"注释和装饰音"，有助于读者了解新罕布什尔州和新英格兰地区悠久的文化传统以及美国社会的历史变迁，理解弗罗斯特"意义之音"的深刻内涵，把握弗罗斯特诗歌意义和艺术思想。

这些"注释和装饰音"也恰如其分地提醒读者时刻牢记诗集《新罕布什尔》中诗与诗之间的畦畛勾连、各诗意义和意义之间的千里伏脉以及各诗主题与主题之间的草蛇灰线。

第二节 《新罕布什尔》中的十四行诗

诗集《新罕布什尔》收录了一首十四行诗《关于一棵横在路上的树》（"On a Tree Fallen Across the Road"）。它是弗罗斯特最喜欢的十四行诗之一。

1942 年，美国著名作家维特·伯内特（Whit Burnett, 1899—1973）邀请当时美国著名的诗人挑选出自己认为最好的诗作编辑成诗集《吾诗精华》（*This Is My Best*）。弗罗斯特也在维特·伯内特的邀请之列，并为诗集作序（"Preface to Poems in 'This Is My Best'"）。弗罗斯特精心挑选了16 首诗作，其中包括这首《关于一棵横在路上的树》十四行诗。

从1929 年开始，弗罗斯特每逢圣诞节前都精心挑选自己的诗作，将它印制在精美的贺卡上，寄送给亲朋好友，致以圣诞新年祝福。直至晚年，弗罗斯特都坚持这一做法，由此形成了一系列"圣诞诗"。"圣诞诗"共34 首，被认为是弗罗斯特的优秀诗篇。1949 年，弗罗斯特选择《关于一棵横在路上的树》作为圣诞节礼物，送给亲朋好友，对他们表示诚挚的节日问候和衷心的新年祝福。

多年来，人们对《关于一棵横在路上的树》的评论甚少，意见不一。真可谓：诗人自己爱不释手，论者各执一词，读者往往擦肩而过。

《关于一棵横在路上的树》

On a Tree Fallen Across the Road
（To hear us talk）

The tree the tempest with a crash of wood
Throws down in front of us is not to bar
Our passage to our journey's end for good，
But just to ask us who we think we are

Insisting always on our own way so.
She likes to halt us in our runner tracks，
And make us get down in a foot of snow
Debating what to do without an ax.

And yet she knows obstruction is in vain：
We will not be put off the final goal
We have it hidden in us to attain，
Not though we have to seize earth by the pole

And，tired of aimless circling in one place，
Steer straight off after something into space.

1920 年，弗罗斯特创作了《关于一棵横在路上的树》，并于 1921 年 10 月首次发表于半月刊《农场和炉边》（*Farm and Fireside*）上。

《少年的心愿》中那位心怀梦想的追风少年，经历了《波士顿以北》的思想转变和理性回归，经历了《山间低地》的生活历练和意志磨练，在人生旅途上逐渐走向成熟，在真理探索征途上收获着思想硕果。如今，他该暂时放缓生活步伐，将探索的目光投向诗意远方，将思想视域拓展至深邃未来。

在弗罗斯特看来，《关于一棵横在路上的树》属于优秀诗作。文学评论家对弗罗斯特的选择莫衷一是，认为《关于一棵横在路上的树》算不上是弗罗斯特最好的诗作之一，普通读者对这首十四行诗也并不熟悉。探其成因可能是，标题诗《新罕布什尔》纷繁复杂的文本关联性掩盖了《关于一棵横在路

上的树》和弗罗斯特其他诗集、佳作的内在关联性，诗集《新罕布什尔》中的其他诗作，如《人口调查员》《枫树》《野葡萄》等的内心独白或《斧柄》的精彩对话掩盖了《关于一棵横在路上的树》主题思想的深刻性和丰富性。可见，诗集《新罕布什尔》收录的优秀诗作的耀眼光芒一时遮蔽了《关于一棵横在路上的树》的璀璨绚烂。

无论从主题思想、创作手法，还是从文本内涵、韵律、意蕴、意象等方面考察，《关于一棵横在路上的树》都是一首十分工整的莎士比亚式十四行诗，它具有两大特征：一是 abab cdcd efef gg 韵式，二是诗行呈"四、四、四、二"结构，即由 3 个四行诗节（quatrain）和一组押韵双行对句（couplet）组成。

弗罗斯特通过跨行连续手法将第一和第二诗节、用两个连接词"and"分别将第二和第三诗节以及第三和第四诗节组成一个完整的、密不可分的"四、四、四、二"有机体，使得全诗一气呵成，水到渠成。"意义之音"一以贯之，气势恢宏。

在韵律方面，全诗是莎士比亚式十四行诗的抑扬格五音步，只是第二行、第五行和第七行在韵脚、音步上有所变化。第二行的"Throws down"是扬扬格，突然打破了平稳的抑扬格，在平稳和谐中出现震荡、断续或犹疑，象征那棵横倒在人面前的大树有着一种神秘而强大的自然力量，向驱车而来或驾着雪橇而来的人提出挑战或抗议。

那棵拥有神秘而强大的自然力量的大树向人提出了一个哲学问题："……问我们认为自己是谁/为何总是坚持走我们自己的路"（…to ask us who we think we are/Insisting always on our own way so）。不过，在自然挑战面前，人拥有一股筚路蓝缕的勇气，朝着内心设定的最终目标砥砺前行。

第七行第三个音步"down in"是扬抑格，由一个长音、强音"down"和一个短音、弱音"in"组成，音效动听，韵步鲜明。这个扬抑格将人在雪地里行走时留下的一串深浅不一、大小不同的脚印生动地呈现在读者面前，将人在雪地里行走时发出的强弱不同、节拍时长有异的步伐音效和踌躇不前、犹疑不决的复杂心态刻画得淋漓尽致，惟妙惟肖。

《关于一棵横在路上的树》具有丰富的互文性，与诗集《新罕布什尔》中的其他诗篇、以及弗罗斯特在不同时期创作的诗篇有着千丝万缕的联系。弗罗斯特在诗中认为生活在别处、人生是一次旅程等观点，在《未走之路》（"The Road Not Taken"）中早有生动表达和深刻揭示。读者若将两首诗对比阅读，一定受益匪浅。

这棵横倒在路上的大树，象征人生旅程中的困难和阻隔，象征着大自然神秘而强大的力量，与《修墙》（"Mending Wall"）、《两个看两个》（"Two Look at Two"）等诗中象征人类交流障碍的那堵"墙"有异曲同工之妙。

一棵树，在人生旅程中会时不时地出现在人们前行的路上；一堵墙，在人类交往、思想交流过程中会时不时地闪现在人的眼前，也会时不时地耸立于心灵空间。

不过，弗罗斯特毕竟是一位睿智的诗人。纵观弗罗斯特的诗歌，我们看到，一棵树的阻隔是临时性的；一堵墙的障碍也是暂时性的。一棵横在路上的树，暂时阻止了人类前行的步伐，暂时遏制了人类思想的混乱，让人类的步伐暂时停下来，让人们思考前行的目标和留意身边的风景。同样，一堵墙，在人类智慧面前，并非坚不可摧；在人类前行的道路上，也并非牢不可破。

《关于一棵横在路上的树》是诗集《新罕布什尔》中唯一一首十四行诗，也是唯一一首带有副标题的诗。副标题"请听我们诉说"（To hear us talk）似乎对我们理解诗歌没有多大的帮助，反而增加了我们理解诗歌的难度。

"us"是指"我们"，"我们"究竟又是谁？"我们"是指两个人还是两个人以上？综合《相逢又分离》（"Meeting and Passing"）、《播种》（"Putting in the Seed"）等诗中的人物分析，"us"是指"夫妻两个人"或"我俩"。

明确了"us"的含义后，读者不免有困惑：诗中的言说者应该包括男人和女人，然而，全诗似乎只有一个男性在诉说，只有男性的声音流荡在诗行之中。他在诉说着，带着复杂的内心情绪（the mood），以"声音的想象"（the vocal imagination），以"口语化的声调"（the voice speaking）。①

女性有没有参与诗人的言说？或者，诗行中有没有女性的声音？全诗共有5个"us"、5个"we"和4个"our"，它们提示读者：副标题中的"us"富有更丰富的内涵，"意义之音"富有更深刻的意义。

在首4行诗节，诗人告诉我们：有一棵大树横倒在路上，不是被人为力量所推倒或被人用斧头砍伐的。这是一棵有年头的大树，是"被狂风暴雨咔嚓一声折断"（The tree the tempest with a crash of wood）的，是在大自然威力的作用之下轰然倒下的。

这与《人口调查员》（"The Census-Taker"）一诗中所说的树有所不同：在一个风疾云乱的傍晚，我完成了一天的人口调查任务，希望能找到一个临时歇脚、栖身之所。我只发现了一座荒屋，一门一窗一房间，四周断壁残垣，一片荒原，方圆百英里的树木早已被砍伐殆尽。我走进房间，发现里面破烂不堪，一片凌乱。

---

① Robert Frost, *Frost：Collected Poems*, *Prose*, *& Plays*, ed. Richard Poirier and Mark Richardson. New York：Library of America, 1995, p.789.

With the pitch-blackened stub of an ax-handle
I picked up off the straw-dust covered floor.

　　在铺满草灰的地板上，留下半截被树脂染黑的伐木斧柄。在这首诗中，一斧柄，一斧头，是人类砍伐森林的工具，也是人类破坏大自然的有力证据。

　　在《关于一棵横在路上的树》中，这棵树横倒在路上，与人类的工具——斧头无关，与人类行为——砍伐无关。难怪，这棵横倒在路上的树，与我俩狭路相逢的时候，少了一份仇人相见分外眼红的横眉怒目，反而多了一份似曾相识燕归来的温情脉脉。

　　在弗罗斯特的诗歌中，自然是冷漠无情的；自然在人类的痛苦、不幸面前总是自行其是、漠不关心的。但是，在《关于一棵横在路上的树》中，自然却流露出一丝怜悯之意：这棵横倒在路上的树，"不是要把我们的旅程永远阻隔"（…is not to bar/Our passage to our journey's end for good），"它只是希望我俩暂时停止前进"（She likes to halt us in our runner tracks），让我们"思考为什么总要坚持自己的路"（…we think we are/Insisting always on our own way so），让我们"讨论要是没有斧头该怎么办？"（Debating what to do without an ax）。

　　原来，这棵横倒在路上的树并非故意挡在我俩的前头，阻断我俩行进的去路。诗人在标题中用"a Tree"泛指一棵树，在首4行诗节的首行行首用"The tree"特指这棵树，在第二个4行诗节第二行行首和在第三个4行诗节首行分别使用带有强烈感情色彩的人称代词"She"和"she"指代这棵树。这棵横倒在路上的树，已经不只是自然界中的一种植物，也是"我俩"中具有感情归属和身份认同的一员。

　　"她"，这棵树，只是暂时拦着、挡着我俩的去路，要我们暂时停下来。"halt"一词有"暂停""暂时"之意。

　　她，这棵暂时阻隔我们的树，倒像自然界中一位历经风霜、见多识广的慈祥长者，语重心长地规劝我们，在纷繁复杂、变幻莫测的人生旅途中不妨歇歇脚，暂时停下来，看看沿途风景，回望来时之路，留意前方路标，思考未来道路。

　　这颗横倒在路上的树，在冷眼旁观的大自然中，传递出一丝温情脉脉的人文关怀，传递出一个与人类共融共生的和平信号，也让我们在冷若冰霜的大自然面前感受到一点点安慰和一丝丝温情。

　　在第二诗节中，"make us get down…"和"in a foot of snow"之间省略了一个介词词组"from our car"或"from our sleigh"，都隐藏着一个"汽车"或"雪橇"的意象。弗罗斯特在诗行中有意隐去人类出行工具的意象，是不想将汽车或雪橇这人类文明产物置于与大自然直接激烈的冲突之中，以免破坏了诗中难得一见的自然和人类和谐相处、同生共荣的意境。

在第二诗节中出现了"斧头"（an ax）的意象。这棵有年头的参天大树，历经大自然风霜雪雨、闪电雷鸣的洗礼，亲眼看见太多太多的"固执己见"或"总是坚持走自己的路的人"（Insisting always on our own way so），来到这一带林区伐木开山，筑路架桥，把一片又一片连接天际的茂密森林变成铁塔林立、高压线横飞、道路四通八达、日夜喧嚣不已的文明区域。

她，这棵树，向我俩追问："没有斧头该咋办？"（What to do without an ax）。显然，这棵树有着惊人的记忆力，她的年轮镌刻着自身成长的历程，见证着大自然的沧海桑田和人类社会的潮起潮落。"她"没有忘记人类砍伐森林、践踏山林、破坏自然的罪证——一把斧头。

但是，"她"，一棵横倒在路上的树，"只是想问问我们是谁"（But just to ask who we think we are），或许，"她"把我俩当成了伐木工人，猜想我们车上有许多各种型号、各式各样的斧头；或许，"她"猜想我们来这里究竟要干什么？我们要是没有斧头，能否将大树移开，继续前行？或许，"她"规劝我们不要固执己见，一意孤行；规劝我们趁天色尚早，风停雪住，迷途知返。

同时，"她"又是一棵智慧之树。她颇有先见之智和自知之明。在第三个4行诗节，第九行行首"And yet"开始"突转"，表明这棵智慧之树的豁达和大度。

"她知道任何阻隔都将徒劳无功"（She knows obstruction is in vain），因为，我俩已经定下了"最终目标"（the final goal），内心珍藏着一份执着（We have it hidden in us to attain）。

我俩将踏上生活旅途，一如既往，携手同行，跨越刀山，勇闯火海，清除前进道路上的一切障碍，朝着年少时已定的目标，朝着青春绽放时的梦想，直至地老天荒，海角天涯（to seize earth by the pole）。

诗人志存高远，心怀梦想。但是，他没有告诉读者："我们旅途的终点"（our journey's end for good）是一个什么地方？通往旅途终点的"通道"（Our passage）或"特殊道路"（our own way）在哪里？我俩早已定下的"最终目标"（the final goal）究竟是什么？

读者期望，弗罗斯特能像莎士比亚一样，在他多数十四行诗最后的双行押韵对句中，给读者一个明确的答案或警示性忠告。可惜，弗罗斯特既没有答案也没有忠告。相反，"something"一词反而增加了一份不确定性。

弗罗斯特似乎并不在乎读者所关心的"终点""目标""通道"或"道路"，他苦思冥想的是另外一个问题：人为什么要在自己的内心深处为自己的旅途或人生设定一个终点？或者说，人为什么要想方设法通过各种途径（道路、通道等）义无反顾地奔向在内心深处为自我设定的那个"最终目标"？

针对这个更深奥、更崇高的问题，弗罗斯特在最后的双行押韵对句中，为读者找到了一个明确的答案：

And, tired of aimless circling in one place,
Steer straight off after something into space.

我们前行探索，寻找答案，却发现我们漫无目标地在原地打转。我们对此感到厌倦，却义无反顾，风雨无阻，朝前迈进未知境域，探索全新空间。"aimless"一字，意为"无目标、无目的、无方向"。人，不能没有生活目标，生活中不能漫无目的；人，不能失去人生方向，人生中不能无所事事；人，要有目标，要有梦想，要有理想，要有追求。而生活的目标和追求，人生的梦想和理想，必须是崇高的。弗罗斯特对此有深刻认识，词组"tired of..."道出了人类不安于现状、不断探索、执着追求、坚守梦想的本性。

"circling in one place"一词，意为"在一处旋转，回转，转圈"。圆圈，是一个封闭、孤独的世界，是一个没有起点、没有终点的世界。

弗罗斯特像一个老道、睿智的长者，语重心长，谆谆告诫：没有目标和追求的生活没有出路，没有梦想和理想的人生没有色彩，没有起点和终点的世界没有生机。

"something"是一个含混不清、不确定的词，可能指目标、追求、梦想、理想等，也可能指实现"最终目标"（the final goal）的方式、方法或手段，即"通道"（our passage）或"道路"（our own way）。

"space"一字，意为"空间"，是一个表示空格、间隙、空地、太空等空间的具体称谓。在诗中，"space"指向生活的别处，指向梦想远方，指向人类诗意栖息地。它没有具体的特指范围，它可大可小，可高可低，可缩可胀，可张可弛，可拉可放，可伸可展……这是一个没有边际、没有疆界的开放空间，是一个没有藩篱、没有桎梏的自由空间。

他们的旅途，宛如"一首诗的运动轨迹"（The figure a poem makes）。它"始于欢愉，终于智慧"（It begins in delight and ends in wisdom）。[1]一首诗，如同爱情，始于欢愉，难抑冲动，第一诗行设定运动方向，就一路前行，伴随着一连串的未知、偶然、意外和侥幸，伴随着天机流荡、妙不可言的"意义之音"，最终到达"生命的澄明境界"（a clarification of life）。这"生命的澄明境界"未必是大彻大悟，但必定是"抑制混乱的片刻清静"（a momentary stay

---

[1] Robert Frost, *Frost: Collected Poems, Prose, & Plays*, ed. Richard Poirier and Mark Richardson. New York: Library of America, 1995, p. 777.

against confusion）。

一首诗有开始，必有结局（It has a denouement）；爱情有缘起，必有结果；人生旅途有起点，必有终点。结局，结果和终点，一切都无法确定，一切都无从知晓，一切都不在掌控之中。

一首诗的运动轨迹，可作为"something"和"space"的全新注解。

但是，人追求自由，却无时无地不生活在枷锁之中；人喜欢自在，却不知不觉陷入故步自封之中。面对生活现实和人生困境，弗罗斯特为人类提供了一把摆脱枷锁和桎梏的钥匙，为人类指出了一条通往自在自为的道路。

弗罗斯特认为，人生的意义不在于目标、追求、梦想、理想的具体内容，而在于人生需要目标、追求、梦想、理想，并且要付诸行动，栉风沐雨，筚路蓝缕，砥砺前行，方得始终。

《关于一棵横在路上的树》格律严整，韵律优美，构思独特，设想新奇，风格平淡，小中见大，咫尺千里。由此可见，在诗歌艺术和诗歌思想上，它都是弗罗斯特十四行诗中一首十分优秀、独树一格的作品。

第五章 《小河西流》

第一节 《小河西流》概述

1928年，纽约亨利·霍尔特出版社出版了弗罗斯特第五部诗集《小河西流》（*West-Running Brook*），同时推出由弗罗斯特亲笔签名的限量版诗集1000本。诗集扉页上印有"To E. M. F."字样。诗人将诗集献给妻子艾琳娜·米里亚姆·弗罗斯特（Elinor Miriam Frost）。

弗罗斯特在《小河西流》中深刻地反思了人类和自然之间复杂而微妙的关系。自然象征着一种黑暗、毁灭的力量。人和自然代表着两种相互矛盾的宇宙力量，两者总处于相互制约、相互冲突、相互抗衡、相互对立之中。诚如弗罗斯特在诗集的题诗《春潭》（"Spring Pools"）中所言，春潭之水，滋润四周野花和林木。当春潭干涸，繁花凋谢，葱茏的树木却无动于衷，漠不关心，只顾伸长根须，拼命吸收深流地下的潭水。

自然冷酷无情，何止如此！弗罗斯特在诗歌创作中才思枯竭，绞尽脑汁之时，总渴望缪斯之泉如约而至滋润心田，总渴望美妙的诗句源源不断。但是，春潭四周的野花和山上的林木，你争我抢，争先恐后，直至吸干春潭为止。自然，成了和诗人争夺缪斯甘泉的冤家对头，自然必将诗人的一切努力化为乌有，自然必将耗尽诗人的时间和精力，甚至生命。

初版《小河西流》分为6辑，都有辑名，其中3辑（第一、二辑和第四辑）的辑名下有引语。每一辑都有一个相对独立的主题，主题与主题之间密不可分，紧密相连。

第一辑/·春潭·——"源自昨日刚刚消融的皑皑白雪"。

第一辑的辑名取自诗集第一首诗《春潭》（"Spring Pools"）的标题，引语来自该诗最后一行："源自昨日刚刚消融的皑皑白雪"（From snow that melted only yesterday）。第一辑共11首诗。

有些诗揭示了人和自然的紧张关系，如在《花园中的流萤》（"Fireflies in the Garden"）中，萤火虫尽情飞舞，欲与天上星星一比大小高低，希望以自己微弱的萤光，为暗淡的星光增添一丝亮光，可惜"扮演的角色难永续"（…they can't sustain the part）；在《气氛》（"Atmosphere"）中，为了营造花园的一片生机，主人筑起花园围墙，阻挡风雨袭击，确保"数小时日光照射营造一种气氛"（The hours of daylight gather atmosphere）；在《作茧自缚》（"The Cocoon"）中，从破房子冒出的袅袅炊烟凸显了房子的破败、主人的孤独和环境的荒凉；在《悄然而去》（"On Going Unnoticed"）中，你所熟悉的树木，无视你仰天长啸或低头叹息，树叶浓荫遮蔽了"你的本质"（what you're），树叶飘落时"正反两面都没写你的名字"（Your name not written on either side）。

有些诗流露出自然力量的一丝温情，反映了人和自然的和谐关系，如在《月亮的自由》（"The Freedom of the Moon"）中，他想象将皎洁的月亮捧在手中，任意改变月亮的大小形状和光暗亮度，甚至，他把"斜挂在夜空的新月"（the new moon tilted in the air），变成"头上的钻石"（a jewel in your hair）；在《玫瑰家族》（"The Rose Family"）中，无论你给玫瑰起任何一个名字，无论你如何定义玫瑰，玫瑰的本质不变，玫瑰的象征意义始终如一，都有美好、幸福、美丽、忠贞的祝福；在《忠诚》（"Devotion"）中，稳固的海岸对茫茫大海的忠诚，对始终如一的涛声的守护，让人类在海天一色的苍茫中，看到了生命永恒的希望和精神不朽的慰藉。这类诗歌真实地透露出诗人的心迹，语气欢而不乐，音调伤而不哀。

但是，人类和自然的和谐关系十分脆弱，自然力量展现的一丝温情脉脉转瞬即逝。在第一辑"春潭"最后的一首诗《接受》（"Acceptance"）中，"白天已逝，黑夜来临"（It is the change to darkness in the sky）。黑夜，象征着邪恶、破坏力量，正悄悄笼罩着人类和周围一切。

第二辑/·黑夜女神之令·——"让夜黑得叫我看不见未来的景象/让未来应该是什么样就是什么样"（Let the night be too dark for me to see/Into the future. Let what will be，be）。

第二辑的辑名取自古罗马神话黑夜女神，引语源自《接受》一诗的最后两行。本辑共10首诗，包括第一首《曾临太平洋》（"Once by the Pacific"）和最后一首《熟悉黑夜》（"Acquainted with the Night"）。

黑夜的意象象征邪恶、恐怖、暴力的力量，与人内在的孤独、寂寞、寂寥等情绪关联。黑夜是关键意象，在《曾临太平洋》中，天空乌云密布，大海惊涛骇浪，陆地支撑海岸，海岸耸立悬崖，"心怀叵测的黑夜"（a night of dark intent）悄然降临，黑夜不仅是一个夜晚，而且是"一个时代"（an age）。大自然总与人类为敌。在《曾被击倒》（"Lodged"）中，风和雨串谋，向鲜花发起出其不意的袭击。在《孤独》（"Bereft"）中，夏去冬来，昼尽夜临，西边乌云压顶，房子周围的枯叶乘着风势抱成一团并高速旋转，大有撞开房门、推倒房屋之势，因为它们似乎都知道我的秘密：独守空房，形单影只，孤苦伶仃，举目无亲。在《我窗前的树》（"Tree at My Window"）中，夜幕降临，我关上窗户，拉上窗帘，但窗外一棵树，总在探头探脑，不停摇曳，不断喧嚣，企图对窗户来一场袭击。

大自然和人类能和睦相处，共生共荣吗？在《冬日伊甸》（"A Winter Eden"）中，冬天太阳初升，人们醒来游玩，享受冬日暖阳，但白昼太短，人们怀疑：冒着严寒醒来，是否值得？在《茅草屋顶》（"The Thatch"）中，"我"负气出走，无意中惊起鸟巢的鸟儿，它们在黑色的夜空中相互鼓励，在风雨中互相安慰，让"我"暂时遏制了内心的混乱。弗罗斯特告诉我们：人类能够在大自然的怀抱里享受和谐和欢乐；但两者间的和谐关系短暂且脆弱，经不起自然考验，也经不起人类试探。

黑夜自始至终是核心意象，在《熟悉黑夜》（"Acquainted with the Night"）中，整个世界笼罩在苍茫夜色中，城市里大街小巷漆黑一片，人们在风雨中孤独前行，夜幕中的月亮，看上去是一座巨大时钟，但是，时钟的指针却指错了方向，弄错了时间。在错乱的时空中，人们迷失方向，进退失据，无所适从……

第三辑/·小河西流·

《小河西流》是同名诗集的标题诗，在诗集中居于中心位置。这首诗标志着诗集在主题思想和诗歌形式上的转变，较之前两部分诗歌，语气轻松，音调活泼，色彩鲜明，出现了难得一见的明朗畅达、轻松欢快的氛围。

诗歌开头，夫妻俩气定神闲，边走边聊，一问一答，奠定了欢乐祥和、气氛轻松的基调。妻子问：哪里是北方？丈夫指了指北方，并告诉她：小河流去的方向是西方。妻子说：那就把它称作"往西流的小河"（West-Running Brook）吧。从此，它们完成了对一条特殊的无名小河的命名。

所有的河流都向东流入大海，唯独这条小河与众不同，沿着独一无二的方向，按照特立独行的河道，向西方流去。妻子伫立河边，深情远眺，敬仰之情油然而生。她当机立断地表示：丈夫沿着小河水流而走，她愿义无反顾地跟随他奔向远方。他愿意将"我俩嫁给这条小河"（We'll both be married to the brook），将"我俩"（we two）改为"咱仨"（we three）。她开怀畅想：他们将架设一座大桥，飞越河流，将睡在小河旁边。她对丈夫说：你看，河里的朵朵浪花，向我们点头微笑。

夫妻之间的欢乐氛围，人和小河的祥和气氛，一直持续到全诗结束：他们珍惜当下，守护眼前。今天是重要的喜庆日子：今天，他们完成小河命名；今天，他们顿悟当下；今天，他们畅想未来；今天，他们毅然决然奔向未来，将随着西流小河，流向远方，奔向未来。

第四辑/·沙丘·

第四辑从标题诗《沙丘》（"Sand Dunes"）到最后一首《花船》（"The

Flower Boat"），共 6 首诗。诗人对大自然的态度有所转变，敌视自然力量的情绪有所缓和。在标题诗《沙丘》中，大海和黄沙分工合作，一前一后，企图吞噬人类及其居所，"把人类从记忆中抹去"（She hopes to cut off mind），但人类自有聪明才智克服心理恐惧，"拥有更多的自由来思考"（And be put more free to think），超越自我，到达精神彼岸，获得精神慰藉；在《士兵》（"A Soldier"）中，有两种力量驱动士兵在战场上像一支标枪急驰向前，一是破坏性的负面力量，二是超越性的精神力量，精神超越力量在士兵和标枪上得到了完美的释放；在《花船》中，渔夫将渔船搁置在草地上，船上种满各种花草，他充满希望，满怀信心，等待着死亡到来，他将驾驶人生之舟"去寻找乐土的幸福之岛"（To seek for the Happy Isles together）。

第五辑／·回归·

第五辑共 4 首诗，都以乡村田园为背景，围绕人和自然的主题展开探索：人和自然争夺地盘，各不相让，各有胜负，究竟谁是最后的胜利者？《乘法表》（"The Times Table"）弥漫着一种悲观的宿命氛围，人的每一声叹息都意味着向死亡又走近了一步，结局是"把人居住的地方还给自然"（bring back nature in people's place）；《投资》（"The Investment"）气氛稍微欢快，破房涂新漆，黄灯衬琴声，"不愿因成了夫妻就暮气沉沉／而想让生活中有点色彩和琴声"（Not to sink under being man and wife／But get some color and music out of life）；《最后一片牧草地》（"The Last Mowing"）里，割草人和牧场缘分已尽，牧场得以暂时歇息，野花不失时机，拼命生长，不然，树林逼近，浓荫渐成，野花就没有立锥之地了；在《故乡》（"The Birthplace"）中，父亲在高高的山坡上盖起一间茅草屋，筑起围墙，抵挡自然侵袭，大山像慈祥的母亲，总露出情深意长的微笑，如今，大山母亲将我们推离她的怀抱，"她怀中树木葱茏枝繁叶茂"（And now her lap is full of trees）。

第六辑／·我的自然比喻·——"密涅瓦的智慧"

第六辑的辑名取自《黑暗中的门》（"The Door in the Dark"）"我让我的自然比喻产生了冲突"（I had my native simile jarred.）一句。这辑共 7 首诗，引语"密涅瓦的智慧"（The Sevenfold Sophie of Minerve）中的密涅瓦是罗马神话中的智慧女神，相当于希腊神话中的雅典娜。

第六辑的诗歌继续探索人和自然的关系，正如《黑暗中的门》所说，我在黑暗中摸索前行，脑袋被门狠狠地撞了一把，"我笔下的人和物的相互比喻／再不像从前那样总是和谐匹配"（So people and things don't pair any more／With what they used to pair with before）；《骑手》（"Riders"）中，人类和地球的关系像骑手和烈马，人类想尽办法驯服地球，但地球像一匹无鞍无辔的烈马一样"总爱越轨"（it runs unbridled off its course）。

另外,《偶观星宿有感》("On Looking Up by Chance at the Constellations")、《熊》("The Bear") 等诗从哲学的高度思考人类在认识自然规律、探索宇宙奥秘方面的认识问题。

1928 年初版的《小河西流》并没有《选择者会很愉快》("The Lovely Shall Be Choosers")、《五十至言》("What Fifty Said") 和《海龟蛋与火车》("The Egg and the Machine") 3 首诗。1930 年,弗罗斯特出版《诗合集》(Collected Poems) 时增补了这 3 首诗。

第二节 《小河西流》中的十四行诗

《小河西流》共有 6 首十四行诗:《接受》("Acceptance")、《曾临太平洋》("Once by the Pacific")、《洪水》("The Flood")、《熟悉黑夜》("Acquainted with the Night")、《士兵》("A Soldier") 和《投资》("The Investment")。

一、《接受》

Acceptance

When the spent sun throws up its rays on cloud
And goes down burning into the gulf below,
No voice in nature is heard to cry aloud
At what has happened. Birds, at least, must know
It is the change to darkness in the sky.
Murmuring something quiet in her breast,
One bird begins to close a faded eye;
Or overtaken too far from his nest,
Hurrying low above the grove, some waif
Swoops just in time to his remembered tree.
At most he thinks or twitters softly, 'Safe!
Now let the night be dark for all of me.
Let the night be too dark for me to see
Into the future. Let what will be, be. '

《接受》("Acceptance") 是诗集《小河西流》中一首承上启下的十四行诗。它是第一辑"春潭"的最后一首诗,第一辑中人与自然和谐相处的希望之光，到了《接受》就完全被茫茫黑夜所吞噬。从第二辑开始，夜色苍茫，笼罩着大地，侵染了星空，黑暗的力量越来越强，悲观的情绪越来越浓，孤独、无助、恐惧和绝望等成为弗罗斯特诗歌的基调。

《接受》的黑夜意象，是理解《接受》、解读弗罗斯特诗歌的核心意象，具有深刻的思想内涵和哲学意蕴。

《接受》是一首莎士比亚式十四行诗，抑扬格五音步，押韵格式是 aabb ccdd eeff gg。它兼具彼特拉克式十四行诗的特征，诗行编排十分紧凑，但"四、四、四、二"结构仍清晰可见：aabb ccdd eeff gg。

"跨行连续"的创作手法，如第四行和第五行、第八行和第九行，将诗节和诗节之间连成一个有机整体，第八行的"突转"手法，标志着"句子声音"跌宕起伏和描写对象悄然变化。

面对大自然的严酷无情，人类该如何面对？是与大自然针锋相对，抗争到底，还是与大自然和谐共处，共融共生？弗罗斯特在《接受》中揭示了人类在瞬息万变、反复无常的大自然里顺应自然、顺势而为的生存智慧和在枯荣不定、沧桑多变的生活中顺时应变、乘势而上的生活态度。

首 4 行诗句中，有一个完整的主从复合句，从"When"开始，到第四行的"…happened"结束。这个由"When"引导的时间状语从句交代了整首诗的时间、地点、背景：夕阳西下，晚霞满天，海湾寂静，大自然静默无声（No voice in nature is heard…）。

"精疲力尽的太阳"（the spent sun）将落日余晖变成了绚烂彩霞，将自己燃烧着的身影抛下海湾，四周一片宁静，一切了无痕迹，似乎一切都没有发生过。但是，事实并非如此。

疲惫的太阳做过了什么？西沉的落日正在做什么？诗行中，有两个单词"spent"和"burning"修饰太阳。"spent"是一个过去分词，它表明：太阳已经发过淫威，它已经精疲力尽；"burning"是一个现在分词，修饰"goes down"，它表明：太阳正炽热燃烧，正释放着巨大能量。这表明：天空曾经风雨飘摇，大海曾经波涛汹涌，这里曾经上演过惊心动魄的一幕。只不过，万物沉默不语，"谁也不惊诧／所发生的事……"。

"所发生的事"是什么？弗罗斯特没有明说，但是，读者将这个"精疲力尽的太阳"的意象和《生存考验》（"The Trial by Existence"）中的"太阳"相互比较，就可以得出答案。

在《生存考验》中，"世间太阳底下发生的极不体面的事"（earth's unhonourd things）在"天际地极"（the utmost of the earth）"听起来更高贵"（sounds nobler）。

对于"所发生的事"，万物视而不见，万物静默如谜。平静海湾，看起来十分迷人；满天彩霞，看起来十分绚丽。但是，一切只是"看起来好像……"（as if）。

"看起来好像……"或"听起来好像……"富含"意义之音"，是解读弗罗斯特诗歌的一把钥匙。弗罗斯特用"as if..."提醒读者：较之由单词、词汇依据句法构成的形式句子，"意义之音"传递出更丰富、更深刻的思想内涵。因为，从本质上说，一个句子是声调，是由字、词声音有机联结起来的声调。

句子是形式，句子的本质是声调。句子的声调是纯粹的"意义之音"。读者通过"会想象的耳朵"接受、领悟和体悟"意义之音"的言外之意。

另外，首4行诗节的第一个句子，基本上是抑扬格五音步，韵律铿锵，节奏平缓。但是，"spent sun""goes down"和"burning"（其中"down"和"burning"同属一个音步）3个扬扬格打破了句子的节奏性平衡，营造了一种紧张、焦灼、仓促的气氛，波光粼粼是滔天巨浪的征兆，晚霞满天是疾风骤雨的前奏，夕阳西下是漫漫长夜的先声。

第四行第一句结束后，一个新的句子开始。黑夜来临，万物该如何应对？

从第四行的"Birds"开始，到第五行结束，是全诗第二个完整的句子，引入"小鸟"意象。从此句之后，至第十二行结束，分别描写两只小鸟面对"白天消逝、黑夜降临"（It is the change to darkness in the sky）时的不同反应。第四行的"at least"一词，暗示两只小鸟有一个共同特征：它们都感觉到时间流逝和环境变化。但是，面对浓密的黑夜，它们以不同的态度和行为方式回应宇宙的周而复始和上下周流。

第六、七行，描写第一只小鸟，"它在心中悄悄地嘀咕着什么"（Murmuring something quiet in her breast），便自然地"闭上暗淡的、憔悴的眼睛"（to close a faded eye），进入甜美的梦乡了。词组"in her breast"清楚表明，这是一只雌性鸟儿。"breast"意为"胸脯、乳房"，引申为"心思、心绪、意向"等。她悄悄地闭上眼睛，安然地接受白天消逝、黑夜降临的事实。甚至，她把黑夜当成"保护伞"。

黑夜降临，这只小鸟带着天赋的温良和柔性，没有质疑，没有申辩。她只好静悄悄地闭上一双"暗淡的、憔悴的"眼睛，等待着另一个"夜晚"的来临——梦乡。她没有惊慌，没有抗拒，它很清楚这一切都徒劳无功，枉费心机，只好像《割草》中的割草人一样，沉默不语，噤若寒蝉，任凭手中长镰飞舞，对大地无声吟唱；也好像《灶头鸟》中的灶头鸟一样，顺服地接受环境变化，充分利用"事物的荣辱兴衰"（a diminished thing）。

第八行"Or"标志着诗行的"突转"。诗人的笔锋转向另一只鸟，一只雄性的鸟儿。第九至十二行，重点描写第二只小鸟；白天，它飞离巢穴，飞得太高迷失了方向，飞得太远忘了来时之路。单词"waif"既指"迷途的动物"也指"无家可归者"，具有一语双关的意蕴。

黑夜来临，它来不及返巢，飞进了就近的一片树林，"及时在一棵它熟悉的树上降下"（Swoops just in time to his remembered tree）。小鸟以本能的方式，保持着自然进化的记忆，延续着自然所赋予的生存技能。

相比之下，《生存考验》中的人类，却"不允许有任何选择的记忆"（admits no memory of choice），"缺乏清晰而持久的记忆"（…still to lack/The lasting memory of at all clear），不得不接受"人世间交织着祸和福的生存"（the life…/That open earthward, good and ill）。人类不得不接受"纯粹命运"（to pure fate to which you go）。

小鸟凭借本能进行自然选择，人类依靠智力进行智慧选择。小鸟和人类都面临着种种选择，最终都一步一步地走向并不得不接受一个终极的结果——死亡。小鸟接受自然命运，遵循自然选择；人类往往抗拒命运，违反自然规律。小鸟没有痛苦，没有悲伤；人类往往痛苦多于幸福，悲伤多于快乐。

黑夜来临，第二只小鸟及时隐身于一棵树上，躲藏于浓密的树叶中。它"顶多会想或轻声地说：'安全了！'"（At most he thinks or twitters softly, 'Safe!'）。与雌性鸟儿只在心中默默嘀咕几声不同，这只雄性鸟儿不仅会思考、有思想（thinks），而且有能力使用语言表达自己的所思所想（twitters softly）。它轻声地说"安全了"表明它接受了时间的变化（白天逝去、黑夜来临）和临时落脚点（一棵它熟悉的树）。

此时此地，它摆脱了猎食者的追捕，它脱离了丛林之外的危险境地。黑夜本身是一种潜在的巨大危险，或者，黑夜隐藏着巨大危险。一方面，他惧怕黑夜，逃离黑夜，躲避黑夜。于是，他飞入丛林，降落枝头，寻找一个安全的庇护所。

另一方面，他却和那只雌性鸟儿一样，它顺服地接受了时间和空间挑战。与其说它顺服地接受黑夜降临，倒不如说，它渴望黑夜，拥抱黑夜，因为，在黑夜的笼罩下，它可以安全地栖身于一棵大树的高处，静悄悄地思考着黑夜的意义和自我存在的实质，进而梦想明天的美好，筹划未来的蓝图。

它是一只有计划的小鸟，是一只会思考的小鸟，是一只有梦想的小鸟，是一只有追求的小鸟，是一只能用语言表达思想的小鸟……

至此，我们不难看出，这只雄性鸟儿就是弗罗斯特自己，那只雌性的鸟儿自然就是他妻子艾琳娜了。那位怀揣梦想的青春少年，为了逃避尘世，进入黝黑的树林，独自思考真理。他躲进低矮的树丛里，在一个"生者和死者都不会有意见的地方"，极目远眺，看尽风云变幻；低头细看，体悟蝼蚁真谛。

如今，这只雄性的鸟儿，成了弗罗斯特的代言人了：

At most he thinks or twitters softly, 'Safe !
Now let the night be dark for all of me.
Let the night be too dark for me to see
Into the future. Let what will be, be. '

第十一行的"至多"（at most）和第四行的"至少"（at least）形成鲜明对比。第四行主语是"鸟儿们"（Birds），主语与"至少"（at least）之间，前后有逗号，使得"at least"在有限的诗行空间里，形成了相对独立的意群，凸显出该词组的重要性，用来修饰"must know"。

"at least"和"at most"都是抑扬格，轻重音搭配，长短音交错，但它们意义相反，意义和音韵相互纠缠，抑扬之音和强弱节奏相互碰撞，营造了"前8行诗节"和"后6行诗节"之间相互矛盾的氛围。

诗行中紧张、焦灼的"意义之音"，为这只雄性鸟儿的矛盾心理做了铺垫。他渴望黑夜，他呼唤夜的黑暗将他厚实地笼罩起来；他拥抱黑夜，渴望夜的黝黑遮蔽他的双眼，看不见同伴，看不见他者，看不见风景，看不见未来，"让将来该怎么样就怎么样"。

在最后4诗行中，诗人用了4次"be"。面对黑夜，他是顺其自然，不得不"接受"黑夜的挑战，"接受"命运的安排，还是三思而定，定而后行，漠视黑暗，盼望光明，创造未来？

他举棋不定，踌躇不前。诗行中重复出现"be"的字眼和音调，反映了他焦灼、挣扎、痛苦的抉择，回荡着莎士比亚"两难抉择"的音韵回响：向左，向右，向前看，这都是问题！

全诗韵步的变化激化了他的内心矛盾。全诗基本上是抑扬格五音步，在第一、二行中的3个扬扬格"spent sun""goes down""burning"打破了十四行诗惯有的抑扬格节律，从第三行开始又恢复了抑扬格五音步。这种和谐的平衡节奏一直持续至第十二诗行。到了最后两个押韵对句又被第十三行的扬扬格"too dark"所打破。第十四行行末的扬扬格"be, be"以意蕴千钧之势结束全诗，反映了主人公内心的矛盾冲突，也折射出他（雄性鸟儿）和她（雌性鸟儿）、他（雄性鸟儿）和大自然的抵触情绪。

作为诗人代言人的雄性鸟儿，像《关于一棵横在路上的树》的主人公一样，厌倦了一成不变的生活，按照自我内心既定目标，义无反顾地开拓新的存在空间，胸有成竹地接受黑夜的挑战，满怀信心地迎接光明的到来。

第十二、十三行各用了"let the night be ..."句型，让人联想到《圣经·创世纪》第1章第3节："神说：'要有光。'就有了光。"（And God said, "Let there be light," and there was light）。上帝看光是好的，就将光和暗分开，创造了白天和黑夜。鸟儿平安地度过了白天，有希望经历黑夜，有信心迎接黑夜，即使"黑夜黑得叫我看不见未来"。全诗以"让将来该怎么样就怎么样"结束，折射出雄性鸟儿的信心和气魄。

面对黑夜，面对未来，两只鸟儿都本能地选择了顺其自然，顺从其美。相比之下，雌性鸟儿的选择多了一份盲目顺从和本能反应，雄性鸟儿多了一份坚定、执着和自信。

在理想的生存环境中，顺其自然不失为明智的选择；但是，在激烈的竞争环境中，顺势而为方为上策。

《接受》营造了一种万籁俱静的氛围，黑夜浓密，鸟儿归巢。全诗始于大自然寂静无声，终于鸟儿平和的祈祷。自然万物，如落日、晚霞、海湾、波涛、树林、鸟儿和诗人，在安静、平和的氛围中，送走白天，迎来黑夜……

二、《曾临太平洋》

Once by the Pacific

The shattered water made a misty din.
Great waves looked over others coming in,
And thought of doing something to the shore
That water never did to land before.
The clouds were low and hairy in the skies,
Like locks blown forward in the gleam of eyes.
You could not tell, and yet it looked as if
The shore was lucky in being backed by cliff,
The cliff in being backed by continent;
It looked as if a night of dark intent
Was coming, and not only a night, an age.
Someone had better be prepared for rage.
There would be more than ocean-water broken
Before God's last *Put out the Light* was spoken.

1926 年 11 月，弗罗斯特首次在《新共和》（*The New Republic*）杂志上发表了《曾临太平洋》。该诗于 1928 年入选诗集《小河西流》（*West-Running Brook*），1968 年入选《弗罗斯特诗全集》（*Complete Poems of Robert Frost*）。

《曾临太平洋》的创作与弗罗斯特的童年记忆有关。孩童时，弗罗斯特随父母到海边游玩。他天真烂漫，童心无惧，手里挥舞着长长的海带，骑上想象的骏马，在沙滩上来回奔跑，尽情玩耍。不知不觉中，天空中乌云密布，太平洋波涛汹涌，一场暴风骤雨即将来临。

他猛然间抬头一看，四周空旷，不见父母，顿时心中恐惧，浑身颤抖，不知所措。他心里暗想，父母已经离开海滩，远远地将他抛弃了。他眼前只见云低浪高，浓黑的风暴正步步紧逼，向他袭来……

惊悚之际，他定神一看，父母就在身边。这次经历，给童年的弗罗斯特带来了难以言说、难以康复的心理创伤。海边惊悚的一幕，伴随着弗罗斯特走过童年、青年和中年，使他形成了对大海、沙滩、天空、风暴等自然现象的定见，深深影响着诗人的诗歌观念和创作实践。

弗罗斯特根据童年这次惊恐而难忘的经历创作了《曾临太平洋》。起初，弗罗斯特只写了零星的诗行或碎片化的词句，后来经过不断斟酌和修改，将它打磨成形式工整、层次清晰、构思精巧、音韵和谐、用语凝练的十四行诗。

《曾临太平洋》和其他诗作，如《荒野》（"Desert Places"）、《意志》（"Design"）、《望不远也看不深》（"Neither Out Far Nor In Deep"）等，一同被列入诗人的"恐怖诗"（Terrifying Poems）范畴。

《曾临太平洋》的押韵格式为 aabb ccdd eeff gg。它的标题含义深刻："Once…"让人联想到临睡前父母给小孩讲"床头故事"的情景。"Once upon a time…"是典型的童话故事开头的一句话，伴随着小孩成长，走过青春，度过成年，一直延伸至暮年。

弗罗斯特就好像一位头脑清醒的睿智长者，向仍在沉睡中的世人语重心长地讲述着一个听似是"童话般"的故事。诗人"用字词的声调串起来"的诗句，轻灵生动，巧妙传神，精心营造的恐怖氛围和奔腾不羁的气势，都隐藏在标题的"Once…"之中，都隐藏在有起有伏、有声有势的"意义之音"之中。

全诗音韵悠扬，声调传神，韵律琅琅悦耳，把大自然骤雨前的乌云翻滚、狂风的凶狂猛烈、暴雨的迅猛急骤和大海的波涛汹涌描绘得淋漓尽致，渲染入神，令人身临其境，触目惊心！

诗歌开头一句导入了"水"（water）的意象：海水翻腾，惊涛拍岸，波浪滔天，浪声如雷。"The shattered water"（破碎的海水）是一种强大的破坏性力量，它聚波成浪（Great waves），依势前行，所向无敌。"水"（water）在第四行中再次出现，彰显了大海上巨浪洪涛的神秘力量。

海水的居所是大海大洋，海洋是邪恶、罪恶的象征。在西方宗教观念中，陆地或上通天堂，下联地狱。而海洋与天堂无关，与地狱无缘，是"上天无路、入地无门"的死亡之地。因此，海洋是魔鬼聚集之地，是魔鬼们作威作福、肆意妄为的是非之地。海水充满邪恶，是魔鬼倒行逆施、胡作非为的工具。

海浪一浪高于一浪，以排山倒海之势，"预谋对海岸进行一番洗劫"（thought of doing something to the shore）。

"something"颇有深意。在弗罗斯特诗歌中，"something"含义丰富。有时，它具有不确定性，如在《接受》（"Acceptance"）中（"murmuring something in her breast"）中的"something"的含义模糊，可能是指本能的"无目的、无意义、无指涉"的哼哼、咕哝或嘀咕。

有时，它具有明确、清晰的含义，例如在《关于一棵横在路上的树》（"On a Tree Fallen Across the Road"）中，"steer straight off after something into space"中的"something"明确指向人前行的方向、努力的目标、怀揣的梦想或追求的理想。

在《曾临太平洋》中，第三行的"thought of doing something to the shore"中的"something"是指茫茫宇宙、苍茫大海中一种神秘、强大的力量，决意对"海岸实施一番洗劫"。"something"是一种有目的的筹划、有理性的设计、有针对性的预谋、有详细方案的行动等，指涉史无前例的浩劫。

第四行是一个定语从句，修饰第三行的"something"，将"something"的含义限制在一定的、明确的范围里。这番洗劫，是一场史无前例的"海水对陆地从未曾有过的发泄"（That water never did to land before）。

天空阴沉，天色阴暗，乌云密布，一场风暴即将来临。

第五行的"天上的乌云"（clouds…in the skies）黑压压一片，浓密低垂（low），令人毛骨悚然（hairy）。"hairy"具有多重含义：与头发有关的"多毛的、毛发的、毛茸茸的"等意义，与人的紧张、惊悚心理状态有关的"令人汗毛直竖的、邻人毛骨悚然的、令人恐怖的"等含义。

诗人用"hairy"来形容天上的乌云，将笔锋指向西方文学或艺术中的巫婆、妖怪、魔鬼等形象：青面獠牙、面目狰狞、乱发飘飘……

第六行，诗人用比喻手法，将令人毛骨悚然的黑压压的乌云，比喻成凌乱的头发（locks）。乌云像黑色的乱发一样，由远及近突然无限放大，由上而下瞬间突袭而至，"像黑色的乱发被风吹到眼前"（Like locks blown forward in the gleam of eyes），挡住人的视线，笼罩周围一切，让人陷入无助、孤立、恐怖、绝望境地。

与孤立无援、绝望无助的人形成鲜明对比的是诗人的语气和笔调：诗人好像站在一旁，冷眼旁观，轻描淡写，语气平和。"你无法说出……"（You could not tell）包含着"你无法说透……""你无法看穿……"或"你无法看透……"等含义，读者唯有用诗人惯用的语气、格律、音调、韵脚等"意义之音"来体会诗句产生的独特的音响效果，才能体会诗人在看似轻描淡写背后所隐含的讥讽嘲弄意蕴。

与孤立无援、绝望无助的人形成鲜明对比的还有大陆支撑的悬崖峭壁和海岸陆地。第七行后半句"and yet it looked as if"（看起来……好像是……）并非"好像是……"，弦外之音是"确实是……"。

人们看见的，可能不是事实；人们看不见的，可能是事实，可能是存在的，可能是千真万确的，比如第八行：海岸确实是幸运的，因为"海岸有悬崖峭壁支撑着"（The shore was lucky in being backed by cliff）。

诗人运用了三种手法，将第二、四诗节和第三诗节有机连接起来，形成一个完整的、密不可分的整体：一是重复手法（repetition），即第八行末尾的"cliff"和第九行行首的"The cliff"首尾重复；二是"跨行连续"手法（enjambment），即：第八行末尾的"cliff"和第九行行首的"The cliff"之间以逗号分隔；三是"突转"手法，在第九行行首的"The cliff"，延续了第七、八诗行的句法、结构和主题，标志着主语"The shore"转入第九行的"The cliff"，从而顺利实现了第二诗节和第三诗节的有机连接。

诗人顺着两个4行诗节的有机连接，进一步说明一个不言而喻的事实，"悬崖峭壁有坚实的大陆支撑着"（The cliff in being backed by the continent）。

海面上的滔天巨浪和天空中的狂风暴雨联合串谋，在对悬崖峭壁和大地海岸组成的有机整体发动连续的强大攻势时尽管设计周详，计划滴水不漏，但对悬崖峭壁仍无可奈何，无计可施。然而，它们要吞噬一个孤立无援、弱小无助的人类个体绝对是轻而易举、驾轻就熟的。

弗罗斯特为一个个体生命的前途而忧心忡忡，为人类整体的命运而寝食难安。然而，诗人看得更深、更远、更透彻，他将笔锋直指个体生命存在的本质和人类整体命运的归宿，"黑夜，怀着恶意，正悄悄来临"（…a night of dark intent/Was coming…）；"一个时代，乘着黑夜，正悄悄降临"（And not only a night, an age）。

第十行行首"It looked as if…"回应了第七行行末"and yet it looked as if…"，视觉效果隐去，"意义之音"渐现，声响效果凸显，隐含着嘲讽、讥诮意味的"看起来像……"或"看起来好像是……"。种种不可知、不可确定，置于"意义之音"之下，弦外之音就是"的确是……"或"确实是……"。

随后，一直隐藏在诗行背后、一直在冷眼旁观的弗罗斯特，冷静地站了出来，意味深长地警告世人："有些人最好对洪水有所防备"（Someone had better be prepared for rage）。

单词"rage"意为"狂暴、狂怒、盛怒"等，如果结合当前情势，它可指眼前即将来临的狂风骤雨。如果和上一行的"age"联系，它可指即将来临的一个黑暗时代，是第二次世界大战的历史预言；它也可指《圣经·创世纪》记载的曾经发生过的"洪荒时代"，是诺亚方舟的直接隐喻；它也可指阴云未散、硝烟未尽的"黑暗时代"，是第一次世界大战的间接映射。

至此，诗人构筑了一个令人毛骨悚然的空间维度：洋面波涛汹涌，天空乌云密布，悬崖峭壁壁垒森严，海滩海岸严阵以待……

同时，诗人也创造了一个令人心惊肉跳的时间维度：远古时期的"洪荒时代"仍历历在目，心怀叵测的黑夜又步步紧逼，深不可测的黑暗年代正穷追不舍……

时间和空间合二为一，像一个震耳欲聋的高音喇叭，共同道出一个更可怕的灾难性预言，汇集于最后双行押韵对句中。

"海水"的意象再次出现在最后的双行押韵诗节。第一诗行的"破碎的海水"（The shattered water）成了第十三诗行的"海啸爆发"（ocean-water broken）。诗人预言：

> There would be more than ocean-water broken
> Before God's last *Put out the Light* was spoken.

海啸横扫一切，摧毁一切。但是，在这儿，比海啸更大的灾难即将上演。

根据《圣经·创世纪》，上帝创世的头一日，说："要有光（Let there be light.）。"于是，世界就有了光，有了昼夜之分。在基督教创世时代，上帝并未说"Put out the Light(熄灭那盏灯、熄灭那光明。)。"

最后一诗行："在上帝说熄灭那光明之前"（Before God's last *Put out the Light* was spoken），是弗罗斯特的幽默之处。上帝具有至高无上的权能，用"话语"（Words）创造天地万物，他的"话语"具有无穷的创造力量。诗人预设：上帝说"熄灭那光明"，即使上帝没有说"熄灭那光明"，海啸仍会上演，灾难仍会发生。

诗人的诙谐趣味可见一斑，讥诮意味不言而喻，言外之意显而易见。弦外之音是幽默背后的凝重、讥诮背后的严肃和轻松背后的沉重。"意义之音"再现排山倒海之势。

实际上，弗罗斯特直接引用了莎士比亚的《奥赛罗》（*Othello*）第五幕第二场第七行奥赛罗杀死苔丝狄蒙娜之前的自言自语："我先熄灭这光明，再熄灭那光明……"（Put out the light, and then put out the light）。

在基督教恩典时代，弗罗斯特在诗行中设置了一个情景，上帝说"Put out the Light"。不言而喻，上帝无需自己去熄灭那光明，他用"话语"就能熄灭那光明。

问题是，他对谁言说？谁去执行"熄灭那光明"的命令？弗罗斯特没有明说，但在他的诗行"设计"里，有"Someone"（第十二行）、"something"

（第三行）。

答案在此："某人"在某个时候（a night，第十、十一行）一心想要对某个地方（the shore，第三行）做"某事"。"Someone"可指"某一人"或"任何人"，也泛指所有的人。"某个时候"（a night）可指"一个夜晚""一个时代"，泛指任何时候。"某个地方"（the shore）可指"海岸"，语义延伸至悬崖峭壁、洋面天空，崖岸大陆，泛指整个世界。"something"可指"某一事"或"任何事"，也泛指所有的事。

万幸的是，上帝还没有说"熄灭那光明"。不幸的是，在上帝说"熄灭那光明"之前，这儿将会有比海啸更大的灾难。上帝没有引发海啸，上帝没有启动比海啸更大的灾难。海啸和灾难，都不是上帝所作所为。究竟是谁、在什么时候、做了什么事会引发海啸？谁会招致比海啸更大的灾难？弗罗斯特的答案不言而喻：有人做了一些事情引发了海啸，有人做了一些事情招致了比海啸更大的灾难。灾难，无论是天灾还是人祸，其始作俑者都是人类自身。

诗节和诗节之间的跨行连续（第八、九行，第二、三诗节）、诗行与诗行之间的相互照应（第三行的"something"和第十二行的"Someone"、第七行的"it looked as if..."和第十行的"It looked as if..."），结合工整格律和韵律（aabb ccdd eeff gg），使得诗行与诗行之间密不可分，使得诗节与诗节之间环环相扣，使得意象与意象之间紧密相连。

全诗押韵格式是 aabb ccdd eeff gg，每两诗行构成一韵，每一韵形成一个圆圈。诗行不断前行，主题步步深入，一圈套一圈，一环套一环，诗行层层递进，主题层层深化，意蕴层层升华。

句子的字面意义和句子背后隐含声音意义，体现在诗行韵律、强弱节奏、轻重音量、韵格变异等诗歌语言要素的音乐性之中。一股强大的力量驱动着"意义之音"由远及近，由小而大，由弱变强，隆隆声响，震耳欲聋，感动天地，激荡人心。

《曾临太平洋》起始于一个动力原点，乘"意义之音"翅膀，得缪斯灵感清泉，借天地万物灵气，汇涓涓细流成大江大河，奔腾不息汇入波涛万顷的海洋。

我们回头再看看标题，"Once by the Pacific"充满着"黑色幽默"的语气，充满着嘲讽讥诮的声调，充满着"意义之音"的弦外之音和言外之意。

"Once..."只是时间长河中的"从前……"或"往日……"，只是一连串数也数不清的"一次……"或"一回……"。太平洋波涛昼夜不息，夜以继日地冲击沙滩海岸，天空中风暴日夜兼程，反复无常地越过海边悬崖，肆无忌惮地劫掠大地……

三、《洪水》

The Flood

Blood has been harder to dam back than water.
Just when we think we have it impounded safe
Behind new barrier walls (and let it chafe!),
It breaks away in some new kind of slaughter.
We choose to say it is let loose by the devil;
But power of blood itself releases blood.
It goes by might of being such a flood
Held high at so unnatural a level.
It will have outlet, brave and not so brave.
Weapons of war and implements of peace
Are but the points at which it finds release.
And now it is once more the tidal wave
That when it has swept by leaves summits stained.
Oh, blood will out. It cannot be contained.

弗罗斯特约于 1926 年创作了一首名为《血流》（"Blood"）的十四行诗，于 1928 年 2 月 8 日正式发表于《民族》（*The Nation*）诗刊上。1928 年，弗罗斯特将该诗标题改为《洪水》（"The Flood"）并收录于诗集《小河西流》中。1968 年，《洪水》被收录于《弗罗斯特诗全集》中。

《洪水》是一首关于战争起源和战争本质的十四行诗，虽以《洪水》为标题，但核心意象是"血流""鲜血"（blood）。"血流"在诗中共出现 4 次，除了在第一、十四行出现，在第六行中也出现了两次。

《洪水》押韵格式是 abba cddc effe gg。弗罗斯特一共创作了 3 首押韵格式为 abba cddc effe gg 的十四行诗，除了《洪水》，还包括《士兵》（"A Soldier"）和《投资》（"The Investment"）。它们都被收录入《小河西流》诗集。

《洪水》运用了一连串的内韵，第一行的"harder"和"water"、第三行的"barrier"和第四行的"slaughter"、第五行的"choose"和"loose"，将人体脉动、热血澎湃和大自然中季节律动、洪水滔滔的景象展现得活灵活现，惟妙惟肖。诗人也采用了重复手法，如第六行的"blood"和第九行的"brave"，营造了血流奔涌、洪流滔天的骇人场景。

"血流"和"洪流"两者看似相去甚远，实则同源同质。第十行中的"战争的武器"（Weapons of war）和"和平的工具"（implements of peace）看似相互矛盾，相互对立，实则具有统一性和同一性。第九行的"It will have outlet"和第十四行的"Oh, blood will out"清楚地表明：无论是"血流"还是"洪流"，都会找到出口，都会翻腾奔流。

纵观全诗，共有4个对句，分别是：第二行和第三行（safe 和 chafe）、第六行和第七行（blood 和 flood）、第十行和第十一行（peace 和 release）、第十三行和第十四行（stained 和 contained）。

弗罗斯特"从一扇隔断单词的门后的声音"之中提炼出抑扬起伏、余韵绵邈的"意义之音"，赋予诗行对句金声玉振的音响效果和振聋发聩的感人力量。

全诗借"洪流"喻"血流"：人类因有血流而获得生命，因有生命而获得思考、思想能力。混乱的思想，具有超乎想象的力量。思想，有时会出现暂时的混乱，就具有超乎洪流的破坏力量。混乱的思想，是人类战争的根源。因此，人类要杜绝和消除战争，关键要在心灵中编织出守护和平的美好梦想，关键要在思想上构筑起一道捍卫和平的坚固屏障。

洪水是大自然的现象，是大宇宙中一种具有摧毁性力量的隐喻；鲜血是人体中的基本元素，是小宇宙中一种具有生命动力的象征，具有顽强的更新精神和神圣的生命本质。在基督教思想中，一方面，鲜血是推动生命更新的强大力量，象征生命的胜利；另一方面，鲜血象征不洁、原罪、罪恶、残暴、报复和屠杀，代表人性污点、罪孽或恶行等，是人世间令人厌恶、憎恨的东西。

大自然里洪水的破坏性和人体内鲜血的原罪性，是联结大宇宙和小宇宙的桥梁，也是构筑并联结《洪水》两个核心意象的纽带。洪水源自宇宙动力，血液源自生命脉动。

洪水和鲜血背后，都依靠一种原动力，同时产生强大力量，时而相向而行，时而背道而驰。它们一方面维护自然和生命秩序，另一方面破坏自然和生命存在。

弗罗斯特在《洪水》中强调洪水对自然秩序的破坏力量，看透鲜血对生命存在的腐蚀本质，指出人类战争的根本原因在于人性罪恶，包括人性中的原罪、不洁、罪孽、残暴、报复和杀戮等和人体鲜血、大自然洪水紧密关联的罪恶力量。

首4行诗节一开始就通过"血流"和"洪水"的意象，将人体小宇宙和自然界大宇宙紧密地联系起来。

第一行，诗人透过自然界常见的水流现象，一语道破并不太常见的血液本质：堵住血流，难于堵住水流。面对水流冲刷，面对洪水肆虐时，人类建堤筑坝，堵住水流出口，消除洪水灾祸。

不同于自然界的流水或洪水，血液隐藏于人体内部，运行于人体各器官和机体组织之间，人类肉眼不太常看见。但是，弗罗斯特采用了"提喻"（synecdoche）手法，用具有特殊性的血液表示具有普遍意义的生命，实现了从特殊性到普遍性的转变。

诗人为读者打开了观察血液的一扇窗口，启迪读者从全新视角思考血液的现象和本质。对于人类肉眼而言，血液较水流、洪水少见，但是，血液隐蔽的形式、全新的面貌和姿态时时出现在人类眼前，造成"新的杀戮"（in some new kind of slaughter）。

诗人认为：翻开人类历史，由血液引发的灾祸比比皆是，由混乱思想引发的战争不胜枚举，由战争、战火引发的天灾人祸罄竹难书。

仅翻开《圣经》，血液和战争的直接关系可见一斑，如《旧约·以赛亚书》第三十四章第三节："诸山将被他们的血融化"（The mountains will be soaked with their blood）；第七节："他们的土地将浸透鲜血"（The land will be drenched with blood）；等等。

人类修堤筑坝，阻挡洪水，但往往事与愿违，"洪水会破坝而出"（It breaks away…），造成洪水灾涝。人类凭借体内血管和机体组织，将血液牢牢束缚，任凭血液在体内"汹涌翻腾"（and let it chafe），但往往无济于事，血液总能找到一个出口，以愤怒、怒火、嫉妒、欲望、狐疑、复仇等形式，引发战争杀戮，给人类造成极大的祸害。"血液却会破坝而出造成新一轮杀戮"（It breaks away in sone new kind of slaughter）。

弗罗斯特在第五至八行辛辣地批评人类引发战争、推卸战争责任的罪恶行径，尖锐地指出战争的根源在于人类混乱的思想。

"我们总爱说是魔鬼使血流成河"（We choose to say it is let loose by the devil），人类掩盖了自己引发战争的动机，将战争的罪恶归咎于魔鬼。事实是，造成战争的根本原因在于人类自身，"其实是血自己的力量释放鲜血"（But power of blood itself releases blood），被释放的鲜血，如脱缰野马，横冲直撞；如洪水猛兽，汹涌翻腾，一泻千里，形成史无前例、有悖于自然规律的洪涛巨浪（…such a flood/Held high so unnatural a level）。

直至今日，弗罗斯特关于战争成因的哲学思想，对维护世界和平、摆脱战争仍有深刻启迪和普遍意义。在联合国教科文组织（UNESCO）总部大楼前的石碑上，用多种语言镌刻着这样一句话："战争起源于人之思想，故务须于人之思想中筑起保卫和平之屏障。（Since wars begin in the minds of men, it is in the minds of men that the defenses of peace must be constructed.）。"

在关于战争起源和本质的问题上，《洪水》和碑文具有异曲同工之妙。战争，无论源自血流，还是源自思想，最终都指向人类自身。

联合国教科文组织总部大楼前的碑文指出了人类战争起源于人类思想，同时指出消除战争、杜绝战患的根本出路在于：在人类思想中构筑起一道保卫世界和平的坚固屏障。在《洪水》中，弗罗斯特也指出了人类战争起源于人类内在的"血流"（blood）、在于人类自身的心理因素和情感思想变化。

"鲜血要奔流，无论顽强与否"（It will have outlet, brave and not so brave）。在人类热血沸腾的洪涛巨浪面前，弗罗斯特似乎束手无策，无可奈何。诗人只好望洋兴叹，无能为力，无论是"战争武器"（Weapons of war）还是"和平工具"（implements of peace），只不过是"血液找到突破口的契机"（the points at which it finds release）。

"鲜血要奔流"，是弗罗斯特对世人的警示，是他向世界的宣告。一切都不必大惊小怪，一切都如同自然法则。该发生的，始终要发生；该来的，始终要来。请看：血流将再一次蓄势待发，如同洪水汹涌澎湃（And now it is once more the tidal wave）。血流如同洪流势不可挡，所向披靡，"山顶也染上血污"（summits stained）。

最后一诗行由两个简单句构成。第一个句子"啊，血要奔流"（Oh, blood will out），与第九行的"血流都会找到出口"（It will have outlet）遥相呼应。第二个句子"血流不可能被堵住"（It cannot be contained）表明："血河"一旦溃堤，"血流"一旦奔泻，人类就身不由己，只好听天由命。人类无法"堵住血流"，更无法控制血流的方向、流速、流量和破坏力。

至此，全诗戛然而止。洪水暂停奔流，血流暂停汹涌，但"意义之音"起伏萦绕，节奏交错，奋力前行。同时，弗罗斯特的思想洪流，在"意义之音"的驱动下滚滚向前：战争，源自血流，源自人类自身欲望；消除战争，关键在于人类自身；杜绝战争隐患，在于人类杜绝引发战争的邪恶情绪；人类思想，是人类构筑世界和平、扬起世界和平风帆的最后屏障。

弗罗斯特关于消除战争、构筑世界和平的思想，和联合国教科文组织的初衷与宗旨不谋而合，殊途同归。人类只有在思想中树立坚定的和平理念，只有在心灵中播下呵护世界和平的理想种子，通过平等交流，文明对话，消除彼此隔阂、思想偏见和相互仇视，形成一股防止、反对、阻止战争的强大力量，才能构筑一道消除战争、共建世界和平的坚固屏障。

四、《熟悉黑夜》

Acquainted with the Night

I have been one acquainted with the night.
I have walked out in rain—and back in rain.
I have outwalked the furthest city light.

I have looked down the saddest city lane.
I have passed by the watchman on his beat
And dropped my eyes, unwilling to explain.

I have stood still and stopped the sound of feet
When far away an interrupted cry
Came over houses from another street,

But not to call me back or say good-by;
And further still at an unearthly height,
One luminary clock against the sky

Proclaimed the time was neither wrong nor right.
I have been one acquainted with the night.

　　《熟悉黑夜》是一首思想深邃、内涵丰富、技巧娴熟、风格独特的三行体十四行诗，其艺术思想和时代意义堪与但丁的《神曲·炼狱篇》、莎士比亚的《哈姆雷特》和波德莱尔的《恶之花》媲美。

　　《熟悉黑夜》呈"三行体"诗行排列，与意大利诗人但丁的《神曲》中所用的诗体类似。《神曲》的诗体，三行为一诗节，每诗节的第二行与下一节的第一、三行押韵，如 aba，bcb，cdc。《熟悉黑夜》的押韵格式为 aba bcb cdc dad aa，韵脚由 a-b-c-d-a 构成链韵（chained rhyme），韵数为 4（a-d）。在英语诗歌中，链韵的形式看似简单，实则是颇为复杂的押韵格式。

　　弗罗斯特特意选择了 aba bcb cdc dad aa 韵式并巧妙地将链韵应用于《熟悉黑夜》，具有很高的艺术造诣和强烈的感染力。它只有 4 个韵脚数，由第一行 a 起首，至第十四行 a 收尾，形成了一个圆圈，以押韵格式服务主题思想，从形式上进一步深化思想内涵。

美国诗人兰德尔·贾雷尔（Randall Jarrell）初读《熟悉黑夜》时击节叹赏，说："《熟悉黑夜》从形式到内容都和但丁有着千丝万缕的联系。如果但丁读到《熟悉黑夜》，他一定会拍案叫绝。"

目前，国内外文学评论界对《熟悉黑夜》的研究，无论是形式主义、新历史主义，还是"新批评"的本体论，都忽视了蕴含在凝视机制下生命主体消解和构建、自我意识沉沦和超越的主题。下面笔者运用视觉文化中有关"凝视"的概念，结合弗罗斯特的诗歌思想"意义之音"，重新审视蕴藏在《熟悉黑夜》中的深邃思想：即主体意识在权力集团监视下不由自主地沉沦，但富有叛逆精神的主体意识必然以顽强的意志在逆境中奋力抗争，并在灵魂视野延伸中自觉地实现自我超越。

目光中沉沦

意大利唯美主义文艺批评家桑克蒂斯在批判德国美学家史莱格尔和黑格尔等人的审美思想的基础上提出形式和混乱的关系命题——"在形式面前，存在着创造之前的那个东西：'混乱'"。弗罗斯特在毕生的诗歌创作中，坚持不懈地挖掘诗歌艺术中形式的审美价值。他说："表面上的混乱其实并非混乱，而是众多形式的形式。"他认为，诗歌任务就是要深刻揭示形式之前的"混乱状态"。《熟悉黑夜》栩栩如生地刻画了形式产生之前的"混乱状态"，揭示了现实世界处于"混乱状态"的根本成因：携带着权力运作和欲望纠结的"视觉驱动力"，将现实世界异化为福柯式的"圆形监狱"，生命主体在他者凝视中沉沦，自由精神在自我内在灵视中衰竭。

弗罗斯特对萨特理论中"他人的注视"思想的吸收和提炼，集中体现在《熟悉黑夜》中"更夫的监视"中。"他人的注视"和"更夫的监视"存在着千丝万缕的联系。"他人的注视"蕴含着"自我"和"他者"的哲理关系：自我存在既是"自为存在"又是"为他存在"。自我存在在本质上是自由的，而他人存在对自我自由和尊严构成巨大威胁。

在《熟悉黑夜》中，更夫的监视不仅限制了自我的天赋自由，而且摧毁了"我"的主体世界。"我"趁着孤寂雨夜，用自由目光，仔细打量着一座城市的大街小巷，舒缓心情，释放愁绪。此时，眼前的街景，甚至整座城市、整个世界，都无一例外、悄无声息地随着"我"的目光，向自我意识收拢和凝聚，共同构成了一个大写的"我"："我"是主体，是自我的主人，是世界的中心，尽情享受存在的自由。

不料，象征国家机器和权力的巡逻更夫悄然而至。更夫的监视，虽悄然无声，却气势汹汹，极具侵略性，厚实地约束着"我"行动和思想的自由，无情地消解自我的主体性。大写的自我和整个世界都被"更夫的目光"异化了，"小巷"成了"最凄凉"的异域，城市成了福柯的"全景式、敞开式圆形监狱"，而"我"更难以幸免，不由自主地沦为"囚徒"，惴惴不安地"垂下目光"，不可逆转地坍塌成为孤独的他者。总之，"我"的主体世界在"更夫的眼光"中彻底崩溃，陷入了一片"混乱状态"。

更夫的胜利，印证了萨特独幕剧《禁闭》中那句回荡在灵魂深处铮铮作响的著名台词："他人就是地狱。"正如萨特所言：自我"因树枝的沙沙声，寂静中的脚步声，百叶窗微缝，窗帘的轻微晃动"而感受到他者的在场。任何客体都能通过凝视而被赋予生命和灵感，建筑物、室内装饰、窗外风景等，概莫能外。即使在"更夫"缺席的情况下，夜幕中的"我"依然因雨水的滴答声、小巷中的脚步声、"断续的呼喊声"而感受到他人眼睛的在场和注视的压力，由一个"自为存在"和"自在存在"沦为"为他存在"。"我"在城市中漫游，实质上是在一座巨型监狱中间的操场上"放风"，是在一片"混乱状态"下的自我放逐。

"夜"是更夫监视完美无缺的伪装。"夜"构筑了一道高大、严实的"围墙"。纵横交错的大街小巷，将房屋分隔成一个个独立的"囚室"，将整座城市变成了"全景敞视式监狱"。"我"如同一个囚徒，行走在这个神秘、陌生的"监狱"里。"夜"阻隔了"我"观看周围的视线，反而更充分地将"我"暴露在更夫的目光中。

更夫凭夜幕掩护，根据周围环境和"我"的表象对"我"进行残酷的"解剖"和价值评判。"我"成了他眼中的一件物品而被客体化了，从"主体——我"沉沦为"对象——我"。在黑夜笼罩的世界里，萨特赋予人类本质意义上的自由荡然无存。"我"不再是自由的主体，而是被置于受奴役的地位，成了"他者"的目的性工具。

"雨"在"夜"的紧密配合下，从深黑而遥远的天空纷纷飘下，没完没了地飘打在"我"身上，渗入毛孔，穿流于血管，让"我"感到压抑、恐惧，直至歇斯底里，却又难以言状。"我"绝望了，崩溃了，彻底掉入"混乱状态"。夜雨构筑的世界，既是福柯式监狱，也是但丁式地狱，"我"在夜雨编织的黑色世界里踯躅徘徊，永远逃不出自我孤独和寂寞的"圆圈"。

全诗句型、语法结构与主题内容相得益彰，淋漓尽致地刻画了"我"精神的"混乱状态"。全诗以同心圆结构展开，"意义之音"伴随着同心圆一圈又一圈地滚动前行，一层又一层地揭示"我"的存在状态和生命虚无。

同心圆的第一圈是独立陈述句：首3行诗节中，3个句子都是独立的陈述句，均采用现在完成时态，第二行"我曾经冒雨出去且冒雨回来"明确表明，"我"在雨中街巷画了"一个圆圈"。同心圆第二圈体现在音韵上，3个句子均以"I"［ai］开头，首句以"night"［nait］、第三句以"light"［lait］结束，3个［ai］又形成了一个"圆圈"。第三圈是全诗首尾两句完全重复，以

"I"〔ai〕起首，以"night"〔nait〕作结，〔ai〕在此构成了一个更大更封闭的"圆圈"。

第四圈体现在隐喻上，"I"和"eye"同音，富含哲理：作为主体的观看者（I）在观看（eye）客体世界时，客体世界尽收眼底，清晰可见。但主体观看时，客体对象却以神奇的目光不断消解作为观看主体的目光。

第五圈是自然景物"夜"和"雨"："我"一直毫无目标地穿行于夜雨中，但始终未能穿越"夜"和"雨"编织的"铁幕"，陷入了一个又一个封闭的"圆圈"。

诗句层层展开，同心圆向前滚动。"意义之音"韵中蓄意，增强了音乐效果，丰富了句子美感，包含着丰富的言外之意和味外之味。

可见，本无生命的黑夜、雨水、街灯、小巷、房屋、钟塔和天幕等自然客体，刹那间有了生气荡乎其间，蕴蓄着不安的生命躁动，充满着侵略性的敌意。它们各自以锐利的目光，回击主体的凝视。"我"由观看主体沉沦为被观看的客体。更夫的监视和自然景观的目光揭示了一个深刻哲理，即在客体世界面前，人的主体性是虚无，是幻觉，是虚妄。

声响中抗争

在第三诗节中，弗罗斯特刻意安排了两个意味深长的声音意象：从远处一条街道传来短促而急骤的"断续的呼喊声"，打断了"我"雨中漫游的"脚步声"（the sound of feet）。国外论者针对"呼喊声"的阐释众说纷纭，莫衷一是。

吉姆尔曼（John H. Timmerman）认为，"我"一听到呼喊声就停下脚步，呼喊声可能是人类发出交流的邀请。呼喊声似断实连，亦远亦近，打破周围寂静，无限孤寂的"我"不禁心头一喜，"停下止住脚步的声音"，想必是久违的朋友或陌路夜行人的招呼声。

实未尽然。诗人以"跨行连续"的手法，将第三诗节"an interrupted cry"的韵脚 d 格式转入第四诗节第一诗行"call me back or say good-by"，从而延续了第三诗节的思维逻辑，延续了"呼喊声"的意象：诗人大失所望，呼喊声"不是叫我回去或者说再见"。"我"困惑了，又陷入了"混乱状态"。所以，呼喊声是人类在生命压抑状态中的苦苦挣扎和呐喊，而不是吉姆尔曼所说的善意邀请或交流期待。

罗伯特·帕克（Robert Pack）则认为，呼喊声来自人类内心的"苦海之城"（the city of human suffering），是人类痛苦、绝望的象征。"我"听到呼喊声以后，只是"停住了脚步声"，对"断续的呼喊声"充耳不闻，没有半点善意或安慰的行为。"他觉得，那呼喊声'不是叫我回去或者说再见'，与他毫不相干。他继续朝着'街灯照不到的郊野'走去，甚至走得更远。"按照帕克的观点，"我"是一个没有人性、没有同情心的人，是一个人性扭曲、生命衰竭的行尸走肉。

"断续的呼喊声"（an interrupted cry）和"脚步声"（the sound of feet）应和着诗行的"意义之音"（the sound of sense），象征着听觉对视觉的强烈反抗，是"我"对更夫的一种解构性、颠覆性的挑战。声响表明，听觉必须超越视觉，重现语音固有的叛逆性本质。

在人类思想史上，说话和书写都是表达真理的语言形式。为了争夺对真理的阐释权，书写挑战说话，视觉应战听觉，两者相互控制，相互超越，上演着波澜壮阔、跌宕起伏的权力争夺。"断续的呼喊声"是"从另一条街道，越过房顶"传来的，距离更夫很远。那里是远离"凝视帝国"权力控制的"自由王国"，回荡着"意义之音"，滋养着自由思想。

"断续的呼喊声"虽微弱，却机智地避开了更夫的监视，选择最有利时机，向权力集团发出最强烈的抗议；它虽短促，却冲破夜雨包围，穿越夜幕笼罩，震撼着"凝视王国"的根基；它虽卑微，却蕴蓄着生命躁动，传递着自由消息，显示出喷薄活力。

轻轻的声响，与其说是从远处传来，叩响在"我"的耳畔，不如说是发自人类灵魂深处，在"我"心中得到响亮的回响。

"断续的呼喊声"也暗示：更夫的监视存在漏洞，肉眼的目光没有完全掌控一切时间和空间，没有做到无处不及，无处不在。他不是一个完美的监视者，相反，他也不可避免地由"凝视者"沦为"被凝视者"。更夫作为权力棋盘上的一个棋子，只能由权力集团摆弄，何时出更、何处巡夜、巡夜路线为何、何时到达指定地点、多长时间完成一个往返以及处理危机的程序等细节问题，都由权力集团安排决定，更夫无权随意更改。更夫在监视别人的同时，也被别人监视，在权力网格中被极端地"他者化"。

同时，更夫也成为"我"的监视对象。更夫拥有监视"我"的权力，夜幕下万物向他的目光聚拢；而"我"发现自己被边缘化，为了摆脱更夫的控制，一直在寻思着反击策略。"断续的呼喊声"适时而至，更夫的监视也由视觉转向听觉，正是"我"抗击和超越他的千载难逢的机会。"我"在瞬间爆发的内在凝视力量不在于肉眼能看见什么、看见谁、能看见多少，而在于主体意识中笛卡尔式的反思精神，"我"只要通过精神的简单审视就可洞察本质，即可获得更夫真实面目的"真观念"。

"我"对远处飘来的"断续的呼喊声"充耳不闻，而是以抗争的姿态和心灵的眼神解构和颠覆更夫的权威。"断续的呼喊声"直击更夫内心深处，给他以灵魂震撼。职业要求和生命本能都要求更夫必须迅速而准确地判断发出"呼喊声"的具体位置和呼喊者的身份，并不动声色地等待着是否有人做出呼应。"我"停下脚步，止住声响，目的有二：

一是阻止更夫将"断续的呼喊声"和我的"脚步声"联系起来，将"我"和呼喊者一并列入监视和监听的范围，预防他对我的身份和价值做出道德判断；

二是让更夫在急切而害怕中期待另外一种声音的出现，让他的等待落空，让他在空等中失望、焦虑、不安、恐惧和战栗。没有回应的呼喊声更让人彷徨迷惘，不寒而栗，尤其在雨夜孤巷中。

具有寓言性的"断续的呼喊声"后，"我"无意识的脚步声消失了，更夫预期中的回应声将至又止，一切又归于宁静。

灵视中超越

万籁俱静中，"我"暂时逃脱了更夫的目光，放弃了肉眼观看，求助于灵魂视觉，用一双内在眼睛，插上一双思想翅膀，透过更夫的权力外衣，透视其由凝视者沦为被凝视者的必然命运，看清其权力的虚假性和欺骗性，悟见其生命存在的虚无。灵魂的观看，需要的不是眼睛而是洞察力和精神审视。

"我"以"止住脚步的声音"抗击更夫所代表的权力集团的监视是短暂而微弱的。在遭受了夜雨侵袭和目光暴力之后，"我"身心疲惫，停止了身体漫游，继而踏上思想旅程。"而在远方一个神秘的高处/有只发亮的钟映衬着天幕"。"发亮的钟"引导着"我"摆脱现实世界的羁绊，走向美好的精神世界。

国外论者在阐述这只"发亮的钟"富含的哲理思想时，将它看作或是新英格兰"现实世界里的一座塔钟"，或是"人类企图度量和控制宇宙的最后象征"，或是"诗人内心黑暗的真实写照，因为它作为全诗中唯一光亮的东西，却'宣称时间没错，但也不正确'，让'我'陷入了更黑的深渊"，或是"误以天边的月亮为一只发亮的钟"。这些结论掷地有声，共同的结论是"我"所处的现实世界崩溃，但共同的论证基础是"物理学的时间"。

其实，《熟悉黑夜》中的"发亮的钟"之所以"宣称时间没错，但也不正确"，其根本原因在于它的时间是心理学意义上的。要消解更夫的目光，颠覆视觉统治，对抗凝视的暴力，"我"必须冲破传统的客观时间观念，反思日常的线性时间。"我"混淆了钟楼上的一只普通"发亮的钟"和悬挂在遥远天幕中的月亮，将记录物理属性的机械时间，即外在时间，内化为蕴藏在意识深处的心理时间，即内在时间。时间成了"我"的一个意识视野。

借助这个意识视野，"我"的思想得到了无限的延伸：领悟过去，洞察当下，把握将来。在更夫的眼光中，时间是一种自在的物理之流：直观、直觉、直线。时间是链接过去、现在和未来的一条直线，是一种特殊的存在者，贯穿于并展示着一切运动，更夫用它来判断万事万物的静止或运动，建立"日光的国度"和权力统治秩序。

在"我"的眼光中，更夫的"目光国度"是以机械时间为始基的，其权力统治也是在物理时间的长河中运作的。当机械时间被内化为心理时间，"我"就动摇了"目光国度"的根本，颠覆了权力统治的始基，整个世界都在心理时间的长河中左右摇晃，上下颠簸起来，陷入了变化无常、动荡不安的不确定中。"目光国度"随即土崩瓦解，权力集团统治瞬时分崩离析。

心理时间是认识现实世界的前提，心灵眼睛化解了"我"在更夫的目光压制下的种种困惑。视灵让"我"不仅逃离了更夫的目光暴力和权力迫害，而且获得了居高临下的鸟瞰视角，将"目光国度"和权力统治牢牢地镶嵌在无所不在、无所不能的意识视野中。过往的沉沦已经成为尘封的记忆，当下的思想意识又展开对未来的美好期望。由此，"我"的目光从夜雨街巷转向高处的钟楼，投向尼采的艺术王国——月亮。在酒神怀抱中，"我"以铿锵有力的"脚步声"自由地漫步于自由王国，以协和甜美的"韵律声音"（the sound of feet）和抑扬顿挫的"意义之音"（the sound of sense）遨游于诗歌艺术王国。

五、《士兵》

A Soldier

He is that fallen lance that lies as hurled,
That lies unlifted now, come dew, come rust,
But still lies pointed as it plowed the dust.
If we who sight along it round the world,
See nothing worthy to have been its mark,
It is because like men we look too near,
Forgetting that as fitted to the sphere,
Our missiles always make too short an arc.
They fall, they rip the grass, they intersect
The curve of earth, and striking, break their own;
They make us cringe for metal-point on stone.
But this we know, the obstacle that checked
And tripped the body, shot the spirit on
Further than target ever showed or shone.

1927 年 5 月，《士兵》最初以 "The Soldier" 为标题发表于美国杂志《麦考尔》（McCall's）上。弗罗斯特经常在许多场合朗诵《士兵》这首诗，足见他对此诗的喜爱程度。他在朗诵时，喜欢用英文标题 "A Soldier"，而不是

"The Soldier"。诗人也喜欢将《士兵》和《意志》（"Design"）比较，称这两首十四行诗是"形式相同，内容各异的一对"（a pairing in form but not in content）。1928 年，弗罗斯特将《士兵》（"A Soldier"）收入诗集《小河西流》。1968 年，《士兵》以"A Soldier"为标题收入《弗罗斯特诗全集》（*Complete Poems of Robert Frost*，1968）。

标题"The Soldier"和"A Soldier"一字之差。冠词"A"提升了全诗的意境，赋予了作品更深刻、更普遍的含义。

《士兵》是弗罗斯特为了纪念毕生好友、英国著名诗人爱德华·托马斯（Edward Thomas，1878—1917）而作的，他将此诗寄送给爱德华·托马斯的遗孀留念。爱德华·托马斯是弗罗斯特在英国居住期间通过庞德等人结识的一位英国青年诗人。弗罗斯特在一封书信中，曾亲切地称爱德华·托马斯是"我唯一的兄弟"（the only brother I ever had）。一战爆发，战事吃紧，弗罗斯特曾力劝爱德华·托马斯移居美国新英格兰，继续进行诗歌创作。1915 年，弗罗斯特返回美国。同年，爱德华·托马斯应征入伍，为国效力。他后来被派往法国北部阿拉斯驻防。1917 年 4 月 9 日，阿拉斯战役的第一天，爱德华·托马斯被炮弹炸死。

弗罗斯特为爱德华·托马斯的不幸遇难感到十分难过。弗罗斯特将爱德华·托马斯创作的诗歌作品编辑成册，正式出版。弗罗斯特一共创作了好几首诗怀念爱德华·托马斯，包括《致 E. T.》（"To E. T."）、《夜空彩虹》（"Iris by Night"）等。

《士兵》的押韵格式为 abbacddc effegg，与《洪水》和《投资》两首十四行诗的韵式一致，而且韵数均为 7（a-g）。

《士兵》形式典雅，层次清晰，形象鲜明，对比强烈，感情真挚，前后映衬，环环相扣，朗朗上口。这种鲜明的艺术风格得益于典雅、庄重的押韵格式 abbacddc effegg。

前 3 行构成一个完整的句子"He is that lance…"，将士兵比喻成一柄投枪。"lance"可指"长矛、长枪"，是古代步兵、骑兵手中的攻击性武器。一开始，弗罗斯特似乎要将读者带进古罗马式的英雄年代。

接着，弗罗斯特分别在第一、二行连续用了两个由"that"引导的定语从句，并在从句中（第一、二、三行）连续使用动词"lies"。弗罗斯特在十四行诗创作中，常常采用词语或句法重复手法，在诗句中重复使用某一个具有深意的词或词组，重复运用某种语法结构或句子形式，揭示更深刻的哲理思想。有时，为了表达主题和揭示内涵需要，弗罗斯特甚至跨诗行、跨诗节地悄无声息地重复一个单词或词组，让"意义之音"激发读者"会想象的耳朵"，仔细品味"存在于一扇隔断单词的门后的声音"。

例如，在《进入自我》（"Into My Own"）中，弗罗斯特用了单词 "should" 5 次，句式 "I should" 3 次；在《割草》（"Mowing"）中，词组 "my long scythe" 在第二行首次出现，跨过十一行后在第十四行再次出现。它们音韵谐美，声响饱满，悦耳动听，别具神韵。

在《士兵》中，以重复的 "that" 引导的定语从句，限定了第一行的比喻修辞效果，强化了一名士兵作为一柄 "投枪" 的悲壮形象。

从句 "that lies as hurled" 表明，一种强大的、隐形的人为力量将这柄投枪猛烈投掷出去，最终投枪毫无目标地坠落在地；一种更强大、更隐蔽的社会力量将这名士兵强行推向前线，最终士兵毫无意义地死在阵地。

从句 "That lies unlifted now, come dew, come rust" 揭示了这柄投枪如今的必然命运：静静地躺在地上，无人问津。在此，"come" 同行反复，两个词组 "come dew, come rust" 音节相同，轻重音相同，长短音相同，"意义之音" 步步紧随，声声叹息，透露出无限悲凉：投枪沾满露珠，锈迹斑斑，被人抛弃，被人遗忘。

第三行 "But still lies pointed as it plowed the dust" 中，"pointed" 刻画出投枪矛头尖锐锋利。"…as it plowed through the dust" 是一个比喻手法，诗人通过无限丰富的想象力，将士兵的投枪和农民的犁头有机地联系起来。士兵的投枪是毁灭性武器，农民的犁头是生产性工具，两者看似毫不相干，两者功能迥然不同，但在弗罗斯特这位 "农民诗人" 的手中，它们不仅传递出丰富的语言信息，而且提升了诗歌的思想意蕴和美学境界。

矛头和犁头都尖锐锋利，都需要借助外力驱动，才能产生功能性力量，才能实现目的性价值。两者所不同的是，农民耕作之后精心护理犁头，而士兵投掷投枪之后弃之不顾。

在开头三行，弗罗斯特采用重复手法，用了两个由 "that" 引导的定语从句，3 个 "lies as hurled" "lies unlifted" 和 "lies pointed" 词组，两个 "come dew" 和 "come rust" 词组，从句和词组的简单重复，映衬出投枪机械、无助、无奈的命运。投枪的命运，折射出士兵的命运。

第四诗行开启另一个句子，跨行连续的手法将句子一直延伸到第八诗行结束。

从第四诗行开始，弗罗斯特将视角由 "投枪"（lance）转向 "我们"（we）。"sight" 作为动词，有 "观测" 或 "看见" 之意。"mark" 作为动词，有 "标记" 或 "记号" 之意，引申为 "目标" "靶子"。我们顺着投枪运行轨迹极目远眺，却无法看清前方有什么值得投枪刺中的目标或靶子，无法弄明白它的目的和意义。

为什么？读者不禁要问。第六行至第八行，是一个说明原因的表语从句：

"It is because...",第六行"because"一语道破天机奥秘:那是因为我们是凡夫俗子(like men),没有一双看破天机奥秘的智慧之眼。

"...we look too near"进一步解释原因:我们凡夫俗子尽管极目远眺却仍看得太近,看不真投枪的目标,参不悟士兵的意义,省不透世界的本质。这正印证了我国诗人苏轼那著名诗句"不识庐山真面目,只缘身在此山中"。诗人还暗示,我们还不如那柄投枪、那名士兵:至少,投枪飞过天空,留下飞行印记;至少,那名士兵跨越地平线,留下重逢的足迹。而我们的目光无法企及,我们的认识滞后,我们的思想陈旧。

人们雾里看花,深陷认识困境:一方面看不清花的真切,另一方面还忘了世界常识。诗中:

> Forgetting that as fitted to the sphere,
> Our missiles always make too short an arc.

诗人指出,我们还"忘记"(Forgetting...)了自然界的基本常识:与地球曲面的弧线(an arc)相比,投枪飞行的弧形轨迹微不足道,存在价值不足挂齿。

"Missiles"(投掷物)是关键词。词组"Our missiles"音韵并存,意味深长:在诗的开头,"他"(He)是一名普通士兵,被比喻成"一柄投枪"(that fallen lance)。"我们"(we)看不清投枪的目标,看不出士兵上战场的意义。三者"他""投枪"和"我们"都是各自独立的主体。第八行的"我们的投枪"(Our missiles)将三者"他""投枪"和"我们"联结成一个相互牵制、相互作用的有机整体。

弗罗斯特揭示"三者"的存在共同体:士兵和投枪的结局和命运,就是人类的结局和命运。

我们看不清世界,还忘记了世界的基本常识,这就构成我们无法认识世界本质、把握宇宙意义的两大障碍。两个词组"too near"(第六行)和"too short"(第八行)相辅相成,共同揭示了人类认识自我、了解自然的局限性。悲观之情,在"意义之音"中弥漫开来;失望之意,在字里行间中延展下去。

笔墨落于前8行"一柄投枪"(a lance),转向后6行诗节"沿着弧形轨迹飞行物"(missiles),手法转换自然,比喻形象贴切,气象更加开阔。

第九行"They"标志着"突转",引出后6行诗节。"They"不只指向"missiles",也涵盖了投枪(lance)和士兵(soldier)。

第九至十 诗行,是一连串的动词"fall"(落地、坠地),"rip the grass"(飞跃草丛),"intersect/The curve of the earth"(与地球的曲线相交),"and striking"（撞击后，作分词用），"break their own"（折断自身）。这一连串的动作执行者，是关键词"missiles"，即"They"。"它们"在短短的 3 行诗行中出现了 3 次。它们完成了飞行轨迹，完成了自我历程，完成了自我使命，找到了自我归宿，实现了自我目标。

它们的生命历程震撼人心，让人肃然起敬。动词"cringe"有"畏缩、退缩"之意，词组"the metal point on stone"意为"岩石上的金属印记"，彰显了投枪的杀伤力和威慑力：它们让我们畏惧投枪撞击岩石留下的深深的金属印记。

可是，我们呢？诗人在最后 3 行诗行将笔锋再次转向"我们"（we）。正如前 8 行诗节所言，我们尽管极目远眺（sight），终因眼光不够长远（look too near），终因视野受到种种制约（make too short ...），甚至把常识抛诸脑后（Forgetting...），始终无法看清投枪的目标，始终无法认识士兵的意义。

在最后 3 行，"an obstacle"有"障碍物、绊脚石"的意思，"checked"指"阻止、阻碍"，"tripped"指"使……跌倒；把……绊倒"。定语从句"...an obstacle that checked/And tripped the body"指物质世界上阻止人们极目远眺、限制视野、束缚想象力的自然力量。人们通常在这种强大的自然、物质力量面前无能为力。

但是，弗罗斯特在人类自身物质力量面前不悲伤、不失望，为人类指出了一条超越物质世界、自我限制和自然力量的精神之路。在第十三至十四行，那种束缚肉体、制约肉眼、限制视野的"障碍物"（the obstacle）将"那种精神"（the spirit，即投枪的精神、士兵的精神）射向前人从未期冀的更遥远靶子，射向时空从未闪现的更崇高目标（target ever showed or shone）。在诗行中，弗罗斯特用"一首诗运行的轨迹"引出了"肉体"和"精神"哲学范畴。

一首好诗"始于欢愉，终于智慧"（begins in delight and ends in wisdom）。弗罗斯特在悲观中给人欢乐，在失望中给人希望，在物质囹圄中指出精神解脱之路。在《望不远也看不深》（"Neither Out Far Nor In Deep"）中：

> They cannot look out far.
> They cannot look in deep.
> But when was that ever a bar
> To any watch they keep?

他们无法极目远眺（cannot look out far），无法内视深见（cannot look in deep）。人类没法认识真理，没法看清本质，甚至有时还否认真理的存在！

"But"笔锋一转，意蕴千钧。弗罗斯特明知故问，答案就在问句中：在人类认识真理的道路上，何曾有任何"障碍物"（a bar）能阻挡一双双探询的眼睛，能阻挡坚毅的探索步伐！

《望不远也看不深》中，人类看不远，也望不深；《士兵》中，人类"看得太近"（look too near），投掷出去的投枪"飞行弧线的距离太短"（make too short an arc）。人类目光太短浅，知解能力有限，是人类认识自我、认识规律、把握真理的巨大障碍。无论是《望不远也看不深》中的"a bar"，还是《士兵》中的"the obstacle"，都彰显出物质意义上限制人类视野、在肉体层面上束缚人类想象力的强大的自然力量。

在《望不远也看不深》中，人们站在沙滩上，背着陆地，朝着大海，昼夜不停地凝视远方，期待着天际中出现的若隐若现的船桅，期待着洁净的沙滩上映衬出海鸥的身影。真理在哪里？真理或许存在于碧波万顷的海洋，或许存在于色彩斑斓的陆地，或许存在于平静洁净的井底……

人类虽然不知真理在何方（wherever the truth may be），但是始终坚持探索，持续守望。因为，人类坚信：精神力量能够超越肉体的束缚，摆脱物质世界的制约！

投枪被投掷出去，人们看不到它击中的目标；士兵被派上战场，人们无法理解他存在的意义。投枪和士兵，都没有自主力和能动力，都处于被动地位，被一股强大而神秘的力量驱动着。在物质层面上，投枪飞行和士兵前进的驱动力，都源自人类本身。说到底，投枪的目标、士兵的敌人都不在他们的前方，而在他们的后方：人类及其生存的环境，即人类社会本身。人类的真正敌人，就是人类本身。

弗罗斯特看得更深，看得更远，看得更透。他将目光投向地极天际，遥望浩瀚星空，顿悟到一种终极的、超越肉体的精神力量。物质力量强大却具有破坏力，而精神力量强大且具有超越性和建设性。

六、《投资》

The Investment

Over back where they speak of life as staying
（'You couldn't call it living, for it ain't'），
There was an old, old house renewed with paint,
And in it a piano loudly playing.

Out in the plowed ground in the cold a digger,
Among unearthed potatoes standing still,

Was counting winter dinners, one a hill,
With half an ear to the piano's vigor.

All that piano and new paint back there,
Was it some money suddenly come into?
Or some extravagance young love had been to?
Or old love on an impulse not to care—

Not to sink under being man and wife,
But get some color and music out of life?

　　《投资》于 1928 年收入诗集《小河西流》，于 1968 年收入《弗罗斯特诗全集》。1962 年，多伊尔·约翰·罗伯特（Doyle John Robert）在《弗罗斯特诗歌》（*The Poetry of Robert Frost*）中说，《投资》一诗"道尽了生活呈现的最本质"（makes the best of what life has to offer）。

　　1977 年，里查德·波尔里（Richard Poirier）在《弗罗斯特：会意的活计》（*Robert Frost：The Work of Knowing*）中称《投资》是"一首稳健的诗"（a sturdy poem）。

　　《投资》自面世以来，一直没有引起读者应有的兴趣和论者足够的关注。事实上，《投资》是一首格调清新、意蕴精深、声韵铿锵、富有特色的十四行诗。整首诗呈"四、四、四、二"排列，是一首典型的英国式十四行诗，特别是最后的双行押韵对句，是莎士比亚惯用的结构形式。同时，它的押韵呈 abba cddc effe gg 格式，是意大利式和英国式十四行诗的结合体。

　　从诗行结构和诗节安排上看，第九行的"突转"（All...）和第十二行的"跨行连续"（破折号）都表明，后 6 行诗节（即第三诗节和最后的双行押韵对偶句）可视为一个相对完整的整体。从这意义上讲，《投资》又属于"前八、后六"诗行结构。

　　全诗背景是偏远地区的一个农场。在农场里，夫妇两人拥有一座很旧很旧的房子和房屋周围的一片耕地。夫妇两人辛勤劳作，勉强度日。弗罗斯特从一个旁观者、亲历者的角度，描述了一对农民夫妇日常生活场景中的一个小小片段，激发人们对生活、人生和诗歌创作的想象和思考。

　　首行开头"Over back"交代了诗歌场景：偏远地区。"they"是诗中主人公和农场主人，他们把生活称为"挨日子"（they speak of life as staying）。他们披星戴月，终日劳作，日子过得并不轻松。

　　第一行的"跨行连续"手法，转入第二诗行，展现夫妇两人的生活态度以及对目前生活状态的判定。他们认为，生活（life）应是"过日子"（living），而不是"挨日子"（staying）。可是眼下，他们的生活并非"过日子"，而是"挨日子"。他们每天面临着生存的考验。

第二行中的"ain't"是农场生活中典型的口头语，具有很强的否定意义，日常生活语言的"意义之音"，暗含着他们对目前生存状态的不满、否定和拒绝。

开头两行，措辞简练，直率坦达，揭示人类生活（life）中"过日子"（living）和"挨日子"（staying）的不同生存境况及其相互关系。弗罗斯特暗示，生活中"过日子"和"挨日子"的生活状态是相互依存的，也是可以相互转化的。这取决于人自身的生活态度和价值取向。

有一天，他们或是时来运转，发了一笔财；或是机缘巧合，对生活态度发生了改变。总之，他们决定进行投资：新买了几桶油漆，把旧房子油漆一新；新买了一架钢琴，为生活添了一抹色彩。

第三至四行，他们那幢"破旧不堪的房子"（an old, old house），"涂上了新漆"（renewed with paint）；焕然一新的房子里，新添了一架钢琴，女主人正弹奏着"悠扬、洪亮的乐曲"（a piano loudly playing）。

"ain't"和"paint"相互押韵：对生活境况的不满和否定，为改变生活现状注入了动力，激发了对美好生活的向往。旧房涂新漆，生活换新颜。

"staying"和"playing"交相辉映，声韵并茂：他们的生活（life）不再是"挨日子"（staying），而是"过日子"（living）。如今，他们更上一层楼，有了闲暇时光，可以弹奏音乐或享受游戏（playing），日子如芝麻开花节节高。

在第一诗节，弗罗斯特讲述了农场夫妇的日常生活，也反观自身生活状态和诗歌创作。"一幢涂上新漆的破旧不堪的房子"（an old, old house renewed with paint）含义深刻：旧房涂新漆，生活换新颜；旧瓶装新酒，老曲谱新篇；旧形赋新辞，意境各不同。

弗罗斯特决意利用古老的十四行诗形式，揭示生活本质，赋予生活本真意义；表达生活目标，赋予生活崇高理想；追求生活境界，赋予诗歌审美追求。

第五诗行开头"Out in the plowed ground"就将人们的视线引向屋外的一片刚刚犁翻的新土。这既是诗人视角，也是读者视角。

诗人远远地站在一处，听着悠扬琴声，将目光聚焦于屋外一个小山坡上一片土豆地里：挖地的人（a digger）站在凛冽寒风中，暂时停下手中农活（standing still），重新审视着刚挖过的新土，仔细掂量今年地里土豆的产出（unearthed potatoes）。他一边盘算着"冬天的晚餐"（winter dinners），思量着土豆够不够过冬，一边侧耳倾听，感受着"那架钢琴的活力"（the piano's vigor）。

"意义之音"由近而远、由强转弱。弗罗斯特把读者带到了远处，和他一起观察这位农人的一举一动。不料，诗人和读者都不免陷入了一片迷茫，陷入了一片"思想混乱"。农人终日劳作，收成有限，过日子得精打细算，量入为出。面对生存压力，农人在凛冽寒风中怎么还有时间暂时停下手中的活，怎么还有心思"倚锄伫立"（standing still），侧耳倾听悠扬琴声，感受音乐魅力？

"standing still"是一个关键词。在他人看来，农人"倚锄伫立"这种行为不利于减轻生活负担，不利于舒缓生活压力。但在农人眼中，忙里偷闲，苦中作乐，在音乐声中自我陶醉，可以忘记生活艰辛和生命重负，从而获得"钢琴的活力"，获得精神上的"片刻安宁"（a momentary stay）。

词组"counting winter dinners"和"With half an ear to the piano's vigor"生动地刻画了农人复杂、细腻的心理活动。"算计着冬天的晚餐"是现实生活的必然要求，是他自身生存的迫切需要；"侧耳感受钢琴的活力"是理想生活的崇高呼唤，是他丰富精神世界的执着追求。农人的行为举止和心理活动，反映出他面对现实生存困境和追求理想生活的深刻矛盾，反映出他扎根现实生活沃土、追求崇高审美境界的坚忍性格。

事实上，弗罗斯特完全理解和赞同诗中那位农人的行为举止。词组"standing still"生动刻画了农人在田间劳作中短暂小憩的形象，将农人"倚锄伫立"的瞬间凝固在冬日的大地上。读者不难看出，农人身上有着弗罗斯特自身的影子。

素有"新英格兰农民诗人"之称的弗罗斯特，始终有着坚定的诗歌信念：诗人从日常生活语言中提炼出"意义之音"，将看似凌乱无序的字、词、句串起来，成就一行动人诗句，让诗歌到达"生命中的一片澄明境界"，获得片刻宁静（standing still）。

诗歌创作就是在纷繁复杂的世界中让诗人获得片刻宁静，让读者掌握"暂时遏制混乱的锐利思想武器"（a momentary stay against confusion）。艺术，包括音乐和诗歌，功用在于让人暂时忘记尘世喧嚣和生活烦恼，获得精神上的片刻慰藉和安慰。

因此，农人"倚锄伫立"（standing still）是弗罗斯特诗歌创作理论上的"暂时遏制混乱的锐利思想武器"的最佳阐释和注脚。

诗人将外在的观察视野内敛至内心深处的哲理思考。在生活压力面前，这对农人夫妇为什么要购买油漆，将破旧不堪的房子油漆一新？为什么还要添置一架钢琴？究竟是什么原因促使这对农人夫妇在生活捉襟见肘之时还不忘进行家庭投资？

弗罗斯特在第三诗节和最后的押韵对偶句接二连三地尝试提出种种猜测。是因为他们突然发了一笔意外之财（some money suddenly come into）？是因为他们突发奇想要像年轻人一样好好铺张一把（some extravagance young love had been to）？还是因为他们旧情冲动（old love）、心血来潮（an impulse）、一时看轻钱财（not to care—）、不甘心成了夫妻就堕入暮气沉沉（Not to sink under being man and wife）的生活状态而只是单纯地为生活增添色彩和琴声（But get some color and music out of life）？

在措辞上，弗罗斯特在问句中采用了"some"，点明了疑问句中的不确定性，"young love"和"old love"对比鲜明，相映成趣，暗示了种种猜测之间的时间跨度，进一步强化了答案的模糊性。弗罗斯特在后6行诗节中设问、猜测，不但没有给出明确的答案，反而为读者留下了更多谜团和悬念。

在诗歌创作中，弗罗斯特坚持"一首诗始于愉悦，终于智慧"（A poem begins in delight and ends in wisdom）的信念，激发读者读诗、赏诗、爱诗的兴趣，品味"意义之音"的无穷魅力，激发他们的想象力和鉴赏力，激发他们对生活、社会和大自然的深层思考。

纵观弗罗斯特的十四行诗，他一共创作了7首只设问、不作答的十四行诗。除了《投资》，另外6首是《意志》（"Design"）、《为什么等待科学》（"Why Wait for Science"）、《他们没有神圣的战争》（"No Holy Wars for Them"）、《被间断的干旱》（"The Broken Drought"）、《找寻字眼》（"Pursuing the Word"）和《有感于此时谈论和平》（"On Talk of Peace at This Time"）。

诗歌一定要有明确的答案吗？未必。正如弗罗斯特在《接受》中所说，"该怎么样，就怎么样"（Whatever will be, be）；正如《投资》所言，答案并不重要，关键要有"色彩和音乐"。

《投资》充满着不确定性。它的押韵格式模糊了意大利十四行诗和英国十四行诗的界限，诗行排列和诗节安排渗透着十四行诗的传统和现代元素；它字里行间的意义存在着歧义性，层层设问的答案存在着模糊性。"意义之音"也没有给出明确的答案。

但是，有一点可以肯定，农人和诗人具有高度相似性：农人投资油漆和钢琴，是为了追求色彩和音乐；弗罗斯特选择了"一条行人稀少的路"（a road less travelled by），是为了追求诗歌理想并实现自我目标。农人和诗人，都选择了一条"形而上"之路，将人生目标定格在心灵层面，将思想锋芒指向精神原野。

第六章 《山外有山》

第一节 《山外有山》概述

1936 年，纽约亨利·霍尔特公司出版了弗罗斯特诗集《山外有山》（*A Further Range*），同时推出了 803 本由弗罗斯特亲笔签名的限量版诗集。该版扉页上有献词。诗人将诗集献给妻子艾琳娜·弗罗斯特。诗集《山外有山》的 "山脉"（range）富有深意：既指农场附近的怀特山脉和稍远的洛林山脉、远方的落基山脉和内华达塞拉斯山脉、遥远的安第斯山脉和喜马拉雅山脉，也指社会治理和宗教等领域——山外有山。

《山外有山》共 51 首诗，分为 6 辑：

第一辑《弦外有音》（"Taken Doubly"）

共有 14 首诗，每一首诗都有标题和副标题，如《孤独的罢工者或，对行业无偏见》（"A Lone Striker or, Without Prejudice to Industry"）。在 14 首诗中，标题通常揭示诗歌的核心思想，副标题则在一定程度上有道德寓意和政治意义，对标题进一步解释和说明，更深刻地揭示诗歌标题的思想内涵。

第二辑《单声独韵》（"Taken Singly"）

共有 20 首诗，以抒情诗为主，每首诗有标题，没有副标题。本辑诗作形式多样，韵律丰富，风格稍有变化。《荒野》（"Desert Places"）由 4 个四行诗节组成，茫茫雪野，苍茫太空让自我迷；但是，真正迷失自我的，却是内心世界的 "荒野"。《望不远也看不深》（"Neither Out Far Nor in Deep"）的视觉意象十分强烈，超越听觉意象，这与弗罗斯特一贯强调的 "意义之音" 大相径庭。本辑的 4 首十四行诗，都是弗罗斯特代表性的作品。

第三辑《十度磨炼》（"Ten Mills"）

共有 10 首警句式短诗（epigrams），其中包括几首关于诗歌艺术的小诗。标题中的 "mill"（厘）是美国最小的货币单位，10 厘 = 1 分。言外之意：警世箴言诚无价，一点一滴皆智慧。

每一首诗都短小精炼，最短的诗只有两行，最长的诗也只有8行。它们语言简洁明丽，对照鲜明突出，比喻形象贴切，声调悠扬动听，辞意婉转悠长，思想深刻隽永。例如《生命跨度》（"The Span of Life"）：

> The old dog barks backward without getting up,
> I can remember when he was a pup.

这首诗措辞精准传神，"意义之音"正面烘托，目睹耳闻相兼，静态动势相间，前后映衬，首尾呼应，栩栩如生地勾勒出老犬和幼狗的鲜明形象。第一行，一连串的爆破音和重音让人联想到老犬沉重笨拙的形象，老态龙钟之态跃然纸上。第二行，重音和爆破音间隔有序，节奏分明，让人联想起这只老犬在幼犬时生动活泼的形象，其精力旺盛的模样历历在目。老犬和幼犬对比分明，形象生动，深刻揭示了生命短暂、人无永年的主题思想。

第四辑《异国远山》（"The Outlands"）

收录了3首有关不同山脉的诗，包括以安第斯山脉为背景、表达了印加印第安人和西班牙人对待黄金截然不同态度的《复仇者》（"The Vindictives"），以喜马拉雅山脉为背景、根据东方古老传说而创作的《凶讯传送人》（"The Bearer of Evil Tidings"），以及以英格兰中部山脉莫尔文山区为背景、记述诗人和爱德华·托马斯（Edward Thomas）在山坡上散步经历的《夜空彩虹》（"Iris by Night"）。

第五辑《培育土壤》（"Build Soil"）

共2首诗。第一首诗的标题与本辑名相同，并加了副标题，即《培育土壤——一首政治田园诗》（"Build Soil—A Political Pastoral"）。该诗表达了诗人对美国20世纪30年代"经济大萧条"时期出现的各种政治思潮的担忧和对社会运动的关切，并辛辣地嘲讽美国总统富兰克林·罗斯福的政见和方针。第二首诗《致一位思想家》（"To A Thinker"）对美国社会时弊不乏针砭，其幽默、机智、辛辣程度较第一首诗有过之而无不及。

第六辑《遐想幽思》（"After thought"）

只有一首诗《已发出的信号》（"A Missive Missile"）。诗中，主人公用一把锄头在一片古老的土地上挖掘出一块鹅卵石，石头上刻有两个小圆圈（Two round dots）和一条波纹线（a ripple streak），圆圈和波纹线都是红颜色。面对古人跨越时空"投掷"过来的符号，他百思不得其解。有人说，红色圆圈是

"两滴泪珠"（Two teardrops），那条红色波纹线是"一声颤抖的叹息"（a shaken sigh）；有人说，红色圆圈是"两滴血滴"（drops of blood），那条红色波纹线是"砍缺的刀痕"（a jagged blade）。诗人借助古老的信息符号（圆圈和波纹线），指出语言文本和意义阐释之间存在着一条难以逾越的鸿沟，揭示语言文本的不可阐述性和符号意义阐释的主观性。《已发出的信号》是对诗集《山外有山》的注解。

在结构安排上，第六辑《遐想幽思》巧妙地回应了第一辑《弦外之音》，提醒读者在阅读诗集时要注重阅读体验或朗读领悟，关注诗歌的时代性和社会性，但要避免过度阐释文本，以免曲解诗文内容和深刻涵义。

果然不出弗罗斯特所料，《山外有山》出版后，即遭到过度解读和阐释，招致质疑和批评。有的论者批评弗罗斯特意欲借助《山外有山》涉及政治问题和社会运动是不合时宜的；有的论者嘲讽弗罗斯特才思枯竭，江郎才尽；也有人谴责弗罗斯特对政治和社会了解不深却在诗歌创作中深涉其中敏感问题，显然缺乏"社会责任"，纯粹是为自己"沽名钓誉"……

纵观对《山外有山》的评论，其中不乏中肯之言，但不实之词也夹杂其中。弗罗斯特对罗斯福"新政"（New Deal）不存好感，论者据此批评《致一位思想家》（"To a Thinker"）影射罗斯福总统身体残疾，涉嫌歧视残疾人。如此解读《致一位思想家》显然罔顾事实，有失公允。事实上，弗罗斯特于1933年便已完成《致一位思想家》的创作，时间上稍早于1933年罗斯福总统就职典礼的日子。罗斯福就职美国总统后强力推行"新政"，那是后话。

《山外有山》取得了很高的诗歌成就，具有极强的艺术感染力。

第二节 《山外有山》中的十四行诗

《山外有山》共收入4首十四行诗：《最佳速率》（"The Master Speed"）、《意志》（"Design"）、《睡梦中歌唱的小鸟》（"On a Bird Singing in Its Sleep"）和《不等收获》（"Unharvested"）。这些十四行诗音韵和谐，意境深远，风格清新，凝练警策，兼顾了艺术性和思想性统一，达到了传统性和创新性平衡，是弗罗斯特的代表性佳作，素负盛誉，传诵不衰。

一、《最佳速率》

The Master Speed

No speed of wind or water rushing by
But you have speed far greater. You can climb

Back up a stream of radiance to the sky,

And back through history up the stream of time.

And you were given this swiftness, not for haste

Nor chiefly that you may go where you will,

But in the rush of everything to waste,

That you may have the power of standing still——

Off any still or moving thing you say.

Two such as you with such a master speed

Cannot be parted nor be swept away

From one another once you are agreed

That life is only life forevermore

Together wing to wing and oar to oar.

　　1926 年 10 月 15 日，弗罗斯特的女儿伊尔马·弗罗斯特（Irma Frost）和约翰·科恩（John Cone）结婚。《最佳速率》是弗罗斯特为庆祝女儿婚礼而作，他将之作为结婚礼物送给这对新婚夫妇作永久性纪念。1935 年 11 月，《最佳速率》首次发表于《耶鲁评论》（*The Yale Review*）上，1936 年收录于《山外有山》诗集，1968 年收录于《弗罗斯特诗全集》。

　　女儿一直是弗罗斯特诗歌创作灵感的源泉。他将对女儿的爱全部倾注于诗歌创作之中，为女儿写下了这首感情真挚、催人奋发的优秀诗篇。为了配合婚庆庄严、典雅的气氛，诗人采用了古老的十四行诗形式，将宇宙万物周流运行最普通、最基本的特性——速率作为诗歌标题和核心意象，揭示人类社会生活中的永恒主题：青年男女通过婚姻能获得灵与肉、物质与精神高度合一的超验力量。

　　《最佳速率》是一首典型的莎士比亚式十四行诗，在形式上具有两大特征：一是 abab cdcd efef gg 韵式，二是"四、四、四、二"诗行结构，即 3 个四行诗节（quatrains）和一组押韵对句（couplet）。十四行诗经过莎士比亚改造之后形成的相对固定的韵脚和诗行结构，形式独特，韵律优美，十分符合英语语言特征，符合英美人的思维特征和审美情趣。

　　弗罗斯特继承了莎士比亚十四行诗传统，以 abab cdcd efef gg 韵式一共创作了 8 首十四行诗，数量居各韵式之首。这种韵式的十四行诗除了《最佳速率》外，还包括《鸟的歌声绝不该一成不变》（"Never Again Would Birds' Song Be the Same"）、《丝织帐篷》（"The Silken Tent"）、《中途小憩》（"Time Out"）等优秀诗篇。

　　《最佳速率》属于珠玑锦绣之作，格调高雅，抒情强烈，与婚庆中喜气洋洋、欢天喜地的氛围高度吻合，强调婚恋双方对传统家庭的责任和对天长地久婚姻的承担。

"跨行连续"手法

全诗由 3 个独立句子组成。第一个句子是第一至二行的"No speed of…/…far greater"，第二个句子是第二至九行"You can climb…say"，第三个句子是第十至十四行"Two such as you…and oar to oar"。每一诗行有 10 个音节，节奏基本上是抑扬格五音步。

弗罗斯特将两个独立的句子融合成莎士比亚式十四行诗结构：前 12 行 3 个四行诗节和后两行押韵对句，其中在第八至九行采用了"跨行连续"手法，一个破折号使诗行结构更加紧凑严密。

"跨行连续"是莎士比亚在十四行诗中十分喜用的创作手法，重要方法有二：

一是通过句法连续，跨行诗句不间断地从一个诗行或诗行单元转入下一诗行或诗行单元，配合韵脚，将两个诗行紧密结合，构成一个语法、意义完整的诗句。如《莎士比亚十四行诗集》第 63 首：

> Against my love shall be, as I am now,
> With Time's injurious hand crush'd and o'erworn；
> When hours have drain'd his blood and fill'd his brow
> With lines and wrinkles；when his youthful morn
> Hath traveled on to the age's steep night,
> And all those beauties whereof now he's king
> Are vanishing, or vanished out of sight,
> Stealing away the treasure of his spring；
> …①

为了遵循英语十四行诗的抑扬格五音步格律，莎士比亚将原是一个完整的由"When"引导的时间状语从句在第四、五行之间中途折断，将句法单元一分为二，通过"跨行连续"手法，将两个四行诗节（第一至八行）组合成一个紧密相连的有机整体。

二是通过破折号实现"跨行连续"，如《莎士比亚十四行诗集》第 26、46、48、49 和 133 共 5 首十四行诗采用了破折号将两个诗行或诗行单元连接起

---

① David Bevington, David Scott Kastan. *William Shakespeare：the Poems*. Toronto/New York/London/Sidney/Auckland：Bantam Books, 1988：255.

来。

弗罗斯特将莎士比亚惯用的句法连续和破折号两者有机结合起来，并融合到《最佳速率》的创作中。

他在第八、九行之间采用破折号实现"跨行连续"，把第二、三个四行诗节构成一个句法和意义整体。他在多处通过句法实现"跨行连续"，如在第一至二行、第二至三行和第十至十四行。特别是第十至十四行之间，他连续通过句法连续手法，将第三个四行诗节和最后的押韵对偶句组成一个完整句子，实现了思维逻辑的有序铺垫和主题结构的有效融合，自然而然地推动主题发展，直至全诗高潮，理顺成章地将主题思想浓缩成最后的双行押韵对偶句：

> ...
> That life is only life forevermore
> Together wing to wing and oar to oar.

弗罗斯特语重心长地叮嘱年轻夫妇：只要你们互有担当，婚姻必将地老天荒，天长地久；只要你们坦诚相待，你们在生活中必将比翼双飞，风雨同舟。

《最佳速率》中看似简单的破折号和看似平常的句法连续手法，具有很强的艺术感染力，两者珠联璧合，相得益彰，衬托出诗人真挚的父女深情，凸显了诗人对青年人共结连理、比翼双飞的真诚祝福，推动了主题思想的发展。

韵律特征

《最佳速率》的韵式工整，韵律谐美，气氛爽乐，铺陈巧妙，转折无痕，被认为是最能体现"意义之音"诗歌理论的作品之一。

在韵律方面，全诗是抑扬格五音步，只是在第七行行首"But in the rush..."第一个音步插入扬抑格，第二个音步又恢复了抑扬格。这个扬抑格神不知鬼不觉地出现在铿锵、稳健的扬抑格五音步中，不但没有破坏韵律的平衡和节奏的优美，反而为全诗增添了抑扬顿挫和轻快流畅。

雄浑的抑扬格和优柔的扬抑格轻重结合，刚柔并济，缓急相宜，隐喻青年男女双方由豆蔻年华步入青春岁月，步入神圣婚姻殿堂，拥有万物周流中的"最佳速率"（The Mater Speed），从此琴瑟和鸣，比翼双飞，风雨同舟，白头偕老。

"最佳速率"赋予他们神奇能力：他们可追寻那道"神奇之光"（a stream of radiance）直上云天（to the sky），能追索"时间之流"（the stream of time）穿越历史（through history），也能够伴随"万物之流"（in the rush of everything to waste）永远拥有"一份保持静止的力量"（a power of standing still）。

那份"保持静止的力量"，让青年男女一诺千金，一言九鼎，一旦结合，誓不分离（Cannot be parted），誓不"各奔东西"（nor be swept away）；那份"保持静止的力量"，让青年男女远离尘嚣，远离"你们所说的任何动或静的事情"（Off any still or moving thing you say），海誓山盟，共担风雨，比翼齐飞，天长地久（Together wing to wing and oar to oar）。

主题思想

在主题思想上，弗罗斯特拓宽和丰富了莎士比亚传统十四行诗的爱情题材。莎士比亚的 154 首十四行诗都是爱情题材，且有着清晰的主题发展脉络。弗罗斯特的《最佳速率》初读是一首爱情诗，但仔细揣摩，诗人实际上是借助它阐释自己的诗歌理想和艺术追求。他认为，客观世界和超验世界都混乱不堪，而诗歌创作能"暂时遏制混乱"（a momentary stay against confusion）。他说：

> 一首诗自有其运动轨迹，它始于欢欣，终于智慧。这条轨迹对爱情也是一样的。谁也不可能真正相信那种强烈的感情会在一个地方静止不动。它始于欢欣，喜欢冲动，随着第一行写出它就开始设定方向，然后经历一连串的偶然和侥幸，最终达到生命中的一片净土——那片净土不必很大，不必像各教派学派立脚的地盘那么大，但应在与混乱相对的片刻清净之中。①

诗歌和爱情一样，能够让人们在大千世界中拥有"一份保持静止的力量"（a power of standing still），能够"暂时遏制混乱"（a momentary stay against confusion）。拥有爱情，就能"沿着时间长河穿越历史"（back through history up the stream of time），就像《小河西流》中所说那样，"今天我们能迈着迫不及待的步伐／溯流而上要回到一切源头的源头（the beginning of beginnings），／回到永远在流逝的万事万物的溪流"。

弗罗斯特诗歌理论和创作实践"源头中的源头"，是西方文明源头之一的古希腊罗马文明。

弗罗斯特丰富了莎士比亚十四行诗的主题思想和精神内涵。即使同样是阐述爱情主题，两位十四行诗诗人在挖掘题材和表现手法上也各有千秋。莎士比亚把对爱情的歌颂建立在时间和空间交汇点上，突出爱情在万事万物周流不息中的永恒性，正如莎士比亚第 18 首、第 60 首和第 102 首等十四行诗的主题一样，都是通过强调时间的残酷性和空间的飘渺性来反衬诗人忠贞不渝的爱情和

---

① ［美］罗伯特·弗罗斯特：《弗罗斯特全集》，曹明伦译，沈阳：辽宁教育出版社，2002 年，第 982 页。

锦绣诗篇的永恒。

弗罗斯特对爱情的歌颂建立在外在秀美和内在惠美的平衡上，注重男女双方对爱情超越物质形态的形而上的超验体验，赞美现实生活和精神世界的水乳交融。他献给糟糠之妻的《播种》（"Putting in the Seed"）、写给红颜知己凯瑟琳·莫里森（Katherine Morrison）的《丝织帐篷》（"The Silken Tent"）和这首作为结婚礼物送给女儿和女婿的《最佳速率》等经典十四行诗，都体现出弗罗斯特柏拉图式的超验爱情观，也体现出他毕生孜孜以求的艺术观。

二、《意志》

Design

I found a dimpled spider, fat and white,
On a white heal-all, holding up a moth
Like a white piece of rigid satin cloth—
Assorted characters of death and blight
Mixed ready to begin the morning right,
Like the ingredients of a witches' broth—
A snow-drop spider, a flower like a froth,
And dead wings carried like a paper kite.

What had that flower to do with being white,
The wayside blue and innocent heal-all?
What brought the kindred spider to that height,
Then steered the white moth thither in the night?
What but design of darkness to appall? —
If design govern in a thing so small.

1912 年 1 月 22 日，弗罗斯特将一首题为《白色》（"In White"）的十四行诗随书信寄给出版商苏珊·海耶斯·沃德女士。但是，黄鹤一去，杳无音信，《白色》一诗如泥牛入海，销声匿迹。

后来，弗罗斯特对《白色》进行了修改，将诗题改为《意志》，收入由纽约哈考特出版社（Harcourt Publishing House, New York）于 1922 年出版的《美国诗歌 1922 年：诗散集》（*American Poetry* 1922：*A Miscellany*）。

从此以后，弗罗斯特自己也几乎忘记了《意志》这首十四行诗。十多年后，弗罗斯特准备出版新诗集，偶然听到朋友提到《意志》一诗，他决定将该诗收入 1936 年出版的诗集《山外有山》（*A Further Range*，1936）。1949 年，《意志》收入《弗罗斯特诗全集》（*Complete Poems of Robert Frost*，1949）。

《意志》的押韵格式是 abbaabba acaacc，前 8 行诗节是典型的彼特拉克式，后 6 行诗节是弗罗斯特独一无二的韵式。这也是弗罗斯特唯一一首以 abbaabba acaacc 为韵式的十四行诗。

《意志》主题涉及与西方古老的哲学、宗教有关的"目的性思辨"（Argument from Design）的思想观念。

"目的性思辨"的历史背景

自然界万事万物的存在究竟有没有目的、本源和归宿？唯心主义和唯物主义对此有着不同的诠释和回答。

古希腊哲学家苏格拉底（Socrates，c. 470BC—399BC）认为：世界上万事万物都有存在的目的，体现上帝的目的性安排，且符合造物主创造的目的，故能秩序井然，有条不紊地运转于宇宙之中。

中世纪神学家托马斯·阿奎纳（Thomas Aquinas，c. 1225—1274）继承了苏格拉底的思想，认为上帝作为创世者是真实存在的，自然界的存在链条是完美的，上帝创造宇宙和人类的目的在于让人通过神的启示并透过万事万物的存在与上帝建立起永恒联系，获得至真、至美、至善的终极幸福。

亚里士多德（Aristotle，384BC—322BC）认为，宇宙中万事万物存在的必然性寓于目的性之中，事物存在的目的性即事物的内在规定性，事物的目的性高于必然性。

在美国思想史上，许多哲学家、文学家在"目的性思辨"中提出了真知灼见。弗罗斯特在《意志》中对自然意象的直接描绘和对自然事物的刻意安排，反映了他对"目的性思辨"的独特思考和独到见解。

创作灵感

《意志》的创作灵感，直接源自《圣经·创世纪》第 1 章第 31 节："神看着一切所造的都甚好。有晚上，有早晨，是第六日（God saw all that he had made, and it was very good. And there was evening, and there was morning—the sixth day.）。"上帝怀着美好的意愿，创造天地和万物，因为"一切所造的都甚好"。弗罗斯特并不是虔诚的教徒，甚至，他还是一个宗教怀疑论者，但是他成长于虔诚的天主教徒家庭，从小就熟读《圣经》，对《创世纪》十分熟悉。他的许多诗作，都受到西方宗教思想影响，《意志》只是其中一首。

《意志》用朴实无华的语言，生动传神地描述了一幅构思巧妙、想象奇特、比喻新颖的简洁画面：清晨，他看见一只白色的蜘蛛在白色的万灵草上捕获了一只白色的飞蛾；他苦思冥想这幅画面深奥而神秘的含义。在单调的画面中，为什么全是纯粹的白色？它们在特定的时间和空间中汇集在一起纯属偶然吗？在茫茫宇宙中，是否存在着一种神秘、无形的主宰在掌控着宇宙万物的有序运行？究竟是什么神秘的力量将蓝色的万灵草变成白颜色？又是什么神秘引力乘着夜色将蜘蛛、飞蛾牵引到万灵草上？在宇宙的设计和创造中，真的体现出设计者的意图吗？难道，茫茫宇宙的伟大创造者也要将像这些蜘蛛、飞蛾和小草一样的卑微、弱小的生命牢牢掌控在自己手中吗？

一连串的问题，"句子声音"起伏不定，让他喘不过气来；由清晨（前8行诗节）到夜晚（后6行诗节）的时间变换，也让读者感到不祥、不安、焦虑、恐惧……

诗行中通俗流畅的措辞和跳跃性的声调也透露出诗人内心深处的忐忑不安和满腹质疑：万事万物的存在是否体现了造物者的设计和意图？为什么创世设计中允许捕食、劫杀等恶行存在？为什么创世意图中允许疾病、痛苦等不幸存在？设计本身是否存在恶或罪？在罪恶和不幸面前，设计者在哪里？

白色：死亡的象征

全诗主色调是白色，一切都笼罩在白色氛围中。在西方文化中，白色的一种象征意义是邪恶、凶兆、恐怖和死亡。

在前8行诗节：在一片本该是蓝色，却患了白化病的万灵草叶子上，一只白色的蜘蛛捕杀了一只白色的飞蛾。茫茫宇宙中，一股神秘而强大的力量，酿成了一场生死盛宴：蜘蛛早已精心设计好天罗地网，耐心等待猎物自投罗网；飞蛾误打误撞，自坠陷阱，束手就擒；万灵草本该包医百病，普救众生，不料自己却掉入自然进化的圈套，难逃白化病的命运。

弗罗斯特将这场生死盛宴比喻成"巫师的肉汁"（a witches' broth），肉汁的配料（the ingredients）也是白色的：像一节白色的僵硬丝缎的飞蛾（a moth/Like a white piece of rigid satin cloth）、一双像纸风筝般的翅膀（dead wings carried like a paper kite）、一只像雪莲花般的蜘蛛（a snow-drop spider）、一朵像泡沫般的小花（a flower like a froth）。

在后6行诗节，诗人用了3个由"What"引导的特殊疑问句，就"白色"展开思考和探究：为什么鲜艳的小花和蓝色的万灵草会枯萎变白？是什么神秘的力量乘着夜色将白色的蜘蛛引到白色的万灵草叶上？除邪恶可怕的设计外会是什么？（What but design of darkness to appall? 一）

最后一个疑问句是明知故问，答案就在"邪恶可怕的设计"之中。"darkness"基本含义是"黑暗、阴暗"，引申意义为"邪恶、罪恶、不义"，有时还跟"魔鬼、撒旦"紧密相连。

黑色，象征催生罪恶和引发死亡的力量。第十二行的"in the night"（在夜晚）和第十二行的"darkness"（黑暗）都与黑色有着天然联系，都指向那股看不见、摸不着的神秘力量。

植物枯萎，有进化动因起作用；动物白化，有一股神秘力量在运作；一切白色恐怖背后，有一只看不见、摸不着的黑手在操纵。让人惊骇的是，这股强大力量，经过精心设计，带着神秘意图，有着秘密目的，"就连这等小事也支配"（govern in a thing so small）。

全诗只有黑白两种颜色，宛如一张反映战争场面的黑白旧相片。象征神秘力量的黑色无处不在，象征恐怖、死亡的白色清晰凸显，让读者联想到托马斯·艾略特（Thomas S. Eliot, 1888—1965）于1922年出版的《荒原》（"The Waste Land"）中的枯萎、荒芜、幻灭场景。

《意志》中的白色，也让读者联想起赫尔曼·梅尔维尔（Herman Melville, 1819—1891）于1851年出版的《大白鲨》（Moby Dick）中那条鲸鱼的白色，它无影无踪却无处不在，神出鬼没却不留痕迹，无时无刻不在提醒人们在大自然中自始至终都存在着一种反复无常、神秘隐晦、从未走远的强大力量。

艾略特、梅尔维尔以严肃的口吻、沉重的笔法淋漓尽致地揭示了西方精神荒原和失落文明的残酷图景，而弗罗斯特却用轻松的口吻、诙谐的措辞、讽刺的手法直面现代西方人的精神困顿、价值观失重的存在困境。

在西方文化中，白色也象征纯洁、朴素、纯真、神圣。弗罗斯特认同白色的这种价值取向，在诗歌中通常赋予白色以崇高、圣洁的含义。

在诗作《小河西流》（"West-Running Brook"）中，所有的河流都是向东流入大海，西流的小河是一条非常自信的小河，因为它敢于背道而驰（It must be the brook/Can trust itself to go by contraries）。夫妻二人沿着西流的小河散步。两人轻松惬意，边走边聊，谈论话题落到"黑色的河水"（The black stream）和"白色的浪花"（the white wave）上：

黑色的水流翻过一块褐色的暗礁，泛起一团白色的浪花；白色的浪花在黑色的河面上随波翻飞，逐浪前行，"既不会变大也不会消失"（Not gaining but not loosing），像"一只白色的小鸟"（a white bird），飞过"黑色的河流"（the dark stream），飞掠下游"更黑的河湾"（the darker pool），"白色的羽毛"（White feathers）被黑色的河水沾湿，弄褶皱了，也不失去纯洁、朴素的颜色；相反，在黑色小河的河岸远处一排排白色桤木的映衬下，更凸显出自我圣洁、纯正的本色。

夫妻两人谈兴正浓，他们发现那团白色的浪花"以一种宣告的方式"（in an annunciation），向他们彰显"源头的源头"（the beginning of beginnings）：生命的起源、生活的意义、爱的真义、时间的真谛、存在的本质等。

在另一首诗《见过一回，那也算幸运》（"For Once, Then, Something"）中，弗罗斯特将白色比作真理的象征。当人人仰望天空追求自然真相、探寻宇宙真理时，他跪在水井栏边，往井水深处望去，只看见阳光、天空、云团、蕨草和自己的影像，总看不透井水深处的隐秘，别人总是嘲笑他说："你总弄错了光的方向（Always wrong to the light）。"

他绝不轻言放弃，坚持背着天空观测水井。功夫不负有心人，一次，他突然看见井水深处闪现出"一个不确定的白色物体"（a something white, uncertain），"某种比深还深的东西"（Something more of the depths）。他欣喜若狂，激动不已，心想："白色是什么？（What was that whiteness）"或许，它就是"真理"（Truth），或许，它就是"水晶"（a pebble of quarts）。不管那个"不确定的白色物体"是什么（或许是缪斯的圣泉、诗歌的灵感），一个人今生今世，此时此地，能见到它在眼前一闪而过，或在心灵的夜空中一闪而过，就十分幸运了。

以《小河西流》和《见过一回，那也算幸运》中"白色"的含义，反观《意志》中"白色"的意义，结合《意志》中的语言措辞、句子声音，可以看出弗罗斯特是通过诙谐、风趣、幽默、反讽手法，直击西方现代病态社会中人性异化、战争威胁、理想泯灭、意义失落和精神颓废的本质，呼吁大地回春，万物复苏，期盼人们匡正价值观，荡涤灵魂，永享和平与宁静。

"意义之音"贯穿字里行间；调侃音调，遍及全诗。《意志》语言质朴醇厚，用词生动传神，采用大自然和日常生活中普通、朴素的语汇，以乡间村野平常百姓日常口语中的平实节奏和自然语速，以看似轻松自如、诙谐幽默的口吻，揭示人类社会生存的巨大困境，反映出一片白色覆盖下个人心灵的荒芜和宇宙整体的悲凉。

前8行诗节

《意志》的场景十分简单：清晨，我独自一人，怀着轻松愉快的心情，行走在偏远寂静的乡间小路上。

突然，我发现了一幅异样画面：一只蜘蛛，白白胖胖，笑靥可人。第一句中"dimpled""fat"和"white"3个单词让人联想起一个孩子的形象，如果用来刻画一个孩子的话，这个孩子一定是天真烂漫、活泼可爱、人见人爱的。

第一句的"dimpled""fat"和"white"3个单词刻画出一个天真、纯洁的意象，结合诗句中抑扬顿挫的抑扬格五音步，营造出一个轻松、活泼、可爱的场景，让人联想起威廉·布莱克（William Blake, 1757—1827）的《天真之歌》（"Songs of Innocence"）中那一幅幅动人的快乐幸福画面，充满了对生活美好的向往和憧憬。

但是，这3个词不是用来刻画一个孩子，而是用来描写一只正在猎杀的蜘蛛，让人感到不可思议。诗人用平常的措辞，错位地描写了一个神秘、怪异的场景：一只白色的蜘蛛，披着圣洁的白色外衣，脑子里藏着阴险杀机，脸上露出迷人笑容，将一只白色飞蛾杀死，并将它高高举起（holding up a moth），宛如一场庄严仪式，向世界炫耀自己的战利品，显示自己的杀戮威力。

"我发现……"（I found...）隐含着一个由动、植物构成的视觉画面。但是，这幅看似美好实则怪异、看似平和实则恐怖的画面，在现实生活中并不存在，完全是"我"在乡间小路上行走时在脑海里虚构出来的一幅想象画面。

"意义之音"生动绝妙，饶有韵味。第一句声调轻松愉悦，音韵抑扬顿挫，营造了一种风趣、幽默的氛围，同时也奠定了全诗在节奏、音韵、声调、意象等方面辛辣讽刺、调侃、讥笑的基调。

随着诗行节节推进，这幅表面和谐实则充满矛盾的荒诞画面连续不断地呈现在读者面前。本来，万灵草（heal-all）具有医治、洁净功效，既能包治百病，也能自我疗伤，让人产生一定程度上的安全感。如今，这株万灵草，自己已经患上了白化病，全身变成了白色，已经无暇自顾，无力回天了。

一只飞蛾闪现，在花间草丛中飞舞，让画面瞬间生动活泼起来，充满了生命动感，具有浪漫主义气息，让人联想到用浪漫主义诗人们惯用手法构筑的自然图谱。但是，这只飞蛾，置身于白色万灵草上，照映着蜘蛛身上的白色，预示着不祥和不安。这只飞蛾，"宛如僵硬的白丝缎"（Like a white piece of rigid satin cloth），比喻生动，寓意深刻。"僵硬"（rigid）为不祥、不安的氛围增添了一丝死亡的寒意。"僵硬的白丝缎"指向了僵硬尸体上的裹尸布，或冰冷棺材上的盖棺布。此情此景，白色完全失去了纯真、朴素、圣洁的象征意义。

第二至三行延续了第一行的五音步节律，但改变了第一行工整抑扬格韵式，在一些音步插入了抑抑格，如第二行行首的"On a ..."和第三行行首"Like a..."等。韵式变化，节奏交替，增强了诗行中幽默、讥讽、嘲笑意味。

第四行，"characters of death and blight"点破了白色画面本质：死亡和枯萎。"characters"有三重含义，一指"本质、特性、特征"之意，赋予白色画面死亡和枯萎的本质；二是"文字、字体"之意，带有原始初创文字（象形文字、楔形文字）的色彩，指向神秘巫术、宗教仪式中的献祭和牺牲；三是"演员"之意，小演员蜘蛛和飞蛾，按照茫茫宇宙设计好的特定角色，在天地间早已设计好的万灵草这个特定的时空舞台上，上演着一幕幕悲剧。

单词"characters"呈扬抑抑格。它的声调，将三重含义都无一例外地引向神秘、杀戮、死亡。

如此沉重的字眼，却一语道破天机。随后，诗人又恢复了严整的抑扬格五音步韵式，共10个音节，轻重分明，长短一致，音乐般的节奏贯穿整个诗行。该诗行单调、机械的节奏，倒像一首打油诗，隐含诙谐幽默。诗行的"意义之音"也进一步强化了第二至三诗行的嘲讽意味。

诗人用轻松、诙谐的声调，无声地消解了词语的沉重；用音乐般的旋律，无痕地遮蔽了枯萎的悲戚；用机械的节奏，无形地消除了死亡的惨烈。

第五行又打破了第四诗行的抑扬格五音步韵式，"Mixed ready to"是扬扬格和抑抑格，直到"begin the morning right"才恢复抑扬格。韵式的改变，音节的变化，透露出得意洋洋、志得意满的心境。

"Mixed"是"搅拌、混合"之意，暗含一种神秘的外在力量将蜘蛛、飞蛾和万灵草聚拢在一起。"right"有"正确地、正好"之意，此处与"rite"（仪式）构成双关语，带出诗行中暗含的巫术、宗教意味，也回应第二行的"高高举起"（holding up）所隐含的诙谐式庄严和讽刺性仪式。这样，蜘蛛、飞蛾和万灵草，就和神秘的献祭仪式上的珍贵祭品和神圣牺牲联系起来了。

随后，诗人用3个"like"把这份"庄严的"祭品和"神圣的"牺牲比喻成"女巫肉汤的佐料"（the ingredients of a witches' broth）：像雪莲花的蜘蛛（A snow-drop spider）、像浮沫的小花（a flower like a froth）和像一纸风筝的垂死飞蛾的翅膀（dead wings carried like a paper kite）。

女巫肉汤中的3种佐料：蜘蛛、飞蛾和万灵草，与世界上的罪孽、罪恶、死亡联系起来。诗行的词语承载着罪孽的枷锁；词语的意象指向罪恶的梦魇；意象的内涵成了地狱的化身。女巫的肉汤，成了沉重灾难的代名词，成了世界末日的丧钟，成了终极审判的先兆。

如此沉重的灾难，如此恐怖的图景，弗罗斯特却举重若轻，轻松调侃，诙谐机智，娓娓道来。

诗行中的"Like the…"和"like a…"都是轻读音节，清晰短促，加快了语速，减轻了音量，衬托出轻松愉悦、诙谐幽默的氛围，缓冲了罪孽、罪恶、死亡的沉重感。

诗行中的措辞简洁，意象美好，似有一股春意荡漾其中。雪莲花（snow-drop）洁白无瑕，小花美丽绽放，风筝迎风飞翔。在清晨美好的时光和旖旎的景色中，人们不会将它们和罪孽、罪恶和死亡联系起来。

不过，那只白色的蜘蛛如影随形，无处不在；随波逐流的白色泡沫，宛如白色蜘蛛捕杀猎物的毒汁；那通常给人带来欢乐的风筝（kite），还有一层含义，就是捕猎高手"大鸢"，即"老鹰"。"a paper kite"，纸风筝，和僵硬、死亡又紧密联系起来。

在邪恶的场景中，总有一丝善的美好；在沉重的氛围中，总有一份轻松的调侃；在死亡面前，总有一份生的希望。

弗罗斯特用轻巧的笔法，轻松的口吻，调侃的音调，诙谐的声韵，揭露西方文明的深层危机，揭示人类生存的危重困境。在危机中，伴随着一线生机；在困境中，伴随着一线希望；在沉重中，伴随着一份讥讽调侃的轻松。

后6行诗节

在后6行诗节，诗人继续借助诗行的"意义之音"，以幽默调侃的口吻、以讥讽嘲笑的语言，质疑白色蜘蛛、飞蛾和万灵草存在图谱的虚幻性和荒谬性，思考大自然规律性失却和宇宙秩序混乱的根本原因。

诗人在后6行诗节中提出了3个严肃问题。第一个问题：

> What had that flower to do with being white,
> The wayside blue and innocent heal-all?

究竟是什么力量让那朵小花、路边无辜的蓝色万灵草变成白色？在质疑声中，语气开始变得沉重，反映出败兴、厌烦、生气心态。"innocent"表示"清白的、无辜的"，万灵草的本色是蓝色，具有医治和自愈功效，为什么无法抗拒那股神秘的、让蓝色化为白色的力量？万灵草本身没有过错，没有犯罪，那股神秘的力量为什么不放过它？

白色，让人百思不得其解。白色让人失去耐心，让人感到厌恶，让人联想到白色的反色——黑色。第二个问题：

> What brought the kindred spider to that height,
> Then steered the white moth thither in the night?

究竟是什么力量将白色的蜘蛛引到万灵草上，同时又趁着黑夜把一只白色飞蛾引到那儿？"kindred"本指"同类的、同族的"意思，此处引申为"同颜色的"。提问的语气加重，质疑的口吻变强，提问者已经厌恶白色，不相信白色的纯洁朴素和天真无邪了。

我们不妨将"kindred"含义拓展，引申至"同谋的、共犯的"层面，就可以自然而然地设问：那朵甜美的小花和白色的蜘蛛是否串通一气，合谋将飞蛾引诱到万灵草上？那么，提问者的语气，就不只是幽默调侃，而是十足的反讽了。

"brought"有"促使、劝导、引诱"之意，"steered"有"掌舵、驾驶、操纵、控制"之意，这两个动词都涂上了邪恶意图、居心设计和罪恶图谋的色彩，都隐含着一股神秘的外部力量在牵引着、引诱着、操纵着蜘蛛和飞蛾聚拢在万灵草上。

"thither"作为副词有"在那儿、在那边、向那儿"之意，隐喻河流的对岸、生命的彼岸。在那里，秩序井然，生命无限；在那里，上帝主宰一切，没有病痛，没有悲伤，没有罪孽，没有杀戮。

反讽，让极乐天堂和杀戮场景形成鲜明对照。黑夜意象（in the night）进一步强化了两者的强烈反差，凸显了隐藏在残酷杀戮背后的神秘力量。第三个问题：

> What but design of darkness to appall? —
> If design govern in a thing so small.

如果"目的性设计"（design）连这么小的东西都要掌控，那么，隐藏在恐怖的设计之后，究竟有什么邪恶力量和神秘意志？

第十二行具体的"黑夜"（night）升华为第十三行抽象的"黑暗"（darkness），直指那股隐藏在宇宙深处、看不见摸不着的神秘力量。"appall"一语双关：既指"使……胆寒；使……惊骇"，又可拆开成"a pall"，通常指白色的"遮盖物"和"棺罩"等意义。黝黑的黑暗深不可测，白色的棺罩令人毛骨悚然！

"What but…"将内心的困惑、迷茫、担心、恐惧转化为视觉意象：黝黑的黑暗和白色的棺罩，让轻松愉快的口吻、讥讽调侃的语气荡然无存。反讽，失去了嘲笑、讽刺、揶揄的力量。

"What but…"为扬抑格，先重后轻节奏，头韵（Alliteration）强化了无疑而问和肯定回答的效果：除邪恶可怕的设计外还有什么？答案就是"神秘的意志"。对这个问句的肯定回答，也肯定地回答了"目的性思辨"中一连串问题：如宇宙中是否存在设计？如果存在设计，是否也存在一个设计师？设计师设计宇宙时有目的性意图吗？这目的性意图是邪恶可怕的吗？

弦外之音是：目的性设计是邪恶的、可怕的；设计中包含着邪恶的、可怕的意图。在此，弗罗斯特再次强调"意义之音"在传递句子意义、表达诗歌思想上的突出作用。

"What…"句末一个破折号"——"，表明诗人有些后悔，后悔自己就如此严肃、深沉的问题作出如此肯定的回答。他又开始犹豫了：

> If design govern in a thing so small.

按照句子正常的轻重音，"If"是轻音，也是短促音。这个"If"引导的从句中，轻音含犹疑，短促隐怀疑。迟疑之际，弗罗斯特借助"意义之音"，将问题的答案暂时搁置起来，让读者自己思索探究，做出自己的判断。

纵观《意志》全诗，弗罗斯特仿佛从日常生活用语中谱出一首五光十色、跌宕起伏、意蕴千钧的音乐作品。"意义之音"贯穿字里行间，"句子声调"回荡在诗里诗外，字字出神入化，行行绘声绘色，声声幽默讥诮，外外传递出言外之意，处处充满弦外之音：面对无处不在的神秘力量，面临西方文明失落、精神颓废、意义失却和梦想破灭，人类该冷静思考，探索出路，荡涤灵魂罪恶，打破生存困局，摆脱人性异化困境，从而走出人间炼狱，促使人性回归，唤醒万物复苏，充实生命意义，追求崇高精神，获得心灵平和、灵魂升华。

三、《睡梦中歌唱的小鸟》

On a Bird Singing in Its Steep

A bird half wakened the lunar moon
Sang halfway through its little inborn tune.
Partly because it sang but once all night
And that from no especial bush's height;
Partly because it sang ventriloquist
And had the inspiration to desist
Almost before the prick of hostile ears,
It ventured less in peril than appears.
It could not have come down to us so far
Through the interstices of things ajar
On the long bead chain of repeated birth
To be a bird while we are men on earth
If singing out of sleep and dream that way
Had made it much more easily a prey.

《睡梦中歌唱的小鸟》于 1934 年 11 月首次发表在《斯克里布纳杂志》(*Scribner's Magazine*) 上，1936 年收录入《山外有山》，1968 年收录入《弗罗斯特诗全集》。

在创作主题上，《睡梦中歌唱的小鸟》、《接受》（"Acceptance"）、《鸟的歌声绝不该一成不变》（"Never Again Would Birds' Song Be the Same"）和《灶头鸟》（"The Oven Bird"）都是以鸟为主题的十四行诗，被誉为弗罗斯特十四行诗"小鸟四部曲"（A Tetralogy of Bird Sonnets）。弗罗斯特为小鸟谱写优美乐曲，为字词赋予"意义之音"，为诗行插上音乐翅膀，揭示每一种声音所承载的意义。

在韵律韵式上，《睡梦中歌唱的小鸟》与《进入自我》（"Into My Own"）、《曾临太平洋》（"Once by the Pacific"）一样，它的押韵格式为 aabb ccdd eeff gg，格调高雅，婉转优美。3 首诗还有一个共同特点：以连续押韵双行对句形式一气呵成，气势磅礴，具有莎翁十四行诗遗韵。

弗罗斯特一贯精巧构思，谋篇布局，在诗集、诗篇顺序安排上精心设计，一丝不苟，凸显主题，拓展内涵，提升意境。《睡梦中歌唱的小鸟》紧跟在《意志》之后，足见诗人良苦用心。两首十四行诗互为观照，委婉含蓄。

纵观《弗罗斯特诗全集》，类似的十四行诗顺序安排有：《小河西流》（*West-Running Brook*）中《接受》（"Acceptance"）和《曾临太平洋》（"Once by the Pacific"）一前一后，《洪水》（"The Flood"）和《熟悉黑夜》（"Acquainted with the Night"）相映成趣；《绒毛绣线菊》（*Steeple Bush*）中《奇思妙想》（"Etherealizing"）、《为什么等待科学》（"Why Wait for Science"）和《大小不论》（"Any Size We Please"）3首成群，《设计者们》（"The Planners"）、《他们没有神圣的战争》（"No Holy War for Them"）和《裂炸狂喜》（"Bursting Rapture"）顺联一体。

前8行诗节

诗歌的时间和地点不言而喻。小鸟在睡梦中歌唱，表明这小鸟歌唱的时间是晚上：夕阳西下，夜幕降临，月色笼罩着大地（in the lunar moon）。小鸟歌唱的地点是林间一处"低矮的灌木丛"（from no especial bush's height）。

小鸟在"半睡半醒、似睡非睡"（half wakened）中，以"天赋的声调、天生的嗓门"（through its little inborn tune），"哼了半首曲子、唱了半首歌谣"（Sang halfway）。第一、二行中的"half wakened"和"halfway"颇有深意：身处夜幕笼罩下密林深处的小鸟，小心翼翼，如履薄冰，因为四周危机四伏，稍有不慎，它即沦为猎物。

"half wakened"和"halfway"与《灶头鸟》（"The Oven Bird"）第二行的"mid-summer"和"mid-wood"具有殊途同归之妙。灶头鸟在仲夏时节的密林深处，懂得何时放声歌唱（Loud），何时沉默息声（cease），在丛林法则中以求自保生存。

这只小鸟，折射出《接受》（"Acceptance"）中那只小鸟的影子。《接受》中那只鸟在夕阳西下、黑夜降临之际及时飞回它熟悉的丛林深处，迅速降临在"一棵它熟记的树上"（Swoops just in time to his remembered tree），"在心中悄悄嘀咕"（Murmuring something quiet in her breast），"安全了！（Safe!）"。

可见，《梦中歌唱的小鸟》中的小鸟，和《灶头鸟》《接受》中的小鸟一样，都必须遵守自然法则，顺应自然规律，顺从命运安排。3只小鸟都身处密林深处，如临深渊，如履薄冰，面临着同样艰难的选择，面临着自然界丛林法则的严峻考验。

小鸟身临危境，令人担忧。小鸟奇怪诡异的行为举止，更令人疑惑不解。弗罗斯特在第三、五行中各用"Partly because…"对其中缘由进行了似是而非、模棱两可的解释：一半是因为小鸟在低矮的灌木丛（no especial bush's height）中通宵只哼了半首曲子，只唱了半首歌谣；一半是因为小鸟"在刺痛心怀叵测的耳朵之前／突然灵机一动戛然而止"（And had the inspiration to desist／Almost before the prick of hostile ears）。小鸟或许因此而得以自保，隐退于夜幕山林之中："它不至于陷入看似危险的境地（It ventured less in peril than appears.）。"

读者为小鸟的处境捏一把汗。经过第一至七行的层层铺垫，弗罗斯特步步渲染小鸟面临的危险境地，使读者的神经绷紧到无以复加的程度。直到第八行，弗罗斯特才为读者暂时解除了小鸟的危险警报，舒缓了读者的紧张心理：小鸟并未陷入可预见、可感知的危险境地。

原来，小鸟面临的危险境地，只是读者角度的表面上的"看似"（appears）。实际上，小鸟一切安好，平安无事，甚至，小鸟根本没有意识到周围的危险。小鸟是大自然万物生长和循环链上的重要一环，它的所作所为，是万物进化的结果。小鸟出于"本能"（inborn）歌唱，它借助天赋"灵机一动戛然而止"（had the inspiration to desist），它依靠遗传"歌唱像口技表演"（…it sang ventrilogist）。

弗罗斯特以类似于《意志》中轻松的口吻、调侃的音调、讥讽嘲笑的语言，将一只身临险境、四面楚歌的小鸟呈现在读者面前，让读者身临其境，感同身受，受到强烈的艺术冲击和感染。

但从自然的角度，一切都自然而然，一切都水到渠成，正如在《接受》中所说的那样，"大自然悄然无声，谁也不诧异／所发生的事情……"（No voice in nature is heard to cry aloud／At what has happened）。小鸟安然无恙，一切"该是什么样就是什么样"（Let what will be, be）。

后6行诗节

后6行诗节是一个完整的主从复合句，由条件状语从句和主句组成。"It could not have come down to us so far…／If singing out of sleep and …"它的时态值得我们注意："It could not have …／If singing…had made …"隐含着"如果……那就不可能……"之意。

先看看条件状语从句。由"If"引导的条件状语从句被安排在第十三、十四行。在第十三行，"singing out of sleep and dream that way"指小鸟"在睡梦中歌唱"，"sleep"和"dream"两个单词不约而同地回应第一行的"half wakened"，即小鸟处于半睡半醒、似醒还睡的状态；"dream"指小鸟处于短暂的浅睡状态中；"that way"指"以……那种方式"，即小鸟以天赋的本能、像口技表演那样哼出半首曲子或半首歌谣。这半首曲子或半首歌谣，与其说是曲子或歌谣，倒不如说是小鸟在浅睡中的嘀咕絮语或呢喃低语。

条件状语从句一直延续到第十四行，"it" 回应第八、第九行中的 "It"，均指诗中的 "a bird"。第十三、十四行的条件状语从句的含义不言而喻：如果小鸟在睡梦中哼上半首曲子或半首歌谣，在浅睡中嘀咕絮语或呢喃低语，就会让小鸟易如反掌、轻而易举地成为捕食者或狩猎者的猎物……

再看看主句。前 8 行诗节都集中在小鸟身上，第九行由 "It" 开始 "突转"，表明叙述角度转换和主题思想升华。"It" 和 "us" 被巧妙地融合在同一诗行里，诗人开始思考动物和人类在大自然共同进化过程中所面临的存在问题。"come down to us so far" 是指大自然宏阔而悠远的进化历程，"so far" 既指向时间，也映照空间。第九行和第十一行形成对照，第十一行的 "On the long bead chain of repeated birth" 是指大自然中生生不息、循环往复的漫长进化链条。宇宙万物，包括小鸟和人类，按照上天设计和预定的轨道进化，有条不紊，依序而行。

弗罗斯特接受达尔文进化论的观念，认为在辽阔高深、漫长悠远的进化链条上，存在着无数相生相克、同生共荣的窄小 "缝隙、裂隙"（interstices of things）。行末的 "ajar" 一词，通常指通道、房门等 "半开" 状态，这里指万物进化的裂隙，暗示生存空隙的窄小程度，隐喻宇宙中 "物竞天择、适者生存" 进化法则的残酷无情和万物生存的竞争本质。

在生命进化中，虽然征途漫漫，但是总有一处 "裂隙" 为生命提供一线生机；虽然前路茫茫，但总有一处 "夹缝" 为未来预设出口；虽然道路曲折，但总有一丝亮光为前路指明方向。

在茫茫宇宙中，万事万物只能在残酷竞争的夹缝中，寻求立足之点和生存空间；在有限的时空中发挥生命潜力，丰富生命意义。

在漫长而复杂的进化链条上，宇宙万物在各自的进化轨道上，通过无数的 "万事万物的缝隙、裂隙"（the interstices of things ajar），小鸟进化为小鸟，人类进化为人类，在同一星球上（on earth），成为不可或缺的成员。万事万物各行其道，各行其是，各自彰显生命本质，各自揭示存在意义。

后 6 行诗节的主从复合句告诉人们：万事万物在往复循环的生物链上万马奔腾，激烈竞争，是在生生不息、不断进化的夹缝中寻求生存和发展的过程。万事万物呈现出千姿百态、丰富多彩的现实，是一个漫长的具有目的性的进化结果，而不是一个可预见、可控制、可修正的演化过程。眼前的存在是进化结果，和历史演变过程有关，但可能和将来结局无关。

万物进化过程不可预见，进化结果不可预测，这一思想和《接受》中的观念一脉相承，和达尔文生物进化理论如出一辙，都具有浓郁的达尔文主义色彩："让夜黑得叫我看不见未来的景象。/让未来应该是什么样就是什么样。"

进化的夹缝

弗罗斯特相信，诗歌是 "暂时遏制混乱的锐利思想武器"（a momentary

stay against confusion），诗歌为混乱的字、词、句构筑了稳定的语言形式，也为语言找到了理想家园——诗意栖息地。他以十四行诗的形式创作了《灶头鸟》《接受》《鸟的歌声绝不该一成不变》和《睡梦中歌唱的小鸟》4首十四行诗，探索万事万物在进化链条上的存在秩序和变化规律，寻求遏制西方思想混乱的锐利思想武器。

但是，弗罗斯特没有也不可能为此找到长久对策或绝对良方，就连他毕生孜孜以求的诗歌形式（十四行诗、押韵双行对偶句等）也只是暂时赋予语言特殊形式和某种秩序，并没有足够强大的震撼力量完全遏制思想或对抗世界的混乱。

更何况，弗罗斯特有时也无法完全构建语言秩序，无法完全驾驭诗歌形式。以《睡梦中歌唱的小鸟》为例，全诗呈抑扬格五音步韵式，格律工整，格调高雅。但是，为了遣词造句以传情达意，为了揭示深刻的思想内涵，弗罗斯特不得不放弃追求完美的语言形式和绝对的韵律格式，在第三行、第五行和第十行行首变抑扬格为扬抑格（分别是"Partly""Partly"和"Through the"3个音步），在第二行、第三行和第九行行末音步变抑扬格为扬扬格（分别是"inborn tune""all night"和"so far"3个音步）。

弗罗斯特毕生追求的诗歌形式和语言秩序，最终都无可避免地陷入一片混乱境地。我们又凭什么相信诗歌形式和语言秩序能够遏制思想混乱和维护世界秩序？既然形式无法担当重任，那么茫茫宇宙中是否存在一股强大的力量足以力挽狂澜于大厦将倾？漫长的生物进化链条中，究竟谁能保证生生不息、相生相克的进化夹缝能永恒敞开并向一切生灵闪现生命之光？究竟谁能保证演化征程中依序进化、循规蹈矩的万事万物享有美好的将来？究竟谁能保证在遥远的将来小鸟依然沦落为我们身边的小鸟、我们依然是地球家园的幸运人类？

弗罗斯特在"小鸟四部曲"中没有给读者一个明确的答案，在所有的十四行诗中也没有给读者一个明确的答案，在所有的诗歌中也没有给读者一个明确的答案。实际上，弗罗斯特在整个诗歌创作生涯中，都孜孜以求、上下求索一个确切的答案。很明显，他没有找到这个答案。他又怎能给读者一个确切的答案呢？

四、《不等收获》

Unharvested

A scent of ripeness from over a wall.

And come to leave the routine road

And look for what had made me stall,

There sure enough was an apple tree

That had eased itself of its summer load,

And of all but its trivial foliage free,

Now breathed as light as a lady's fan.

For there there had been an apple fall

As complete as the apple had given man.

The ground was one circle of solid red.

May something go always unharvested!

May much stay out of our stated plan,

Apples or something forgotten and left,

So smelling their sweetness would be no theft.

《不等收获》最初发表于 1934 年 10 月的《星期六文学评论》（*The Saturday Review of Literature*）上，当初该诗标题是《未采摘的苹果》（"Ungathered Apples"），全诗只有 11 行。该诗发表后，读者反响不错。

后来，弗罗斯特对《未采摘的苹果》做了修改。他替换了诗行中的个别字词，增加了第二、第三和第五诗行，将题目定为《不等收获》（*Unharvested*）。1936 年，弗罗斯特将该诗辑入诗集《山外有山》。

押韵格式

《不等收获》的诗行排列十分独特，分为前 10 行诗节和后 4 行诗节，有别于传统十四行诗前 8 行诗节和后 6 行诗节的排列方式。它的押韵格式为 abacbcdade edff，与传统的彼特拉克体、莎士比亚体、斯宾塞体等十四行诗的韵式明显不同。如果按照"前 8 行、后 6 行"重组押韵格式，则呈现出 abacbcda deedff 模式，可见此诗韵式工整，韵致灵妙。弗罗斯特用 abacbcdade edff 只创作了《不等收获》这一首十四行诗。

一般而言，英语十四行诗为抑扬格五音步，即每一诗行为五音步（10 个音节），以短—长、弱—强和轻—重的节奏有规律地向前推进。《不等收获》主要是抑扬格四音步，但韵步并不规范，有的诗行呈抑扬格四音步（如第二、第三诗行等），有的诗行有五音步，但插入扬抑抑格（如第六行、第十一行的最后 3 个音节），有的诗行呈六音步，但插入抑抑扬格（第六行的前 6 个音节）等。

表面上看，《不等收获》的韵律抑扬不足，顿挫欠缺。它的韵律不规范，韵式欠工整，对仗不工稳，音节也不统一，似乎算不上是一首十四行诗。但是，仔细推敲，我们还是有理由将它归入优秀十四行诗行列。

第一，英国文学界承认抑扬格四音步十四行诗的艺术价值，诗坛也不乏抑扬格四音步十四行诗杰作。人们把抑扬格四音步十四行诗称为"小十四行诗"（Little Sonnets）。例如，莎士比亚《十四行诗集》第 145 首就是一首典型的抑扬格四音步十四行诗，它最后两行：

> "I hate" from hate away she threw,
> And saved my life, saying "not you."

第二，弗罗斯特推崇英国莎士比亚、斯宾塞和华兹华斯等人的十四行诗，喜欢英国诗人继承传统、超越经典的精神。英国传统的十四行诗是抑扬格五音步，韵式中规中矩但富于变化，音韵抑扬顿挫但善于创新。《不等收获》呈抑扬格四音步，不规范的韵律、不统一的音步、不协调的音韵、不工整的对仗等表面上的"离经叛道"正是弗罗斯特毕生追求诗歌理想和创新精神的集中体现。

第三，《不等收获》最后两诗行以双行押韵对偶句作结，是抑扬格五音步韵式。

> Apples or something forgotten and left,
> So smelling their sweetness would be no theft.

抑扬格五音步和最后的双行押韵对偶句，构成英语十四行诗的典型特征，也成为判断《不等收获》是否属于英语十四行诗的重要依据。

第四，英语十四行诗的主题意象以散发状向前推进，紧紧围绕主题思想呈递进式不断深入拓展思想内涵，提高诗歌意境。与此同时，主题意象必须前后一致，首尾呼应。《不等收获》第一行的意象是"成熟的芳香"（A scent of ripeness），第十四行的意象是"苹果的甜香"（sweetness），前后意象都属于嗅觉范畴，两个鲜明的意象都落脚于嗅觉（smelling），起到了前后照应、遥相呼应的效果。

第五，在创作手法上，英语十四行诗人借助"突转"推进主题思想发展。"突转"表现手法已成为英语十四行诗的基本标志，《不等收获》的"突转"出现在第十一行，以"May"起首为标志。通过"突转"手法，弗罗斯特把前 10 行诗节自己在苹果园墙外的个体体验（意外闻到苹果芳香）提升为后 4 行诗节对人类共同命运的深层哲理思考（苹果的掉落和人类的堕落），拓展了思考场域，转换了思维空间，提升了审美境界。

前 10 行诗节

《不等收获》的背景是新英格兰农场。金秋时节，诗中的主人公照常沿着一条大道，由远而近，信步走来。

忽然，一阵"苹果成熟的馨香"（A scent of ripeness）越过果园的高墙飘然而至（from over the wall）。这道高墙容易让人联想到《修墙》（"Mending Wall"）中那堵墙。《修墙》中的那堵墙，能让邻居长久相处，相安无事，"篱笆牢实邻居情谊久长"（Good fences make good neighbors）。《不等收获》这道墙，也能拒外人于果园大门之外。两堵墙的主人，都把他人预设成具有潜在威胁的小偷。这种预设，与道德判断无关，只关乎现实生活。

意外飘来的果香，淡雅清香，沁人心脾。果香是果园的精华，出自果园，但又不只属于果园。果香是果园主人辛劳的结晶，凝聚着主人的勤劳和智慧，却又不只属于主人。果香弥漫在空气中，和大自然的空气一样，和远处山峦、地平线尽头的风景一样，供路人免费享受。

此时此地，果香是他的一场视觉欢歌，也是他的一场味觉盛宴。他没有瓜田李下之嫌，没有道义负重，可以自由自在地尽情享受这意外收获。

果香浓烈醇厚，"拖住了我的脚步"（what made me stall）。诗人直情径行，偏离了日常行走的路线（leave the routine road），抛开了日常占据他工作、生活的"固定的计划"（stated plan），去寻找那阵"苹果成熟的馨香"（A scent of ripeness）的源头。他举目眺望，发现高墙之内苹果园里的一棵苹果树（an apple tree）。

诗人在第四、五诗行之间采用"跨行连续"手法，将读者的视线聚焦于这棵苹果树：果树刚刚经历了"一场苹果雨"（an apple fall），"抖掉了夏日重担"（had eased itself of its summer load），树上只剩下"细小的嫩叶"。嫩叶轻松自在，自由呼吸，轻轻晃动，活像少女手上的绢扇（breathed as light as a lady's fan）。

原来，树上的苹果还没有等到主人前来采摘，就迫不及待地纷纷落下。苹果树"刚刚下了一场苹果雨"（there had been an apple fall），顿时一身轻松，享受着四季轮回的自在，追逐着年轮伸展的自由。

诗行中，抑抑扬格的节律和具有女性隐喻的意象，将一棵苹果树投射到一个女性身上。第五行的"夏日的重负"（its summer load）和第六行的"自由自在的细小嫩叶"（its trivial foliage free），象征女性经历十月怀胎后享受一朝分娩的轻松和生命延续的喜悦。

但是，苹果园里的那场"苹果雨"，或苹果树上"苹果的坠落"（an apple fall），又指向更加辽阔的历史背景：伊甸园中的树、果实和人类。苹果的意象，让人联想到伊甸园中的那棵智慧树，"an apple fall"（苹果的坠落）也指向伊甸园里的"The Fall of Man"（人类的堕落）。从"堕落"（fall）之日起，苹果走向朽败，人类奔向着死亡。

人类被逐出伊甸园，便四处奔波，四海漂流，就失去了本真，失去了意义，失去了精神家园。从此，男人必须面朝黄土背朝天日夜劳作才能换来家人温饱和天伦之乐，女人必须经受十月怀胎之苦才能得到一朝分娩的轻松和喜悦。

人类的堕落，并非造物主所设。造物主所设的，是让人类管理园子，尽享自由和极乐。在伊甸园里，夏娃若不受恶蛇引诱偷吃禁果，亚当若不受夏娃引诱，人类可免遭痛苦和不幸，尽情享受天然快乐。

弗罗斯特在《不等收获》中无意以"苹果坠落"含沙射影地指责人类始祖亚当和夏娃所犯的原罪，也无意以"人类的堕落"拐弯抹角地哀叹人类被逐出伊甸园后的沉重灾难，更无意以"固定计划"直言不讳地为人类摆脱一切苦难指出一条光明之路。

人类的苦难，并非弗罗斯特所愿。弗罗斯特所愿的是，像在伊甸园里一样，一切自然天成，依序运行；人类无忧无虑，自由自在。

苹果树下散落的一片红苹果，并非弗罗斯特内心所求。他内心所求的是，像在苹果园里一样，苹果树不受人为的干扰，树上果实不受人力的影响，天助树长，树成果熟。

苹果成熟了，或是被主人"遗忘了"（forgotten），或是被主人"抛弃了"（left）。苹果树应着时间的节拍，自然生长；苹果顺着大自然的节律，纷纷坠地，并在树下地面上形成了"一圈鲜红之圆"（a circle of solid red）。这是一棵苹果树一年到头来给人奉献的全部果实（As complete as the apple had given）。

"一圈鲜红之圆"和另一首诗《红朱兰》（"Rose Pogonias"）中的一片圆形的绿色草地上盛开的朵朵红朱兰形成鲜明对比：

> A saturated meadow,
>> Sun-shaped and jewel-small,
> A circle scarcely wider
>> Than the trees around were tall.

诗人看到一片形如宝石、状同太阳的草地上，盛开着朵朵红朱兰。鲜艳的红朱兰，婀娜多姿，娇然绽放，把无边无际的绿色染成一片灿烂之红。

诗人怜爱之心油然而生，许下一个神圣之愿：但愿这块小小的草地、鲜艳的红朱兰，被人遗忘，被人忽视（That place might be forgot）；但愿割草人分不清楚青草和红花之际刀下留香，手下留情；但愿红朱兰能在自然状态下自由自在地绚丽绽放，或得到人们"长久的恩宠"（all so favored），或得到人们一时的欢心（Obtain such grace of hours）。

红朱兰的"一圈灿烂之红"和苹果树下的"一圈鲜红之圆"具有异曲同工之妙，共同承载着弗罗斯特内心深处的神圣愿望：红朱兰自由绽放，自我欣赏，自然凋谢；红苹果自然生长，天然成熟，自行掉落。

后 4 行诗节

弗罗斯特在前 10 行诗节中，采用了一系列自然意象，展现了诗人视觉和味觉的愉悦，但"意义之音"依然生动活泼，担负着传情达意之重任。之后，诗人通过第十一行"May…"的"突转"手法，由自然景色转向心理世界；通过两个单词"something"的重复手法，由感官满足提升到内心渴望。

第十一行中，"something"是个不确定代词，行末"unharvested"（不等收获）提示"something"是指狭义上的"苹果"或广义上的一切"果实"。诗人祈愿：果实能不等收获便瓜熟蒂落！推而广之，事情能不经谋划便水到渠成！

第十二行中，"much"比"something"的含义更加广泛、更加深刻：既指果实，又指一般事物。第十三行的"Apples or something"提示读者，"much"具有普遍意义，它的含义超越了"苹果"或"一般事物"所指。

诗人祈愿：不管是苹果（Apples）还是其他被人遗忘、被忽视的东西（something forgotten or left），都能顺应自然，瓜熟蒂落，水到渠成；都能打破人类固有的思维逻辑和惯常的筹划算计（out of our stated plan）。

唯有这样，一个普通人才能随心所欲走向陌生人的果园，漫不经心地尽情享受果实芳香（smelling their sweetness），毫无愧色地站在苹果树下享受"一圈鲜红之圆"的视觉盛宴，心底坦荡地欣赏果园内外无边无际的醉人景色。

唯有这样，才会有君子瓜田纳履不避嫌，君子李下整冠不防患。

唯有这样，宇宙能不受干扰而上下周流，人类才能不用算计而永享天年。

在高度现代化的社会中，"固定的计划"（stated plan）成为人们的生活常态。人们必须沿着"惯常的道路"（the routine road），在封闭的空间里（the wall），重复预设的工作流程，跟随预设的生活步伐，收获预设的劳动果实。按部就班，循规蹈矩，因循守旧，成为人们的生活常态。

《不等收获》一开始再现了《意志》（"Design"）和《睡梦中歌唱的小鸟》（"On a Bird Singing in Its Sleep"）的主题，同时提出了一个发人深省的问题：难道人们就无法跳出"目的性设计"的圈套，一直要忍受自然秩序的束缚、道德规范的约束和社会规则的桎梏？

弗罗斯特的回答是否定的。《不等收获》告诉我们：人们打破常规，在自由自在中一定有意料之外的顿悟；人们抛开算计，在随心所欲中一定会有意想不到的收获；人们忘记目的，在漫无目的中一定会有合目的性的成就。

第七章 《见证树》

第一节 《见证树》概述

1942 年 4 月 23 日，《见证树》（*A Witness Tree*）由纽约亨利·霍尔特出版公司正式出版。同时，出版公司还推出了由诗人亲笔签名的 735 本精装版诗集。

《见证树》出版时，弗罗斯特正值 67 岁，这是他的第七部诗集。该诗集出版后，一时洛阳纸贵，6 周内销售额超过 1 万册。1943 年，《见证树》获得普利策奖，这是诗人第四部获此殊荣的诗集。

《见证树》广受欢迎，获得殊荣，给步入晚年的弗罗斯特带来了心灵上的莫大宽慰。6 年前（1936 年），诗人痛失爱妻；4 年前（1938 年），诗人痛失爱子。诺贝尔文学奖提名失利，更是让一度悲痛万分、一蹶不振的弗罗斯特雪上加霜。

在诗人悲观失望之际，幸好有私人秘书和管家凯瑟琳·莫里森（Kathleen Morrison）给了他生活勇气、精神鼓励和事业支持。1920 年，弗罗斯特应邀前往宾夕法尼亚州布林莫尔学院（Bryn Mawr College）朗诵诗作和演讲，初识这次演讲的组织者、在该校任教的凯瑟琳·莫里森。在随后的岁月里，两人书信不断，交往频繁，并成为终生挚友。

以往，弗罗斯特出版诗集，都注明献给爱妻艾琳娜·弗罗斯特。这次，弗罗斯特一改惯常做法，在《见证树》的扉页上用大写字母注明"谨以此书献给凯瑟琳·莫里森，感谢她为此书所做的工作"（TO K. M. FOR HER PART IN IT）。甚至，诗人在诗集中收入一首《丝织帐篷》，罕有地注明"谨将此诗献给凯瑟琳·莫里森"。《见证树》是弗罗斯特第一部没有明确注明献给爱妻艾琳娜·弗罗斯特的诗集。

《见证树》开篇有两首题诗：一首是《山毛榉》（"Beech"），另一首是《桑树》（"Sycamore"）。两首诗被排印在同一页面上，两棵树相辅相成，指向外在和内在，隐喻灵魂和肉体；互为衬托，指向此岸和彼岸，映射物质世界和精神世界。

在美国历史上，山毛榉是北美殖民者在开疆拓土、勘探土地时的地界标志，俗称"界桩"或"见证树"。当时，人们习惯地把边界、地角处某一棵树（最常见的是山毛榉树）腰部剥去部分树皮，并刻上标记，作为土地所有权的"见证树"。在弗罗斯特眼中，山毛榉是一棵关于灵魂和肉体的见证树。

在西方文化史上，桑树是一种常见、卑微、充满神性的树。平常人家居家生活，需要登高望远时，最方便的就是攀爬上院里、屋外的桑树。根据《圣经·路加福音》第 19 章第 1～10 节记载，耶稣来到耶利哥。有个当地财主，名叫撒该（Zacchaeus），是一名税务官吏，他想看看芳名远播的耶稣到底是怎样的人，无奈自己身材矮小，耶稣又被众人团团围住，撒该便灵机一动，爬上一棵桑树，远远等待耶稣。耶稣从桑树旁经过，抬头一看，便对撒该说："撒该，你下来！今天我必住在你家里。"撒该得救了，成为耶稣忠实的信徒。在弗罗斯特心中，桑树是一棵登高望远、拓宽视野的见证树，也是突破肉体局限、实现精神超越的见证树。

初版的《见证树》分为 5 辑，每一辑都有辑名，说明该辑相对独立的主题。纵观各辑主题，可见辑与辑之间密不可分、主题与主题之间紧密相连。

第一辑 《见微知著》

第一辑《见微知著》（"One or Two"）共 14 首诗。弗罗斯特以爱为基础，以情为纽带，歌颂灵魂和肉体合二为一的崇高爱情，歌颂女性对爱情的真诚和执着，其中，不乏欢乐和泪水。《丝织帐篷》《幸福会以质补量》《及时行乐》《风和雨》《被骚扰的花》都是探索人类爱情主题的名篇。《见微知著》展现了诗人独具一格的新英格兰乡土抒情风格。

第二辑 《以少见多》

第二辑《以少见多》（"Two or More"）共 5 首诗。诗人并未沿着爱情主线探索爱的本质和情的意义，而是转而思考诗人所处的时代和社会问题。《三道铜墙铁壁》《我们紧紧抓住星球》《致一位小坏蛋》等从不同角度探索在混乱的时代人类和自然、社会等的关系问题；《今天这一课》探索诗人、诗歌、艺术和社会关系等问题。本辑最后一首诗《今天这一课》最后一句，"我与这世界有过情人间的争吵(I had a lover's quarrel with the world.)。"是诗人自我撰写的墓志铭，深刻反映出诗歌（艺术）和现代社会的复杂矛盾。

第三辑 《中途小憩》

第三辑《中途小憩》（"Time Out"）共 8 首诗。这 8 首诗有一个基本主题：阅读自然、了解自然、领悟自然。在《今天这一课》的基础上，《中途小憩》继续思考生和死、现世和来世、世俗和宗教等问题。诗人借助冬日的飞蛾、纸上的小点、悲伤的目光、飘零的枯叶、静候的猎手、东方三贤士等意象揭示自然对人类的威胁本质。

第四辑《微乎其微》

第四辑《微乎其微》（"Quantula"）共9首短诗，除了《平衡者》和《不彻底革命》两首诗各有8诗行，其余7首诗或2行一句一诗、或4行一句一诗。《微乎其微》以拉丁文"Quantula"为辑名，意味深长，底蕴深厚。9首诗短小精悍，言简意赅，既是诗人个人的心情抒发和情感表达，又是诗人人生的经验总结和思想升华。每一首诗都构思新颖，气势磅礴；语言精当生动，意境开阔；笔致活泼空灵，炼意高妙。

第五辑《回归》

第五辑《回归》（"Over Back"）共6首诗，都以新英格兰乡间郊野为背景，如农场上禁止入内的告示、屋外四五只夜莺的叫声、牧场上的卵石、农舍内外母亲和孩子、学校里的美国星条旗、牧场上的肥沃土地和成群牛羊等，无不透出浓郁的新英格兰乡村气息。《回归》最后一首诗，也是诗集《见证树》最后一首诗。这首《有文化的农夫和金星》（"The Literate Farmer and the Planet Venus"）是一次"哲学对话"，对话一方是一位只接受过有限教育的农夫，另一方是一位博览群书的诗人。他们以诙谐幽默的口吻，探索进化论、宗教信仰、社会进步和技术革命的问题，读者从诗中可管窥达尔文、爱默生、柏格森、詹姆斯和法布尔等思想家和科学家对弗罗斯特诗歌创作的影响。

第二节 《见证树》中的十四行诗

《见证树》中共有3首十四行诗，即《丝织帐篷》（"The Silken Tent"）、《鸟的歌声绝不该一成不变》（"Never Again Would Birds' Song Be the Same"）和《中途小憩》（"Time Out"）。

一、《丝织帐篷》

The Silken Tent

She is as in a field a silken tent
At midday when a sunny summer breeze
Has dried the dew and all its ropes relent,
So that in guys it gently sways at ease,

And its supporting central cedar pole,

That is its pinnacle to heavenward

And signifies the sureness of the soul,

Seems to owe naught to any single cord,

But strictly held by none, is loosely bound

By countless silken ties of love and thought

To everything on earth the compass round,

And only by one's going slightly taut

In the capriciousness of summer air

Is of the slightest bondage made aware.

《丝织帐篷》于 1939 年冬季发表在《弗吉尼亚文学季刊》（*The Virginia Quarterly Review*）上。当时，诗的标题是《赞美你神态》（*In Praise of Your Poise*）。弗罗斯特将此诗献给私人助手凯瑟琳·莫里森（Kathleen Morrison）。

《丝织帐篷》的押韵格式是 abab cdcd efef gg。这首十四行诗意境鲜明，构思新颖，用语凝练，层次分明，浑然天成，颇具艺术特色。《丝织帐篷》最能体现弗罗斯特诗歌理论"意义之音"的深邃思想，与《进入自我》《意志》和《熟悉黑夜》等诗一同被认为是弗罗斯特十四行诗杰作，也是英语十四行诗的经典之作。

一气呵成的叙事模式

众所周知，作十四行诗难，用一句话作十四行诗更难，在一句话的十四行诗中实现叙事和象征的完美统一更是难上加难。因为，叙述属于经验层面，象征属于超验层面，两者不能强制性地达成逻辑统一。弗罗斯特诗性思维和艺术创作的成熟标志，在于他把叙事提升到象征层面并拓展叙事的思想内涵，同时又把象征降沉至叙事层面并赋予亲和感。

在叙事层面上，《丝织帐篷》全诗共 104 个单词，句法简洁，一气呵成。句子主语只是一个提纲挈领的单词"She"，从"is"开始是全句的谓语部分。全诗简化后的结构是"She is as …a silken tent …and its …pole …"，谓语部分则错综复杂，由两部分构成：第一部分自"as …a silken tent"到第四行结束；第二部分自"And its … pole"到句子结束。

在谓语结构的第一部分，"tent"是主语，但棘手的问题是：它统辖的动词是什么？原来，出于诗行音步和韵律考虑，"is"被省略了。如果在第一行"as"后加上"is"，问题就迎刃而解了，诗句可理解成"She is as a silken tent in a field"。

在谓语结构的第二部分，"pole"是主语，统辖 3 个谓语："seems""is

loosely held"和"is …made aware"，简写成"And its pole seems to owe naught to cord, but is held by ties to earth, and only by taut is of the slightest bondage made aware."，语法分析可知，"its pole is made aware of the slightest bondage"（它的支撑柱感到一丝的束缚）。

但纵观全诗，句子"She …is made aware of …"（她感到……）更符合逻辑意义。全诗有两个主语：一个是句法意义上的"pole"，另一个是逻辑意义上的"She"。将形式主语和逻辑主语融为一体的，便是全诗的灵魂"tent"，即："pole"居于帐篷中心位置，是帐篷的精神支柱，而"She"即"帐篷"，是她的灵魂。

这样，叙事层面的语法主语"pole"和象征层面的逻辑主语"She"通过全诗的核心意象"tent"合二为一了。

在象征层面上，诗人避开明喻而采用隐喻。如果把第一行中的"as"换成"like"，即"She is like a silken tent"，句子完整，结构标准。但是，在诗人心中的"她"和"帐篷"不是简单的、表面的形似，而是抽象、深层的神似。弗罗斯特强调"她"和"帐篷"之间通过两个语境的相互作用，实现两者思想交流和灵魂融合。

诗人采用隐喻，暗示读者：平常、简单的"帐篷"蕴含着丰富的人性和高洁的人格，容纳了凝练的智慧和睿智的思想，具有融无限于一指、化永恒为一瞬的力量。在古老的隐喻统驭下，"她"和"帐篷"、诗人和"她"、人间和天堂、灵魂和肉体、情感和思想、瞬间和永恒，全都转化、升华为宇宙万物上下周流、生生不息的内在力量。隐喻，是"她"的心灵港湾和精神家园，也是诗人诗歌创作思想的根本体现。日常的帐篷，支撑起诗人对完美女性的深深爱恋和对审美理想的热烈追求，体现了诗人无限的美学关怀：女性内在美重于外在美，内在美是外在美的源泉，神似比形似更具有无可比拟的深度和广度。

实质上，帐篷的纯洁和淳朴，女性的隐逸和幽寂，是诗人内心的外在写照。支撑帐篷的横向力量"无数爱慕和期盼的丝带"，就是诗人人生轨迹中伴随着时间而经历的酸甜苦辣和生老病死；直指天庭的纵向力量"那根雪杉木"，如同他生命不断摆脱时代桎梏和环境约束，时刻捕捉缪斯女神的灵感，朝着信仰对象和艺术目标无限地提升艺术境界，即使殚精竭虑，甚至付出生命代价，亦在所不辞。

天机流荡的生命律动

珍重生命本质、表现生命精神是弗罗斯特诗歌的重要主题。诗人批判性地继承了华兹华斯浪漫主义诗歌思想，认为浩瀚充满灵气，万事表现生命，万物印证生命。《丝织帐篷》独具匠心的铺陈排列，动静分明的浑然天成，让我们看到了一个上下周流、生机勃勃的生命世界。

　　诗人精选"风"（breeze）的意象，象征茫茫宇宙中驱动万物、生生不息的原动力，凸显出生命内在的节奏和韵律。在东方，"风"象征生命和自然的生命纽带，王维的"春风动百草"（《赠裴十迪》）中空灵的"动"，表现了自然界的风和宇宙万物的生命联系。在西方诗歌传统中，"风"象征上帝气息，是催生人类精神和艺术成就的"天启"。在弗罗斯特眼中，"风"是驱动生命律动的巨大能量或动力，是天地万物生命精神的最好体现。在《丝织帐篷》里的万籁俱静中，"动百草"的"风"，驱动着飘逸的丝带上下翻飞，此起彼伏。柔软的丝带如同流光溢彩的生命之线，自由欢快地飘舞着、翻飞着、流荡着，奔涌出蓬勃的活力，勃发着蔚然的生机。

　　风，把握着丝带的生命律动，又体验着和谐的天然之音。全诗共 138 个音节，含有/s/和/z/的音节各 15 个和 17 个。诗人大量反复使用咝音，突出地渲染天机流荡、周流不息的意境，加上句首"She"的悠扬、圆润、响亮的/ʃ/音，使人如临其境，如见其人，一个郁然高朗、优雅端庄的女子形象，活灵活现地展现在读者面前。诗人创造性地运用咝音，以诉诸听觉的声音奏响了对生命的咏叹，这更是他对自然生命音响和宇宙旋律的瞬间把握和生动再现。

　　弗罗斯特善于把客观、感性的物象，内化为强烈的情感色彩和心理感受，即使是日常看似简单、看似无生命的东西，如"ties"（丝带）、"ropes"（绳索）、"guys"（牵萦）等，在他笔下都动感十足，悠然自得，充满着活泼的生命；"dew"（露珠）圆润欲滴，在草叶上随着微风自由欢快地舞动着，荡漾着鲜活的生气。诗人赋予看似无生命的景物昂然生命，让帐篷、丝带和我、她的生命同律同构，一同接受宇宙生命情结的浸染，焕然融化于原野之中，在人物不分、物我两忘的境界中，实现天人合一的生命境界。

　　弗罗斯特在世间万物和神圣天堂之间架起了一座心灵桥梁，纪实和抒情并存，经验和超越交织，凡性和神性相衬，共同钩织出隐约闪现的女性身影。"她"既有华丽端庄的外表，又有沉甸丰润的内涵，两者水乳交融，交相辉映。诗人在人迹罕至的旷野上构筑了一个内在的天然景致，"伸向无垠天空的高高帐篷"（to heavenward）将"她"从旷野提升到天堂，"夏日的柔风"（summer breeze）无限地拓展了"她"纯真的生命空间。诗人在用心灵去体验或感受宇宙生命冲动的同时，也在重新认识自我生命和世界万事万物的互化关系，实现了本真的生命回归和灵魂止栖。

纯真至善的审美意境

　　在弗罗斯特的诗歌中，人物内心和自然环境之间往往充满矛盾，相互对立。不期而至的风暴，在黑暗中和屋内孤立无援的人作对，窗前那棵小树，和房屋主人朝夕相伴，最了解窗外四季变换的阴晴冷暖和窗内主人内心莫名其妙的风云激荡。

在《丝织帐篷》中，象征女性灵魂的"中央那根雪杉的支撑柱"（the central cedarpole），似乎对每一根拉索牵绳都无牵无挂，仿佛并不受绳索的牵引控制，但是，当任何一根丝带被夏日任性的柔风轻轻拉紧时，它才感到最轻微的一丝牵挂，它才感到最柔弱的束缚。支撑柱的矛盾两面，被诗人巧妙地融合在短短的诗行中。

同时，诗人通过把"丝带"（silken ties）这一大众十分熟悉的事物作为关键意象和核心喻体，恰如其分地将复杂细腻的女性心理（思想灵魂）和方向不定、强弱多变的自然力量（夏日微风）活灵活现地统一在"爱和思想"（love and thought）的矛盾中，惟妙惟肖地诠释了女子性格的两个不同侧面。

"罗盘"（the campus）象征女性恒久、忠贞和专注，女性追求爱的喷薄激情和充满原始欲望的野性必须受到最轻微的束缚和最柔弱的约束（loosely bound），就像旷野上那柔软鲜艳的丝织帐篷，必须受到雪杉的强有力支撑和绳索的最轻微束缚。

在美国思想史上，"爱"和"思想"究竟是对立的，还是统一的，曾经有过激烈的争论。一派以超验主义思想家爱默生为代表，另一派以实用主义哲学家詹姆斯为代表，两派观点针锋相对，各不相让。爱默生坚持"爱和思想"相对立、相分离的观点，"除了更纯真的爱，非个性化的爱；除了对鲜花的爱，对完美事物的爱，哪有智慧？"①而詹姆斯则认为"爱和思想"相互融合，合二为一，"爱和智慧两者依附于因独一无二而凸显珍贵价值的具体事物之中"②。

弗罗斯特在《约束与自由》（"Bond and Free"）中对"爱和思想"（或"爱和智慧"）的矛盾关系做了深刻、睿智的哲理思考：

Love has earth to which She clings
With hills and circling arms about—
Wall within wall to shut fear out.

爱，依附着坚实的大地，凭借拥抱的臂膀、群山环绕的山冈和"墙中之墙"，拥有足够的力量阻挡来自外界的威胁或消解来自内心的恐惧。诗人认为，正因为被世界拥抱得太紧太实，爱才显得自由、满足、美丽和恒久；而女性内心奔涌的激情和奔放的思想，却插上一双无拘无束、自由自在的翅膀，时

---

① Reuben A. Brower, *The Poetry of Robert Frost*：*Constellations of Intention*. New York：Oxford University Press, 1963, p. 187.

② Reuben A. Brower, *The Poetry of Robert Frost*：*Constellations of Intention*. New York：Oxford University Press, 1963, p. 187.

刻准备着摆脱世间任何束缚和桎梏：

Thought cleaves the interstellar gloom
And sits in Sirius' disc all night.

思想，闪耀着自由的火花，能穿过浩瀚的星际，安坐于天狼星的表面，洞察宇宙奥秘，穿越思想荒原。如果说，爱拥有人世间圣洁、激情、渴望、魅力等一切摄人心魄的永恒美丽，那么，思想就在茫茫星汉中获得浩瀚、深邃、宏伟等一切灿烂辉煌的不朽力量。思想，远行至宇宙中某一个星座时，蓦然回首，发现爱拥有的一切都在那里完美融合。真挚爱情和自由思想，竟浑然融化于茫茫宇宙中！

在《丝织帐篷》中，诗人深刻地阐释"爱和思想"的和谐统一性，不仅强调爱和思想能浑然互化，而且指出了两者周流融合的途径和力量。爱，能使宇宙群星璀璨，思想能让大地花儿绽放，将旷野和星际浓缩于广袤无垠的宇宙之中，使自我和超我、现实和梦想、自由和约束完美融合于璀璨浑然的生命世界。

但是，"爱和思想"的自在自足，有赖于"丝带"的"一丝最柔弱的约束"，将她的爱情和自由、情感和思想、灵魂和肉体、美丽的外表和善良的内心水乳交融，统摄于诗人的生命脉搏中，以统驭宇宙万物的周流运转和生生不息。丝织帐篷和优雅女性在现实生活中曾给诗人心中留下深刻而生动的投射，是诗人心灵世界的外在写照。

自相矛盾的精神追求

弗罗斯特的精神追求体现在宗教信仰上。他认为，人的信仰由四部分组成：个人信仰（self-belief）、爱的信仰（love-belief）、艺术信仰（art-belief）和上帝信仰（God-belief）。"相信上帝是你为了获得未来而同他分享的一种关系。"[①]《丝织帐篷》中的许多意象，看似简单明了，平常无奇，却显示出坚定的灵魂自信，再现至高无上的纯然神性，让万物闪耀着生命精神的光彩，映衬出诗人由此岸到达彼岸、再由彼岸回到此岸的漫长心路历程。

在基督教文化里，"帐篷"（tent）用来比喻"人体"。根据《圣经·约伯记》（*The Book of Job*，4：20–21）记载，人的身体如"帐篷"，是人类生命的临时居所。绳索和支撑一旦被抽离，帐篷便哗然倒下，人的生命在顷刻间就被毁灭，永归于无有。

弗罗斯特深谙帐篷和身体之间的隐喻关系，曾经基于《圣经·约伯记》

---

① ［美］罗伯特·弗罗斯特：《弗罗斯特全集》，曹明伦译，沈阳：辽宁教育出版社，2008年，第932页。

主题创作了长诗《理性假面具》（"A Masque of Reason"）。诗中，约伯的妻子把身上长满脓疮的约伯比喻为"帐篷"，并说："他体无完肤，他的帐篷也全被风撕成碎片。"[①]

不过，《丝织帐篷》中的"帐篷"寓意更深刻，内涵更丰富。诗歌的标题"The Silken Tent"源自《圣经·雅歌》（*Song of Songs*）。"Dark I am, yet lovely/O daughters of Jerusalem, /dark like the tents Kedar, /like the tent curtains of Solomon."[②]，歌中的"我"是指一位耶路撒冷的姑娘，长年累月地在野外牧羊，皮肤黝黑，闪烁着健美的光泽。原野上，她自比那以优质黑羊毛制成、高贵典雅的"基达的帐篷"（the tents of Kedar），联想到"所罗门的帐幔"（the tent curtains of Solomon）。姑娘思绪万千，萦绕于国王宫殿中织工精致的羊毛帐幔。她情真意切，表露无遗。

弗罗斯特的"帐篷"既不是羊毛也不是帆布织成的帐篷，而是丝织帐篷，质地精美，高贵优雅。丝绸面料柔软细腻，色彩鲜艳，随风飘扬，光彩夺目，动感十足，让人激动万分，浮想联翩。女性外秀内慧、鲜活灵动、端庄典雅的形象跃然纸上。

"a field"则是《圣经》（诗篇第92首）中所指的位于两河流域"弯月福地"内的黎巴嫩，即"王者之地"或"上帝的庭院"。在那里，大地滋生万物，郁郁葱葱。《丝织帐篷》中第四行中的"cedar"是指栽种在"上帝庭院"中的"雪杉树"或"香柏木"。它坚实华美，万古长青。

弗罗斯特把富有古典意蕴的"cedar"置于谓语结构中的主语位置，"central"则强调它的"中央支撑柱"的地位和作用，而"its pinnacle to heavenward"则象征无限的上苍和永恒的天国，隐喻具有终极意味的空灵境界。如果说随风起舞、欲坠还飘的丝带暗示女性亭亭玉立的秀姿和婉丽清柔的外表的话，那么，富有质感的"cedar"则比喻女子情感含蓄丰富的内心世界和高洁的精神境界。

"cedar"含有两个长元音，双倍拉长了诵读时间，拓展了视觉空间，让读者在宏阔的空间（原野、人间和天堂）里有更长的时间（炎炎夏日的正午、人生成熟的阶段）来观察和欣赏在这幅虚实并存、层次分明的风景画中女性的风韵身材和婀娜多姿。画中虽然没有出现清晰的线条、鲜艳的色彩和透明的景物，但是，一位静穆灵动的成熟女性，有血有肉地闪现在庄严、肃穆的时空交汇处。

---

① ［美］罗伯特·弗罗斯特：《弗罗斯特全集》，曹明伦译，沈阳：辽宁教育出版社，2008年，第518页。

② *The Holy Bible*（New International Version），New Jersey：The International Bible Society，1983，p.504.

弗罗斯特将具有上帝伊甸园意蕴的原野作为背景，用一连串神性十足的意象，将自己强烈、真挚的情感融化成了一位空谷幽兰般优雅、端庄的女性形象，营造了一个平静和谐、闲逸生动、无拘无束的自由世界，反映了诗人在现实世界中经历了生活磨难、家庭不幸和事业挫折之后祈求在上帝怀抱里寻求灵魂救赎和精神慰藉的梦想。

然而，诗人在长期的艺术创作中，时不时地对看不见、摸不着的"全知全能者"显示出辛辣的嘲讽，对上帝的救赎力量深表怀疑。在《理性假面具》中，约伯在痛失子女、遭受肉体和灵魂折磨之后，问上帝："你当初为何伤害我？"①上帝三缄其口，沉默不语，并启示约伯：这是天意，岂是凡人能问、能知、能懂的？倒是约伯的妻子看出了天意，及时提醒约伯："你不可能从上帝那里得到任何答案"，人世"完全可以一下子变成天国并且胜过天国"②。

经历生存危机和精神危机双重拷问的弗罗斯特，在重新审视命运、生存和意义之际，准确把握和深刻体验着自己的"灵魂之自信"，更加坚定了他的"个人信仰""爱的信仰""艺术信仰"和"上帝信仰"，深信人的超越和救赎源自个人力量而非上帝力量。

可以看出，弗罗斯特具有积极入世的生活态度和消极遁世的精神追求。他的个人精神追求、艺术理想与"上帝信仰"自始至终貌合神离，游离不定。这种自相矛盾、外合内离的精神追求和信仰体验，源自诗人清醒的主体意识、顽强的理性精神和坚定的"个人信仰""爱的信仰"和"艺术信仰"。

因此，诗人的后期作品，虽然隐含着许多上帝情结和神秘因素，甚至有时陷入"爱默生式"的不可知论的神秘泥潭中，但在薄薄的神秘面纱下，更多流露出诗人对现实生活的深深眷恋和对真实生命的人文关怀，体现出他"真实乃劳动所知晓的最甜美的梦"的诗歌思想和"意义之音"的艺术追求。

《丝织帐篷》包含着4个既相互独立又相辅相成的层面，体现出看似杂然纷呈实则井然有序的宇宙生命精神，女性生命中的横向和纵向力量，则构成了一道在和谐中超越上升、指向终极无限圆满的生命弧线。《丝织帐篷》提供了一个具有丰富阐释可能的隐喻，创造了一个辽阔深邃的意义空间，读者完全可以仁者见仁、智者见智地拓展探索视野和思想疆域。只要宇宙万物周流不止，生命火花闪烁不熄，文化脉搏跳动不止，人们睿智的目光就能超越世俗偏见，人们深刻的思想就能冲破世俗藩篱，从《丝织帐篷》清明高雅的诗歌意境中，感受到诗人出自灵魂深处对人类高尚情感的向往和对生命尊严的维护，体悟到

① ［美］罗伯特·弗罗斯特：《弗罗斯特全集》，曹明伦译，沈阳：辽宁教育出版社，2008年，第524页。

② ［美］罗伯特·弗罗斯特．《弗罗斯特全集》，曹明伦译，沈阳：辽宁教育出版社，2008年，第526页。

诗人那闪烁着始终如一的艺术信念和创作激情的美丽光芒。

二、《鸟的歌声绝不该一成不变》

Never Again Would Birds' Song Be the Same

He would declare and could himself believe
That the birds there in all the garden round
From having heard the daylong voice of Eve
Had added to their own an oversound,
Her tone of meaning but without the words.
Admittedly an eloquence so soft
Could only have had an influence on birds
When call or laughter carried it aloft.
Be that as may be, she was in their song.
Moreover her voice upon their voices crossed
Had now persisted in the woods so long
That probably it never would be lost.
Never again would birds' song be the same.
And to do that to birds was why she came.

如果说《丝织帐篷》是新英格兰原野上的天籁，那么《鸟的歌声绝不该一成不变》就是新英格兰丛林中的自然吟唱。和《丝织帐篷》一样，这首诗也是弗罗斯特献给凯瑟琳·莫里森的。

小鸟，是上天赋予大自然的美丽精灵，是弗罗斯特诗歌中的重要意象。《鸟的歌声绝不该一成不变》和《灶头鸟》《接受》《睡梦中歌唱的小鸟》一起，被称为弗罗斯特十四行诗的"小鸟四部曲"。

这首诗首行"He would declare and could himself believe"见于莎士比亚《哈姆雷特》第一场的一句台词"So have I heard and do in part believe it."。弗罗斯特十分喜爱这句台词，曾称赞它是"英语诗歌中最美的诗行"（the most beautiful single line of English verse）。[①]

《鸟的歌声绝不该一成不变》的标题取自本诗最后的双行对偶句中的第一句，足见"小鸟"意象鲜明，形象含蓄，寓意深刻。它的意象内涵丰富，比

---

① Joan St. C. Crane. *Quoted in Robert Frost: A Descriptive Catalogue of Books and Manuscripts in the Clifton Waller Barrett Library*, Charlottesville: University Press of Virginia, 1974.

喻巧妙贴切，想象新奇别致，是一首新巧清丽、别出心裁、意境阔大、想象力丰富的十四行诗。

这首诗形式上是莎士比亚式十四行诗，呈"前八、后六"诗行结构，押韵格式为 abab cdcd efef gg，再次表明了莎士比亚对弗罗斯特十四行诗创作的深刻影响。

但是，弗罗斯特从诗行结构和句法单位方面着手挑战传统十四行诗韵式。第一至五行、第六至八行、第九行、第十至十二行、第十三行和第十四行各构成完整的句子，若按句子完整性分析韵式，韵式就成了 ababc ded e fef g g，不像是一首十四行诗的韵式。我们反复朗读此诗，听觉上也构成反差，句子的完整意义和诗行的押韵格式形成强烈反差。

这正是弗罗斯特的独具匠心所在：打破常规（抑扬格五音步），重组句群，重构意义，用"意义之音"贯穿诗行始终，以"声音结构"（sound structure）而非"句子结构"（sentence structure）传递出深邃思想：房前屋后花园里，小鸟齐鸣，歌声飞扬，优美动听，意味深长，回荡着伊甸园里"夏娃的声音"（voice of Eve），回荡着她那"意味深长的声调"（oversound）。

如同"夏娃声音"赋能小鸟，诗人唯有以"意义之音"赋能诗句，驾驭诗行，诗才成为诗，诗才经得起反复吟诵，才经得起时间考验；诗才能久负盛名，才能千古传唱！

在《鸟的歌声绝不该一成不变》里，"意义之音"洋溢着清新活泼的生命活力。韵式焕然一新，音律和谐委婉，声调错落有致，抒情迂回往复，足见诗人匠心独运，足见诗人功力深厚。

前8行诗节

前8行由两个4行诗节组成。两个4行诗节既相互独立也紧密相连，其联结标志是第四行行末的逗号及其前后的同位语（即第四行行末"an oversound"和第五行行首"Her tone of meaning"）。

诗人一开始就跨越时空将读者带回到基督教《旧约》的伊甸园场景。西方传统文化和信仰中，夏娃（Eve）都被视为邪恶、罪孽的象征，"Eve"有"黄昏、傍晚"之意。"Eve"的出现，意味着"黑夜、黑暗"来临，预示着邪恶、罪孽降临。

诗歌一开始，女主人公夏娃不再是受恶蛇引诱、偷吃禁果、导致人类犯罪、最终被逐出乐园的邪恶形象，而是一位纯洁、勇敢、智慧的女性。先知先觉的夏娃以独特超凡的远见卓识引导人类果敢地跨出坚实的历史性第一步，毅然决然地离开伊甸园，走向外面世界，开启视灵，开拓视野，看清世界，探索奥秘。

全诗共有两个主人公，分别是第一诗行的"He"和第三诗行的"Eve"。全诗主题是改变（change），实现诗歌变革和艺术创新。

第一诗行"would declare"和"could...believe"都是虚拟语气，增强了场景虚拟性和时空模糊性。他遥想美好的伊甸园时光，回忆夏娃为了获得智慧、看清世界所做出的努力、所取得的成就和所付出的代价。他念念不忘夏娃将智慧果实递给她丈夫的那一刹那她那温柔的目光和轻柔的声音。

"himself"映衬出他沉浸在回忆之中的孤独、悲凉的心境。他在万分感慨中唏嘘长叹，往事不堪回首！

此时此际，周围树林里传来小鸟的鸣叫声，让他心头一怔。他缓过神来，回到现实中。第二行"the birds there in all the garden round"，房前屋后树林里的小鸟，真实可感；小鸟的鸣叫声，亲切悦耳。"there"表示方位或位置，即"离他不远处"。"there"充满着现场感和真实性，他回到当下。

当下，小鸟在林中歌唱。林中鸟儿，代表着自然野性；鸟儿声音，象征着悠扬旋律；野性和旋律融合，就成为优美诗歌。

林中小鸟的歌声，不再是伊甸园里小鸟的歌声。一切都在改变。小鸟的模样在改变。林中小鸟，或许已不再是伊甸园的小鸟；当下现实中的蛇可能不再是创世时代那条引诱人类吃禁果的恶蛇。

小鸟的歌声也在改变，那不全是创世时代原始小鸟的声音。当下小鸟歌声，融合着夏娃的声音！夏娃的声音，从创世到当下，一直存留至今，一直存留于当下林中小鸟的歌声中。

小鸟整天都听见夏娃的声音，它们为自己的歌声增添了夏娃"那意蕴丰富的声响"（an oversound）。这声响，带着只能意会不可言传、深沉且悠扬的意味（Her tone of meaning but without the words）。

夏娃的声音改变了一切。她的声音，改变了鸟儿的腔调，为鸟儿声音增添了无穷的意味；她的声音，激励亚当偷尝禁果，促使人类突破伊甸园"舒适区"的禁锢，跨出伊甸园大门，拥抱外面的精彩世界，迎接未来、未知的严峻挑战，走向更加辽阔的生存空间。

"夏娃的声音"（voice of Eve）以特有的腔调和深长的意味，跨越时空，渗透到小鸟的歌声中，渗透到自然界万事万物之中。

第六行行首"Admittedly"是修饰性副词，意思是"毋容置否、不可否认"。它意味着诗行中有一个逻辑主语，可能是诗人自己，也可能是第一诗行行首的"He"。可以肯定，诗人有目的地为夏娃创造出一个令人耳目一新的神话：夏娃通过自我声音，穿越时空，展示改变世界的无限力量。

夏娃的声音温婉柔和（an eloquence so soft），和天籁（an oversound）相比显得微不足道。第六、七行的"so soft/Could..."的语气和措辞都透出一种否定意味，表明夏娃的声音对大自然中鸟儿的歌声产生了一定影响，但十分有限（Could only have had an influence on birds）。

但是，夏娃的声音娓娓动听，意味深长，意蕴无限。林中小鸟的歌声飘扬，欢呼声、欢笑声此起彼伏遥相呼应，处处弥漫着欢乐、祥和的气氛。第八行"carried it aloft"表明，鸟儿的声音既不是由上而下，来自天国，也不是由远及近，来自伊甸园。鸟儿的声音，由下而上，飘向远方，直抵天堂，回荡在人类记忆中的伊甸园。

鸟儿的声音，和生存息息相关，游戏、追逐、求偶、交配，生生不息，周而复始。

鸟儿的声音，充满着世俗意味，充满着自然力量，充满着生活气息。

弗罗斯特将目光时而投向天堂，时而投向大自然，在天堂和人间自由穿梭。夏娃的声音，改变着自然，改变着人类，也改变着人类和自然的关系。在重塑夏娃神话中，诗人赋予夏娃凡人的形象和气质。

至此，和弗罗斯特生命密不可分的两个女性——妻子艾琳娜和私人秘书凯瑟琳——的形象在诗行中若隐若现，呼之欲出。她们的出场和退场、在场和缺场，对诗人的生命和诗歌创作都产生了深刻影响。

在第六至八诗行中，"Admittedly"一词耐人寻味，意蕴千钧。它的逻辑主语是谁？是"He"，还是诗人，抑或诗人的代言人？

何况，即使我们能确定"He"就是"Admittedly"的逻辑主语，"他"又是谁？可能答案如下。

答案一：亚当。第三诗行提到"夏娃的声音"（voice of Eve），我们有理由相信"他"可能是亚当。如果亚当认可夏娃的所作所为，"宣称且相信"夏娃对人类所做的贡献，那么，亚当本身有一种善良的本质，人类具有向善趋向，人类本质是善良的。可是，从人类发展历史上看，从弗罗斯特诗歌中反映出的主题思想上看，"他"本性邪恶，人类自甘堕落，任性沉沦，走向深渊。"他"不太可能是诗人心中的亚当。

答案二：上帝。诗行中存在着两条主线：明线是夏娃，暗线是亚当和伊甸园。读者有理由认为"他"是上帝。可是，如果上帝"宣称且相信"夏娃的所作所为，那么，上帝也肯定了亚当的过犯和邪恶，也间接宽恕了那条引诱他们犯罪的恶蛇的罪孽。

果真如此？我们无法解释，上帝为何将人类驱逐出伊甸园。从弗罗斯特对上帝所持的怀疑论，从他诗歌中对信仰所表现出来的模糊性和不确定性，我们也难以确定，在诗人眼中，或在他的诗歌中，"他"（上帝）会宽容或宽恕夏娃的所作所为，"他"会肯定"夏娃的声音"的历史价值及其对人类的正面影响。

答案三：诗人。诗行充满着对"夏娃的声音"、鸟儿的歌声、自然和谐的溢美之词，赞美人的声音（夏娃的声音）对人类进步的作用和对自然之美的影响。弗罗斯特在某种程度上接受达尔文进化论思想，认为鸟的歌声是诗歌、音乐艺术的动力和源泉。夏娃的声音已经融入鸟儿的歌声，鸟儿的歌声是自然界的天籁之音，是万物繁殖生存的原动力，也是人类艺术创造的真正源泉。

诗人跨越了从遥远伊甸园到眼前树林的时空转换，完成了从夏娃的声音、鸟儿的声音到"意义之音"艺术创新的思想飞跃。他身体力行，以毕生精力参与和见证了时空转换和思想飞跃。他把夏娃的声音、鸟儿的声音和"意义之音"融进了诗行，把自己的生命和爱也融进了诗行。因此，"他"可能是诗人自己。

问题和答案已经无关紧要。重要的是，不管"他"是谁，谁都"不容置否"，谁都"不可否认"，谁都"异口同声"宣称且相信（declare…and…believe）：夏娃的声音意味深长，夏娃的歌声源远流长，夏娃的形象高大纯洁，夏娃的影响深刻久远。

后 6 行诗节

在后 6 行诗节，第九行"Be that as may be…"从主题和语气看，有"让步"意味，标志着诗行"突转"。尽管夏娃的声音温婉柔和，只对鸟的歌声产生有限的影响，但是，"她已在鸟的歌声中"（…she was in their song）。

诗人以十足肯定的语气和措辞，充分强调夏娃的声音对鸟儿歌声的正面影响。第十行行首"Moreover…"进一步强化了夏娃声音的价值和力量：她的声息融入鸟的歌声（her voice upon their voices crossed），永远回荡在树林里，无远弗届；夏娃的爱、灵魂和生命，永远回荡在大自然万事万物之中，经久不息。

诗句"她的声息融入鸟儿歌声"闪烁着弗罗斯特诗歌艺术的思想光辉：以传统莎士比亚十四行诗形式，阐释着社会激荡中十四行诗的思想内涵、审美意义和生命价值。他的十四行诗，句法灵活，措辞多变，承转圆熟，情韵和谐，首尾呼应，充分体现了语言结构、音韵形式和"句子声音"的完美融合。如果说，诗行"她融入鸟儿歌声的气息"（her voice upon their voices crossed）传递出传统诗歌的变革力量，那么，那和语言形式互相融合、弥漫在语法结构、句子形式表层之下的"句子声音"（sound of sentence upon language structure crossed）[1]，则是现代英语十四行诗艺术的变革目标和创新方向。

弗罗斯特在创作中，不断探索"意义之音"（sound of sense）或"句子的声音"（sound of sentence）在诗歌艺术中的意义和作用。

"她的声音"（her voice）进一步阐明第四至五诗行中"an oversound/Her tone of meaning but without the words"蕴含的超验主义思想内涵。

---

① "句子声音和语言结构的融合"（sound of sentence upon language structure crossed）是本书作者根据弗罗斯特诗句"her voice upon their voices crossed"改写而成的。

"无字腔调"（an oversound）从一个侧面又回应了《灶头鸟》中所提出的诗歌创作问题。灶头鸟，这位"无字歌手"，与众不同的自然歌手，用独具魅力的声调，为"如何利用事物盛衰交替"（what to make a diminished thing）找到了正确答案，为诗歌创作指明了路径和方向。

夏娃的声音，具有顽强的生命力，它"在林子里存留了很长时间"（persisted in the woods so long）；夏娃的声音，具有强大的影响力，它"或许永远都不会消失"（probable never would be lost）。

夏娃的歌声，是一首永恒的无字之歌；夏娃的声音，是一种超自然的、意味深长的"无字腔调"（an oversound）。

夏娃，成为弗罗斯特阐发"意义之音""句子的声音"思想的代言人；她的声音或歌声，是弗罗斯特诗歌艺术的绝佳注脚。

第十三至十四诗行，又称"押韵双行句"（the couplet）。诗人借此回应诗歌标题，重申艺术创造和创新的重要性，再次阐述"意义之音"创作思想，强调鸟儿的歌声绝对不该一成不变，艺术创作绝对不该墨守成规。

冥冥之中，夏娃的存在似乎一开始就有"导向性意图"或"目的性设计"。诗人从另一个侧面，巧妙地回答了《意志》（"Design"）中提出的问题：上帝创世有没有预设目的？

夏娃打破伊甸园界限，穿越时空，忍辱负重，来到当下，来到树林中，将自己的声音融进鸟儿的歌声（why she came），目的是让鸟儿获得歌唱自由的声音，让鸟儿获得永恒生命，让鸟儿的歌声获得艺术价值（And to do that to birds）。

夏娃将自己的声音（欢笑声、欢呼声、腔调等）融进了鸟儿的歌声，获得了自我存在的意义和变革创新的动力。弗罗斯特和夏娃一样，将诗人的声音（语音、语调、音高、音长、音量等）融进自然的原始声音，融进千变万化的诗行，赋予世界新的生命和价值，取得令人耳目一新的艺术效果。

创新，是艺术的生命；变革，是艺术的意义。艺术创作中，唯一不变的就是不断创新，勇于变革。这是十四行诗《鸟的歌声绝不该一成不变》的主题思想，也是弗罗斯特诗歌艺术的理想和追求。

三、《中途小憩》

Time Out

It took that pause to make him realize

The mountain he was climbing had the slant

As of a book held up before his eyes

（And was a text albeit done in plant）.

Dwarf cornel, gold-thread, and maianthemum,

He followingly fingered as he read,

The flowers fading on the seed to come;

But the thing was the slope it gave his head:

The same for reading as it was for thought,

So different from the hard and level stare

Of enemies defied and battles fought.

It was the obstinately gentle air

That may be clamored at by cause and sect

But it will have its moment to reflect.

《中途小憩》是诗集《见证树》第三辑《中途小憩》的第一首诗，是该辑的标题诗。

《中途小憩》曾多次易稿。1939 年，弗罗斯特将这首十四行诗的手稿交给劳伦斯·汤普逊，题为《暂歇》（"It Took That Pause"）。同年，这首十四行诗以《爬坡》（"On the Ascent"）为标题，刊印在劳伦斯选编的《诗选集》（Collected Poems）里。弗罗斯特喜欢在演讲会、朗诵会等不同场合朗诵这首十四行诗。1941 年 6 月 20 日，弗罗斯特在哈佛大学"美国大学优秀学生联谊会"（Phi Beta Kappa Society）做演讲时朗诵了这首诗。

1942 年春，该诗以"Time Out"为题，在《弗吉尼亚季刊评论》（The Virginia Quarterly Review）正式发表。同年，该诗收入《见证树》出版。此后，此诗一直以"Time Out"为题出现在各种出版物上。1968 年，《中途小憩》收入《弗罗斯特诗歌全集》。

韵律特征

和《鸟的歌声绝不该一成不变》一样，《中途小憩》是一首莎士比亚式十四行诗，呈"前八、后六"诗行结构，押韵格式为 abab cdcd efef gg，诗行结构严密，衔接紧凑，对仗工整。

与诗行韵律格式形成鲜明对照的是，诗行内抑扬格五音步并不严格，韵律灵活，节奏多变，重音和轻音交替随意，重读和轻读变化自由。具体表现在两个方面。

首先，诗人一反常规，大胆选择了多音节单词，打破了传统十四行诗的抑扬格五音步韵律节奏。一般而言，为了遵循严格的抑扬格五音步韵律节奏，诗人会尽量采用单音节或双音节单词。如果采用了三音节单词，就会造成韵律节奏失衡。这种节奏失衡，需要其他单词的音长、音量、音高等因素补偿，这就增加了创作难度。

弗罗斯特在诗行中大胆运用了 3 个多音节单词"maianthemum"（第五行）、"followingly"（第六行）和"obstinately"（第十二行），打破了传统十四行诗中的抑扬格规律，显得新颖可喜，令人耳目一新。

其次，诗行中轻音节和重音节搭配自由，重读单词和轻读单词交替自然。有些诗行只有 4 个重读音节或重读单词，有些诗行只有 3 个重读音节或 3 个重读单词，与严格工整的抑扬格五音步（诗行中 5 个重读音节或单词和 5 个轻音节或单词有规律地交替出现）形成鲜明对比。只有 4 个重读音节或重读单词的诗行有：

第七行：flowers, fading, seed, come;
第八行：thing, slope, gave, head;
第十行：different, hard, level, stare;
第十一行：enemies, defied, battle, fought;
第十三行：That, clamored, cause, sect。

只有 3 个重读音节或 3 个重读单词的诗行有：

第二行：mountain, climbing, slant;
第六行："followingly, fingered, read;
第九行：same, reading, thought;
第十四行：have, moment, reflect。

在 3 个重读音节或 3 个重读单词的诗行中，又可以分成两类。其中，第六行，只有 3 个重读音节或 3 个重读单词；而第二、九和十四行，除了 3 个重读音节或 3 个重读单词外，还有 1 个次重读音节或单词，如第二行"had"，第九行"it"和第十四行"But"，这 3 个音节或单词受句法成分、句中位置、音量音长等因素影响，在诗句中处于次重读位置上。

由此可见，《中途小憩》具有严格、工整的莎士比亚体十四行诗韵式，在抑扬格五音步方面突出灵活多变、变中求稳、稳中传神的艺术特色。作为"纯粹的声调"的"意义之音"，以"纯粹的形式"，以"形式中的形式"，以形式服务内容，以韵式突出主题，以音步表达思想，推动主题思想向前发展。

弗罗斯特笔法灵动，笔触轻巧，传递出一份自由自在、悠然自得的内心情感，营造出一种和谐轻松、心情舒畅的诗意氛围，表达了诗人亲近自然、了解自然和尊重自然的人文情怀。

全诗呈"前八、后六"结构，第八行"But"是句子结构转折，但并非思想主题上的"突转"。"那道坡"（the slope）给他带来了"重要启示"（the thing）。"重要启示"的内容和意义，由后 6 行一一道明，故在主题思想上真正意义上的"突转"仍然是从第九行开始。第八行末的冒号"："将"前 8 行诗节"和"后 6 行诗节"两部分紧密连接起来，构成一个密不可分的整体。

前 8 行诗节

山，是弗罗斯特诗歌中的重要意象和意义载体，具有深刻内涵和丰富思想。《中途小憩》是一首关于"山"的十四行诗。

繁重劳作让人精疲力尽，日常生活让人感觉枯燥无味，诗歌创作让人心力交瘁。终于，他决定在惯常轨迹上作一次"中途小憩"（Time Out），独自一人，无拘无束，信马由缰，来到山中散步，放松神经，放飞心情。

第一行，词组"that pause"特指"那一阵子中途小憩"，最直接地解释了诗题"Time Out"。"that pause"还有更深含义。

在"那一阵子中途小憩"时，他沿着山谷小道，顺着山坡，向山顶走去。他在爬坡途中作了"那一阵子中途小憩"。"that"还表示程度和状态，说明他那一次攀爬时迫不及待的心情、气喘吁吁的状态及其对山头无尽风景的渴望。

在"那一次中途小憩"时，他从自然界林木花草的本真状态中，感知到自我和周围环境的本质联系，意识到自我在自然界中的存在和意义，思考人类和自然之间的和谐关系，思考自然界万事万物之间的异同。

他停下脚步，向山上仰望，看见前方有一斜坡（the slant），脑海里闪现出一幅神奇画面。一本装潢精美、图文并茂、包罗万象的"自然之书"掩映在花丛中，浮现在眼前（As of a book held up before his eyes）：斜坡，宛如一本书的骑缝；斜坡两边的山坡，如同一本书的对开书页；山坡上迎风摇曳的林木花草，好似书页上字里行间连蹦带跳的鲜活字节（a text albeit done in plant）。

第五诗行，山坡上林木种类繁多，应有尽有，花草无所不包，内容丰富多彩："矮茱萸"（Dwarf cornel）树叶繁茂，"金线花"（gold-thread）含笑相迎，"五月铃兰"（maianthemum）优雅清丽……

第六诗行，风景如画，万物静默如歌。他情不自禁地伸出手指，轻轻地触摸着花草，如饥似渴地阅览着无边景色，如同他静静地坐在书房中爱不释手地阅读着一本引人入胜的书籍（He followingly fingered as he read）。

副词"followingly"有"依次，按顺序"之意，指向阅读书卷时翻页或手指划过花叶时的顺序。"followingly"生动活泼，他以手无声翻页阅读、以手轻轻划过花草、以目光尽情浏览山色的形象跃然纸上。

"fingered"作动词，刻画"用手指触摸，触碰"的动作，具有丰富含义：阅读书本时用手指翻页，浏览景色时用手指轻轻地抚摸、触摸花草，农夫收割时用手指梳理收获的黍稷稻粱，诗人创作时用手指摇动笔杆、奋笔疾书……

"fingered"的丰富含义，如阅读的启示、观景的愉悦、粮食的收成和作品的收获，让人自然而然地联想到秋天收获和季节变换，也自然而然地呼出第七诗行：繁花正在凋谢，果子正在成熟（The flowers fading on seed to come）。丰收在望，收成在握。

诗人没有悲叹年轮更替或时间飞逝，更没有满足于眼前赏心悦目的自然景色和沁人心脾的岁月果实，而是将视野聚焦于"那道山坡"（the slope），将目光投向广阔的自然景色和无垠的思想原野。

后 6 行诗节

山坡有坡度，阅读有难度，思想有深度。

第九行"突转"标志着他阅读角度的转换、思维方式的变化和思想境界的飞跃，实现了"突转"创作手法和主题思想的高度统一。

他将浏览山色的目光投向阅读和思想，指出"阅读和思想"具有相似性，阅读和思想在角度、难度和深度上具有相似性，"阅读如同思想"（The same for reading as it was for thought），阅读的目光类似于思想的目光，两者都有难度和深度。在同一时空下，阅读和思想或相向而行，齐头并进；或两两独立，互为观照；或相辅相成，双双丰收。

"reading"隐含着西方文化中对阅读的审视和思考：书籍可以阅读，自然也可以阅读；自然是一部包罗万象、博大精深的书，能给人无穷的智慧和启示。

17 世纪，西方人认为自然界隐含着上帝的创世目的和旨意，人们"阅读自然"，亲近自然，了解自然，可以得到上帝的智慧和神启。

在英国，18 世纪苏格兰诗人罗伯特·彭斯坚持"阅读自然"，描绘花草，启示人生；英国浪漫主义诗人拥抱自然，从自然中获取源源不断的诗歌灵感，为人类留下了许多不朽诗篇。

在美国，美国超验主义代表爱默生、梭罗等人潜入自然，享受自然，思索自然，超越生命，提升精神境界。

弗罗斯特沿着西方"阅读自然"的思想轨迹，来到了 20 世纪，来到了山前"那道坡上"，沉浸于大自然"天书"之中。

第九、十行，他将两个看似毫不相关的概念有机联系起来：阅读和凝视。阅读（reading）和凝视（stare），看似毫不相关，实则密切相连。从修辞角度看，如果阅读是本体，凝视是喻体，那么目光则是喻词。阅读和凝视，具有明显的差异性，但是两者有着统一的同一性：目光是阅读和凝视的联结纽带，也是阅读和凝视的基础。

"the hard and level stare"从两个侧面阐释"凝视"（stare）的本质特征：

严厉的凝视和冷静的凝视。诗人用两个形容词"hard"和"level"将"凝视"的本质融于一体，为的是说明两种凝视的目光："藐视敌人的目光"（enemies defied）和"投入战斗的目光"（battles fought）。两种凝视的目光都需要严厉和冷静。

从诗行中可以看出，弗罗斯特模糊了阅读和凝视的同一性，着重强调阅读和凝视的差异性。诗人的目的在于突出阅读的独特性，他指出：阅读的目光更犀利，心灵的凝视更平静，思想的视灵更敏锐。

第十二行，诗人把阅读比作山中"那阵坚毅的徐徐清风"（the obstinately gentle air），偶尔会被某种"主张、主义、思想运动"或者"潮流、思潮、思想帮派"所困扰（may be clamored at by cause and sect），但阅读让人摆脱繁忙的日常俗务，让人有"沉思、反思或冥想的时候（But it will have its moment to reflect）"，让人享受短暂的"中途小憩"和愉悦的悠闲时光。

人生旅途中，一次偶然的"中途小憩"，如同诗歌运动轨迹，"始于欢愉，终于智慧"（It begins in delight and ends in wisdom）。他到达"那道坡"前作短暂停留，在生命的净土上作无边畅想，守候思想亮光，期待智慧顿悟，享受片刻清净，收获人生硕果。正如弗罗斯特在《诗歌运动轨迹》中说：

"这是生命中的的一片净土——那片净土不必很大，不必像各教派学派立脚的地盘那么大，但应在与混乱相对的片刻清净之中。"①

《中途小憩》在阐释着弗罗斯特的诗歌理论。他认为：诗歌的目的在于创造欢愉，启迪智慧；诗歌的功用在于"暂时遏制思想混乱"（a momentary stay against confusion），把人们带到"生命中的一片净土"（a clarification of life）。

---

① ［美］罗伯特·弗罗斯特，《弗罗斯特集：诗全集、散文和戏剧作品》，曹明伦译，沈阳：辽宁教育出版社 2002 年，第 982 页。

第八章 《绒毛绣线菊》

第一节 《绒毛绣线菊》概述

1947 年，纽约亨利·霍尔特出版公司出版了《绒毛绣线菊》（*Steeple Bush*），同时推出了 751 本由弗罗斯特亲笔签名的限量版诗集。这一年，弗罗斯特年届 73 岁，他在序言中注明，将诗集献给自己的孙辈。诗集分为五辑。

第一辑《无题》

第一辑《无题》（"Untitled"）① 共 7 首诗，有一定的叙事性。第一辑没有标题，人们习惯将诗集名《绒毛绣线菊》作为第一辑的标题。第一辑主题是：自由和思想。

在《我家乡邮箱里一封没有贴邮票的信》诗中，一个流浪汉在农场主人房屋外空旷草地上的一棵杜松树下暂住一晚，引得看门狗汪汪叫个不停，房屋主人一度点亮灯、披上衣服到院子里看个究竟。次日，流浪汉给那人家的邮箱里投了一封没有贴邮票的信，表示歉意。

但更重要的是，流浪汉把昨晚自己躺在杜松树下仰望星空时的所见、所思告诉了农场主，"两颗星星的结合/而形成的一团巨大流火/拖着一条明亮的光带划过西天"。"光带"让他灵光一闪，唤醒了他两段模糊记忆，将以往百思不得其解的难题在瞬间看得真真切切、明明白白。流浪汉为自己获得了超人般的洞察力感到欢欣鼓舞。

诗人借此晓喻世人：宅居于闹市禁锢自我，固守于高屋束缚思想，唯有像流浪汉那样自由自在地眼望星空，才能获得不期而遇的亮光闪现，才能获得顿悟和智慧。

诗集里的其他各辑虽涉及不同题材和主题，但都从不同角度、不同视角回应着第一辑的主题思想。

---

① 《绒毛绣线菊》第一辑没有标题，《无题》是本书作者加上的。

第二辑 《夜曲五首》

第二辑 《夜曲五首》（"Five Nocturnes"）涉及黑夜主题，具有极强的哲理性。5 首诗都表达了诗人内心对黑夜挥之不去的恐惧，如在《夜灯》（"The Night Light"）里，她点燃一盏长明灯，陪伴她度过漫漫长夜，驱除内心深处的恐惧；在《虚张声势》（"Bravado"）中，每当"我"仰望星空，看繁星闪烁，总担心一颗星星掉下来，砸到"我"的头上。

但是，夜曲又像一位温柔的夜神，守护着人的灵魂，给人心灵慰藉。相较于弗罗斯特早年的作品如《熟悉黑夜》《曾临太平洋》等诗作，5 首夜曲对黑夜的焦虑有所缓和，对黑夜的恐惧有所减轻。只有精神放松，才能放飞梦想，才能自由思想。

第三辑 《钟楼与塔尖》

第三辑 《钟楼与塔尖》（"A Spire and Belfry"）共 7 首诗，涉及宗教题材，表明了弗罗斯特对宗教信仰的根本态度。"Spire and Belfry" 取自《屋顶上的尖塔》（"A Steeple on the House"）中最后两行：

A spire and belfry coming on the roof
Means that a soul is coming on the flesh.

安放于屋顶上的尖塔和钟楼，如同安置在肉体内的灵魂。钟楼和塔尖是西方教堂建筑中的重要组成部分，为教堂建筑和宗教信仰增添了神秘感和神圣感。本辑 7 首诗大致有这样一条主线：诗人努力寻找安全庇护所，最终愿望落空；安置自我灵魂的希望化为泡影；自我在世俗和信仰、此岸和彼岸之间游离不定，最终堕入自大、自恋的泥潭。绝对的自由势必陷入混乱，极端的思想势必导致空想。

第四辑 《远走高飞》

第四辑 《远走高飞》（"Out and Away"）共 12 首诗，基本上延续了第三辑的主题思想，作品探讨的场景和对象，由第三辑的内心思想到第四辑的外在自然界，探索的目光更长远，思想的视野更宽广。但是，作品在主题、措辞、韵律、声调、节奏等方面增添了调侃、幽默、讥讽意味，讽刺的对象包括对自我身份的认同、对名利的追逐、对天国的幻想、对宇宙的怀疑、对缘故的探寻、对自然的思索和对艺术的探讨等，诗人实际上在思索着自由的边界、思想的内涵及其根本关系。

第五辑《刍荛之言》

第五辑《刍荛之言》（"Editorials"）共 12 首诗，每一首诗针对一个具体问题，阐明深刻道理。言辞浅显，比喻通俗，寄兴遥远，意蕴千钧。

在主题上，本辑有多首诗涉及战争、原子弹等当时社会关注的热点。《为什么等待科学》《设计者们》《裂炸狂喜》和《他们没有神圣的战争》谈及的都是当时社会十分关注的焦点问题，也从不同角度回应着第一辑的自由和思想主题。

在形式上，本辑共有 7 首十四行诗，在编辑顺序上十分讲究。弗罗斯特平生第一次以特别组合方式将十四行诗编排在一辑里。第一组 3 首，它们是《奇思妙想》（"Etheralizing"）、《为什么等待科学》（"Why Wait for Science"）和《大小不论》（"Any Size We Please"）；第二组 3 首，它们是《设计者们》（"The Planners"）、《他们没有神圣的战争》（"No Holy Wars for Them"）和《裂炸狂喜》（"Bursting Rapture"）；另外一首是《被间断的干旱》（"The Broken Drought"）。

如果我们将第五辑中的 12 首诗分成十四行诗（Sonnet）和非十四行诗（Non-Sonnet）的话，可以看出诗歌的排列顺序是经过弗罗斯特的精心设计的：

$$N - S - S - S - N - S - S - S - N - N - S - N$$

从编排形式上看，弗罗斯特恰似一位得心应手的作曲家，在精心设计自己的交响曲各个乐章的排列和各个乐段的顺序。12 首诗被划分为 3 组，每一组为一个乐章，共 3 个乐章。

具体说来，弗罗斯特很像柴可夫斯基在创作《天鹅湖》时巧妙安排双人舞、三人舞的分曲排列组合：一个乐章有 4 首分曲，N（序曲）- S（变奏曲 1）- S（变奏曲 2）- S（变奏曲 3）- N（结尾曲）。分曲和分曲之间、乐章和乐章之间既互相独立又相辅相成，构成一部规模宏大、结构复杂、节奏鲜明、思想深邃的交响曲。

第二节 《绒毛绣线菊》中的十四行诗

《绒毛绣线菊》收录的 7 首十四行诗，都直接或间接与科学或科学理论有关，我们可以从中窥见弗罗斯特对科学技术的态度和观念。

总体而言，弗罗斯特反对科学至上、技术至尊的社会观念。他在一篇未曾发表的名为《人类的未来》的散文中指出：在科学无处不在的年代，人们误以为科学就是一切，其实，科学并非一切。

然而，弗罗斯特也十分尊重科学技术，认为科学技术有着自身的"高贵性和重要性"（dignity and importance）。1960 年，他在接受时任哈佛大学教师理查德·普瓦里耶（Richard Poirier）采访时说："科学是人类最大的冒险。想洞察物质的冒险，想探究物质宇宙的冒险。但这种冒险是我们的财富，是人类的一份财富。而对人类最好的说明即是关于人的学问。"①

由此，我们可见弗罗斯特对待科学技术的认真、严肃、尊敬的态度。在以科学技术为主题的十四行诗中，他以谐戏的语言、辛辣的措辞、犀利的笔触、独特的声调，嘲讽当时各种流行的科学信条、技术教条、宗教信仰、行动指南或理论圭臬。

弗罗斯特喜欢在诗歌中使用谐戏（foolishness）手法。在《谈诗的理解》中，他说："如果凡事之顶峰都是谐戏——连上帝也开玩笑——那么诗到达一定高度也就成了一种谐戏，成了一种难以理解的东西。"②

弗罗斯特使用谐戏创作手法，让《绒毛绣线菊》中的十四行诗，尤其是以科学技术为主题的十四行诗满带情韵，委婉含蓄，谐戏幽默，意味深长，散发强烈的艺术感染力，激发读者的无限感慨和深层思考。

不过，弗罗斯特在使用谐戏创作手法时十分谨慎，把握分寸的关键在于"意义之音"。他随时随地乘人不备之时或在意想不到之处，拿世间万事万物和读者开玩笑。但是，他从不戏弄读者，从不耍弄世人。

一、《奇思妙想》

Etherealizing

A theory if you hold it hard enough

And long enough gets rated as a creed：

Such as that flesh is something we can slough

So that the mind can be entirely freed.

Then when the arms and legs have atrophied，

And brain is all that's left of mortal stuff，

We can lie on the beach with the seaweed

And take our daily tide baths smooth and rough.

---

① ［美］罗伯特·弗罗斯特：《弗罗斯特全集》，曹明伦译，沈阳：辽宁教育出版社，2002 年，第 1095 – 1096 页。

② ［美］罗伯特·弗罗斯特：《弗罗斯特全集》，曹明伦译，沈阳：辽宁教育出版社，2002 年，第 1023 页。

There once we lay as blobs of jellyfish

At evolution's opposite extreme.

But now as blobs of brain we'll lie and dream,

With only one vestigial creature wish:

Oh, may the tide be soon enough at high

To keep our abstract verse from being dry.

弗罗斯特早于 1944 年就完成了《奇思妙想》的创作，但一直到 1947 年才正式发表。在此期间，他多次修改，不断润色，于 1947 年 4 月将之正式发表于《大西洋月刊》上。同年，诗人将《奇思妙想》收录于诗集《绒毛绣线菊》。

韵律和语气

《奇思妙想》的押韵格式是 ababbaba cddcee，抑扬格五音步。弗罗斯特用 ababbaba cddcee 韵式只创作了一首十四行诗。

在诗行结构上，《奇思妙想》由两部分组成：第一部分（octave，前 8 行诗节）由两个 4 行诗节（quatrain）组成，以"吻韵"（kissing rhyme）联结。第二部分（sestet，后 6 行诗节）由两个 3 行诗节（tercet）组成，以"链韵"（chained rhyme）联结。全诗一共 14 行，韵数为 5（a-e）。

全诗韵式妥帖，对仗工整，音韵和谐，是一首典型的斯宾塞体十四行诗，兼有传统的彼特拉克式十四行诗特色。

全诗字里行间隐含着一种嘲讽、讥诮韵味，隐藏在单词、诗句背后的弦外之音——"意义之音"，透露出诙谐、滑稽意蕴。

解读《奇思妙想》时，人们如果忽视了字里行间的语气、声调和口吻，也往往容易忽视弗罗斯特的创作意图和思想内涵。在《奇思妙想》中，主题的严肃性掩盖了语气的调侃性，思想的深刻性掩盖了声调的幽默感。因此，只有充分感受诗里的"意义之音"——诙谐的语气和调侃的口吻，才能正确把握《奇思妙想》的主题思想和艺术成就。

《奇思妙想》体现出独具一格的艺术风格：传统中带创新，庄重中见幽默，严肃里透风趣。它表明：弗罗斯特不仅是抒情十四行诗（lyrical sonnets）、"黑色十四行诗"（dark sonnets）的行家里手，而且是讽刺十四行诗（satirical sonnets）的杰出创作者。

弗罗斯特和达尔文进化论

弗罗斯特在日常生活和艺术创作中容纳科学知识，融合宗教思想，融汇各种理论思潮。

《奇思妙想》的主题思想与达尔文进化论有着密切关系。弗罗斯特对古今科学知识、理论思潮都保持开放态度，十分喜欢达尔文的《物种起源》（The Origin of Species）一书，他的诗歌创作深受进化论的影响。

弗罗斯特认同达尔文提出的"物竞天择，适者生存"（natural selection through competition and survival of the fittest）的思想观点，创作了许多和达尔文进化论思想有关的作品。《春日祈祷》（"A Prayer in Spring"）、《雨蛙溪》（"Hyla Brook"）、《灶头鸟》（"The Oven Bird"）、《它的大部分》（"The Most of It"）、《鸟的歌声绝不该一成不变》（"Never Again Would Birds' Song Be the Same"）、《指令》（"Directive"）、《选择者会很愉快》（"The Lovely Shall Be Choosers"）、《今日教训》（"The Lesson for Today"）等作品，从不同视角、不同维度深入阐释了达尔文进化论的思想观点。

从他的诗歌中，我们不难看出，弗罗斯特并非全盘接受达尔文的进化论思想。诗人以批判性思维、反思性眼光审视"物竞天择，适者生存"的优越性和局限性，弃其糟粕，扬其精华，为己所用，为诗歌艺术服务。

弗罗斯特认为，人类生存存在着人与人、人与自然的激烈竞争，在《生存审判》（"The Trial by Existence"）中，他深刻地揭示了人类生存的本质：生存，交织着祸福；生存，纠缠着选择；生存，只有一种痛苦的结局——死亡。

同样，自然界中万物生存也存在着物种之间的残酷竞争。在《雨蛙溪》（"Hyla Brook"）中，弗罗斯特描绘了一幅"物竞天择，适者生存"的真实图景（the things we love for what they are）：雨蛙隐藏在树丛、小溪里竭力的噪鸣声，如同朦胧雪地里逐渐隐去的雪橇铃声；凤仙花娇嫩的枝叶枯萎，小溪河床干涸，终将变成"一页褪色的纸"（a faded paper sheet）；万物喧哗，终归沉寂。

在《灶头鸟》（"The Oven Bird"）中，诗人透过灶头鸟，道出"该如何利用事物的衰替"（what to make of a diminished thing）的深刻哲理。繁花凋谢，树叶苍老飘落（fall），预示另一个秋天（fall）的降临，灶头鸟自身也该知道如何适应"丛林法则"，知道何时该亮开喉咙放声歌唱，知道何时该收声息气、偃旗息鼓。否则，素有"大自然优秀歌手"的灶头鸟，也会像泥菩萨过江——自身难保。

弗罗斯特通过达尔文进化论看清大自然"物竞天择，适者生存"运行机制下充满杀机且残酷无情的本质，但是他更愿意也更擅长通过浪漫主义"一沙一世界、一花一天堂"的脉脉温情，用作品歌颂人与人之间、人与自然之间、物种与物种之间相互依存、和谐共生的温馨时刻和动人瞬间。

即使要揭示大自然残酷冷漠、物种之间无情竞争、人与人之间寂寞疏离的本质，弗罗斯特也是用轻松调侃的口吻、机智幽默的语气，抒发内心的真挚情感，揭示意蕴千钧的深刻思想和哲学道理，引导读者透过纷繁复杂的自然现象，把握事物本质，表现出诗人的恢弘气度和崇高境界。

《奇思妙想》的主题思想和整体诗行"前 8 行、后 6 行"结构配合密切，相得益彰。"前八行"和"后六行"各由两个诗节构成，形成四、四、三、三诗行结构。在第九行由"There"起首，引出"突转"。全诗主题发展循序渐进，情感抒发越来越强烈，最终将主题思想和内心情感推向高潮。

前 8 行诗节

在首 4 行诗节中，第一行起首就引出"A theory"（一种理论）。

"Theory"起源于拉丁语，"theo"包含"神"的意思，在古希腊语中，专门用来指具有人性和神性的诸神。它隐含着："理论"是在神启下人们关于宇宙万事万物本质的认识和理解，用来解释世界现象和规律。

"A theory"是主语，谓语部分在第二行"gets rated as a creed"。主语和谓语之间，安插了一个跨行的、由"if"引导的条件状语从句，"if you hold it hard enough/And long enough"。

通常，副词"hard"有双重含义：一是正面含义，指一个人朝着既定方向"专注地"（intently）前行，"努力地"（with great effort）拼搏，"顽强地"（strenuously）奋斗，最终实现人生目标。"hard"在具体、可见、实证层面上具有积极、进取意义。

但是，在弗罗斯特的条件状语从句中，"hard"具有负面意义。它被用来表示一个人长时间（long enough）"专注地""努力地"或"顽强地"坚持某一理论、思潮或信条，并固执己见地将其推向极端、权威、不可逾越的境地，一意孤行地将其奉为信条、教义、圭臬（rated as a creed），势必掉进一个故步自封、刚愎自用的封闭世界。

第三、四行，弗罗斯特以"Such as…"起首举例说明第一、二行的观点，一针见血地指出：世人正陷入那个令人难以自拔的泥潭，社会正滑向那个自以为是的封闭世界。

灵与肉是分裂对抗的还是和谐统一的？许多人梦寐以求的灵与肉和谐的境界是否存在？这个困扰着中西方数千年的难题，同样困扰着弗罗斯特。有人认为，灵与肉是一对不可调和的矛盾体，始终处于分裂、冲突和对抗中。也有人认为，灵与肉和谐共处，共融共生，相互依存，相互陪伴，共同走向生命尽头，能使人获得灵与肉合二为一的生命意义。

当时，美国盛行一种社会思潮，许多人认为，灵与肉是相互独立、相互对立的，两者是一对不可调和、难以统一的矛盾体。正如诗人所说：肉体是某种可以抛开的东西（flesh is something that we can slough），灵魂可以摆脱肉体困扰并获得完全解放和绝对自由（the mind can be entirely freed）。

在这一思潮影响下，美国出现了性解放、性自由的社会现象，造成了严重的社会问题。今天的美国社会仍然没有完全摆脱这一思潮的困扰，仍然没有完全消化这一思潮造成的恶果。

弗罗斯特在诗中并非执意要以十四行诗的形式阐释西方柏拉图、海德格尔、尼采和加缪等先贤关于灵与肉是分离还是统一的哲学思想，而是将批判锋芒直指当时美国普遍将"灵肉分离"观念推向极端并付诸行动的不良社会现象。

第五行的"then"指向某种结果或结局，指向达尔文进化论相反方向的另一极端，即生物进化的原初状态。次4行诗节是一个时间状语从句"when… We can…"。

在第二诗节中，弗罗斯特进一步指出，将任何一种理论神化或圣化的思想或行为，都是退化，人类将从达尔文进化链条上的当下退化到"太初"状态：当人类双手萎缩、双脚退化（when the arms and legs atrophied），当人类大脑蜕变为唯一残存的东西（brain is all that's left of mortal stuff），我们就可以和海藻一起躺在海滩上"潮浴"，任凭轻浪微澜或汹涌波涛冲洗（We can lie on the beach with the seaweed/And take our daily tide bath smooth and rough）。

后6行诗节

弗罗斯特通过第九行"There"（在那里）的"突转"手法，像一位先知昭示人类的生存状态，揭示人类的生存本质：在那里，那是一种随波逐流的生存状态；在那里，人类无依无靠，失去了进化或退化的依据，失去了存在的方向，失去了进化的意义。

首3行诗节和次3行诗节通过两种方式联结起来：一是"吻韵"（kissing rhyme），即 cdd dee；二是第十一行的标点符号——逗号。两种联结方式进一步明确了两个诗节各自的功能和作用。

首3行诗节承上启下，深入探讨人类作为一个物种不断退化的不幸结局及其在退化终端的存在悲剧。在人类进化相反方向的终端（At evolution's opposite extreme），人类只不过是"躺在海滩上的一团团水母"（we lay as blobs of jellyfish）。在人类退化的极端，像水母一样的人类未必是悲剧性的存在。最具悲剧性的是，在人类进化当下（now），四肢发达却智力有限，像"一摊摊脑浆"（as blobs of brain）却自以为是，"仍躺在那里发梦"（we'll lie and dream）。

次3行诗节提出例证，深入探讨和解释人类"发梦"的本质，其角度和意境与弗洛伊德对梦的解释截然不同。发梦，并非美好梦想或崇高理想。如今，处于进化链条"高端一环"的人类裹足不前、故步自封，人们所发的唯一的梦，只不过是低端生物最本能的生存渴望，是一种"退化生物的唯一愿望"（With only one vestifial creature wish）。

第十二行开始，总结主题，升华意境。行末"wish"后是一个冒号，进一步指明"退化生物的唯一愿望"的内容和含义。人类（诗人）怀揣着的"退化生物的唯一愿望"是：潮水起得够快够高（may the tide be soon enough at high），以免那抽象的诗行变得枯萎干燥（To keep our abstract verse from being dry）。

坐拥"缪斯甘泉"的诗人，其梦想尚且如此低俗，其理想尚且如此卑俗，更何况普罗大众，芸芸众生。弗罗斯特最终将笔锋直指当时的美国诗歌和诗人，尖锐地批判当时美国诗坛流派纷争、各自为政的不良习气和故步自封、坐井观天的自大诗人。诗坛上甚嚣尘上的"唯理智论"、盛极一时的"超自然论"和满城风雨的"超验主义"等所谓的"诗歌理论"，无一例外地遭到了弗罗斯特的猛烈抨击。

不仅如此，弗罗斯特还辛辣地嘲讽当时各种流行的科学信条、宗教信仰、行动指南或理论圭臬，包括诗人自己十分喜欢却被世人捧为圭臬的达尔文进化论。

今天，人类再也回不到达尔文进化论反方向的原初生存状态了。但是，人们的所作所为和所思所想，都驱动着人类加速滑回"进化历程退化方向的终端"，终将使人类在历史长河中创造的光辉灿烂的文明毁于一旦。

《奇思妙想》带着一个睿智诗人的深刻反省、扪心自问和内视反听，将思想探索和艺术创作融为一体，使哲理思辨性和艺术创新性相映成趣，揭示了现代文明中人类随波逐流的生活方式和可悲可笑的生活本质。

二、《为什么等待科学》

Why Wait for Science

Sarcastic Science she would like to know,

In her complacent ministry of fear,

How we propose to get away from here

When she has made things so we have to go

Or be wiped out. Will she be asked to show

Us how by rocket we may hope to steer

To some star off there say a half light-year

Through temperature of absolute zero?

Why wait for Science to supply the how

When any amateur can tell it now?

The way to go away should be the same

As fifty million years ago we came—

If anyone remembers how that was.

I have a theory, but it hardly does.

和前一首诗《奇思妙想》一样，《为什么等待科学》也以诙谐、幽默、嘲讽的方式，探讨现代文明中人类的生存困境和存在意义。如果说，《奇思妙想》反映出人类肢体退化成与进化方向相反的终极一端的超级"纯大脑"或"纯灵魂"的荒诞图景，那么，《为什么等待科学》则折射出人类沿着进化方向演变成"超级物种"并成功逃离这颗养育人类长达五千万年的星球、飞奔到茫茫太空中某一颗尚未被命名的星星上定居的生存困境。

《为什么等待科学》有着特殊的创作背景。当时，"二战"正酣，美国原子弹秘密试验成功。1945 年 8 月，美国在日本广岛、长崎分别扔下一颗原子弹，造成重大伤亡和严重破坏，迫使日本投降。

1944 年，弗罗斯特写成一首《逃离》（"Our Getaway"）的十四行诗。1946 年 11 月，该诗正式发表于以刊登新英格兰民歌、民谣为主的《新罕布什尔歌手》（The New Hampshere Troubadour）诗刊上。1947 年，弗罗斯特将诗题改为《为什么等待科学》并收录于诗集《绒毛绣线菊》。1968 年，该诗收录于《弗罗斯特诗全集》。

《为什么等待科学》是一首彼特拉克式十四行诗，押韵格式是 abbaabba ccddee，韵数为 5（a-e）。它和另外两首十四行诗《被间断的干旱》（"The Broken Drought"）和《绝望》（"Despair"）的押韵格式相同。

《为什么等待科学》前 8 行诗节具有开阔的空间和充裕的时间让诗人表达严肃主题，韵律采用吻韵（kissing rhyme）或连续韵（close rhyme），也为诗人表达深刻思想提供了更多的回旋余地。它的后 6 行诗节，不仅诗行数目减少，而且改变了韵律格式，限制更多，自由空间小，但有利于养精蓄势，厚积薄发，直击要害，揭示本质。

弗罗斯特利用彼特拉克式十四行诗"前八、后六"诗行结构在诗行数量上的不均衡性和结构上的不对称性，继一系列十四行诗如《射程测定》《曾临太平洋》《熟悉黑夜》《士兵》《意志》等之后，继续以诙谐风趣的口吻关注人类共同命运，以意味深长的笔调揭示人类的生存窘境。

前 8 行诗节

在首 4 行诗节中，第一行"Sarcastic Science"意为"冷嘲热讽的科学"或"尖酸刻薄的科学"，表明科学富有人的聪敏和智慧。"Science"首字母大写富有深意，特指弗罗斯特眼中的科学，是他笔锋所指的科学，是他冷嘲热讽的科学。

"she"一语道破天机，科学被诗人拟人化了。"she"和"Sarcastic Science"在句法上构成同位语。"她"是整个人类聪明才智、技术文明的集大成者，拥有生杀予夺的能量，掌控着人类生存或毁灭的终极命运。

第四行，科学"已经把事情弄成这样"，把人类和世界弄成了今天的模样（When she has made things so"…"）。世界怎么了？世界混乱不堪；人类怎么了？人类在进化征程上迷失了方向，人类生存进退失据，思想认识混乱不堪，生命意义支离破碎。人们努力寻找"一种暂时遏制混乱的锐利思想武器"（a momentary stay against confusion），终于找到了"她"——科学。她似乎法力无边，科学似乎无所不能。人们如获至宝，将"她"神化，将科学圣化。科学成了拯救人类的最后一个稻草。

但是，科学让人失望，她让人恐惧。第二行，她制造了一种"恐惧的综合体"（ministry of fear），并沾沾自喜，以恐惧为乐，以恐惧为荣。人类却无法承受科学"恐惧综合体"之重，别无选择，只有一条路——逃离（so we have to go）。

弗罗斯特采用了"跨行连续"手法将首、次4行诗节紧密相连。第五行"Or"，意为"否则"，揭示人类在地球上的生存困境和艰难抉择：逃离，否则被毁灭；逃离，否则从地球上被抹掉（Or be wiped out）。

从开头的"Sarcastic Science"到第五行的"Or be wiped out"是一个完整的句子。一个句子穿越字里行间，借助句法轨迹，顺着韵式气势，伴着"意义之音"，如同一支利箭，呼啸而至，百步穿杨，直击靶心，戛然而止。

"Or be wiped out"以句号"."结束。句号，意蕴千钧。毁灭！万物静默无言，一切归于平静。一个句子蓄势穿行，直达终极意义，映衬同一颗原子弹的飞行轨迹，击中要害目标。

一个句子的警示力量，"意义之音"的震撼力量，一个原子弹的爆炸当量！

原子弹爆炸，意味着生命毁灭！原子弹爆炸，意味着痛苦解脱！原子弹爆炸，意味着科学的胜利，也意味着科学家"裂炸狂喜"（Bursting Rapture）。对这个问题的思考，弗罗斯特并未就此止步。他还将在另一首十四行诗《裂炸狂喜》中作进一步的追问和探索。

在两难抉择中，人类仍执迷不悟，义无反顾地选择"她"——科学，祈求科学（Will she be asked to show/Us"…"）给人类生存指明一条逃离之道，如何才能借助火箭（how by rocket we may steer），花去大约半光年的时间（say a half light-year），穿越绝对低温（Through temperature of absolute zero），逃离地球到达另一个遥远的星球（To some star off there）。

在次4行诗节中，诗人以诗意语言模糊了时间和空间的内涵和范畴，

"say" 偏向口语化，正好突出了弗罗斯特诗歌的语言特色：将日常生活中的口语化语言融入诗意语言。"say" 是常见的生活用语，其书面语是 "例如"（for example）。

第七行所指某一个遥远的星球 "some star off there say a half light-year"，"there" 是空间概念，泛指深空中某一个星球，按照当时人们的科学观念，距离地球最近的行星是火星，弗罗斯特所说的 "some star off there" 很可能是指火星。①

"a half light-year" 是时间概念，表示距离单位，用于衡量深空中两个星体之间的距离。蓝色地球和红色火星，即使相距最远时也不到半光年。即使人类有朝一日能顺利到达半光年远的某一个星球去旅行或定居，也并非伟大创举，并非辉煌胜利，而是渺小者的逃离，是失败者的逃离。可悲的是，人类对助力逃离的科学仍抱有幻想，将毁灭人类和地球的科学家捧为圣人。

次 4 行诗节是一个跨越 4 个诗行的长长的问句。我们知道，弗罗斯特在此处明知故问，其立场显而易见。读者对问题的回答胸有成竹，心中的答案也不言而喻。不过，弗罗斯特一贯都善于在诗歌中提出一个尖锐问题但不直接给出答案，或许问题根本就没有答案。弗罗斯特只提出问题，启发读者思考，寻找自己的答案，作出自己的选择。

在后 6 行诗节，弗罗斯特提出了独特见解。科学只能在技术层面为人类逃离地球、移居外星提供可能性保障。在终极意义上，科学技术的成功，只是一次失败的逃离，只是一次历史重演。在涉及人类进化、生存困境、生命意义、生命归宿的终极问题上，科学一筹莫展，科学家也束手无策。弗罗斯特曾在散文《人类的未来》（未发表稿）中指出：人类误以为科学就是一切，但是，科学并非一切。②

既然如此，为什么要等待科学为人类生存提供保障措施（Why wait for Science to supply the how）？"the how" 是指技术层面的 "技艺、技巧、利器" 等具体措施，并非精神、灵魂上的统御之道，并非终极意义上的永恒之道。

弗罗斯特指出了一条出路：为什么不借助业余人士（the amateur）的智慧和力量？因为，业余人士，即非科学专业人士或外行人，都是行家里手（any amateur can tell it now），都能为人类生存困境把脉问诊并开出良方。业余人

---

① 即使在今天，科学家都认为，在太阳系中，火星和地球具有许多相似之处，是人类宜居星球。地球和火星，一蓝一红，两个星球最短距离约 5400 万公里，最远距离（两者均在远日点时）约 4 亿公里。2020 年，地球和火星距离很近，是人类探索火星的 "窗口期" 或 "火星年"。

② Robert Frost, *Frost: Collected Poems, Prose, & Plays*, ed. Richard Poirier and Mark Richardson. New York: Library of America, 1995, p.870.

士，包括诗人、歌手、设计者、建设者等，都能为人类提供一个终极救赎方案，都能为人类实现精神逃离指明方向。这或许和中国人的大隐隐于市、高手在民间的说法不谋而合吧。

业余人士，亦即普罗大众或芸芸众生，为人类救赎提供的"逃离方案、逃逸通道"（The way to go away），不需要科学家的智慧和才智，不需要科学的力量，也不需要创造力和创新力，只需分两步走：第一步，唤醒记忆力；第二步，发挥想象力。如果还有人记得五千万年前人类进化始端那一情景的话（If anyone remembers how that was），那么，今天人类的抉择和逃逸通道，"应该和五千万年前我们前来地球时一样"（the same/As fifty millions years ago we came—）。

第十三行"If..."为业余人士的"逃离方式、逃逸通道"设定了一个条件状语从句。在"If..."条件下，在五千万年前人类降临地球那一幕，究竟是怎样一番风景？

是一阵带着生命气息的微风，把我们从远方吹送到地球上？

或是上帝一双"无形之手"有目的、有计划、有意图、有设计地将我们安放在这个地球上的？

或是一只纸莎草箩筐，把我们从河流开始的地方（伊甸园内的河流），顺水推舟送我们到地球上？

或是一场宇宙大爆炸，把我们炸飞、炸碎，化成泥浆，然后塑泥成型，吹气生息？

如果人类诞生于一场宇宙大爆炸，那么，科学的力量已经足以引发新的一次宇宙大爆炸。我们深信科学能够毁灭人类，我们更怀疑科学能否催生人类。如果我们不怀疑科学能催生人类，换句话说，我们深信科学能催生人类，那么，我们就能安坐高堂，高枕无忧了，我们还迫不及待地寄望科学，期待科学家，希望计划者、设计者、执行者再促成一次宇宙大爆炸，将人类从地球上抹去（Or be wiped out），将世界彻底毁灭。

毁灭，是苦难的结束。毁灭，不一定是更生。这让我们联想起另一首十四行诗《意志》最后两行，其中也有一个"If..."：

What but design of darkness to appall? —
If design govern in a thing so small.

我们真没有想到，躲藏在黑暗中的一股无形的可怕的设计，一种超然的邪恶的意志，就连世界上最微不足道、最卑微无助的小东西都不放过！那场经过科学家奇思妙想、精心铸造的大爆炸，岂会放过大千世界的芸芸众生？

第十三行的"If..."引导的条件状语从句，其主句是之前的第十一、十二行诗句。第十二行行末"...we came—"中的破折号运用了是一个"跨行连续"手法，将主句和从句紧密相连起来。

同时，第十三行"If..."句子和第十四行构成了"e e"韵，具有双行押韵特点，但它和莎士比亚十四行诗的双行押韵对句不同。在莎士比亚十四行诗中，最后的双行押韵对句具有严肃性、警示性和崇高性。弗罗斯特赋予最后两行押韵对句特色，具有幽默性、调侃性和诙谐性。

"If..."敞开了一扇通往无限世界的窗口，点亮了一盏照亮人类前程的明灯。记忆的阀门一旦打开，想象的景象便款款而来。

弗罗斯特凭借人类遥远记忆，发挥丰富想象力，为拯救人类大胆设计了一套"业余方案"。人类与其沿着达尔文进化论指明的方向一路高歌，努力进化，乘风破浪，最终招致严重生存危机，不如沿着进化论的相反方向退化到原初状态，回归本真，正本清源，就可以解除今天尖端科技所带来的生存威胁和致命危机。

这是诗人的方式，诗人的方案，诗人的通道。问题是，诗人的理论是否可行？第十四行：

I have a theory, but it hardly does.

诗人刚一提出人类拯救方案，很快又收回、否定了方案。诗人的理论（a theory）在残酷的现实面前无济于事，"它几乎行不通"（it hardly does）。"hardly"意思是"几乎不"，并不是"根本不"。诗人的"奇思妙想"（Etherealizing）十分微妙，可行性微乎其微，实践性微不足道，但仍有实现的可能。

诗人用"几乎不起作用的一套理论"（a theory），回应了之前的一首十四行诗《奇思妙想》第一行行首"a theory"，那是弗罗斯特戏剧性地嘲讽、针砭的"一套理论"。弗罗斯特借此暗示读者：千万不要对"诗人理论"另眼相看，更不要顶礼膜拜！这就是弗罗斯特式的幽默。

全诗在幽默、讥讽中戛然而止。弗罗斯特反对将某一理论（a theory）绝对化和极致化，自己却以辛辣嘲讽将达尔文进化论理论推演到极致，营造出一种荒诞、怪异的艺术效果。

三、《大小不论》

Any Size We Please

No one was looking at his lonely case,

So like a half-mad outpost sentinel,

Indulging an absurd dramatic spell,

Albeit not without some shame of face,

He stretched his arms out to the dark of space

And held them absolutely parallel

In infinite appeal. Then saying, 'Hell'

He drew them in for warmth of self-embrace.

He thought if he could have his space all curved

Wrapped in around itself and self-befriended,

His science needn't get him so unnerved.

He had been too all out, too much extended.

He slapped his breast to verify his purse

And hugged himself for all his universe.

1944 年之前，弗罗斯特创作了一首标题为《当我们决定缩小宇宙的时候》（"On Our Deciding to Have Our Universe Smaller"）的十四行诗。诗人精心打磨诗行，但对标题不甚满意。之后，他先后两次修改标题，先是《他们选定了一个缩小的宇宙》（"They Decided on a Smaller Universe"），后是《我们拥有任何尺寸的宇宙》（"We Can Have It Any Size"）。最后，他敲定标题为《大小不论》（"Any Size We Please"），并将它收录进诗集《绒毛绣线菊》（1947 年）。1968 年，该诗以现标题收入《弗罗斯特诗全集》。

20 世纪中期，科学技术突飞猛进，科学观念日新月异，爱因斯坦的相对论给科学思想带来了革命性的转折，"同时的相对性""弯曲时空""四维时空"等概念让人耳目一新，极大地改变了人类对宇宙和自然的"常识性"认识和观念。

究竟是以经典的欧几里得理论还是以非欧几里得现代科学观念理解自然，探索世界，建立宇宙认知体系？人们面临着前所未有的认识困境和思想挑战。哲学家、科学家和文学家都致力于探索将经典和现代宇宙观相融合、相统一的有效途径。

《大小不论》是诗集《绒毛绣线菊》第一组（3 首）十四行诗中最后一首诗。这三首十四行诗排列，如同音乐结构上的呈示部、发展部和再现部。弗罗斯特采用主题变奏的手法，以科学为核心主题，派生出一系列不同形象的主题，同时又将不同形象主题与核心思想紧密联系起来。

第一组十四行诗在思想主题上具有一致性和连贯性。《奇思妙想》预测人类进化或退化到极端时的奇异图景，《为什么等待科学》想象人类进化开始时或逃离地球时那一刹那的荒诞情景，《大小不论》的主人公抛弃进化、退化、逃离、大爆炸等稀奇古怪的想法，安于现状，回归自我，找到自我存在的碎片式价值和意义。

诗行结构和韵式

《大小不论》的押韵格式是 abbaabba cdcdee，韵数 5（a-e）。前 8 行诗节的韵脚秉承了英国十四行诗的传统，西德尼在《爱星者与星星》108 首十四行诗中有 73 首采用了 abbaabba 韵式。后 6 行诗节的韵脚具有意大利彼特拉克十四行诗的印记。这一独特风格由莎士比亚借鉴彼特拉克十四行诗韵脚点化而成。

在意大利十四行诗中，后 6 行押韵格式变化很大，其中，cdcdee 和 cccddd 韵式少之又少，但是对英国十四行诗影响很大。16 世纪，意大利十四行诗由英国朝臣托马斯·怀亚特（Sir Thomas Wyatt, 1503—1542）和亨利·霍华德（Henry Howard, Earl of Surrey, 1517—1547）移植到英国，经过英国十四行诗探路者的创造性和建设性努力，十四行诗这一古老艺术被赋予了生机和力量，成为英国诗坛上一颗绚丽璀璨的明珠，展现出无穷的艺术魅力。

莎士比亚 154 首十四行诗在结构上有一个共同特点，就是由 3 个 4 行诗节（stanza）和一个结尾押韵对偶句（concluding couplet）组成，押韵格式为 abab cdcd efef gg。显然，结尾对偶句是由彼特拉克体 cdcdee 和 cccddd 点化而成，是英国十四行诗（莎士比亚体十四行诗）的显著特征之一。

弗罗斯特十分喜欢 abbaabba cdcdee 押韵格式。他在《梦中的痛苦》（"A Dream Pang"）、《雨浴》（"The Rain Bath"）和《相遇又分离》（"Meeting and Passing"）中都采用了这种押韵格式，均为 5 韵数。

一首具有意大利彼特拉克风格的英语十四行诗通常分为"前八、后六"诗行结构，和押韵格式保持一致，主题思想通常在第九行开头处"突转"。

英语十四行诗的诗节安排并非一成不变，也并非只有 14 诗行，有的十四行诗有 16 行、18 行或 24 行不等，诗人会根据主题发展和思想内涵精心设置诗行结构。

《大小不论》的诗行结构与众不同，主题思想的起承转合富有特色。从押韵格式角度分析诗行结构，"前八"部分共 8 诗行，"后六"部分占 6 诗行。

从主题发展角度分析全诗和"突转"手法,"前八行"部分只有 6 行半,"后六行"部分占了 7 行半。从传统的十四行诗结构看,《大小不论》前 6 行半诗行仍属于"前八行"部分,后 7 行半诗节属于"后六行"部分。这里,我们根据押韵格式仍采用"前八行"和"后六行"划分方法,便于分析主题和挖掘内涵。

前 8 行诗节

"突转"脱离了押韵格式,紧扣诗行逻辑、句法结构和主题思想,提前出现在全诗中间诗行(第七行)的中间位置上(In infinite appeal)。"突转"将全诗拦腰斩成两半,也标志着第一个长句的结束。"突转"之前,是一个横跨了 7 诗行的完整长句;"突转"之后,共有 4 个完整句子,长短不一。

这首诗的"前八行"诗节,是指从开头"No one…"到第七行中间"In infinite appeal",实际只有 6 行半。诗行数量减少,回旋余地被压缩,表达空间受到挤压,但是,其内容的丰富性和思想的深邃性,一点也不亚于传统的"前八行"诗节。

首句开头交代了全诗戏剧化场景。"No one…"让人想起无人之境,一种莫名的孤寂感飘然而至。词组"his lonely case"中的"lonely"更增添了一种孤独、落寞氛围。"case"是个双关语,通常是指箱子、盒子等一类的容器;其特定含义较罕见,意为"condition of body or mind",指人的身体状况或心理状态。"his lonely case"即"他孤寂的境遇"。"his"意义含混,没有明确指向,他可能是一个具体的个体,也泛指一个群体或整体,即人类。

无人关心他的孤独,无人在乎他的寂寞。他像个囚徒,戴着枷锁,被关进一个"箱子"或"笼子"(隐喻囚车),被投进监狱(隐喻他的处境)。人处于孤独寂寞的境地并不可悲,因为,人有理智、有能力控制和管理孤独寂寞的心情。人完全陷于疯癫的境遇也不可怕,因为,疯癫的人没有意识到自己处境的不幸,无视周围正常人的存在,正常人也无视疯人的存在。疯癫的人拥有一份安全感,孤独的人失去安全感。

人最可悲、最可怕的境遇莫过于游走于一半清醒、一半疯癫的边缘,他既不完全拥有理智和自控力,也不完全拥有一份疯癫的人的安全感。

"like a half-mad outpost sentinel"(像一位半疯癫的前沿哨兵),描写他所处的一半清醒、一半疯癫的可悲、可怕境况。

这是一种荒诞、荒唐的存在境况。他还"沉醉于一种荒诞的戏剧化魔法"(Indulging an absurd dramatic spell)。"戏剧化的魔法"将矛头又指向了科学。人们一半清醒一半疯癫,无限夸大科学魔力,盲目追捧科学神话。疯癫时,人们狂妄自大,毫不畏惧;清醒后,人们的"脸并非没有一份难为情"(not without some shame of face)。

人的行为一反常态，让人捉摸不透。他就是《熊》（"The Bear"）一诗中的那个人，像一只被关在笼子里的熊，头脑膨胀时用一架望远镜探索太空，心血来潮时用一台显微镜追问微观世界。他探索微观世界和宏观世界得出的结论也让人捉摸不透，刚刚赞同柏拉图的观点正确，一转身又说亚里士多德的结论无误。他是个"丑陋的人"（A shaggy figure），"实在可怜"（equally pathetic）。他借助望远镜眺望星空，借助显微镜静观微尘，仍然无法找到宇宙真理，无法找到自我存在的真谛。人类最终陷入疯狂地狱。

科学工具无法定位自我。在《大小不论》中，他扔掉了望远镜和显微镜，朝着深邃、黑暗的太空，张开双臂，拥抱宇宙（He stretched his arms out to the dark of space）；他以极大的热情（In infinite appeal），极力保持双臂平衡（held them absolutely parallel），刻意迎合地平线和星星的运行轨迹，渴望形成一个极富感染力的艺术形象。

他身居地球，深陷牢笼，活像一个囚徒；他怀揣梦想，心系宇宙，飞越太空，逃离地球。可是，梦想美好，现实残酷。自由的梦想美好，人类还是无法摆脱被束缚、被囚禁的命运。

后 6 行诗节

第七行"突转"之后，即"In infinite appeal"之后，从"Then saying,'Hell'"开始到全诗结束，共有 4 个结构完整、长短不一的句子，占 7 行半诗行。

第七行"Then saying,'Hell'"开始，主题发展出现了戏剧性变化。他满腔热忱，努力将自我融进地球、太阳、月亮、星星的运行弧线，在心中构筑了一个高大、完美的自我形象。但是，自我在迅速膨胀中，心灵中闪现出魔鬼魅影，脑海中浮现地狱幻觉。"他大声骂了一句'真他妈的见鬼！'"，缓过神来才意识到：他的满腔热忱刹那间消融在冷冰冰的苍穹，在他和茫茫太空之间存在着巨大的障碍。

他盲目自大，自我失落了，自我坠入地狱。他努力寻找自我，发现自我，但自我迷失了方向。他自我构建失败了，身份认同迷失了。他懊恼不已，把伸直的手臂又缩了回来（He drew them in...），放进衣兜里暖和暖和，拥抱那个原本的自我（for warmth of self-embrace），他成为宇宙的中心。

他的热忱遭到天空的冷遇，他失落至极。他突发奇想：无法拥抱太空，要是能把深邃的空间弄弯（if he could have this space all curved），那该有另一番景象。那样，天空以他为中心，沿着漫长的弧线不断地缩小（Wrapped in around itself），慢慢地亲近他（self-befriended），热情地拥抱他。

他并非凭空想象这番景象。他拥有达尔文进化论的科学知识，在《奇思妙想》中，人类不断向前进化，也可能逐渐向后退化；在《为什么等待科学》

中，他乘上火箭移居外行星，也退回到五千万年前的栖息地。他也拥有爱因斯坦相对论的科学知识，时间和空间交汇成一张无影无形、纵横交错、飘忽不定的巨大天网。他的科学知识丰富广博，他的奇思妙想切实可行，"他的科学不必让他忐忑不安(His science needn't get him so unnerved.)"。

磨练和失败未必使他变得更勇敢坚强，但起码让他内心感到心安理得、问心无愧，因为他为了呼唤天空，为了拥抱苍穹，曾经"极力伸出双臂"（had been too all out），他曾经"极力向外伸展"（too much extended）。他曾经倾其全力，竭尽所能。凭着他曾经的努力和付出，他如今完全可以顶天立地，自由自在地游走于天地之间，踏踏实实地在这个星球上构建自我，确认身份，安身立命。

他凭借科学知识把茫茫宇宙萎缩成任何尺寸、任何形状的物体。实质上，赋予他掌控宇宙能量的，并非科学知识，而是他的心态。他借用心力，让星空膨胀，让宇宙微缩，将宇宙玩弄于指掌之间。

自我与宇宙万物（他者）密切相关。自我构建需要他者确认，自我定位需要他者暗示，自我存在需要他者关联。在《大小不论》中，他完成了在宇宙中的自我定位之后，需要进一步认同自我身份，认识自我存在价值。他习惯性地拍了拍胸脯以确认钱包安然无恙（slapped his breast to verify his purse），为自己拥有整个宇宙而拥抱自我（hugged himself for all his universe）。

第十三、十四行的措辞独到，炼词精巧。"verify"是"核实、证明"之意，隐含自我构建、身份认同和意义确立等含义。"hugged himself"有"拥抱自我"的意义，指向主人公的心理状态：暗自庆幸，喜不自胜。

他追寻自我，历经坎坷。他满腔热忱拥抱宇宙，却遭到茫茫宇宙冷若冰霜的怠慢。他竭尽全力构建自我，却遭到他者残酷无情的反击。他尽其所能定位自我，但是这颗孤独的流浪星球自身难保，整个虚晃悬浮的宇宙自顾不暇，谁又能保障他在无穷无尽的时空中特立独行、安身立命？

他自我构建的努力失败了，他沾沾自喜的心态多余了。弗罗斯特一改传统十四行诗"前8行、后6行"结构，将经典的十四行诗拦腰折断，标志着主人公自我构建功亏一篑。一首诗被截成两半，一个人身心分离，灵肉对立，人格分裂。自我依然破碎，依然漂浮于茫茫宇宙中。

不过，第十四行最后一个单词"universe"为我们敞开了一扇通往另一个阐释空间的小窗。

"universe"含义丰富，一般指"宇宙"。这里，我们不妨把它拆开来理解，就有另一番解读。将"universe"拆成两部分"uni"和"verse"，其中奥妙就浮出了水面："uni"隐含"unique"，有"独一无二"的意思，"verse"表示"诗、诗歌"。我们能从中管窥弗罗斯特的诗歌理想：独一无二的诗歌风格和与众不同的艺术特色。

另外，"uni"也指"unified"（统一的）或"universal"（普遍的、普世的），我们从中也看出弗罗斯特自始至终、始终如一的诗歌创作精神：一时一地一首诗如此，一生一世诗歌艺术亦然。

弗罗斯特将一生都奉献给了诗歌事业。为了探索诗歌真理，弗罗斯特历经身心磨练：失去至亲至爱的痛苦，4次获得普利策奖的欢心，与诺贝尔奖失之交臂的沮丧，出版市场潮起潮落的考验，民众欢呼雀跃的愉悦……他都始终如一地坚守英语诗歌精神，探索人类生命真谛和宇宙本质。

在《大小不论》中，弗罗斯特以"意义之音"赋予诗句无限生命力，以诗意的语言探索宇宙，以丰富的想象力思考人和宇宙的关系，以独特的视角阐释了人类面对茫茫宇宙的困境和自我身份认同的困惑，以诙谐幽默的语言构筑了人在茫茫宇宙中安身立命之所和诗意般的精神家园。

四、《设计者们》

The Planners

If anything should put to an end to This,
I'm thinking the unborn would never miss
What they had never had of vital bliss.
No burst of nuclear phenomenon
That put an end to what was going on
Could make much difference to the dead and gone.
Only a few of those even in whose day
It happened would have very much to say.
And anyone might ask them who were *they*.
Who *would* they be? The guild of social planners
With the intention blazoned on their banners
Of getting one more chance to change our manners?
These anyway might think it was important
That human history should not be shortened.

《绒毛绣线菊》第二组3首十四行诗的先后顺序是《设计者们》《他们没有神圣的战争》和《裂炸狂喜》。这3首十四行诗延续了前一组的科学主题，具体内容涉及人类对原子弹爆炸的恐惧和对人类命运的担忧。

弗罗斯特于1944年之前就完成了《设计者们》的创作。该诗首刊于1946

年 11 月《大西洋月刊》（*The Atlantic Monthly*），于 1947 年收录于诗集《绒毛绣线菊》，1968 年收录于《弗罗斯特诗全集》。

《设计者们》的创作背景十分特殊。在它发表的年代，人类面临着极大的生存考验。原子弹爆炸威力巨大，人们生活在人类毁灭的焦虑和恐惧阴影之中。

诗行结构和韵式

《设计者们》的押韵格式独树一帜：aaa bbb ccc ddd ee，是弗罗斯特唯一一首采用该韵式创作的十四行诗。全诗抑扬格五音步，5 韵数（a-e）。按照韵脚排列，它可分为两类韵组：3 诗行韵组（aaa bbb ccc ddd）和两诗行韵组（ee）。按照每一诗行最后一个单词音节数划分，它又可分为 3 类：单音节、双音节和三音节。第一、二、三韵组（aaa bbb ccc，第一至九诗行）各诗行最后一个单词为单音节，只有第 4 行的"phenomenon"例外。

单词"phenomenon"有两音步四音节。两音步四音节（或以上）的单词在英语十四行诗里十分罕见，在弗罗斯特十四行诗中也鲜见其踪迹。诗人特别在第四行行末用了一个特别的单词，旨在提醒读者在陶醉于韵式"aaa bbb ccc ddd"的动感节奏的同时，别忘了十四行诗的传统诗行组合，它在全诗主题发展和思想表达上仍起着举足轻重的作用。

第四韵组（第十至十二行）各诗行最后一个单词为双音节，它们是"planners"（第十行）、"banners"（第十一行）和"manners"（第十二行）。

第五韵组（第十三至十四行）是一个双行押韵对偶句，第十三行诗行末单词"important"共 3 个音节，第十四行末"shortened"只有两个音节，但是音长相当于 3 个音节。

《设计者们》的诗行结构独一无二，主题呈现手法与众不同。要准确理解和把握它的主题内容和思想内涵，我们必须紧紧围绕"突转"创作手法。我们若能准确定位"突转"，理解其中要义，就能找到一把打开《设计者们》思想宝库的钥匙。

全诗分为"前九行、后五行"两部分。第九行行末"who were *they*"中的"*they*"为斜体，标志着前一部分的结束；第十行问句"Who *would* they be?"中的"Who"标志着后一部分的开始。第九、十行的两个斜体 *they* 和 *would* 形断意连，相映成趣，共同提醒读者"突转"出现在第九行和第十行之间。在政治性、社会性题材的十四行诗中，弗罗斯特通常采用"前 8 行、后 6 行"的诗行结构，有时采用"三、三、三、三、二"诗行结构（最后两行为双行对偶句）。《设计者们》属于第二类型，即在前面 4 个 3 行诗节提出一个政治性、社会性问题，从不同角度对问题进行观察和思考，在押韵对偶句中引导读者对问题进行批判性思辨，让读者得出自己的结论。

　　弗罗斯特和莎士比亚在处理最后的双行对偶句方面，各显身手，各有千秋。莎士比亚十四行诗最后的双行押韵对偶句通常是警示良言，一语道破天机，成为千古警句。弗罗斯特十分喜爱、欣赏莎士比亚十四行诗，在十四行诗最后也采用双行押韵对偶句。

　　弗罗斯特和莎士比亚两人在最后的双行押韵对偶句处理上有明显不同的手法和风格。弗罗斯特十四行诗的双行押韵对偶句不是警句。在科学技术日新月异、社会思潮彼此起伏的时代，一语道破天机不再是弗罗斯特诗歌创作的主要目的，警示世人也不再是弗罗斯特十四行诗的根本目的和作用。通常，弗罗斯特会在双行押韵对偶句中提出一个更深刻、更尖锐的问题，一个没有固定标准的客观答案的开放性问题，以激发读者想象力，引导读者独立思考，得出自己的答案和结论。《设计者们》就是这样的一首十四行诗。

　　另外，《设计者们》句法多变，结构复杂。和一句话十四行诗《丝织帐篷》相比，《设计者们》句子较多。全诗共有 7 个句子，包含简单句、从句和疑问句等；措辞灵活，炼词精巧，仅仅表示人物的词就变化多端。"anyone""them""they""theirs""these""those"让人眼花缭乱，表示诗人自身的"I"还不时出现在诗行中。

　　因此，《设计者们》的创作背景、韵式、结构、声调、突转、句法和措辞等，是我们正确理解和深刻把握这首诗歌主题思想的关键。根据它的特点和风格，我们还是采用"前九行、后五行"诗行结构进行分析，挖掘《设计者们》的主题内容和思想内涵。

前 9 行诗节

　　全诗主题关涉核爆炸和人类终极命运。前 9 行诗节分为 3 个 3 行诗节，弗罗斯特集中呈现原子弹爆炸对 3 类代表性人物的不同影响：未生者（the unborn）、死者（the dead）和社会设计者（social planners）。

　　首 3 行诗节，写的是原子弹爆炸对未生者的影响。开头是一个由"If"引导的条件状语从句，"anything"为不定代词，泛指"任何东西"，它的意义显而易见：原子弹。"This"首字母大写，特指"这个世界"（This World）。在主句，"I"出现在主语位置上，"I'm thinking…"形式上是现在进行时，实际上相当于"I will think…"表达式，即"我将认为……"。

　　但是，他直抒己见是有条件的，"假如有什么东西（原子弹）能终结这个世界，那么，我将认为……"，弗罗斯特罕见地在十四行诗中如此直截了当地表明了内心想法。

　　"I'm thinking…"后省略了一个宾语从句的引导词"that"。宾语从句是一个双重否定的跨行连续句子："…the unborn would never miss/What they had never had of vital bliss."。难点和重点在于"What…of vital bliss"，如改成

"What of vital bliss they had never had" 就容易理解了。为了保持句子平衡和押韵，诗人常常将正常的句子结构进行解构和重构。这是诗人的创作手法和权利。

"What of vital bliss" 近于 "something of vital bliss"，即某种称得上极乐的东西（幸福）。因此，"I'm thinking…" 后宾语从句的意义是：未出生的人将永远不会惦念他们从没经历过的那种称得上极乐的幸福。

人在生活中没有经历，就没有痕迹，也不会有惦念。人在生活中有惦念，是因为曾经拥有过，是因为曾经经历过。生活中的甜酸苦辣，人生中的喜怒哀乐，都值得惦念，都值得珍藏。

不经风霜雪雨，视风和日丽而不见；不经沧海桑田，听涛声依旧而不闻。在原子弹爆炸的那一刹那还没有出生的人（the unborn），未经惨绝人寰的极苦，不知太平盛世的极乐。

次3行诗节，写的是原子弹爆炸对死者的影响。3行诗节呈一般的主谓宾结构 "No burst of nuclear phenomenon…Could make much difference to the dead and gone."即核爆炸现象对死者、逝者而言没有任何影响。

"No…much difference" 表示"没有太多的不同或差异"，即还是"有些不同、有些差异"。不同在于死者无言，逝者无歌；差异在于万物静默，万事归零。

在主语后有一个"That"引导的定语从句"That put an end to what was going on"（终止正在运转着的一切），回应了第一行"put an end to This"（终止这个世界）。

死者一了百了，逝者一笔勾销，他们无法感知核威力对人类社会造成的巨大影响。相对于核爆炸伤残者、幸存者而言，死者和逝者，未必不是一种终极解脱。

弗罗斯特在诗行中没有着墨于核爆炸的幸存者、伤残者的身心苦难。诗人故意"缺场"，刻意让核爆炸的生还者"缺场"（absence），旨在积蓄笔力，厚积薄发。实际上，诗人十分尖锐地批判了原子弹爆炸后"社会设计者们"对生还者漠不关心、冷酷无情的态度和对核爆炸造成的灾难毫不反思、不肯思过的本质。

诗人的缺场，是一种暂时的退场，是一种刻意的在场（presence）。社会设计者们的缺场，是一种永久的退场，是一种真正的缺场。社会设计者们面对核灾难退场，是人类社会的悲哀；面对人类终极命运缺场，是人类命运悲剧的真正根源。

第三诗节，诗人将笔锋直指"他们几个人"（a few of those）。但是，弗罗斯特暂时让"他们几个人"缺场。即使在核爆炸的日子里，"他们只有很少人有很多话要说（Only a few of those…have very much to say.）"。他们绝大多数人，对核爆炸造成的人间浩劫沉默不语，对事关人类终极命运的事件缄口不言。"社会设计者们"究竟是一群什么样的人呢？"人人都可能会问：他们究竟是谁？（And everyone might ask them who were *they*?）"

后5行诗节

他们几个人究竟是谁？第十至十三诗行，包含两个疑问句。第一个问题简短急促，只占半行；第二个问题沉闷冗长，占了两行半。两个疑问句，所占诗行的篇幅不成比例，形成鲜明对照。

第一个疑问句：人人都在追问，诗人也在追问。第十行，"他们究竟是谁呢？（Who *would* they be?）"诗人在追问，问得急切，但问而不答。

第二个疑问句：人人都急盼答案，诗人偏就不直接给出答案，竟然再追加一个省略疑问句。省略疑问句省略了"Are they…"，可以简化成"The guild of social planners…?"这样，第二个疑问句的意义就显而易见了。

"The guild"通常指"同行工会、行业协会"等团体，此处特指一群人、一伙人。"The guild of social planners…?"省略疑问句具有很强的指向性，它隐含着一个明确的答案。

省略疑问句中，包含了两个介词结构"With…"和"Of…"，分别修饰"social planners"和"the intention"。

社会设计者们有什么意图？"他们高举一面旗帜，上面标榜着他们的真实意图"（With the intention blazoned on their banners）。

社会设计者们的真实意图是什么？"他们亟盼再有一次机会，改变我们的生活方式"（Of getting one more chance to change our manners）。

两个疑问句，一急一缓，答案不言而喻：他们是谁？他们就是社会设计者，他们回避原子弹威力、核爆炸道义、人类终极命运等核心问题，打着救世主的幌子，企图改变人类的行为方式和生活态度，以便实现他们所谓的拯救全人类的梦想。

实际上，社会设计者们一无是处，对核威力、核道义一无所知，对拯救人类无能为力。归根结底，社会设计者们对人类存在状态、本质和意义缺乏深刻认识和总体把握。

3行诗句，以每诗行末两个单词"social planners""their banners"和"our manners"抑扬抑格作结。两个单词的抑扬抑格和第十三、十四行末各一个单词"important"和"shortened"（与be组成韵）的抑扬抑格形成鲜明对比，相映成趣。"意义之音"将社会设计者们盲目乐观、自以为是、冷漠无情的形象栩栩如生地凸显在字里行间，一览无遗地展现在读者眼前。

诗人在第十三、十四行提醒社会设计者们切勿盲目为自己的所作所为自吹自擂，为自己的所思所想摇旗呐喊，呼吁他们尽快回归理性，回归最基本常识：人类的历史不该被原子弹爆炸所缩短（The human history should not be shortened）。诗人尖锐地指出，社会设计者们有意或无意地回避核爆炸威力、缺乏时代反思精神，缺乏核道义的深刻思辨，缺乏对人类终极命运的人文关怀，终将导致人类毁灭、历史终结和文明消失。

五、《他们没有神圣的战争》

No Holy Wars for Them

States strong enough to do good are but few.
Their number would seem limited to three.
Good is a thing that they the great can do,
But puny little states can only be.
And being good for these means standing by
To watch a war in nominal alliance,
And when it's over watch the world's supply
Get parceled out among the winning giants.
God, have you taken cognizance of this?
And what on this is your divine position?
That nations like the Cuban and the Swiss
Can never hope to wage a Global Mission.
No Holy Wars for them. The most the small
Can ever give us is a nuisance brawl.

弗罗斯特在 1944 年之前就完成了一首标题为《没有神圣战争》（"No Holy Wars"）的十四行诗。弗罗斯特几经修改，将标题定为《他们没有神圣的战争》（"No Holy Wars for Them"），突出主题，明确了"他们"（即弱国、小国）在核强国核威慑下国家存在的悲剧性。

此诗于 1947 年 4 月首发于《大西洋月刊》上，1947 年收入《绒毛绣线菊》，1968 年收入《弗罗斯特诗全集》。

《他们没有神圣的战争》是一首莎士比亚式十四行诗，押韵格式为 abab cdcd efef gg，韵式略有变化，第一行末的"few"（/fju:/）和第三行末的"do"（/du:/）同属 a 韵，平中见奇，灵动轻巧，彰显了新英格兰地区普通老百姓日常用语的韵味和魅力，也展现了弗罗斯特诗歌理论"意义之音"的创作特色和艺术风格。

在 d 和 f 韵上的最后两个单词，即第六行"nominal alliance"、第八行"winning giants"、第十行"divine position"和第十二行"Global Mission"最后3 个音节呈现抑扬抑格，在韵式安排和韵步组合方面，和前一首十四行诗《设计者们》第十至十三行 d 韵上的两个单词"social planners""their banners"和"our manners"以及第十三至十四行的 f 韵上的单词"important"和"shortened"呈现的抑扬抑格韵步形成鲜明对照，两者相映生辉，相得益彰。

《他们没有神圣的战争》在诗节安排上，和典型的莎士比亚十四行诗"前8 行、后 6 行"的模式保持一致，呈现"四、四、四、二"诗节排列组合。在主题思想上，"前八行"诗节提出主题，发展主题；第九行"God"…""开启一个疑问句，是"突转"标志，转换叙述角度，进一步拓展主题空间，启迪读者对主题思想进行客观判断和独立思考。

前 8 行诗节由两个 4 行诗节构成。在首 4 行诗节中，弗罗斯特开门见山，一针见血，提出了一个深刻哲理："世界上，有能力行善的强国寥寥无几（States strong enough to do good are but few.）。"衡量一个国家强弱、贫富的重要标准是：一个国家是否拥有原子弹。

的确，富国有能力为善，强国有实力行善。行善者必备自主意识，行善必须出于自觉意愿。自主意识是自觉行动的前提，自觉意愿是自在自为的前导。自主意识的缺失，导致自主行为缺失；自觉意愿缺场，致使自觉行动缺场。令人遗憾的是，强国和富国或许什么都不缺。他们所缺的，往往是促使他们自觉行动的自主意识和自觉意愿。

第一行末"but few"表示数量，相当于"only few"（只有几个），即有能力行善的强国、富国寥寥无几，充其量似乎限制在 3 个（Their number would seem limited to three）。"would seem"表示不确定性，3 个国家（three），是美国、英国和苏联。当时，美国和苏联是拥有原子弹的国家，英国没有试验原子弹爆炸，但是，英国和美国同根同源，他们是"两兄弟"，是"一家人"。另外，英国当时还自诩"日不落帝国"。因此，当时的强国和富国，非美国、英国和苏联莫属。

按照弗罗斯特在诗中的划分标准，世界上有两类国家：强国和弱国，富国和贫国。除了美国、英国和苏联，其他国家都是弱国和贫国。

从句法上分析，第一、二诗行各是一个完整的独立句子。弗罗斯特特意在句末重重地划上句号，暗示国际舞台上核大国的强大富足、各自为政、自以为是和恣意妄为。

第三、四两诗行是一个完整的转折句。两诗行分工明确，角色不同。第三句特书大国强国（the great），第四句特写小国弱邦。第三行行末的逗号","将一个完整的句子拦腰折断，暗示在大国强国和小国弱邦之间有一条分水岭，两者泾渭分明，判若鸿沟，但并非井水不犯河水。

第三行反映出强国的可为和富国的能为。"Good"有"善事"之意，不难看出诗行中"do a Good thing"（做善事、行善）的词序组合。"the great"是指第一行的"强国"（States strong enough…），即 3 个强国和富国。"do"是强国、富国的专属动词，具有强大的自主性选择空间。行善是强国、富国能为、可为的善事。他们有能力选择为善或不为善，有力量决定如何为善，甚至有权利按照自己的意志对善恶进行价值判断和功利定义。

第四行反映出弱国小邦（the puny little states）的生存窘境：听之任之，好自为之（can only be）。弱国、小国和表示"可为、能为"的"do"无关，和表示持续性状态的"be"有关。"be"是弱国、小国的存在标签，它表示一种持续性的存在状况和生存状态。"be"不是自主选择，不是自在自为的处境，而是无可奈何，百般无奈，不得已而为之，迫不得已而好自为之。言下之意，弱国和小国贵在有自知之明，既然无力行善，无力做好事，就乖乖地做一个好人（can only be）。

次 4 行诗节继续探索小国弱邦"做好人"或"好自为之"的途径。第五行，"being good for these"（做好人、好自为之）延续和拓展了第四行"be"的存在本质和生存意义，只是形式不同而已。

在战争期间，小国弱邦和强国富国没有实质上的团结一致，只有"名义上的结盟"（in nominal alliance）。小国弱邦"做好人"意味着"靠边站"（standing by），没有任何发言权，只有无可奈何地"观看"（To watch），无能左右战争开始，无力掌控战争进程，无法决定战争结局。

战争结束后，小国弱邦依然靠边站。第七行的"watch"强化了第六行的"To watch"的悲剧性，它表明，小国弱邦仍然只有"观看"的份。他们哑口无言，静静地观看战胜大国（the winning giants）如何重新定义世界、如何瓜分世界。

无论是战争期间，还是战争之后，弱国小邦的靠边站式观看，都是一种无奈，是一种无助，是一种悲痛，是一种悲剧。

"Get parceled out"有"被打包"的基本含义，这里还有"被分配，被瓜分"的拓展意思，更有文化层面上的悲剧意义。在《圣经·但以理书》第十一章开头预言波斯帝国历代君王统治期间将要发生的"真事"（the truth），和历史上的希波战争有关：第四代君王"因富足成为强盛"（When he has gained power by his wealth），他将号召国民抗击希腊帝国（against the kingdom of Greece）。据信，这一时期希腊帝国的统治者是亚历山大，他兴起执掌大权，东征西讨，百战百胜，建立了一个庞大的希腊帝国。

他兴起的时候，他的国必破裂，向天的四方（注："方"，原文作"风"）分开，却不归他的后裔，治国的权势也都不及他；因为他的国必被拔出，归与他后裔之外的人。

After he has appeared, his empire will be broken up and parceled out toward the four winds of heaven. It will not go to his descendants, nor will it have the power he exercised, because his empire will be uprooted and given to others.①

亚历山大死后，帝国经历了20多年的残酷内战，最终被亚历山大的部属、四大著名将领重新划定疆域，被一一瓜分无遗。"不归他的后裔"是指亚历山大的遗腹子年幼时被暗杀，无缘继承帝国大厦的一砖一瓦。庞大的希腊帝国，被连根拔起（be uprooted），被"打包分配"（be parceled out）给旧时4位宿将，最终难逃支离破碎、四分五裂的厄运。

"be parceled out"的字面意思显而易见，文化意蕴也不证自明。在短短的经文里，"be parceled out"和"be broken up""be uprooted"等具有不祥意义的词组紧密联系在一起，更彰显了"be parceled out"的历史悲剧性和文化沉重性。

后6行诗节由一个4行诗节和最后的双行押韵对偶句组成。

在第九行"God..."开始，主题思想发展由人间"突转"至上天。诗人向上帝连续发问。

第一个问题：上帝哟，您是否注意到这一点？（God, have you taken cognizance of this?）单词"cognizance"有"留意、察觉、认识"的意义，与"notice""awareness""knowingness""attention"等同义，但在用法上比它们正式，在语气上比它们严肃，在意义上比它们深刻。

第二个问题：And what on this is your divine position? 诗人将词组"on this"提前，把"position"置于句末，和第十二行"Mission"保持押韵。将诗句改成"And what is your divine position on this?"就容易理解了。诗人问上帝，您对此有何神妙的看法？

第九、十诗行的两个问题，都有"this"。"this"在核武时代具有特殊而深刻的含义，包含了大国强国所有的恣意妄为和弱国小邦的无可奈何。

上帝静默如谜。答案，在上帝创世之时（或之前）就已经呈现在世人面前；答案，在人类还没有成功制造原子弹之前就已经彰显在这一代人面前；答

---

① 《圣经·但以理书》，上海：中国基督教三自爱国运动委员会、中国基督教协会2007年，第1452页。

案，在人们日常生活点点滴滴、丝丝缕缕之中就已经一清二楚地展示在世界面前。只是，人们视而不见，听而不闻，感而不知，知而不觉，觉而不醒。这是人类的悲剧，而这一悲剧的真正根源正是人类自身。

弗罗斯特问而不答。诗人贵在有非凡智慧，并不期望上帝给出一个明明白白的答案，并不打算给读者一个清清楚楚的答案。诗人贵在有自知之明，他深知在众说纷纭、莫衷一是的时代和国度，在诗行中一问一答会有多大的社会压力。因此，他激发读者思考问题，发挥想象力，寻找答案。

弗罗斯特急促提问后，不待回答，笔锋急转，直指小国弱邦，提出论据，举例说明，更深入地思考问题实质。

古巴和瑞士两国都没有原子弹，同属小国，但两国国情截然不同：古巴是小国、弱国和贫国，瑞士属小国弱邦却是富国。第十一、十二诗行是一个完整的独立句子：

> That nations like the Cuban and the Swiss
> Can never hope to wage a Global Mission.

诗人特地采用"跨行连续"手法（enjambment）重点突出小国在国际舞台上独木难支、万般无奈的窘境。两诗行之间的停顿，恰似一声无可奈何的叹息。

古巴和瑞士两国都不可能希望承担起"全球性使命"（a Global Mission）。"Global Mission"首字母大写，也隐含特殊意义。

诗人表明，承担所谓"全球性使命"的国家，不外是美国、英国和苏联，衡量他们承担"全球性使命"的能力标准，是他们拥有原子弹和核威慑力。他们凭借手中的原子弹，打着"全球性使命"的旗号，随意定义正义，随意界定公平，对小国弱邦进行核恐吓，在全球实行霸权主义。第十三、十四行是押韵双行对句：

> No Holy Wars for them. The most the small
> Can ever give us is a nuisance brawl.

弗罗斯特一针见血地指出，对于弱国小邦而言，他们没有神圣的战争。他们力所能及的，充其量是给"我们"（us）带来一些令人烦恼的小麻烦。

第一个句子"No Holy Wars for them"只占半行，只有三音步，后是一个句号（"."），简短有力，意蕴千钧。"意义之音"韵味悠长，赋予口语常言无限生命力。句子呈现中规中矩的三音步抑扬格，象征世界运行如初，节律有序。句子戛然而止，"意义之音"骤然停顿，原子弹一声巨响，暗示核能释放、生命悬置和万物静默。

第二个句子跨越两诗行。弗罗斯特再次运用"跨行连续"手法，结合句法结构、拟人手法和"意义之音"，让一个结构完整、意义丰富的句子有规律地按照抑扬格节奏只运行了两音步，就显得无精打采，有气无力，就不得不中途暂停，就不得不以"中途小憩"的短暂时间换取下一诗行足够的运行空间，才跌跌撞撞，步履蹒跚，勉强完成了一个普通句子的"使命"。

第十三、十四诗行的"跨行连续"句子，揭示了弱国小邦在纷繁复杂的国际舞台上无力无为的无奈和进退维谷的窘境。

1962 年，即《他们没有神圣的战争》发表 15 年后，古巴导弹危机发生，核战争一触即发，人类存亡面临着巨大的威胁。古巴这个弱国小邦，成了美苏两个超级大国角力的舞台。在联合国的调停下，美苏两国进行过激烈的讨价还价，最终以和平方式解决了古巴导弹危机。

历史证明，古巴无力左右美苏两国的谈判方式、进程和结局，最终成为核大国在国际政治舞台角逐、争霸的一颗棋子。

历史也证明，以核威慑力为基础的所谓"全球性使命"，最终会滑入不公、不正、不义的泥潭。

今天，这首《他们没有神圣的战争》十四行诗，对于我们在新形势下坚持正义、维护世界和平与发展，仍然有十分重要的启迪意义。

六、《裂炸狂喜》

Bursting Rapture

I went to the physician to complain,
The time had been when anyone could turn
To farming for a simple way to earn;
But now 'twas there as elsewhere, any gain
Was made by getting science on the brain;
There was so much more every day to learn,
The discipline of farming was so stern,
It seemed as if I couldn't stand the strain.
But the physician's answer was 'There, there,
What you complain of all the nations share.
Their effort is a mounting ecstasy
That when it gets too exquisite to bear

Will find relief in one burst. You shall see.

That's what a certain bomb was sent to be. '

弗罗斯特完成了《裂炸狂喜》创作后，于 1947 年将其收入《绒毛绣线菊》诗集，后于 1968 年将其辑入《弗罗斯特诗全集》。

《裂炸狂喜》是诗集《绒毛绣线菊》第五辑《刍荛之言》（Editorials）第二组十四行诗组诗中的最后一首诗，继续探索科学技术给人类带来的巨大冲击，反映出一个普普通通的农民在知识大爆炸、技术统治的科技时代无所适从、举步维艰、寸步难行的心路历程。

关于《裂炸狂喜》的标题，有两种理解：一是"Bursting the Rapture"，意思是"让狂喜裂炸"，具有使役含义；二是"The Rapture Bursting"，意思是"狂喜裂炸"，具有主动含义。爆破音隐含能量蓄势，重音彰显力量聚集，都指向"裂炸"。

《裂炸狂喜》是一首意大利式十四行诗，也是弗罗斯特唯一一首以 abbaabba ccdcdd 为韵式的十四行诗。前 8 行诗节是吻韵（kissing rhyme），后 6 行诗节是链韵（chained rhyme）。第九行"But"标志着"突转"，成为"前八行"和"后六行"的分水岭。

这也是一首对话式十四行诗，对话双方是"我"和医生。在前 8 行诗节中，"我"向医生诉说自己心灵扭曲的心理疾病；在后 6 行诗节，医生向"我"开出了一剂让人始料不及、目瞪口呆的"疗伤魔方"。

前 8 行诗节的重点在言说者"我"。"我"是一个农场主。"我"病了，不是身体疾病，而是心理疾病。"我"来到医院，寻求医生的帮助，向医生诉说"我"的内心苦恼和心灵创伤。

首 4 行诗节，诗人一开始就把医生（还有读者）带回到那个令人无限怀念的年代。那时候，人人都能从事农耕，"用一种简单方式谋生"（turn/To farming for a simple way to earn）。农耕是十分简单的生计：只要辛勤劳作，依时而动，依序而行，就能过上简朴而安逸的稳定生活。正如弗罗斯特的爷爷临终前将农场托付给他时嘱托的那样：只要你诚恳对待土地，土地就不亏待你；只要你脚踏实地，你就一定有好的回报和收获。

可如今，时间和空间都被无情置换，农耕的光景大不如前。"now"指向时间，把医生和读者从遥远的过去拉回到当下。" 'twas there as elsewhere"指向空间。诗人用手指着远处某个地方说，"there"（在那里）指的是那个农场，指的是新英格兰地区的农场和农耕。"there"与其翻译成"在那里"，倒不如理解成"在这里"。如今，这个地方，也像别的地方一样了（as elsewhere）。此处沦陷为别处，熟悉演变成陌生，亲近失落为疏离。

第四行末"any gain"之后，用一个"跨行连续"手法，开启了次 4 行诗节。"我"诉说着一个农人所面临的困境：任何收获都得靠脑子专心致志地学习科学知识（any gain/Was made by getting science on the brain）；每天都有许多新鲜的东西要学（There was so much more every day to learn）；农耕也成为了一门严格而高深的学问（The discipline of farming was so stern）。"我"作为一个农人，似乎再也无法忍受现代化农耕的艰辛和劳苦（It seemed as if I couldn't stand the strain）——被科学夹持的重负和被技术绑架的艰辛。

"strain"具有丰富内涵和时空张力。它既是身体上的损伤，也是心理上的创伤。它表明，农人长期处于一种紧张、焦灼的心理状态，导致心理失常或精神抑郁。

如今，农人从事农耕，传统被打破，常识被抛弃。农人务农，遵循日出而作、日落而息的自然规律不再是天经地义，坚信一分耕耘一分收获的信念不再是理顺成章，守候那份种瓜得瓜、种豆得豆的农田不再是不移至理，执着一滴汗珠万粒粮、万粒汗珠谷满仓的期盼不再是水到渠成……

科学让农事变得纷繁复杂，技术让农人不知所措。科学技术成为压垮农人的最后一根稻草；科学技术是造成农人心理创伤的罪魁祸首；科学技术是造成农耕恶果和农人疾病的唯一根由。

在后 6 行诗节，言说者是一位医生。第九行"But""突转"之后，是医生对患者"我"所说的话。医生，受过严格的医学训练，具有精湛技术和高尚医德，是科学技术的掌握者和应用者。"我"对科学技术（如农业技术）十分反感，却不得不寻找科学技术的代言人——医生救助，具有讽刺、嘲讽意味。

医生听完了"我"的诉说，一时间不知如何回答是好。"There, there…"表明这位医生一时语塞的状态，"那，那……"或"这，这……"，他支支吾吾、吞吞吐吐了好一会儿。

医生搜肠刮肚，也没有找到合适的词语，更拿不出有效的治疗方案，只得含含糊糊地安慰"我"说，"没事"（There），"没事"（there），"你所说的艰辛和困苦"（what you complain of），根本算不上什么，"全世界各国人民都在遭受着、分担着你的苦难"（all nations share）。

通常，当一个人向你诉说不幸遭遇或无法忍受的痛苦时，不同人会有不同的安慰方式，其中最常见、或许也最有效的方法是，你听完他的诉说、抱怨、牢骚之后，对他说：你的不幸或痛苦根本不是事儿，我的（或他的、她的、你认识的或不认识的人的）不幸和痛苦比你的有过之而无不及。这时，他（她）就会从别人的悲剧中得到安慰，得到解脱，得到心灵净化。

这是常人都可按照常理做的事。但是，这位受过多年严格专业训练的医生所说所做的竟然和普通老百姓所能说能做的并无二致，医生和普罗大众开出的安慰剂如出一辙。其中讽刺意味不言而喻：医生和农人一样，其实并不需要经过严格的科学训练。科学训练和技术知识不但多此一举，而且会造成更大的身体损伤或心理疾病，那位农人的痛苦经历就是最好的证明。

这位医生还说，世界各国人民和你一样，都在努力学习新知识和新技术，可他们和你在心态上不一样。你把学习新知识和新技术当作是一件痛苦不堪的事，他们却满怀希望，如饥似渴地追求新知识和新技术。他们的努力和付出几乎达到了"极度狂喜"的程度（Their effort is a mounting ecstasy）。

"mounting"表示一个能量聚拢且上升趋紧的态势。"ecstasy"意蕴丰富，源自古希腊医学术语，原指一种狂喜迷幻药，也指人服用狂喜迷幻药之后处于狂喜、迷狂、着迷、销魂等状态。

"ecstasy"既是药物，又是毒汁。不同人服用"ecstasy"之后会有不同反应和效果。有的人服用它之后，负能量得到宣泄；有的人服用它之后，出现呕吐、痉挛、神志不清等严重反应，甚至失去生命。

弗罗斯特在诗中借"ecstasy"讽刺科学技术。对于"我"这位新英格兰农民而言，科学技术就是一杯浓浓的毒汁，"我"被迫一饮而下，独吞苦果，出现了严重副作用，造成了极度的心理紧张，却无人诉说，无法宣泄。

正如那位医生所说，世界上其他国家的人也在默默忍受着科学技术这杯"狂喜迷幻毒汁"所带来的苦果。不过，他们有着和"我"完全不同的心态和心境。他们欢天喜地地欢呼技术进步，兴高采烈地拥抱科学知识，"他们的努力是日趋膨胀的极度狂喜"（Their effort is a mounting ecstasy），当"极度狂喜"渐趋强烈，逐渐膨胀，直到"叫人无法承受"之时（when it gets too exquisite to bear），它的能量就会在一阵裂炸中获得完全释放（Will find a relief in a burst）。

在后6行的前、后3行诗节之间（第十一、十二诗行之间），"That"是一个定语从句的引导词，以"跨行连续"手法将两个诗节紧密连接起来。

> …
>
> Their effort is a mounting ecstasy
>
> That when it gets too exquisite to bear
>
> Will find relief in one burst. You shall see.
>
> …

一个句子跨越了3诗行，主语是"他们的努力"（Their effort）。它隐含着一种强大力量，不断聚能，日趋激烈，逐渐膨胀，最终引发"一阵裂炸"

（one burst）。"one burst"后的句号，一锤定音，象征终结——残局、终局、定局。

"一阵裂炸"的终结是什么？诗人在有限的诗行空间里，特别使用了一个庄重的句子"你将看见！"（You shall see.）。按照英语句法习惯，"You"为主语，句子应该是"You will see"。诗人用"shall"代替"will"另有用意。"shall"在第二、三人称作主语的陈述句中，表示说话者告诫、命令、规定、必然性等语气，常用于正式文本（国书、法律文书等），具有律法和道义上的约束力。

弗罗斯特暂不告诉我们"一阵裂炸"（one burst）究竟是什么，也暂不直接说出"一阵裂炸"的结局究竟是什么，而是让大家一定亲眼看看：结局已经、正在或必将发生！因为，结局早已被设计者"设计"好，结局早已被科学家"预设"好，结局早已被社会设计者"规划"好。

"一阵裂炸"究竟是什么？"那是一份炸弹送来的厚礼"（That's what a certain bomb was sent to be）。词组"a certain bomb"让人很容易联想到"A-bomb""atom bomb"或"atomic bomb"，即"原子弹"。

原来，"relief in one burst"（在一阵裂炸中释放）实质上是指"在原子弹爆炸中释放"。而"原子弹裂炸中释放"的终局，在那首《设计者们》十四行诗中已经论述得清清楚楚、明明白白了。

通过"我"和那位医生之间关于科学技术的对话，结合"意义之音"，发挥耳朵的想象力，我们不难体会到诗人幽默的凝重、诙谐的严肃和嘲讽的沉重。

我们将《裂炸狂喜》和之前的《意志》《设计者们》《曾临太平洋》等十四行诗联系起来，就能在广度和深度上进一步洞察"一阵裂炸中释放"（a relief in one burst）的时空张力。

七、《被间断的干旱》

The Broken Drought

The prophet of disaster ceased to shout.

Something was going right outside the hall.

A rain though stingy had begun to fall

That rather hurt his theory of the drought

And all the great convention was about.

A cheer went up that shook the mottoed wall.

He did as Shakespeare says, you may recall,

Good orators *will* do when they are out.

Yet in his heart he was unshaken sure

The drought was one no spit of rain could cure.

It was the drought of deserts. Earth would soon

Be uninhabitable as the moon.

What for that matter had it ever been?

Who advised man to come and live therein?

1944 年之前，弗罗斯特完成《被间断的干旱》。它最早版本的标题是《一次大会》（"A Convention"），手稿上的标题，也使用过《被间断的干旱，但他实话实说》（"The Broken Drought But He Meant It"），也曾改成《但他实话实说》（"But He Meant It"）。1947 年 4 月，该诗正式刊登在《大西洋月刊》第 4 期上，标题定为《被间断的干旱》（"The Broken Drought"）。1968 年，《被间断的干旱》被收入《弗罗斯特诗全集》（*Complete Poems of Robert Frost*）。

《被间断的干旱》是一首意大利彼特拉克式十四行诗。它的押韵格式为 abbaabba ccddee，与《为什么等待科学》同韵，均有 4 韵数。

诗行呈"前八、后六"的结构排列。从句子层面上看，《被间断的干旱》具有两大明显特征。

一是句子多，音调诙谐，体现出抑扬顿挫、轻重缓急、矫健有力、间歇性强的特色。它共有 10 个独立句子，这在英语十四行诗中寥寥可数，在弗罗斯特十四行诗中首屈一指。日常生活的单词或短语，被赋予丰富多彩、充满韵律的声调，"意义之音"如同一双无形的翅膀，展翅飞翔于字里行间。

这首十四行诗句子多，语气强；降调多，肯定性强；句号多，间歇性强。这与诗歌标题的"Broken"（被中断、被间断、被暂停）意义互为彰显，相映生辉。"句子声调"（The Tone of Sentences）引人入胜，如神来之韵，让中断、间断、暂停逸趣横生，耐人寻味。

这首十四行诗句子多，与那首只有一个句子的十四行诗《丝织帐篷》文不加点、一气呵成、势如破竹的特点和风格形成鲜明对比。

二是动词多，体现出词义深刻、意蕴丰富、意味深长的风格。它共有实义动词 15 个、系动词 8 个。全诗有 3 诗行包含两个实意动词，它们是第一、三、六诗行；有两诗行包含 3 个实意动词，它们是第七、十四行。另外，全诗有两诗行包含了实意动词和系动词，它们是第八、十行。

诗行中的动词，字句相生，满带情韵，音韵和谐，意味深长，"意义之音"彰显了强烈的艺术感染力量。

《被间断的干旱》句子多、动词多的特点和风格，与全诗的主旨内容和主题思想相得益彰。全球正在遭遇前所未见的旱灾，大家聚集在议事大厅商量挽救地球和人类的有效对策。我们不难想象此情此景：会场人声鼎沸，与会者高谈阔论，赞扬者夸夸其谈，反对者海阔天空，附和者喋喋不休，唏嘘声此起彼伏，嘲笑声一浪高过一浪。

在一片鼓噪声中，有一位预言家正侃侃而谈……

在前 8 行诗节，一场大会正在进行着……

长期以来，这位有先见之明的预言家曾极声劝喻世人：要爱护地球，要保护环境，要呵护家园，否则，人类将遭受空前浩劫，地球将很快不适合人类居住。可是，世人对预言家的劝喻充耳不闻，对他的警告置若罔闻，他们本性难移，刚愎自用；他们照常我行我素，自行其是。

会场上，预言家站在大会讲台上，仍然滔滔不绝，劝喻世人及时悔改，重回正轨，大错特错已经铸成，但是亡羊补牢为时未晚。

如今，预言家一语成谶，幸灾乐祸之情溢于言表。突然，他停止了高声说话（ceased to shout），神情又凝重起来，因为，议事大厅外正悄悄地发生着一件令大家意想不到、令预言家大跌眼镜的事（Something was going right outside the hall）：一场雨开始降临（A rain...had begun to fall）。

这场雨，虽然不大（though stingy），对于缓解全球性前所未有的旱灾而言，如杯水车薪，无济于事，却足以抚慰人们焦急万分的心灵，足以重新激起人们对正常生活的希望和向往。

预言家洋洋得意的神情烟消云散，这场久旱甘霖，对他的旱灾理论造成了无情的伤害（That rather hurt his theory of the drought）。他的预言再次落空，他再次无地自容！

与会者全都转过脸去，朝着窗外，高声欢呼，迎接久旱甘霖。"一阵欢呼声震耳欲聋，震动镶嵌着箴言的墙壁"（A cheer went up that shook the mottoed wall）。

他们的脸色比天色变得还快。他们对预言家慷慨激昂的演说再一次嗤之以鼻，再一次报以唏嘘之声。预言家寄颜无所，愧汗无地。该如何面对这一尴尬局面？他一时怅然若失，一时不知所措。

即使有经验的演说高手，在高谈阔论、滔滔不绝之际，他也偶尔会遇到一时语塞、无话可说、无言以对的窘境。该如何摆脱窘境，自圆其说，中外圣贤都有高论。莎士比亚曾一语道破其中奥妙，那就吐痰吧。我们能从中窥见莎士比亚的睿智和幽默。他在《皆大欢喜》（As You Like It）第四幕第一场第 75～76 行，借罗瑟琳之口，说，"善于演说的人，当他们一时无话可说之际，他们就会吐一口痰"（Very good orators when are out, they will spit）。

演说家语塞词穷，甚至语无伦次的时候，借故吐痰，清清嗓子，不失为一种争取时间、重整思绪、遣词造句的策略。不过，莎士比亚在《皆大欢喜》中并非要给演说家找到一条摆脱困境的良策，而是借助演说家，为热恋中的青年男女提供一剂良方：当恋人们无话可说时，就行动起来吧，拉手、拥抱或接吻，是最好的补救办法。

在后 6 行诗节，弗罗斯特通过第九行"Yet""突转"之后，以莎士比亚的睿智和幽默，让预言家摆脱困境，重拾自信。预言家的内心坚信（Yet in his heart he was unshaken sure）："这场干旱绝非一阵小雨就能彻底缓解的（The drought was one no spit of rain could cure.）。"

弗罗斯特在诗行（第八行）该用"spit"的地方，却有意避开这个单词，而将莎士比亚诗行中的"spit"巧妙地化用成"do"。因为在西方，莎士比亚的这句名言家喻户晓，几乎人人都能体会到"do"的出处和真正含义。

但是，相比之下，在第十行看似不用"spit"的地方，弗罗斯特偏偏选择了"spit"，用作量词。"a spit of rain"指"一口痰的雨量"，相当于"a small rain"（一阵小雨）。他以"spit"（一口痰）比喻一阵小雨，手法高明至极，起到了"一沙一世界，一花一天堂"的艺术效果。

不难看出，弗罗斯特同情这位预言家，赞同他的立场和预言：一阵小雨对于这场史无前例的干旱根本无济于事。人类欲壑难填，必须悬崖勒马；若不知悔改，只顾索取，必将招致一场全球性的空前灾难。人类，必将是这场空前灾难的最大、最直接的受害者。旱灾，只是自然反抗人类的一种方式而已。

实际上，预言家是诗人，诗人也是预言家。这口痰，是预言家吐给与会者的，也是预言家吐给整个世界的；这口痰，既是预言家吐的，也是弗罗斯特吐的。

诗人和预言家都相信：这场旷日持久、荒漠化的干旱（the drought of deserts），是大自然对人类实施的一场史无前例的报复。人类正遭受着一场空前绝后的报应，正经历着一次亘古未有的浩劫。

第十一至十二行"跨行连续"手法，将这片艾略特式的"荒原"（The Wasteland）栩栩如生地呈现在世人面前。这是一个令人惊心动魄的场面，"地球很快就变得像月球那样不适于人类居住"（Earth would soon/Be uninhabitable as the moon）。

接着，弗罗斯特连续用了两个反意疑问句。第十三行，如果地球成了荒漠化的"荒原"，那又有什么关系（What for that matter had it ever been）？

诗人明知故问，答案不言而喻。假如地球真的成了"荒原"，那也没什么大不了的，因为，正如《为什么等待科学》所言，人类可以用"五千万年前来时"相同的方式，"离开这个星球"。

假如地球真的成了"荒原"，那真的没有什么大不了的吗？不，后果很严重！真如《设计者们》所言，人类的历史将被大大地缩短！

第十四行，当初，"让人类造访地球、定居地球究竟是谁的主意"（Who advised man to come and live therein）？

诗人反意设问，答案就在疑问句中。西方人认为，冥冥之中有一位宇宙设计者，有目的地"设计"了一个精妙的星球，用一双看不见的手，有计划地将人类送到这颗星球上定居。这位宇宙至高无上的主宰，谆谆教诲世人，一心向善，遵守诺言，建设家园，守护栖息地。

但是，人类不止一次让宇宙设计者大失所望。人们对伊甸园的悲剧还记忆犹新。

自从人类在地球定居以来，人类就一直以主人翁姿态，试图按照自己的意愿，修理地球，改造世界，让这个古老的星球变成人类心中所想象、所希望的那副模样。殊不知，人类聪明反被聪明误，在修理地球、改造世界时弄巧成拙，将一个美丽无比、宜居宜住的蓝色星球，糟蹋得一塌糊涂，最终招致一场史无前例的荒漠化干旱。

其实，地球才是地球的真正主人。人类只是天外来客，只是地球上的临时寄居者和匆匆过客。

但是，弗罗斯特对宗教信仰摇摆不定，对宇宙设计论和目的论持怀疑态度。他更相信自己的眼睛，相信自己所看到、所洞察的现实。

地球和人类遭受干旱的劫难，诗人和预言家遭受心灵的煎熬。

纵观《绒毛绣线菊》的十四行诗，人类受劫一次比一次严重，受难范围日益扩大：农场上，科学技术知识大爆炸导致了农民严重的心理危机；战场上，原子弹爆炸造成了一次空前劫难；地球上，这次史无前例的干旱造成了一个巨大的"荒原"；心灵上，人类在内心深处的"荒原"上艰难前行，苦苦寻找那失去的家园。

第九章 《诗外集》

第一节 《诗外集》概述

1962 年，弗罗斯特忙于编辑和出版诗集《在林间空地》（*In the Clearing*），这是诗人生前出版的最后一部诗集。和《波士顿以北》一样，《在林间空地》没有收入诗人的十四行诗。

1963 年 1 月，弗罗斯特逝世。1969 年，霍尔特·莱恩哈特·温斯顿出版公司（Holt, Rinehart and Winston Inc.）编辑和出版《弗罗斯特诗集》（*The Poetry of Robert Frost*），收入了《弗罗斯特诗全集》（1949）、《在林间空地》（1962）以及两部诗剧《理性假面剧》（*The Masque of Reason*）和《仁慈假面剧》（*The Masque of Mercy*），共 345 首诗。出版公司在"出版声明"中指出：《弗罗斯特诗集》只收录弗罗斯特生前出版的各诗集的诗作，弗罗斯特生前未收入各种版本诗集或未正式出版的诗作，均不在此列。

1969 年，《弗罗斯特诗集》一经面世，就引起许多争议。争议焦点之一就是诗集未能全面反映出弗罗斯特毕生的诗歌成就。事实上，弗罗斯特在不同的创作时期，还创作了近百首的诗作，包括十多首十四行诗，大多数没有正式出版过。读者无不感到惋惜。

1995 年，普瓦里耶（Richard Pairier）和理查森（Mark Richardson）编辑并出版了《弗罗斯特集：诗全集、散文和戏剧作品》（*Frost: Collected Poems, Prose, & Plays*），包括《弗罗斯特诗全集》（1949）、《在林间空地》、《诗外集》、《戏剧作品》和《讲稿、随笔、小说和书信》5 部分，全面反映了弗罗斯特毕生的诗歌成就和艺术思想。其中，《诗外集》（*Uncollected Poems*）收入了 94 首诗作，大多数是诗人生前没有或不愿意出版的诗作。

第二节 《诗外集》中的十四行诗

《诗外集》共收入 9 首十四行诗：《绝望》（"Despair", ca. 1890s）、《工厂城》（"The Mill City", 1905）、《当速度来临》（"When the Speed Comes", 1906）、《找寻字眼》（"Pursuit of the Word", 1911）、《雨浴》（"The Rain

Bath", 1911)、《感于此时谈论和平》（"On Talk of Peace at This Time", 1916)、
《正义之盘》（"The Pans", ca. 1926)、《因韵害意》（"Trouble Rhyming",
1930）和《谷仓里的一张床》（"A Bed in the Barn", 1944—1947)。

　　这些诗歌沧海遗珠，语言朴素，言短意长，节奏明快，形象真实，情志高
旷，声韵别致，"意义之音"再次为我们敞开了通往弗罗斯特诗歌艺术的
窗口。

一、《绝望》

Despair

I am like a dead diver after all's
Done, still held fast in the weeds' snare below,
Where in the gloom his limbs begin to glow
Swaying at the moorings as the roiled bottom falls.
There was a moment when with vainest calls
He drank the water, saying, 'Oh let me go—
God let me go,'—for then he could not know
As in the sun's warm light on earth and walls.

I am like a dead diver in this place.
I was alive here too one desperate space,
And near prayer in the one whom I invoked.
I tore the muscles from my limbs and choked.
My sudden struggle may have dragged down some
White lily from the air—and now the fishes come.

　　《绝望》的创作时间大约在 19 世纪 90 年代初。根据汤普逊（Thompson）
和普里特查德（Pritchard）两位学者的看法，弗罗斯特于 1901—1902 年间居
住在新英格兰德里农场时创作了这首十四行诗。

　　1966 年，弗罗斯特的传记作家劳伦斯·汤普逊（Lawrance Thompson）出
版了《罗伯特·弗罗斯特：早期岁月 1874—1915 年》一书，提及《绝望》的
创作背景和主题思想，全文引述了这首十四行诗。这是《绝望》首次以铅字
印刷形式出现在正式出版物里。

　　1911 年圣诞节前夕，弗罗斯特将《绝望》和其他 16 首诗作寄给苏珊·海
耶斯·沃德（Susan Hayes Ward）。之后，弗罗斯特似乎忘记了《绝望》，可见

他并不看好这首诗。

相比之下，《意志》一诗就幸运得多了。在德里农场时期，弗罗斯特创作了十四行诗《意志》（"Design"）。弗罗斯特曾对它一改再改，不断打磨锤炼。《意志》原来的标题是《白色》（"In White"）。弗罗斯特将诗题改为《意志》。1922 年，他将《意志》收入由纽约哈考特出版社（Harcout Publishing House, New York）出版的《美国诗歌 1922 年：诗散集》（*American Poetry 1922：A Miscellany*）。十多年后，弗罗斯特准备出版新诗集，听到一位朋友偶然间提到《意志》一诗，他决定将该诗收入 1936 年出版的诗集《山外有山》（*A Further Range*, 1936）。后来，弗罗斯特决定出版自己的诗歌全集，将《意志》收入《弗罗斯特诗全集》（*Complete Poems of Robert Frost*, 1949）。

弗罗斯特对《意志》爱如至宝。他在漫长的岁月里耐心细致地将《意志》打磨锤炼成十四行诗的经典之作。

较之《意志》，诗人对《绝望》的态度迥然不同，自从他寄给苏珊后，他好像就忘记了这首诗。在以后的岁月里，他从未提及、修改它，更从未打算将它收入诗集出版。弗罗斯特曾考虑将《绝望》收入《少年的心愿》（*A Boy's Will*, 1913），最终还是放弃了。

看来，弗罗斯特对《绝望》真的很绝望。美国学者马克逊（H. A. Maxson）说，它在弗罗斯特眼中，似乎是"不可修改"（beyond repair）、"不可药救"（beyond medicine）的。

为什么？在弗罗斯特看来，《绝望》韵律平淡无奇，措辞朴素无华，情思悲观深沉，也缺乏"弗罗斯特式的幽默"，更没有充分体现出诗人"意义之音"的创作原则。它与弗罗斯特倡导的"一首诗始于愉悦，终于智慧"（A poem begins in delight and ends in wisdom）的创作思想背道而驰。因此，弗罗斯特最终抛弃了《绝望》。

《绝望》是一首意大利式十四行诗，押韵格式为 abbaabba ccddee，诗节呈"前八、后六"排列，抑扬格五音步，全诗中规中矩，出语平淡，词彩稳沉，可见意大利诗人彼特拉克对弗罗斯特早期十四行诗创作的影响。

然而，韵式稳中有变，诗行中间或出现扬抑格或扬扬格，如：扬抑格的有第一行第二音步"like a"、第二行第一音步"Done, still"、第四行第一音步"Swaying"等；扬扬格的有第一行的"dead diver"、第二行的"held fast"和"weeds' snare"、第七行的"*God* let"、第十四行的"white lily"等。

这种稳中求变，反映出早期弗罗斯特十四行诗的创作风格。弗罗斯特深知在诗歌创作上因循守旧、唯前人马首是瞻根本没有出路，唯有变革才能为诗歌艺术创作注入源源不断的动力，唯有创新才能赋了诗歌艺术永恒的生命力。

20 世纪初期，美国十四行诗创作进入一个相对繁荣的收获时期。但是，在艺术道路上，弗罗斯特对传统没有亦步亦趋，对潮流也没有刻意迎合。他在养精蓄锐，静中观变，稳中求变；他在厚积薄发，期待一鸣惊人，声震长空。

在这一时期，他苦苦思索，努力探寻一条具有鲜明艺术特色的十四行诗创作之路。但他始终坚信不疑，他在十四行诗创作中变革的努力和创新的尝试，终将收获十四行诗艺术的累累硕果。

正如标题所示，《绝望》画面凄清幽冷，情调凄厉阴沉，心绪低沉感伤。全诗笼罩着悲观绝望的氛围，浸润着诗人愁苦郁闷的情绪。诗中不同诗节、不同诗行中的时态变化，声调凄然婉转，折射出不同时间、不同空间的背景切换，反映出诗人凄凉苦闷的生存境况和悲观失望的心理状态。

在前8行诗节中，首4行诗节采用一般现在时，以"I am like a dead diver…"开始，笔锋指向"我"目前的生存境况。"我"是全诗的主题和中心。

纵观弗罗斯特的十四行诗，共有4首以"I"开头。除了这首《绝望》，还有《梦中的痛苦》（"A Dream Pang"）、《意志》（"Design"）和《裂炸狂喜》（"Bursting Rapture"）。弗罗斯特常以"I"视角创作诗歌，以"I"视角创作十四行诗，更富有深意。

《梦中的痛苦》以"I had withdrawn in forest, …"开头，全诗共用了"I"5次，用了和"I"有关的单词"my"两次、"me"两次。诗中，我在诗歌探索道路上，充满迷惘和失望，充满痛苦和悲伤，"我感到一阵剧烈的痛苦"（the sweet pang it cost me）。但是，痛苦中有收获，有甜美，有欢乐，有希望。

《意志》以"I found a dimpled spider, fat and white"起首后，再也没有使用"I"以及与"I"有关的单词了。诗人随即将笔锋转向全诗的主题和中心——"又白又胖的蜘蛛"。全诗描写了一个白色恐怖的时代和世界。在白色恐怖背景下，诗人的诙谐趣味可见一斑，讥诮意味不言而喻，言外之意显而易见。凝重背后蕴含幽默，讥诮背后暗藏严肃，沉重背后富有轻松。

《裂炸狂喜》以"I went to the physician to complain"开头后，在第八行重复"I"1次。全诗没有使用与"I"有关的"my"或"me"，表明诗人的重点不在于"我"自身。实际上，诗人将笔锋转向医生，聚焦于世界上和"我"一样在忍受着无穷无尽的焦虑和绵绵不断的痛苦的人们。

《绝望》在诗节安排上属于"前8行、后6行"结构，"I"视角十分独特，具有重要意义。它是弗罗斯特唯一一首在"前8行、后6行"诗节都以"I am like a dead diver…"起首的十四行诗，"like"充分显示"我"（I）和"死去的潜水者"（a dead diver）两者的相似性，充分表明两者身份不分彼此，命运不分你我，结局殊途同归。

在4首以"I"起首的十四行诗中，只有《绝望》从起笔、落笔到运笔、收笔，自始至终都以"I"为中心。它以"I am like a dead diver..."开头，全诗出现"I"5次，集中在后6行诗节（4次），出现"me"和"my"各两次，描写"我"悲从境生，悲由心出，想到在"一切结束后会像一个淹死的潜水者"一样时内心悲凉的情景，旨在揭示"我"孤立无援、命途多舛的生存状况和无可奈何、悲伤凄惨的绝望境地。

第一、二句采用"跨行连续"手法，"...after all's/Done，..."将读者注意力集中于"all"（一切）。"all"指什么？

一方面，我们结合当时的时代背景和弗罗斯特的生平，或许能找到答案。19世纪末20世纪初，美国文学流派异彩纷呈，文学批评理论层出不穷，诗歌思潮风起云涌，诗歌创作实践花开花落，呈现出潮起潮落、令人应接不暇的局面。

弗罗斯特在这一时期创作了大量的诗歌作品，包括民谣、对句、四行诗、十四行诗和叙事诗等，足见他的诗歌潜能和才华，足见他对英国古典诗歌艺术的精通和造诣。更难得的是，弗罗斯特将新英格兰地区普通老百姓的日常语言引入节奏鲜明、声调洪亮、想象丰富、比喻新颖的诗行，为美国诗歌潮流注入了一股清新自然、简洁质朴、和谐流畅的艺术新风。

但是，在20世纪初，弗罗斯特自感时运不济、怀才不遇。他只能在报纸、杂志、诗刊上零星发表一些诗作，并未引起公众、评论界足够关注。出版诗集困难重重，前路漫漫。

更不幸的是，弗罗斯特的家庭生活一波三折、挫折重重。1900年8月，儿子艾略特（Elliott Frost）死于霍乱；11月，母亲病故。1907年6月，女儿贝蒂娜（Bettina Frost）刚出生3天便夭折。

事业上的挫折和生活上的打击让弗罗斯特心灰意冷、悲观失望。1912年，他举家搬迁，远渡重洋，到英国定居，寻找事业机遇，重拾生活和创作信心。

《绝望》正是这一时期弗罗斯特遭受生活打击、事业挫折和心灵创伤的真实写照。关键词"all"一语道破弗罗斯特现实生活的残酷和内心世界的抑郁。

另一方面，我们联系弗罗斯特在摆脱了人生窘境和事业危机之后所创作的一些十四行诗的主题思想时，也能更好地理解"all"的含义。《梦中的痛苦》《射程测定》《洪水》《曾临太平洋》《熟悉黑夜》和《意志》等都涉及人类命运和世界未来的主题。人类命途多舛，希望渺茫，未来暗淡，救赎无望。

这"一切"（all）都受到一种神秘力量的左右，都朝着一个预设的方向前行。这"一切"都注定会"结束"（...after all's/Done...），都注定在一场滔天巨浪之后坠入黑暗，都注定在喧嚣一时之后陷入虚无，都注定在一声裂炸之后找到一个突破口并获得终极释放。

第二行至第八行描述了那位潜水者的遭遇和命运：挣扎、呛水、无助、死亡、沉入水底。

潜水者潜入水中，不幸被水草缠住。他拼命挣脱，却陷入水草编织的罗网中（still held fast in the weeds' snare）。他越挣扎、越慌乱，罗网越收紧；他越挣扎、越惊恐，罗网便越沉越快。最终，他坠入"一片黑暗"（in the gloom）。

这冥冥的黑暗本身就是一张无形的罗网。即使在陆地上，这张网也让人恐慌，让人窒息。弗罗斯特在第一部诗集《少年的心愿》第一首十四行诗首4行诗节中就明确指出，"黑暗的伪装"（the mask of gloom）将会"不断延伸，直至死亡极际"（strethed away unto the edge of doom）。他在《熟悉黑夜》中指出，黑夜就像一张无形的巨网，漫无边际，让人陷入时空错乱中，让人无处可逃，让人坠入虚无。

在陆地上，黑夜让人急促不安，让人惊恐万分。潜水者潜入水中，落入草网，坠入黑暗，3张巨网层层网罗，紧紧包围，越收越紧，将他拖入死亡深渊。

潜水者的尸体沉入水底，在重力和水流的作用下半漂半浮，一摇一晃（Swaying at his moorings）。

第三行中，"一片黑暗"（in the gloom）和"闪亮"（to glow）形成一暗一亮、一黑一闪的鲜明对比。诡异的是，"在一片黑暗中，他的肢体开始闪亮"究竟是怎么一回事？

在客观世界，浑水散去后，水变得清澈（as the roiled bottom falls），岸上阳光普照，光线穿过水体，在死者身上形成光的反射。但是，在弗罗斯特的诗歌世界里，问题要复杂得多，答案也没那么明确。

在《熟悉黑夜》中，"我"深陷夜幕之中。在一片时空错乱中，"我"蓦然抬头，发现"在远方的一个神秘的高处／有只发亮的钟衬映着天幕"（And further still at an unearthly height，／One luminary clock against the sky）。夜幕中这唯一闪亮的东西，却"宣称时间没错，但也不正确"（Proclaimed the time was neither wrong nor right），让"我"陷入了更黑的深渊。那只"发亮的钟"，究竟是悬在天幕的月亮，还是城市高处街道尽头的一盏路灯，弗罗斯特没有给出一个明确的答案。

在《绝望》中，弗罗斯特构造了一个水下"一片黑暗"的黑夜世界，潜水者手足无措，惊恐万分，身处一个时空错乱的世界。他的身体究竟为何发亮？究竟是他身体哪一部分发亮？发亮的物体究竟是潜水者的身体抑或是水中别的什么东西？发亮的究竟是实物抑或是虚无？是诗人绝望的内心世界影像的虚拟投射？还是绝望的潜水者在生命尽头精神崩溃那一刹那脑海里闪过的一丝希望的亮光？弗罗斯特没有给出一个明确的答案。

从次4行诗节分析看，潜水者在临死前曾有过拼命的挣扎和"一个徒然呼喊的时刻"（There was a moment when with vainest calls）。

在那一时刻，"他呛着水"（He drank the water），大声呼救："哦，上帝哟，让我走！/让我走！"（Oh let me go—/*God* let me go）

第六、七行之间的"跨行连续"延长"一个徒然呼喊的时刻"，表明他挣扎了一阵子，他呼喊了一阵子。不过，这是时空错乱"时刻"。他竭力呼喊，但毫无意义。

他呼喊什么？他为什么呼喊？如果一个人"像在岸上温暖的阳光下那么清醒"（As in the sun's warm light on earth and walls），他的呼喊是哀求上帝帮他摆脱水草网的缠绕，救他逃离水的世界——另一张巨网的束缚，救他逃到岸边呼吸新鲜空气，让生命得以延续。

但是，这一刻，他惊恐万分，惊慌失措，可能痛苦不堪，神志不清。他呼喊"let me go"可能有另一含义：他希望尽快摆脱这一痛苦不堪的"时刻"，尽快投入上帝怀抱。

弗罗斯特不相信上帝，不相信上帝救赎。在他的诗歌中，在生死攸关的关键时刻，上帝不在场，上帝救赎缺失。在现实生活中，即使他在和那位潜水者一样绝望、无助的时候，在生活困顿、创作受挫的时候，他也不向上帝祷告，他也不向上帝寻求救赎。

后 6 行诗节在语言结构和主题思想上，和前 8 行诗节形成鲜明对照。

第九行以相同的句子结构和时态回应第一行："I am like a dead diver..."。不过，两诗行有所不同：第一行是一个"跨行连续"，"...after all's/Done..."，第九行是一个完整的句子，句末是"...in this place"（在这个地方）。

词组"in this place"表明场景转换，场景从一个幻想、混乱的水下世界切换到真实、残酷的现实生活。现实世界也是一个"令人绝望的地方"（one desperate space），"我像一个淹死的潜水者"一样绝望地生存着。在残酷的现实面前，我也曾"像一个淹死的潜水者"一样，也曾以信徒的虔诚之心向他人求助（the one whom I invoked）。不幸的是，他人也是一个呼喊者，一个救助者，一个求救者。

那位潜水者在水下临死时曾向上帝呼救；我在生活中拼命挣扎向他人求救。我和他一样孤独、无助、绝望。他死了，或许以另一种生命形式在上帝怀抱里延续着生命；我活着，"竭尽全力挣扎，而且窒息"（I tore the muscles from my limbs and choked），以生物形式在世界上延续着生命。

第十二行，"my limbs"（我的肢体）回应了第三行"his limbs"（他的肢体）；第十三行"dragged down"（拽下）烘托第四行"falls"（下沉）；第十四行"White lily"（白色百合花）衬托第三行"to glow"（闪闪发光）。第十四行"...now the fishes come"（现在，鱼群来了）又映衬潜水者在冥冥黑暗中无助的呼喊和绝望的挣扎。

在西方文化中，白色百合花象征高洁的友情或纯真的爱情。第十三、十四诗行：

> My sudden struggle may have dragged down some
> White lily from the air—and now the fishes come.

"我"在现实世界中绝望地挣扎、无助地坠入生活深渊，或许也拽下了"某一朵/白色的百合花"（some/White lily）。其寓意不言而喻，这一朵白色百合花，象征现实生活中弗罗斯特的妻子艾琳娜·弗罗斯特。

弗罗斯特对妻子一直怀有深深的愧疚感。为了追求诗歌理想，他对妻子的关爱、对生活的担当、对亲人的陪伴难免缺失。1938 年，艾琳娜逝世。弗罗斯特曾悲痛地写道："我在像她一样柔弱的生命中的大部分时间里拖累了她（I dragged her through pretty much of a life for one as frail as she was.）。"[1]

第十三、十四诗行采用"跨行连续"手法，表明诗行中有一股无形、神秘的力量推动着句子向前延伸，也暗示弗罗斯特在生活漩涡中挣扎时对妻子的拖累。

全诗采用白描手法，对比鲜明，措辞浅显，时态多变，音韵和谐，时空转换灵活，在英语十四行诗中别具神韵。后 6 行诗节和前 8 行诗节在语言和主题上对比鲜明，前后呼应，层层递进，折射出诗人懊丧的心情和悲凉的心境。

《绝望》并非弗罗斯特精心打磨的一首十四行诗。但是，直到 20 世纪 50 年代末，弗罗斯特在一些场合还不时即席朗诵或背诵《绝望》。这说明弗罗斯特还是喜欢这首诗的。

今天，我们以现代的欣赏眼光和审美标准研读《绝望》，仍认为它是弗罗斯特早期创作的一首具有跨时代意义的十四行诗，是研究弗罗斯特十四行诗艺术不可或缺、不可绕过的一首十四行诗。在弗罗斯特漫长的诗歌创作生涯中，《绝望》具有时代价值和历史意义。

二、《工厂城》

The Mill City

> It was in a drear city by a stream,

---

[1] Lawrance Thompson, *Robert Frost: The Years of Triumph, 1915—1938*. New York: Holt, Rinehart and Winchart and Winston, 1970, p.511.

And all its denizens were sad to me, —

I could not fathom what their life could be —

Their passage in the morning like a dream

In the arc-light's unnatural bluish beam,

Then back, at night, like drowned men from the sea,

Up from the mills and river hurriedly,

In weeds of labor, to the shriek of steam.

Yet I supposed that they had all one hope

With me (there is but one.) I would go out,

When happier ones drew in for fear of doubt,

Breasting their current, resolute to cope

With what thoughts they compelled who thronged the street,

Less to the sound of voices than of feet.

1893—1894 年，弗罗斯特曾在马萨诸塞州劳伦斯阿灵顿附近的磨坊、毛纺厂等地工作。劳伦斯水系发达，河流众多，河边工厂林立。在电力尚未普及的年代，人们充分利用河流落差，为工厂机器运转提供动力。劳伦斯是建造磨坊、毛纺厂的理想之地，成了当时著名的一座"工厂城"，成了名噪一时的外来工人聚居地。

弗罗斯特根据亲身经历，通过细致观察和深入思考，创作了多首诗作，反映了工业化初期底层劳动工人脏乱的工作环境和艰苦的生活条件。《自私的人》（"The Self-Seeker"）就是揭示这一主题的优秀代表作，《当速度来临》（"When the Speed Comes"）和这首《工厂城》都是研究弗罗斯特诗歌艺术的典型作品。这些诗作，选取典型的场景和事件，艺术构思具有独创性，形象鲜明地反映了当时真实的社会生活，具有深刻的社会意义和现实意义。

《工厂城》创作于 1905 年。弗罗斯特完成《工厂城》创作后，就似乎完全忘记了这首诗。这首诗的创作和出版时间相隔整整一百年。1995 年，《工厂城》正式收录于《弗罗斯特集：诗全集、散文和戏剧作品》。

弗罗斯特早期创作的十四行诗，具有明显的莎士比亚十四行诗特征。在《工厂城》中，莎士比亚十四行诗的影响显而易见，其中，第十三、十四行双行押韵对偶句里的"street"和"feet"最为明显。

《工厂城》是一首兼容意大利式和莎士比亚式的十四行诗，押韵格式为abbaabba cddcee。诗行结构呈"前八、后六"排列，抑扬格五音步。

在前 8 行诗节，第六、七行的"sea"和"hurridly"押韵稍有偏差，但并不影响诗行的整体韵律和节奏。第六、十三行采用拼写字母繁多的单音节词，诗行显得冗长，但一点也不显得繁杂。

诗人慧眼旁观，通过对工厂城早晚上下班的工人们步履匆匆、疲惫不堪、毫无生机的场景描写，揭露了工业化时代底层劳动人民的艰难困苦、钢铁机器对人性的极端异化、工厂主对工人的残酷压榨和冷漠无情。

同时，诗人以博大的同情心，表达了对那些"更快活的人"（happier ones，即工厂主或资本家）的强烈不满和对处于社会底层的广大劳动工人的深切同情。

前8行诗节一开始，诗人就从一个旁观者的角度观察"河边一座忧郁的城市"（a dreary city by a stream），以梦幻般的笔法描写工人们早上上班、晚上下班的情景。诗句有虚有实，亦真亦幻，意境深切，构成凄冷、愁惨的氛围，令人触目伤情，唏嘘不已。

"dreary"有"忧伤的""阴沉的""忧郁的"等含义，通常用来形容一个人的心境或心情，在诗行中用来修饰一座工厂林立的城市，其重点不在于城市而在于居住或工作在这座城市里的人，即第二行的"它的所有居民"（all its denizens）。

"denizens"意义深刻，含义丰富。它源自拉丁语的"deintus"，其中，"de"带有空间方向性，与"from"相似；"intus"具有"在……里面"的含义，与"within"或"inside"同义。在古诺曼语中，"denizen"是指在一个地方具有居住权、选举权和被选举权的人，有"one within"之意，与"foreign"或"one without"反义。

从词源上看，"denizen"带有"外来、移入、归入"的含义，在现代英语中，可用来特指"归化者、入籍者"，特指一个人移民、移居到另一个国家或地区并享有一定限度公民权的外国人。

诗中第二行的"它的所有居民"（all its denizens）具有讽刺意味。他们在工厂城中享有一定限度的"特权"，即工作的权利，但他们的更多权利受到严格限制。他们不属于工厂城，工厂城里任何有形的、无形的东西和他们没有任何关系。他们自始至终都是一个"外来者"，是一个"他者"。他们享有唯一的"特权"，就是机械移动、拼命工作。这一"特权"把他们送上了一条不归之路：被工厂主残酷压榨、被机器无情异化。

第三、四诗行，诗人站在远处以一个局外人的身份，静静地观察这些"外来人"。在诗人看来，他们显得格外忧伤（all its denizens were sad to me），诗人无法完全了解他们的生活境况（I could not fathom what their life would be）。

实际上，诗人洞若观火，明察秋毫。读者反复诵读诗句，领会词义，感受声调，把握音量，调整节奏，通过"意义之音"，不难领会弗罗斯特的真义。

从第四行开始，诗人以魔幻的笔法描绘出一个梦幻般的世界（like a dream）。"In the arc-light's unnatural bluish beam"一行，弧灯光怪陆离，光线幽蓝，人影幢幢，步履匆匆，无声无息。

他们清晨出门上班（Their passage in the morning），从四面八方涌向工厂城，无声地消失在工厂的各个角落。

他们晚上下班时蜂拥而归（Then back, at night），浑身上下湿漉漉，身体僵硬无生机，活像"在海里被淹死的人"（like drowned men from the sea），争先恐后地朝着停泊在上游岸边的"那艘轮船的尖叫声奔去"（to the shriek of steam）。

这是他们的人生轨迹：清晨出去，晚上回来，在完全无法自主的时空里，构成了一个又一个循环往复、永无止境的封闭圆圈。《熟悉黑夜》中那个在黑夜里迷失方向、在大街小巷循环转圈、被雨夜完全消解了主体意识的自我，成为《工厂城》中工人们生命本质的真实写照。

句子的声音，伴随"意义之音"，伴随刺耳的机器轰鸣声，伴随急促的阵阵汽笛声，驱动着工人们上下班的脚步，踏上生命窒息、意义失落的不归之路。

第六行"like drowned men from the sea"和第七行"Up from the mills and river"隐喻着一个水下世界：工场磨坊通常位于河流下方，充分利用自然落差，以水力驱动机械，便于各种生产操作。劳作一整天的工人们浑身湿透。他们疲惫万分，四肢无力，下班哨声一响，他们忽地从工座站起来，从河边各家工厂磨坊闪现（Up from the mills and river hurriedly），争先恐后地涌向河岸高处，你追我赶地奔向即将启程归航的轮船。

词组"in weeds of labor"含义丰富，有"穿着工装"的意思。但是，"weeds"有"水草、杂草、野草"等意义，表明他们浑身上下湿透，活像落汤鸡。故"in weeds of labor"完整意义应是"穿着湿漉漉的工装"。

单词"weeds"又让人联想到前一首十四行诗《绝望》第二行的"in the weeds' snare"，这湿漉漉的工装哪里是什么衣服，简直就是一张"水草编织的网"。

《工厂城》前8行诗节所描写的梦幻般寂静的画面，是前一首十四行诗《绝望》水下无声镜头的再现。工人们和那个被淹死的潜水者一样，都深陷于一张无形的大网之中，无力自拔，无法逃脱。

在后6行诗节中，从第九行"Yet I supposed that…"开始到第十四行结束，句子结构既简单又复杂。简单在于，它是一个由"that"引导的完整的宾语从句。复杂在于，宾语从句中又隐含着"When"引导的时间状语从句和"what"引导的宾语从句。

第九行"Yet"是全诗的"突转"，表明诗人由一个观察者到体验者、从一个局外人到局内人的身份转变，标志着主题思想的深化和意境的升华。

第三行"fathom"意为"测量深度、测深、推测"，即诗人"I"期望通过实地测量、亲身勘查、客观观察，了解实际情况，掌握事物真相。"fathom"表明，思维主体处于认识世界的"感知、感觉"阶段，"I"通过自身观察客观世界，描述事物存在的现象。否定句式"I could not fathom what their life could be—"，以及行末破折号，都反映出诗人"I"仍未能揭示这个城市"外来居民"（all its denizens）的生活本质和存在意义。

第九行"supposed"原意是"推测"，带有主观猜想或设想；也有"假定、假设"之意，引申为"设想、认为"之意，"I"透过事物现象的观察、描述和思考，努力标示、解释、归纳、认识客观存在本质。"supposed"揭示"I"作为思维主体的逻辑推理和思维过程。

第九行"I supposed…"自然地照应第三行"I could not fathom…"，表明诗人"I"由前8行诗节的普通工人的"同情者"、生存困境的"怜悯者"和现实世界的"观察者"转变为后6行诗节的客观存在的"思考者"、现实生活的"思想者"和生命意义的"揭示者"。

更有甚者，一些"更快活的人"（happier ones），即科学技术的信奉者、产业机械化的拥护者和工业革命的拥抱者等，正当他们心存疑虑、忧心忡忡、临阵退缩（drew in for fear of doubt）的时候，诗人"I"却冲破自我约束（I would go out），亲临其境，逆流而上（Breasting their current），坚韧不拔，意志坚定（resolute to cope/With…），与社会底层劳苦大众同呼吸、共命运，努力思索劳苦大众被迫成群结队、拥挤不堪、周而复始地奔命于无穷无尽的街头（they compelled who thronged the street）的真正答案，不断探寻工人阶级在机械化浪潮之中被迫用"脚步的声音"（the sound of feet）而非用"嗓子的声音"（the sound of voices）表现生命存在和表达自我思想（thoughts）的真理。

诗人"I"实现了从一个旁观者到一个体验者、从一个局外人到一个局内人的身份转变和角色转换之后，真正要刨根问底（…cope/With…）的是：处于社会底层的普通民众在工业革命浪潮下毫无选择地随波逐流、漫无目的地亦沉亦浮之际，被迫用"脚步的声音"（the sound of feet）而非用"嗓子的声音"（the sound of voices）努力呐喊，究竟想表达"什么样的思想"（what thoughts…），传递出什么样的声音？

至此，诗人"I"完全站在"外来居民们"（all its denizens）的立场上，表达自我思想，思考生命真谛，探索存在意义。诗人"I"不仅对"外来居民们"的思维方式（Less to the sound of voices than of feet）追根问底，而且对他们的思想成果（what thoughts）探源溯流，把"外来居民们"视为思想主体的存在而非被观照的思想客体的存在，标志着作为思想主体的"旁观者"的诗人"I"向作为诗人"I"的思想客体"外来居民们"的身份转换、认同和融合，反映出弗罗斯特对社会底层普通劳苦大众的深切同情和人文关怀。

然而，弗罗斯特在诗歌结束时没有明确这些"外来居民们"的思想成果究竟是什么（what thoughts），就连他们究竟有没有思想成果也始终是一个迷。

后6行诗节，除了"what thoughts"的不确定性，第九行"一个希望"（one hope）在意义上也是模糊含混的。在第十行，诗人进一步强调"一个希望"（one hope）是"仅此一个希望"（there is but one），别无其他奢求。我们仍不知道这个希望究竟是指什么。

我们联想到弗罗斯特第一部诗集《少年的心愿》里第一首诗《进入自我》（"Into My Own"）。诗人在《进入自我》中第一行就开宗明义：我的心愿之一，是那片黑沉沉的树林……（One of my wishes is that those dark trees...）。

第十一行那些"happier ones"的含义也很令人费解。从文本分析角度看，根据第九行"they..."的句子成分，"ones"很可能指"他们"中的一部分人，即前8行诗节所指的"外来居住者"中的一部分人。在机械化工作岗位上，他们付出劳动，获得报酬，享受工作成果。他们是一群"更幸福的人"或"更快活的人"。

联系第九行"all one hope"、第十行"there is but one"和第十一行的语义，"happier ones"可以理解为"happier hopes"（更美好的希望）。即他们和诗人"我"一样，怀揣"一个梦想"，"仅此一个梦想"之外，还拥有许多更加美好的希望。

由于文本本身有歧义，过度分析会导致过度解读；过度解读将引发更大的混乱和疑惑。我们应将前8行诗节和后6行诗节的人物"I"和"they"有机结合起来，应将文本和当时的社会背景——科学技术浪潮有机结合起来，才有可能获得明确含义和特定指称。

"happier ones"也指人，可以理解为"更快活的人"。他们相信科学技术的力量，拥抱产业机械化浪潮，对社会底层劳动者的疾苦和煎熬视而不见，对工业革命造成的人性扭曲和异化置若罔闻。当他们心存疑虑、临阵退缩的时候（When they drew in for fear of doubt），诗人"I"抛开世俗之见，冲破自我牢笼，逆流而上，身临其境，感同身受，倾听他们的声音——"嗓子的声音"，以"意义之音"传递他们为命运呐喊的声音，以"句子的声音"取代"脚步的声音"，表达他们无法用言语表达的思想。这正是弗罗斯特难能可贵的品质，也正是《工厂城》与众不同的思想意蕴和别具一格的艺术风格。

全诗以押韵双行对偶句结束。第十三、十四行押韵双行对偶句音韵铿锵，抑扬顿挫，是全诗画龙点睛之笔。两行音步平分秋色，抑扬格五音步主导诗行；但音韵却各有千秋。第十三行，单词音节长、音量大、音位高，与第十四行单词音节短、音量小、音位低形成鲜明对照。

第十四行"Less to the sound of voices than of feet"意蕴丰富。弗罗斯特认为，"sound"（声音）是比文字更重要的信息传递和思想表达工具。书写有文字，文字有声音，声音有意义。弗罗斯特认为，长期以来，人们重视书写、文字的作用，忽视了声音在信息传递和思想表达中的作用。因此，他在诗歌创作中十分重视文字的声音意义，提高了字、词、句声音在诗行中揭示主题、表达思想的重要作用。

弗罗斯特在诗行中提到的声音有两种："嗓音"（the sound of voices）和"足音"（the sound of feet）。"外来居住者"（denizens）沉默了，不能用"嗓音"表达思想，被迫放弃言说的权利。他们用双脚丈量着空间的循环往复，用生命消解着时间的周而复始。他们只能用"足音"传递信息，只会用"足音"表达思想。

"feet"一语双关：用在"外来居住者"身上，它是"脚步"；用在语言应用或诗歌创作上，它是"音步"。弗罗斯特的遣词用句总有深意，借"脚步"意在"音步"，言"音步"意在诗歌创作，意在丰富和发展"意义之音"（the sound of sense）诗歌思想。

在《工厂城》中，"意义之音"隐藏在文字和书写背后，深刻地揭示着诗行蕴含的深层意义。

在《工厂城》中，弗罗斯特再次强调诗歌理论"意义之音"在揭示主题思想、彰显诗歌内涵上举足轻重的作用。

在《工厂城》中，读者再次领悟到弗罗斯特诗歌理论"意义之音"的别出心裁和匠心独运。

三、《当速度来临》

When the Speed Comes

When the speed comes a-creeping overhead
And belts begin to snap and shafts to creak,
And the sound dies away of them that speak,
And on the glassy floor the tapping tread;
When dusty globes on all a pallor shed,
And breaths of many wheels are on the cheek;
Unwilling is the flesh, the spirit weak,
All effort like arising from the dead.

But the task ne'er could wait the mood to come;

The music of the iron is a law:

And as upon the heavy spools that pay

Their slow white thread, so ruthlessly the hum

Of countless whirling spindles seems to draw

Upon the soul, still sore from yesterday.

　　《当速度来临》大约创作于 1906—1907 年，是弗罗斯特根据一段亲身工作经历写成的一首十四行诗。1893 年，弗罗斯特在马萨诸塞州阿灵顿毛纺厂（The Arlington Woollen Mill）找到一份负责动力机房照明维护的工作。那时，灯泡设计粗糙，制作技术落后，碳化灯丝熔断是常有的事。一旦灯泡坏了，他就搬来梯子，爬上梯顶，维修或更换灯泡。

　　工作空闲时，他就趁工头不留意，悄悄地爬上机房阁楼，如饥似渴地阅读莎士比亚的作品。后来，他在一个剧场找到一份工作，负责票务。剧场老板在舞台上朗诵莎士比亚的戏剧对白和诗歌，激起了弗罗斯特对诗歌朗诵的极大兴趣。弗罗斯特对莎士比亚十四行诗爱不释手，他研习《哈姆雷特》《麦克白》《暴风雨》等作品中的经典对白和十四行诗句，随笔记下心得体会，揣摩其音韵声情、韵致意境和笔法风格。

　　随着时间的推移，他逐渐意识到，朗诵的声调、音量、节奏、停顿、速度等，对诗行意象、意蕴、诗歌主题和思想内涵具有非凡意义。他在诗歌创作中，特别注重句子背后所隐含的"句子的声音"（the sound of sentence）和"意义之音"（the sound of sense），并将它们应用于诗歌创作，逐步形成并丰富了诗歌创作的鲜明特色和风格。

　　在随后大约 10 年间，弗罗斯特创作了许多十四行诗，有的在他眼里仅为习作，如《绝望》《当速度来临》《工厂城》等；有的成为经典之作，如《进入自我》《梦中的痛苦》《有利视点》等。

　　弗罗斯特在毛纺厂工作时间不长，但他仔细观察到：每天大早，工人们就各就各位；当机器转动，他们就得随着机器的转速一刻不停地忙碌起来；毛线断了，女工能飞快、准确地接好断线，让毛线重新融进机器的转速中……

　　弗罗斯特思考了一连串的问题：究竟是什么力量让工人们变成他们现在的样子？他们将成为什么样的人？他们得到了什么？他们失去了什么？他们的生存意义是什么？为什么人和机器一起拼命转动？人和机器究竟是什么关系？……

　　他终于顿悟，把人变成"自动化机器"的，正是工厂里的机器，正是工厂的主人。归根到底，人类是自身异化的罪魁祸首。由此，他感到不满和愤怒，有感而发，创作了十四行诗《当速度来临》。

这是一首意大利彼特拉克式十四行诗，押韵格式为 abbaabba cdecde，诗节呈"前八、后六"结构排列。全诗并非中规中矩的抑扬格五音步，其中有 5 行以抑抑格起首，分别是第一行"when the…"、第三行"And the…"、第四行"And on…"、第九行"But the…"和第十一行"And as…"。诗行中也间或出现抑抑格韵步。

另外，扬扬格在诗行中也屡见不鲜，如第一行"…speed comes…"、第三行"…sound dies…"、第九行"…task ne'er…"、第十二行"…white thread…"等。同样，诗行中也间或穿插扬扬格韵步。

"意义之音"在荡漾，"句子的声音"在回响。抑抑格短促，音量小而弱；扬扬格悠长，音量大而强。抑抑格和扬扬格韵步在诗行中交叉穿行，重读音节和重读音节叠加递进，轻读音节和轻读音节重合闪现，营造出毛纺厂里机器转动后嘈杂喧嚣的环境和快速紧张的节奏。

《当速度来临》前 8 行诗节由两个四行诗节构成。首、次四行诗节均为由"When…"引导的时间状语从句。

首 4 行诗节的诗行排列"When the speed comes…/And…And…And…"富有深意，声调起伏：当速度来临，一切都得跟着速度转动；当机器转动，一切都得跟着机器奔跑。

机器转动的声音此起彼伏，一浪高于一浪，淹没了人说话的声音（the sound dies away of them that speak）。在宽大的车间里，世上最珍贵的声音——人声荡然无存，完全被淹没在机器声浪中。

但是，在宽大的车间里，人无处不在：脚步在光滑的地板上穿行（And on the glassy floor the tapping tread），脸上映衬出许多飞轮的呼吸（And breaths of many wheels are on the cheek），肉体不愿意动（Unwilling is the flesh），身体疲惫不堪，灵魂十分脆弱（the spirit weak）。

所有动作，都与人有关，都与人的行为有关。但是，全诗没有一字提及人，而人的动作、行为却无处不在。在诗行中，最珍贵的人缺场；在"句子的声音"中，最有意义的人声消失……

在次 4 行诗节中，诗句"When dusty globes on all a pallor shed，/And…"排列稍有变化。

人，感觉不到自己的呼吸；机器的呼吸（breaths of many wheels）扑面而来，让人喘不过气来。人，感觉不到自己身体在动；机器的转动驱动着人的机械、僵硬的动作。

诗行没有正面直接地刻画具体人物，但行末"on the cheek"标志着笔触由物到人的转向。

当蒙尘的球形灯把一切照得一片苍白，灯光聚焦于"脸颊"（cheek）上。"脸颊"成为诗行焦点，由此引出后两行描写此时此刻人的境遇："肢体不愿动"（Unwilling is the flesh），"灵魂很脆弱"（the spirit weak）。肉体不得不动，动作显得僵硬；肢体所做的所有努力，都显得徒劳；人的所有行为，显得呆板。"动作和行为，就像来自死人一样"（All effort like arising from the dead）。人，失去声音，失去意义，如同行尸走肉。

在后6行诗节中，第九行"But"标志着"突转"，表明后6行诗节将进一步聚焦于人的无奈境遇，进一步揭示人在机器时代的生存状况和存在本质。

人在大机器面前疲惫不堪，痛苦万分。人只有一条出路：跟着机器转动，跟着速度奔跑。但是，机器越转动，人的肢体就越不愿意动；机器越奔跑，人就越不愿意跑。

然而，任务不等人，"工作毫不理会人的心情"（But the task ne'er could wait the mood to come）。速度是命令，机器是号令，"钢铁奏出的音乐就是法令"（The music of the iron is a law）。

当机器转动，冰冷的钢铁奏出的沉闷音乐就是不可抗拒的法令。当速度来临，人、人的呼吸和人的声音，都被淹没在机器转动的声浪中。机器是主角，人沦为配角；机器声音是主旋律，而人的声音连伴奏音都不配，在强大的主旋律中销声匿迹，荡然无存。

人，感觉不到自己的灵魂。"那一排排沉重的线轴"（the heavy spools），"一行行飞速吐出白线的纺锤"（countless whirling spindles），都冷酷无情地"吞噬着人的灵魂"（seems to draw/Upon the soul）。而人仅剩下脆弱的灵魂，今日已经疲惫不堪，还得遭受着昨日痛苦的煎熬（the soul, still sore from yesterday）。

这是人的呐喊，也是灵魂的呼喊。在机器面前，人的肉体被践踏，日复一日；人的灵魂受煎熬，经年累月。

全诗以视觉意象为中心构筑起一座巨大的纺纱车间："皮带"（belts）、"轮轴"（shafts）、"转轮"（wheels）、"线轴"（spools）、"纺锤"（spindles）等，和第一行的"速度"（the speed）紧密相连，而速度直接指向了车间里机器的转速。

在视觉意象的驱动下，听觉意象如影随形，"意义之音"相向而行。当速度来临，机器转动（When the speed comes），皮带的噼啪声（snap）、轮轴的吱嘎声（creak）、转轮的呼吸声（breaths）、线轴的嗡嗡声（hum）、纺锤的呼啸声（whirling）等，与第十行钢铁的碰撞声（music of iron）密切相关，而钢铁的碰撞声又让人联想到机器和速度。

为了提高生产效率和节约成本，人类发明创造了机器。机器本是人的工具，本为人类服务。如今，机器成了主宰。人被机器奴役，被机器异化。人，最终沦为机器的机器，沦为工具的工具。

当速度来临（When the speed comes…），当机器开始转动，"钢铁奏出的音乐"（The music of iron）成了节奏的主宰，成了工人们的"法令"（a law），成了人们生活的旋律，也就成了人类的哀歌，成了时代的挽歌。

这不仅是人类的悲哀，也是那个时代的悲哀。

好在，当机器主宰一切，人的声音被淹没，思想的表达被压制，还有诗人在歌唱，还有"意义之音"在诉说，还有"句子的声音"在回荡……

四、《找寻字眼》

Pursuit of the Word

What, shall there be word single to express
Two Cinderella slippers on the hearth,
Two birds of the air the fowler brings to earth,
Two vowel sounds that haply coalesce,
Two such divinities as came to bless
The white swan-mother, Leda, at a birth,
Two prettiest souls that make of pain and mirth,
Presence and absence, one long life-caress?

Yet none that leaves the vision less than double
Which through bare boughs I saw this April night,
And weds in utterance what was really one,
Venus and new Moon, water-drop and bubble,
Equally hanging at an hour's height
Over the blackened hills that hid the sun?

《找寻字眼》创作于 1911 年。同年圣诞节前夕，弗罗斯特将《找寻字眼》和其他 16 首诗作一起寄给苏珊·海耶斯·沃德（Susan Hayes Ward）。这首诗的标题"Pursuit of the Word"中的定冠词"the"，具有特定指代作用，和"Word"连用，其指代功能虽不如指示代词"this"或"that"强，但"the Word"大致相当于"this Word"或"that Word"。标题告诉我们，诗人心里明白，或者他以为读者心中明白，他所追求的那个（这个）字眼是什么。

《找寻字眼》是一首意大利彼特拉克式十四行诗，押韵格式是 abbaabba

cdecde，与另两首十四行诗《当速度来临》（"When the Speed Comes"）和《因韵害意》（*Trouble Rhyming*）的韵式相同。全诗由前 8 行诗节和后 6 行诗节构成，前 8 行诗节是疑问句 "shall there be word…one long life-caress?"，后 6 行诗节是疑问句 "Yet none that…that hid the sun?"。前后两个疑问句均有反意疑问句意味。

《丝织帐篷》全诗只有一个陈述句，一气呵成，主题明确，思想深邃。相比之下，《找寻字眼》虽构思精妙，颇具匠心，衔接自然，含蓄有致，却只问不答，有问无答，问中有答，答中有问。像在其他诗中一样，弗罗斯特在《找寻字眼》中只提出问题，不提供答案。读者一问一答、问答相宜的阅读预期没有出现。

弗罗斯特在诗歌创作的漫漫道路上，苦心冥想，坚持不懈，苦苦追寻着音韵铿锵、意蕴丰富的字眼；在诗歌欣赏的心路历程中，希望读者能独立思考，细心品味，满心欢喜地收获着他字斟句酌、千锤百炼的字眼所带来的智慧和欢愉。

前 8 行诗节以疑问词 "What，…" 起首，诗人故作惊讶，神情夸张，一语惊人，吸引读者注意，直击读者心灵。（"What, shall there be word single to express…)" 什么，难道有单个字眼来表示……

第一行 "What，…" 一词精意练，语浅情浓，它却和特殊疑问句无关。按照英语句法，"word" 前应有个不定冠词 "a"，诗人有意把它省略了，因为他不需要一个一般疑问句。他用 "What，…" 开头，也不是为了创造一个特殊疑问句。他借助句法手段，透过句子声调和带意义的声音，向读者传递出反意疑问句所蕴含的丰富信息：在庞大而复杂、平凡而崇高的普通老百姓的日常口语系统里，的确存在着某个（或许许多多）意蕴丰富的 "单个字眼"。诗人的智慧，就在于找到合适的字眼，为诗歌创作服务。

第一行行末 "…to express" 后，采用 "跨行连续" 手法，连续带出 5 个 "Two…" 修饰的复数名词，成双成对，相映成趣："灰姑娘的两只水晶鞋"（Two Cinderella slippers）、"猎人枪下的两只鸟儿"（Two birds of the air）、"偶然相碰的两个元音"（Two vowel sounds）、"两个祝福的神灵"（Two such divinities）和 "两个最美的灵魂"（Two prettiest souls）。

这些水晶鞋、鸟儿、元音、神灵和灵魂，看似相互毫无瓜葛，实则草蛇灰线，伏线千里，谱写出一曲融欧洲古老民间传说、古希腊罗马神话、西方宗教思想为一体的亘古情歌。

灰姑娘的故事家喻户晓。一个貌美如花的女孩，深受继母虐待，终日干着繁重的体力活，扫地、扫烟囱、掏炉灰样样得干，落得个满身灰尘，人称 "灰姑娘"。

一天，王子邀请全城女子出席宫廷舞会。灰姑娘冲破继母重重阻挠，在森林仙子、树木、瓜果、老鼠、鸟儿的帮助下，摇身一变成为头戴金冠、脚穿水晶鞋的千金小姐，乘坐华丽马车，喜气洋洋地进入皇宫。

舞会上，灰姑娘嗓音甜润，声音诱人，轻盈优美，羽衣蹁跹，引来王子同歌共舞，对酒当歌。两人一见钟情，如痴如醉。可惜，良辰易逝，美景难留。夜深了，更声响起，灰姑娘不得不告别王子，离开王宫。仓促间，她留下一只水晶鞋在暖意浓浓的火炉旁……

王子彻夜未眠，积思成疾，派人四处打探，终于凭那只水晶鞋找到了灰姑娘。有情人终成眷属，王子和灰姑娘过上了幸福生活。

在弗罗斯特诗中，故事仍未结束。主人公化成古希腊罗马神话中的宙斯和勒达（罗马神话中朱庇特和勒达）。在神话中，宙斯曾绞尽脑汁，苦苦追求四大美女：达娜厄、伊俄、伽倪墨得斯和勒达。其中，朱庇特和勒达的爱情故事引人入胜。天王朱庇特和天后朱诺不和，独自一人下凡人间，走到泰格特山，遇见厄多里王的女儿勒达。朱庇特对她一见倾心，神魂颠倒。他见勒达睡意正浓，便化作一只洁白、高雅的天鹅，在勒达身边翩翩起舞。

勒达惊醒，看见天鹅健硕无比，羽毛鲜润，非常可爱，便和天鹅亲近，互相爱抚，亲吻。9个月后，勒达生下两个蛋。一个蛋里孵出两个外貌酷似的男孩卡斯托耳和波吕丢克斯，另一个蛋里孵出两个绝色女孩海伦和克吕泰涅斯特拉。4个孩子，都成为古希腊罗马神话中十分重要的角色。

勒达在丛林分娩的过程中，得到了两位神灵的护佑和祝福（Two such divinities as came to bless）。勒达，就是弗罗斯特诗中提到的"洁白的天鹅妈妈"（the white swan-mother）。

弗罗斯特在第七、八诗行中继续延续着不朽的爱情故事，将动人心弦的爱情故事，延伸到人类两性灵肉合一、人神合一的犹太传统，延伸到古老希伯来文化中。在《圣经》中，如歌如泣的爱情故事俯拾即是。青年男女心心相印，情投意合，年迈夫妻相濡以沫，相生相守，两颗爱恋的心心有灵犀，两个最美灵魂（Two prettiest souls）水乳交融。亚当和夏娃同甘共苦，尝遍痛苦和欢乐（pain and mirth），亚伯拉罕和撒拉相濡以沫，看透聚散离合（presence and absence），以撒和利百加相亲相爱，波阿斯和路得夫唱妇和，约瑟和马利亚相敬如宾，终生恩爱相守（one long-life caress）。两个人，两颗心，两个灵魂，共同演绎着人类爱情一曲曲两情相悦、忠贞不渝的永恒之歌。

在前8行诗节，弗罗斯特的目的，不在于讴歌爱情，而在于揭示诗歌创作理想和审美追求。他认为，在诗歌创作中，诗人要"屈尊于"日常口语（We've got to come down to this speech of everyday），采用普通老百姓实实在在的"单词"（the hard everyday word）。诗人的责任，在于提炼"意义之音"，提升日常生活语言中字词的意境，让日常口语语言实现"隐喻性的转向"（a metaphorical turn），赋予它们一种新颖的比喻意义，赋予它们一种高雅的诗意①。

在此，弗罗斯特以宏大的叙述视野，以高阔的艺术境界，从欧洲古老传说入手，跨越古希腊罗马神话，触摸希伯来文化灵魂，在源远流长的欧洲文明长河中寻找诗人心中那个理想的"单个字眼"，在庞大复杂的语言系统里捕捉万事万物的联结点，并恰如其分地运用理想的"单个字眼"呈现宇宙万物的意义、诗歌的欢愉和艺术的智慧。

在后6行诗节中，第九行"Yet"开始转折，诗人在前8行诗节寻找可用来表达"一分为二"的字眼，在后6行笔锋一转，将追寻的目光投向"合二为一的景象"（the vision less than double），寻找富含"意义之音"、可生动刻画那"景象"的字眼，即在现实生活"话语中合二为一的字眼"（weds in utterance what was really one）。

"the vision less than double"让我们想到《相逢又分离》中的情景：他在山道旁欣赏无边风景，刚要下山，一转身便看到她上山而来。"我俩相逢"，两行大小不同、深浅不一的足迹把"我们存在的身影化作大于一/但小于二的数字"（The figure of our being less than two/But more than one）。

两行足迹合二为一，两个身影水乳交融，两颗心具有"大于一、小于二"的宇宙力量。她用小花阳伞在大地上一捅，"就标出了那个深深的小数点"（Your parasol/Pointed the decimal off with one deep thrust）。在爱情道路上，她手中的日常阳伞，生活中的简单动作，大地上"深深的小数点"，表达了无穷爱意，创造了人间爱情神话。

同样，在诗歌创作中，诗人更能在丰富多彩的语言体系中，找到一个独一无二的"字眼"，提炼"字眼"背后动人的声调，配合一种得体的表达方式，描绘出茫茫宇宙中"小于二的景象"（leaves the vision less than double），将"实为一体的东西合二为一"（weds in utterance what was really one）。

在"追寻字眼"的同时，诗人必须"让声音做点事"（something for the voice to do），关键在于"声音的动感"（the ACTION of the voice），即声姿韵态（sound-posturing）和声情音响（gesture）。②

弗罗斯特将"追寻字眼"和"意义之音"有机结合，声情并茂，绘声绘色，向读者展示出一道令人遐想无边的天象奇观——金星合月（"Venus and new Moon"）。

① Robert Frost：*Frost, Collected Poems, Prose, & Plays*, ed. Richard Poirier and Mark RIchardson. New York：Library of America, 1995, pp. 695.

② Robert Frost, *Frost: Collected Poems, Prose, & Plays*, ed. Richard Poirier and Mark RIchardson. New York：Library of America, 1995, p. 688.

在今年四月的一个夜晚（this April night），太阳早已躲进远处黑沉沉的山峦后面（the blackened hills that hid the sun）。山峦之巅，有一排排低矮的林树，露出光秃秃的枝桠（the bare boughs）。暮霭沉沉，晚霞瑰丽，山峦叠嶂，树影依稀。远处低空中，金星和新月（Venus and new Moon）竞相辉映，水珠和气泡（water-drop and bubble）如影随形，同时高悬于赤经 15 度的一点上（Equally hanging at an hour's height），渐渐消失在山峦树影之外，消失在茫茫暮色之中。

这天象奇观，似乎与弗罗斯特寻找的"字眼"毫不相干。其实不然。

金星和新月（Venus and new Moon）是茫茫太空中两个截然不同的星球，各有各的传奇和精彩。但是，在古希腊罗马神话中，它们实质上一脉相承，同根同源。

在希腊神话中，金星（Venus）是指爱神阿佛洛狄忒（Aphrodite），是宙斯和海神的女儿，诞生于海洋白色泡沫（white bubble），乘着一个巨大贝壳从海底冒出水面，出世时赤身裸体，全身沾满水珠（water-drop），晶莹剔透。花神为她编织繁花似锦的衣装，时序女神为她披上金光闪闪的冠冕，风神让她漂向塞浦路斯的帕福斯海滩。爱神乘坐着由一对白鸽拉着的彩车飞奔，飞向奥林匹斯山。"Aphrodite"就有了"上升的泡沫"的意思。

古罗马人继承了古希腊神话精髓，以金星（Venus）命名爱神维纳斯，演绎出独树一帜、精彩绝伦的爱和美的神话故事。

在天文学上，金星和新月运行到经度上，两者距离最短，形成"金星合月"天象奇观。此时，月亮弯弯，高悬于巨大天幕上，闪着银色的清辉；金星熠熠生辉，灿若宝石，映美苍穹。双星形影相随，交互相映，争奇斗艳，璀璨夺目。

在我国神话中，金星又称太白金星，据《诗经·小雅·大东》记载："东有启明，西有长庚。"金星，见于东方，即启明星；见于西方，即长庚星。启明星和长庚星名二实一，都指金星。

"金星合月"（Venus and new Moon）天象奇观，既可能出现于东方破晓之时，也可能出现于日落西沉之后。通常出现在东、西方低空中，位于地平高度 15 度（赤经 15 度）左右。

第十三行中的"at an hour's height"（一小时的高度）蕴含着时间和空间的意义，这与天文学上的"赤经"概念是一致的。"一小时的高度"在天文学上的含义，就是赤经 15 度（1 小时 = 赤经 15 度）。

诗人饶有兴趣地刻画了"金星合月"的天象奇观。但是，他探寻的目光投向了天象奇观背后所隐含的深厚的文化底蕴，目的是寻找一语中的、意蕴千钧的"字眼"，探究看似毫不相干、实则名二实一的事物内在联系，言简意赅地道出其哲学含义、文化意蕴和真理意义。

弗罗斯特在诗中始终没有告诉我们，他孜孜以求的"字眼"究竟是什么。但是，他坚信，在错综复杂的语言系统里，一定存在着形形色色的"字眼"，存在着声调优美、情韵别致的"意义之音"，能准确地表达宇宙之中万事万物之间的微妙关系。

《找寻字眼》虽是弗罗斯特早期作品，但它反映出诗人毕生的诗歌理想和艺术追求。追寻字眼的努力，"意义之音"的实践，贯穿于诗人毕生的诗歌实践中。追寻字眼，是弗罗斯特的审美标准；"意义之音"，是弗罗斯特的理想追求。

首先，字眼源自普通老百姓日常生活的日常话语。日常生活底蕴丰富，语境宽广，语言新鲜活泼，古韵新声交织碰撞，焕发出形象生动、音调铿锵、亲切真纯的生命力。

他在《未经推敲的词或挪用和远距离挪用》（"Unmade Word or Fetching and Far-Fetching"）中说，我们有两种语言："口头语言和书面语言"（the spoken language and written language）。我们必须采用"日常口语"（the speech of every day），让日常词汇意蕴升华，实现日常用语的"比喻性转向"（a metaphorical turn），赋予日常词汇新颖意义和高雅诗意。

像日常生活中柠檬、桃子、街道等词汇，经过诗人的"诗意曲解"（a poetic twist）或"诗意挪动"（a poetic movement），就能化平淡为精美，化平凡为伟大，化卑微为崇高，具有很强的艺术感染力量。

其次，通过"挪喻"（fetching）手法，把日常词语从习惯性含义巧妙地挪到新的语境中。"挪喻"，指的是修辞辞格的运用，包括"隐喻"（metaphor）、"明喻"（simile）、"类比"（analogy）或"讽喻"（allegory）等手法。

弗罗斯特喜爱和善用"挪喻"（fetching）手法，例如，日常词语中有许多形容夏天的形容词，但爱默生曾有"In this refulgent summer..."的句子，弗罗斯特盛赞"refulgent"用词生动，灵气十足。他同时尖锐地指出，爱默生用过这个词，诗人在创作时就千万别再用了。

弗罗斯特谈到他在《白桦树》（"Birches"）中如何"挪喻"日常生活用语的。

> ...Often you must have seen them
> Loaded with ice a sunny morning
> After a rain. They click upon themselves
> As the breeze rises, and turn many-colored

As the stir cracks and crashes their enamel①

他把单词的重音、句子的重读音和诗行的节奏有机结合起来，让重音和节奏自然融合，让无规则的重音和有规则的节奏相互配合，达到音韵和意义上的精妙融合。

最后，字眼具有丰富的"意义之音"。字眼的声响、声调是日常生活用语的基础，是诗行句子的基础，是"一切有效的表达方式的基础"（the basis of all effective expression），是"展翅飞翔的富有生命力的东西"（the living things flying round）。②

这样的字眼有强大的生命力，道尽人生意义和生命真谛；这样的字眼具有强大的张力，揭示万物循环往复的本质和宇宙上下周流的真相。

五、《雨浴》

The Rain Bath

Do you remember how in camp one day
We boys awoke with shouts of joy to hear
A fresh young gale in the forest plunge and rear
And thrash our sylvan roof with boughs in play?
Suddenly with a jolt some cloud gave way.
Down came a flood, instilling frolic fear.
It reached our bed from the open window near
And brought us standing up from where we lay.

We laughed at that. We flung the house door wide,
Then waited till the rapid sky once more
Turned darkest with the irrepressive tide,
And then, when ripping leaves the wild downpour
Was dashed to mist along the steps and path,
We ran forth naked to the morning bath.

---

① Robert Frost：*Frost, Collected Poems, Prose, & Plays*, ed. Richard Poirier and Mark Richardson. New York：Library of America, 1995, p.117.

② Robert Frost, *Frost, Collected Poems, Prose, & Plays*, ed. Richard Poirier and Mark Richardson. New York：Library of America, 1995, p.694.

　　《雨浴》是弗罗斯特于 20 世纪初期创作的一首十四行诗。1911 年，弗罗斯特将 17 首诗作为圣诞礼物寄给苏珊·海耶斯·沃德。《雨浴》是其中一首。1995 年，《雨浴》收入《弗罗斯特集：诗全集、散文和戏剧作品》的《诗外集》(Uncollected Poems)。

　　《雨浴》是一首彼特拉克式十四行诗，兼具莎士比亚十四行诗风格。押韵格式是 abbaabba cdcdee。全诗由前 8 行诗节和后 6 行诗节构成，前后起伏变化不大，但景物层次分明，抒情浑然一体，叙事和谐统一，是弗罗斯特罕有的融回忆性、叙事性和抒情性于一体的十四行诗。

　　全诗叙事线条明显，情节脉络清楚。有一天，一群男孩在树林露营。他们睡得正酣。突然，一阵狂风暴雨把他们从梦中惊醒。瓢泼大雨乘着风势破窗而入，把睡梦中的孩子们赶下睡床。他们不但没有抱怨风雨搅扰了他们的甜梦，反而开怀大笑，推开房门，张开双臂，赤身裸体，飞也似的跑到外头，来一场随心所欲、肆无忌惮的天然"雨浴"。

　　前 8 行诗节由首 4 行诗节和次 4 行诗节构成。首 4 行诗节是一个疑问句，"Do you remember..."把蒙太奇式镜头拉回到那令人难忘的一天，把读者置身于一个伊甸园式世界：风和日丽，森林里空气清新、风景秀丽。入夜，经过一天狂欢的男孩们，进入甜美的梦乡。

　　突然，他们"在一阵欢叫中醒来"(awoke with shouts of joy)，听见"林中暴风骤起，呼啸声震天动地"(A fresh young gale in the forest plunge and rear)。"狂风挟持着树枝，在空中肆意飞舞，拍打着木屋房顶"(And thrash our sylvan roof with boughs in play)。

　　"A fresh young gale"(一阵骤起的狂风)，字眼清新，用词凝练。"fresh"一词构思精巧，狂风迅疾、迅猛的力量跃然纸上，震撼人心；"young"富于情韵，暴风猛烈，强烈的爆发力气势磅礴，不可阻挡。

　　诗人用"fresh"和"young"修饰"gale"(阵风、狂风、暴风、强风)，造词新颖，富于美感，声响和谐悦耳，音调抑扬顿挫。另外，"fresh"和"young"兼具速度和力量，层层连属而又相互推进，既兼波澜又具神韵。

　　词组"thrash...in play"措辞精准，传神生动。拟人笔法把狂风阵阵、树枝狂舞的动态场景刻画得惟妙惟肖，使得整个画面生动活泼，让人产生一种亲临其境的感受。

　　首 4 行诗节着眼于狂风，次 4 行诗节聚焦于骤雨。第五行"Suddenly"预示着预想不到的事件突然降临。风卷乌云，乌云低悬，"随着一阵惊天震动，乌云突然坍塌"(Suddenly with a jolt some cloud gave way)。

　　第六行是一个倒装句，暴雨倾盆，天降洪水，给男孩们"带来欢乐的恐惧"(instilling frolic fear)。"洪水"(the flood)用词巧妙，形象生动，以洪水隐喻暴雨，以洪水投影于天幕，想象奇特新颖，夸张大胆，出人意料。

弗罗斯特采用矛盾修辞手法，将日常语言中的"frolic"巧妙地挪用过来，恰如其分地修饰男孩子常见的又怕又爱、越险越前、欲退还前的矛盾心理状态。"fear"，具有莎士比亚的矛盾修辞韵致，措辞平实而细腻，意境生动而富逸趣，是全诗的点睛之笔，神来之妙。

第七、八行，以"It"指称洪水。暴雨倾盆，洪水从天而降，"穿过敞开的窗户，直抵睡床"（It reached our bed from the open window near），把孩子们"从睡床上掀起"（And brought us standing up from where we lay）。

至此，在短短的诗行里，字字含真情，语语有余味，声调渲染环境，节奏推进叙事，韵律烘托意境，从风和日丽到暴雨倾盆转眼一瞬间，充满戏剧性和曲折性。

在后 6 行诗节中，第九行"We"提示突转，笔锋由景物指向人物。后 6 行诗节由首 3 行诗节和次 3 行诗节构成，共有两个完整句子，用了 3 个"We"，分别在第九和第十四行，充分说明主题转化和意境升华。

第一个句子"We laughed at that"。除此之外，另一个长句跨越首 3 行诗节和次 3 行诗节，以"cdc dee"韵式链接，配合第十一、十二行之间的"跨行连续"手法，将一个跨越 6 行的诗句连成一个一意贯穿、一气呵成的整体。

在长句内部，有表示时间和顺序的词或词组，如第十行的"Then"、"till"和"once more"以及第十二行的"And then"等，配之以主语"We"执行的一连串的动词"laughed at""flung""waited"和"ran forth"，用词精准，声韵传神，将男孩子们在风雨中的动态描写得妙趣横生、活灵活现。

可见，在后 6 行诗节，诗歌采用韵式、跨行连续、遣词造句、字眼声响和句子语调综合手法，前后相照，相互呼应，动作在时间中展开，时间在流动中阐释行为，共同烘托环境，点化出一幅动感十足、完整统一的画面。

面对狂风骤雨，男孩们毫不退却，毫不畏惧，反而开怀大笑，"敞开大门"（We flung the house door open wide），以期待的心情，"等待变幻莫测的天空"（Then waited till the rapid sky），"再一次伴随那不可驾驭的洪流，变得漆黑一片"（…once more/Turned darkest with the irrepressive tide）。

然后，当野性十足的瓢泼大雨夹杂着枝桠树叶（And then, when ripping leaves the wild downpour）在小径、台阶上横冲直撞溅起层层水花，撞成迷蒙水雾的时候（Was dashed to mist along the steps and path），男孩们无比兴奋，赤身裸体，冲出房门，尽情享受一场千载难逢的晨浴（We ran forth naked to the morning bath）。

在后 6 行诗节中，弗罗斯特在创造字眼和提炼"意义之音"上颇费心思。"the rapid sky"（变幻莫测的天空）、"the irrepressive tide"（不可驾驭的洪

流）、"the wild downpour"（野性的瓢泼大雨）、"the morning bath"（晨浴）等
词组中的形容词，洗练流畅，想象奇特，十分生动传神。

弗罗斯特擅长"诗意地挪动"（a poetic twist）日常生活中的常见词汇，赋
予它们"文学的联想"（literary associations）或"比喻的意义"（a
metaphorical turn），[1] 提升日常生活用语的意境，既有丰富而美丽的想象，
也有深邃而独到的哲理，更有强烈而持久的艺术感染力。

《雨浴》前8行诗节以风和日丽、休闲露营起笔，看似平实，但出其不
意，深藏伏线；以暴雨倾盆、洪水肆虐收笔，笔调跳荡横肆，但不露痕迹，水
到渠成。

后6行诗节着墨雨中即景，笔势酣畅雄阔，着眼于人物性格和本能反应，
看似轻松愉悦，顺势而为，展现个性，实则暗藏恐惧，危机四伏，四面楚歌。

大自然是弗罗斯特诗歌的重要主题。在弗罗斯特看来，大自然具有强大力
量，看似美丽无比，魅力十足，实则深不可测，暗藏杀机，会对人类造成巨大
的心理困惑和生存威胁。

《害怕风暴》（"Storm Fear"）、《恐惧》（"The Fear"）、《星星》（"The
Stars"）、《熟悉乡下事之必要》（"The Need of Being Versed in Country Things"）
等作品，以及前面谈及的十四行诗如《接受》（"Acceptance"）、《曾临太平
洋》（"Once by the Pacific"）、《意志》（"Design"）、《洪水》（"The Flood"）、
《熟悉黑夜》（"Acquainted with the Night"）等，都深刻地揭示了大自然力量的
毁灭性、人类命运的不可抗力、个体心理深层恐惧的必然性和持久性。

《雨浴》明显地照应了大自然的黑暗和人类心理恐惧的主题。诗中许多关
键意象和意蕴，在弗罗斯特其他许多诗作中都反复出现，都得到了诗意深化和
意境升华。"欢乐的恐惧"（frolic fear）在《害怕风暴》《恐惧》等诗中延续，
"洪水"（a flood）在《洪水》（"The Flood"）等诗中奔流，"敞开的窗户"
（the open window）在《害怕风暴》中见证主人公身处漆黑屋内、遭受窗外强
大风暴袭击时的内心恐惧和无尽煎熬，"不可驾驭的洪流"（the irrepressive
tide）在《曾临太平洋》等诗中一浪高于一浪，对海岸、陆地进行轮番洗
劫……

《雨浴》一前一后，对照鲜明。晴天和洪水，淡定和恐惧，天地一瞬间。
诗人借景抒情，感叹世事无常，人生变幻，内心孤独。"意义之音"，言外之
意，弦外之音，味外之味，遍布诗篇。

---

[1] Robert Frost, *Frost: Collected Poems, Prose, & Plays*, ed. Richard Poirier and Mark
Richardson. New York: Library of America, 1995, p.695.

六、《有感于此时谈论和平》

On Talk of Peace at This Time

France. France, I know not what is in my heart.

But God forbid that I should be more brave

As watcher from a quiet place apart

Than you are fighting in an open grave.

I will not ask more of you than you ask

O Bravest, of yourself. But shall I less?

You know the depth of your appointed task

Whether you still can bear its bloodiness.

Not mine to say you shall not think of peace.

Not mine, not mine: I almost know your pain.

But I will not believe that you will cease,

Nor will I bid you cease, from being slain

Till everything that might have been distorted

Is made secure for us and Hell is thwarted.

《有感于此时谈论和平》的创作背景是第一次世界大战，时间是 1916 年。根据弗罗斯特自己的回忆，此诗是他即兴创作的诗行（some impulsive lines）。在他有勇气将之示人前，它在笔记本上躺了好长一段时间（should have aged a little in my notebook before I ventured to public with them）。[①]

1916 年 11 月，弗罗斯特诗集《山间低地》（*Mountain Interval*）正式出版。12 月的一天，他在一本《山间低地》的扉页上题写此诗，赠予美国作家、1925 年普利策传记和自传奖获得者马克·安东尼·德沃尔夫·豪（Mark Anthony DeWolfe Howe, 1864—1960）。

第二天，弗罗斯特再将这首诗题写在另一册《山间低地》诗集的扉页上，寄送给英国散文家、诗人爱德华·托马斯（Edward Thomas, 1878—1917）。弗罗斯特在英国期间，居住在格洛斯特郡（Gloucestershire）迪莫克村（Dymock），托马斯常常拜访弗罗斯特。迪莫克村风景秀丽，文脉丰厚。离村

---

① Jeffrey S. Crammer, *Robert Frost among His Poems: A Literary Companion to the Poet's Own Biographical Contexts and Associations*. McFarland & Company, Inc., Publisher, 2007, p. 233.

子不远处有一片松树林，两人常在林间散步，谈时事，谈诗艺，无话不谈。

他们在林间散步，激发创作灵感，点燃思想火花。在弗罗斯特的鼓励下，托马斯写下了诗篇《字语》（"Words"），实现了由散文家向诗人的华丽转身。他们在林间散步，也激发了弗罗斯特的创作灵感，成就了那首令人爱不释手、百读不厌的不朽诗篇《未走之路》（"The Road Not Taken"）。

1915 年，"一战"爆发后，弗罗斯特返回美国。不久，托马斯收到弗罗斯特新作《未走之路》后，百感交集，毅然从军，奔赴硝烟弥漫的战场，创作了许多战争题材的优秀诗篇，被誉为"战地诗人"（a war poet）。

当弗罗斯特将扉页上题有《有感于此时谈论和平》的诗集《山间低地》邮寄给托马斯时，托马斯正随英军乘船前往法国战场。

1917 年 4 月 9 日至 10 日，英军和加拿大军队在法国北部加来海峡省"阿拉斯之战"（The Battle of Arras）中攻克维梅山（Vimy Ridge）。不幸，托马斯在战斗结束前被德军炮弹击中，死于维梅山以南的几公里处。

消息传来，弗罗斯特悲痛不已，含泪写下《致 E. T.》，称托马斯为"战士诗人"（a soldier-poet）。

可见，弗罗斯特是多么重视、多么喜欢《有感于此时谈论和平》一诗的。它是弗罗斯特第一首有关战争题材（反对战争）的政治性诗作。当人类"一战"伤痛尚未治愈、"二战"又乌云密布之时，弗罗斯特以笔杆为武器，坚决反对战争，呼吁人们珍惜世界和平。

《有感于此时谈论和平》在弗罗斯特生前并未正式公开出版。但是，这首诗是弗罗斯特用十四行诗反思人类战争的先声。随后，他创作和发表了《射程测定》（"Range-Finding", 1916）、《士兵》（"A Soldier", 1927）、《他们没有神圣的战争》（"No Holy Wars for Them", 1947）等优秀诗篇，笔锋直指人类战争的血腥和残酷，劝喻世人痛定思痛，避免重蹈战争覆辙。

《有感于此时谈论和平》的标题透露出该诗的思想主题和创作背景："at This Time"（此时此刻）具体指此诗的创作时间 1916 年或稍早前，泛指第一次世界大战期间。

在第一次世界大战期间，1916 年是最为惨烈、残酷的一年。这一年，仅在凡尔登战役（The Battle of Verdun）和索姆河战役（The Battle of Somme），双方就有 190 万人伤亡。

这一年，美国总统托马斯·伍德罗·威尔逊（Thomas Woodrow Wilson, 1856—1924）角逐连任，提出了"他使我们远离战争"（He kept us out of war）的竞选口号。威尔逊大谈特谈世界和平，和第一次世界大战的残酷惨烈形成鲜明对照，竟然获得了大多数美国人的响应和支持。

在弗罗斯特看来，在欧洲战场硝烟弥漫、血流成河的时候，美国政客们却夸夸其谈人类命运，高谈阔论世界和平，大众竟欢呼雀跃，一呼百应，齐声附和，这无疑是对人类命运的无情讽刺和嘲弄，无疑是对世界和平的肆意践踏。

《有感于此时谈论和平》是一首兼具意大利彼特拉克式和英国莎士比亚式的十四行诗，押韵格式是 abab cdcd efef gg，诗行呈"四、四、四、二"结构排列，诗节与诗节之间无空行间隔。最后两行是押韵对偶句，具有鲜明的英国莎士比亚式十四行诗特点，从中可看出弗罗斯特渐趋成熟的英语十四行诗创作技巧和独特风格。

诗人心情复杂，感慨深沉，寓悲怆壮烈于高谈阔论之中。全诗音韵铿锵，富含寓意，讽刺辛辣，充满黑色幽默。当时第一次世界大战正酣，法国战场血流成河，尸横遍野，和谈论调渐高，停战呼吁声隆，诗人缩手一旁，隔岸观火，对法国人大声疾呼，说：你们法国人必须以死相拼，浴血奋战，直至消除邪恶，止息战争，实现世界和平。

首4行诗节，第一行有两个句子。第一句只有一个单词，以"France"（法兰西）开头，言简意赅，笔墨精练；以句号结束，戛然而止，蓄势待发。

全诗以"France"开头，表明全诗是诗人对法国人说的话。"France"之后的一个句号，象征诗人急于诉说而欲言又止，惜言如金却不得不说。

第二句再以"France"开头，但以逗号分隔，千言万语跃然纸上。"法兰西哟，我不知道我内心感受"（France, I know not what is in my heart）。真不知道吗？不，有千言万语；只是不知道该如何表达，不知道该如何诉说，不知道该从何说起。

第二行"But"转折后是一个跨越3行的完整诗句，内含一个以"that"引导、带有虚拟意义的宾语从句，以动词"forbid"和助动词"should"为标志。诗人终于找到诉说的切入点，终于打开话匣子，不过还得以上帝（God）之名，以一个"站在寂静之处袖手旁观的旁观者"（watcher from a quiet place apart）的身份诉说：但是，上帝禁止我比你更勇敢（But God forbid me that I should be more brave）。

弗罗斯特称自己为"旁观者"，因为他全家战前居住于英国、战争爆发后举家回迁美国。他的生活没有受到战争的严重影响，他的诗歌没有经过战火的洗礼。

在战争题材上，弗罗斯特的诗和"战士诗人"爱德华·托马斯的诗有很大不同，甚至，在表现手法、思想内涵等方面，在很大程度上都不及其他战地诗人如威尔弗雷德·欧文（Wilfred Owen, 1893—1918）、鲁伯特·布鲁克（Rubert Brooke, 1887—1915）、西格夫里·萨松（Siegfried Sassoon 1886—1967）、罗伯特·格雷夫斯（Robert Graves, 1895—1985）等。他们在炮火纷飞的战场上浴血奋战，在硝烟弥漫的战壕里奋笔疾书，创作了大量激荡心灵、气度恢弘、悲悯壮阔的优秀诗篇。而弗罗斯特，自始至终，是一个战争的旁观者。

弗罗斯特以"watcher from a quiet place apart"衬托、用"brave"称赞法军顽强御敌的勇敢精神。此时此刻，法军和英军"正在一个敞开的坟墓中战斗"（you are fighting in an open grave）。

"一个敞开的坟墓"指法国凡尔登和索姆河战场。1916年，凡尔登战役和索姆河战役是第一次世界大战中十分惨烈的两大战役，交战双方伤亡人数达190万。从此，人类历史上出现了"凡尔登绞肉机"和"索姆河地狱"两大专有名词，这是人类文明进程中的耻辱。

在次4行诗节，第五、六行由两个句子构成，第一个句子采用"跨行连续"手法，重复使用的关键词组是"ask ...of ..."（对……提出要求）；第二个句子"But shall I less?"由"But shall I ask less of you?"省略而来。

第六行"O Bravest..."以感叹词起首，与第一行"France"遥相呼应，同样以大写字母称法国人是"最勇敢的人"，与第二行"I should be more brave"（我该更勇敢些）的"I"形成鲜明对照。一个旁观者，置身于"宁静的地方"（from a quiet place apart），自我要求应该更严格些、更勇敢些；在"敞开的坟墓浴血奋战"（fighting in an open grave）的法国战士们，他们的自我要求（you ask/O Bravest, of yourself）已经很严格、很勇敢了。

一个旁观者，哪里有勇气对正在战场上拼命厮杀的战士提出更严格、更高标准的要求？哪里有底气对他们说：你们应更勇敢、更无畏、更奋勇？一个旁观者，显然没有这样的勇气和底气。

但是，一个旁观者，可以对浴血奋战的法国人提出更少、更松的要求么？（But shall I less?）。

一个战争的旁观者，似乎陷入了一个进退维谷的言说困境。从道义上说，旁观者应该说些什么；从现实语境里说，旁观者真不知道该说些什么。一个战士，在硝烟弥漫的战场，从不迷失方向，目标只有一个：前进！一个诗人，在远离硝烟的宁静远方，竟然左右为难，一筹莫展。

简单的诗行，对照鲜明，却不乏自我嘲讽。难怪，他在第一行就开门见山："法兰西哟，法兰西，我不知道我内心感受。"

与第一行"I know not what is in my heart"鲜明对照的是第七行"You know..."。一个旁观者或许真的无法用语言表达自己对于战争残酷性的真实感受，但是身临其境、浴血奋战的法国人一定十分清楚自己所承担的使命的深刻意义（the depth of your appointed task），十分清楚自己能否继续承受历史使命所带来的残酷和血腥（Whether you still bear its bloodiness）。

第三诗节连续采用否定句式，呈现"Not...not...Not...not...But...not...Nor"

结构，词语反复，语气渐强，抑扬格层层递进，扬扬格穿插其间，"意义之音"音响动人，传递出坚定不移的决心和顽强不屈的意志，展现出主体的主观和客观的自我判断，具有震撼人心的力量。《他们没有神圣的战争》（"No Holy Wars for Them"，1947）断言：独善其身的强国寥寥无几，弱国寡民没有神圣的战争！声韵铿锵，一语中的。

第九、十行，诗人均以"Not mine…"起首，扬扬格恰如其分，抑扬格回环婉转。两行重复手法，配合极为巧妙，隔行呼应自然，否定意义尽显其中。"mine"是"I"的物主代词的绝对形式，根据前文提示的人或物，特指"属于我的人或物"，具有强烈的排他意识。

根据第七行的"your appointed task"（你承担的使命），读者可判断"mine"即"my task"，隐含"我承担的使命"之意。但两处的"task"有不同的含义。"你承担的使命"是指法国人所承担的使命，具有民族的崇高和历史的伟大，而"我"是一个旁观者，所承担的使命并不崇高，并不伟大，充其量是个人义务、权利和责任。

我不会对你说你不应该考虑和平（Not mine to say you shall not think of peace），我更不会对你说，我几乎了解你的痛苦（Not mine, not mine：I almost know your pain）。

第九、十行属于言说层面，我表明态度：不说！第十一、十二行属于行为层面，我表明行为，不做！不做什么？一是"不相信"，二是"不请求"。经过"But"转折后，第十一行末"cease"，在第十二行里重复，与"from"构成词组（停止做某事）。

我不相信，你会停止被人杀戮（I will not believe that you will cease from being slain）；我不相信，我会要求你停止被杀戮（Nor will I bid you cease from being slain）。

从这4行诗节来看，诗人对战火纷飞的法国和浴血奋战的士兵"不说"也"不做"，或者"不能说"也"不能做"，或者"不会说"也"不会做"，真不厚道，真不道义！

但是，读者要注意，弗罗斯特从不这么直截了当。当他如此直截了当地表明主观意见或客观判断时，我们就得格外小心，以免产生歧义和误解。在此，要注意"句子的声调"（the tone of sentence）。句子的声调，具有丰富的可能性；意义的声音，具有无穷的诱惑力。弗罗斯特"用耳朵搜集的句子"（sentences by ear），读者唯有借助"会想象的耳朵"（the imagining ear）反复吟诵，仔细揣摩，才能细品其味，顿悟其义。

在双行押韵诗节，第十二、十三诗行之间的"跨行连续"手法，将紧密相连的词组"not…Nor…Till…"强行分拆，由"Till"开启双行押韵诗节。原来，诗人"不说"也"不做"是有条件的，是有时间和空间限定的。他"直到……才说……"或"直到……才做……"。

诗人设定的条件由第十四行的"and"连接，表明诗人设定了两个条件，一是"直到"被扭曲的一切变得对我们安全（Till everything that might have been distorted/Is made secure），二是"直到穿越地狱"（… and Hell is thwarted）。

要实现由"and"连接的两个条件，"Everything might have been…and Hell is…"具有前后顺序和时间关联性，第一个条件是第二个条件的前提，第二个条件以第一个条件为基础。

"might have been"具有不确定性，诗人不太确定法国实现这一条件的可能性。而且，"distorted"（被扭曲）含有"被变形、被歪曲"的含义，一切都变得面目全非，一切都变得混乱不堪，战场变成了绞肉机，世界成为"敞开口子的坟场"（an open grave）。用"might have been distorted"来修饰"everything"，与其说是一个肯定句，倒不如说是一个疑问句，这"被扭曲的"一切，有可能变成对我们有利吗？甚至倒不如说是一个否定句，这"被扭曲的一切"，几乎不可能变得对我们有利。

只有"被扭曲的一切变得对我们安全"，才有可能实现第二个条件"穿越地狱、跨越地狱"（Hell is thwarted）。诗人用了具有肯定意义的"is"，表示明确性和确定性。诗人相信：只有"被扭曲的一切变得对我们有利"，我们才能"穿越地狱"或"跨越地狱"。

最后双行押韵诗节的措辞（distorted）、语态（被动语态，might have been distorted），以及由"and"连接的两个具有时间性和顺序性条件的事项安排，大大弱化了法国在战场上的努力成果，弱化了英法联军在法国战场上的牺牲意义，弱化了第一次世界大战中协约国的战术安排和战略部署。

血浓于水。尽管弗罗斯特淡化法军在战场上的作用和影响，但是，他始终站在英法联军一边，把世界和平的美好愿望寄托在英法联军身上，希望他们具有强大力量、惊人毅力、无比勇气，将一切邪恶消灭，将地狱荡平，将"早已被扭曲的所有一切变得对我们安全"。这里，"对我们安全"当然是对包括美国在内的几个西方国家的安全。

由此可见，弗罗斯特在开头说，"法兰西哟，我不知道我内心感受"，是真不知道吗？不，他心知肚明！他有千言万语！他想说的是：法兰西哟，你应奋力抵抗，保障世界安宁；你应浴血奋战，维护世界和平。

只是，弗罗斯特真不知道该如何表达才能保持政治正确，真不知道该如何诉说才能符合国际道义，真不知道该从何说起才能让世界听起来崇高而伟大。毕竟，他是一个旁观者，"在一个宁静的远方袖手旁观"，对"在一个敞开口子的坟场里"赴汤蹈火、浴血奋战的法国人高喊世界和平，高喊停战协议，都显得不够道义，都显得不够厚道，都显得站不住脚，都显得无足轻重，反而在语气上增加了尖酸刻薄、冷嘲热讽、讽刺挖苦的味道。

弗罗斯特在诗句中总有言外之意，在声调上总有弦外之音，在意义上总有意外之意。他横眉冷对，冷嘲热讽，将辛辣的笔尖直指当时的美国政客，直指当时盲从政治口号的美国民众。

七、《天平盘》

The Pans

The voice on Patmos speaking bade me "Shut your eyes!"
I shut them once for all and l am blind.
"Hold out your hand, it said, for the surprise."
I held it out relaxed and stood resigned.

"A penny for your thoughts." Not overmuch.
The less the better from the Greeks, I said.
I waited cringing for the coming touch.
For fear the penny might be molten lead.

And when it came I flinched, I drew away.
And clang! clang-clang! clang-clang! down through the night.
It was a trust. The great scales of assay.
I was to have been Justice on a height,

Was to have had the gift of being just.
The scale-pans crashed and clanged. It was a trust.

《天平盘》大约创作于 1926 年。1974 年，《天平盘》一诗首次以铅字印刷体出现在由美国弗罗斯特研究学者琼·克莱恩（Joan St. C. Crane）编纂的《弗罗斯特：书籍与手稿叙录》（*Robert Frost：A Descriptive Catalogue of Books and Manuscripts*）中。该书由弗吉尼亚大学出版社于 1974 年出版，并收藏于弗吉尼亚大学克利夫顿·沃勒·巴雷特图书馆（Clifton Waller Barrett Library）。1995 年，该诗收入《弗罗斯特集：诗全集、散文和戏剧作品》。

标题"The Pans"，是指天平盘。天平是一种古老的衡器，由一根垂直轴支撑天平梁，梁两端各悬挂一臂，每个臂挂着天平盘，一个盘放砝码，另一个盘放待称物体，天平梁指针刻度显示物体重量。由于天平不偏不倚，左右分明，结果显而易见，一目了然，因此它象征公平、公正、公开。天平是世界文化普遍接受、认可的正义和法律象征。

弗罗斯特以天平两端的部件"盘子"比喻整个天平，是英语语言中典型的"提喻"（synecdoche）手法，即以局部喻全部，以部分喻整体。"The Pans"不仅指天平盘，而且指整个天平，含有"正义天平"或"正义之盘"的意义。

《天平盘》是一首英国莎士比亚式十四行诗，押韵格式 abab cdcd efef gg，呈"四、四、四、二"结构，诗节与诗节之间隔行排列。它也是一首兼具叙事性和哲理性的十四行诗，叙述线索明显，哲理深邃辽远。

《天平盘》的叙事和哲理，与《圣经·启示录》的历史背景有着密切关系。诗中，有一个神秘的声音对诗人说，闭上眼睛，伸出双手，将赋予他"正义之盘"。可他却缩手缩脚，临阵逃脱。结果，"正义之盘"叮叮当当作响，稀里哗啦坠地……

在首4行诗节，第一行开头"The voice on Patmos speaking…"（拔摩岛上有一个声音在说……）便让全诗充满了神秘莫测的氛围，"意义之音"深沉浑厚，悠远深长，即使诗人不告诉读者这个声音在说什么，读者也有某种变幻莫测、讳莫如深的感觉。

的确如此。"拔摩岛上的那个声音"（The voice on Patmos），具有深刻的历史、宗教和现实意义。

拔摩岛在距离小亚细亚西岸大约80公里处，是爱琴海东南部多德卡尼斯群岛的一个岛屿。古时候，拔摩岛地处偏僻，交通不便，是古罗马人流放社会异见、异教分子或刑事罪犯的地方。根据基督教历史记载，使徒约翰因传神的道、见证基督神迹而被罗马当局放逐于拔摩岛上，被囚长达18个月。约翰被囚禁期间，见异象，受感动，得神启，写成《启示录》。

根据《新约·启示录》第十节记载："当主日，我被圣灵感动，听见在我背后有大声音如吹号，说：'你所见的，当写在书上……'"

使徒约翰在拔摩岛根据神启，以神的托付为己任，栉风沐雨，筚路蓝缕，把所见的异象及其隐喻写成书信，抄送给小亚细亚七间教会。这些书信因是耶稣基督的启示，就叫《启示录》，是基督教《圣经·新约》的最后经卷。《启示录》和《圣经·新约》的福音书以及使徒书信，共同构成了关于耶稣基督公义、严正、宽容、慈爱以及神永恒计划的完整启示。

神的"大声音如吹号"，即《天平盘》开头的"拔摩岛上的那个声音"，威震四方，具有不可抗拒的力量和至高无上的权威。"大声音"响彻寰宇，回荡在诗行中。

"拔摩岛上的那个声音"吩咐我"闭上双眼"（Shut your eyes），我随令而行，"永远闭上双眼，成了瞎子"（I shut them once for all and l am blind）。

西方神话中的法律和正义之神忒弥斯（Themis）有四大法宝：左手高举象征公平正义的天平，右手持握惩恶扬善的诛邪剑，倚靠代表最高执法权力的束棒，双眼蒙上一块蒙眼布。蒙眼布不是蒙蔽，不是眼盲，而是一种自主选择，自主决绝一切自我感官和现实表象的误导；蒙眼布象征自我约束，不偏不倚，不徇私情；蒙眼布崇尚理性智慧，铁面无私，公平公正。

忒弥斯在众神失和、世界失序、正义失道的紧要关头，临危不惧，主动担当，自主蒙眼，伸张正义，主持公道，获得人神公认。

"拔摩岛上的那个声音"叫我（bade me）闭上双眼，表明我并非主动闭上双眼，并非自主选择成为瞎子。"bade"的原形是"bid"，有"要求、吩咐、命令"之意。这和正义之神忒弥斯自主选择、主动行为有着根本不同，预示着主人公某种令人意料之外的不详结局。

接着，"拔摩岛上的那个声音"又叫我"伸出你的手"（Hold out your hand），"接受那份惊喜"（for the surprise）。我应声而行，"平和地伸出手"（I held it out relaxed），"顺服地站着"（stood resigned）。

我的行为和动作，都是在"拔摩岛上的那个声音"的要求、命令下完成的。我闭上双眼、成为瞎子、伸出手并顺从地站在那里都不是我的自主选择。另外，第四行"relaxed"和"resigned"是过去分词，表示执行行为、动作的主语处于某种状态。"relaxed"有"随和地、平和地"之意，"resigned"有"认命地、顺从地"之意，两个词前后呼应，共同勾勒出一个悄悄地顺从、默默地顺服的人物形象。

在次4行诗节，第五、六行是"拔摩岛上的那个声音"和我的对话，但这不是一次平等的对话，那声音说的话带有双引号，标志着内容和形式的统一；而我的回答只有文字，没有双引号，说明我回答的内容失去了正常应有的形式。

没有形式的内容是空洞无物的。弗罗斯特在长期的诗歌创作中，十分重视诗歌形式，尤其是诗歌的传统形式。他认为，诗歌的形式是神圣的，具有正义和怜悯的隐喻。弗罗斯特不是一个虔诚的基督教徒，在诗歌中从未表达个人对上帝绝对顺从、臣服的意愿，从未表现上帝的绝对权威和神圣作用，因而招致了一些批评和非议。但是，弗罗斯特始终坚守诗歌信念，诗歌是神圣的献祭形式，把诗歌献祭于神圣的祭坛将获得上帝的乐纳。

十四行诗是诗歌百花园里的奇葩，十四行诗形式是正统、神圣的诗歌形式。十四行诗结构严谨，音韵铿锵，诗行数、韵脚、音节、音调等都有十分严格的标准。十四行诗的金科玉律，已经得到诗人、读者的广泛认同，成为世界诗歌普遍接受的审美标准和共同追求的审美理想。十四行诗的形式成为了诗歌创作的金科玉律，获得了诗歌艺术的法定意义和法律地位，从而具有公正、公平、正义的神圣隐喻。

弗罗斯特如此重视诗歌、语言形式，却在诗行中让自我表达失去形式，让语言失去意义。"我"的内心所思没有意义，"我"的外在表达没有意义！这场对话，注定是不公平、不平等的对话。甚至，这不是一次对话，而是一份嘱托，一则命令！

那个声音对"我"说："你在想什么心事？"在英文中，"A penny for your thoughts"是一句成语，通常是长辈对小朋友开玩笑说的话，直接意思是：我用一便士和你交换你的想法。如今，这句成语在日常社交场合也适用，当一个人在静静地发呆时，你就可以说"A penny for your thoughts"。

"我"说："我想得不太多"（Not overmuch），希腊智者说，想得越少越好（The less the better from the Greeks）。尽管"我"说话的形式被剥夺，说话的内容被轻看，话语的空间被挤压，话语的顺序被打乱，但是"我"还是引经据典而自谦，旁征博引而自嘲，争取正常、平等的对话权利。

随着诗行向前运行，"我"的举止行为证明"我"的所说所想并不重要。"或只有静静地、敬畏地等待那即将到来的触摸"（I waited cringing for the coming touch）。

"我"引用《圣经》。这一诗行来自《圣经·启示录》第一章。当使徒约翰听到身后"有大声音如吹号"（a loud voice like a trumpet）时，他转身一看，看见人子和异象，又惊又喜，既顺从又敬畏。《圣经·启示录》第一章第十七节记载："我一看见，就扑倒在他脚前，像死了一样。他用右手按着我说：'不要害怕！'……"

弗罗斯特在诗行中说的"敬畏地等待那即将到来的触摸"，源自这节经文的"他用右手按着我"（Then he placed his right hand on me）。耶稣基督的右手神圣的触摸，是对饱经沧桑的使徒约翰莫大的鼓励；耶稣基督一句坚毅而温暖的话"不要害怕"是对历受苦难的人类亘古的安慰。使徒约翰听到身后"声音如同众水的声音"（his voice was like the sound of rushing waters），十分惊恐，转身一看，见是人子，就匍匐在地，对耶稣基督毕恭毕敬、谦恭有礼，等待耶稣基督的神圣启示。

相比之下，诗行中的我敬畏地等待那即将到来的触摸，态度谦恭、卑微、顺从之余，还多了一份期待，多了一份担心。我期待使徒约翰般的待遇，期待人了耶稣般的触摸；我担心我说出心事后那个便士不翼而飞，"生怕那个便士会被熔化成金属铅"（For fear the penny might be molten lead），或许还顾虑那承诺用一便士和我交换心事的声音也会烟消云散，无影无踪。

我和使徒约翰，境遇大相径庭，使命截然不同，境界天壤之别，追求不可同日而语。我关注现世，追求现实物质利益；使徒约翰专注来生，追寻人子的神启。

在第三诗节，我期待、担心之际，触摸突然降临。不料，当触摸降临，我却缩头缩尾，惊恐万分。慌乱中，我转身就跑（And when it came I flinched, I drew away）。

这触摸从天而降，神圣而庄严，象征责任和担当，象征信任和义务。天将降大任于斯人，我却吓得魂不附体，临阵逃脱。上天正准备将天平之盘放在我手上，我却撒腿就跑，落荒而逃。结果，"天平之盘急速下坠，穿越夜空，穿越星际，叮叮当当"（And clang! clang-clang! clang-clang! down through the night）支离破碎，"那架巨大的试炼天平"（The great scales of assay），顷刻间分崩离析，坠入天际，消失得无影无踪。

我辜负了"拔摩岛上的声音"的嘱托，辜负了上天赋予的信任、荣誉和责任（It was a trust），如同亚当和夏娃辜负了上帝赋予他们管理伊甸园的信任、荣誉和责任。

正义坠落了！如同伊甸园里智慧树上的神圣果子坠落了。亚当和夏娃睁开了双眼，看见美丽的自我，看见美丽的伊甸园，看见了精彩的世界。亚当和夏娃犯了原罪，其罪孽由人类子子孙孙世世代代无穷无尽地承受着。人类深重的原罪难逃，末日的审判难逃；诗意栖息地难寻，精神家园难返。

第十二行和第十三行采用"跨行连续"手法，将第三个4行诗节和最后双行对偶押韵句子连接起来，凸显诗人在诗行布局上的高超技巧、在遣词造句上的反讽意味并赋予"意义之音"意味深长。

在双行对偶押韵诗节中，第十二行通过"was to have been…"提到了"正义"（Justice），第十三行跨行连续后通过"Was to have had…"提到了"天赋"（gift）。正义和天赋隐含恩赐，怜悯和救赎指向恩典。

上天注定"我"成为"高高在上的正义之神"（Justice on a height），上天赋予我拥有"主持正义的天赋"（the gift of being just）。天赐良机，千载难逢！可惜，我临阵逃脱，失去良机。然而，机不可失，时不再来。这也"很公平，很正义"（being just）。相反，一个人若一再错失良机，"正义之神"（Justice on a height）都不能原谅他，都不会体恤他。

"天平盘坠落"（The scale-pans crashed），"叮叮当当"（and clanged）。我辜负了上天的信任，错失了天赐良机，我注定成不了正义之神，我注定丧失主持正义的天赋。那么，我该怎么办？

别无出路，再无他途。那我，就成为诗人。

弗罗斯特坚守诗歌传统形式，恪守经典的十四行诗法则，长期创作严整规范的格律诗。在坚守传统、传承经典的基础上，他独辟蹊径，推陈出新，提出了独具一格的"诗是实际说话之语音语调的复制品"（All poetry is a reproduction of tones of actual speech）诗歌理论和影响深远的"意义之音"（the sound of sense）、"诗意挪动"（a poetic movement）、"想象的耳朵"（the imagining ear）等诗歌创作原则，创作了大量格律工整、语言清新、感情真挚、情韵相生、通俗自然的诗歌作品，为英语诗歌注入了令人耳目一新、神清气爽的艺术气息。

弗罗斯特以毕生创作实践和艺术成就证明，他没有辜负上天的期望，没有辜负天赐的禀赋，没有推卸一个诗人的责任，没有逃避一个诗人的义务。相反，他以诗歌艺术为己任（It was a trust），聆听大自然的"声音"（the voice），捕捉心灵深处的律动（the coming touch），践行英语十四行诗的公正原则，伸张日常语言的诗歌正义精神（Justice）。

八、《因韵害意》

Trouble Rhyming

It sort of put my spirits in the whole	hole
When my Scotch friend from the adjoining sweet	suite
Came bursting in on us with "Greet, oh greet!"	great!
Someone's been locked in a Chicago gaol（tr?）	gaol
Not just for robbing Croesus of his roll,	roll,
But for inditing verse in rhymes and feet.	feat.
No wonder Truslow Adams says we're neat;	neat;
But if we're cattle we are not the soul—	sole—
There's others capable of such a sleep,	slip,
As the French say in English, or fox pass,	Faux-pas,
As we might say in French, but ah, it's know	no
Excuse for us that others sin as deep.	deep.
A man, and not a pupil, not alas,	a lass,
I take my share of shame for Chicago.	go.①

① 这首十四行诗最后一列的单词、词组和标点符号，是笔者为了赏析、叙述方便而加上的。

弗罗斯特大约于 1930 年 9 月创作了《因韵害意》。同年 10 月 1 日，他写了一封信给美国诗人、文学批评家、文选编者路易斯·昂特迈耶（Louis Untermeyer, 1885—1977），随信附上《因韵害意》这首十四行诗。1963 年，《弗罗斯特致路易斯·昂特迈耶书信集》（*Letters by Robert Frost to Louis Untermeyer*）出版，《因韵害意》正式面世。1995 年，该诗收入《弗罗斯特集：诗全集、散文和戏剧作品》。

弗罗斯特创作《因韵害意》纯属机缘巧合。这是他一时兴起、顺手拈来之作。当时，美国诗歌方兴未艾，诗坛人才辈出，佳作迭出，读诗赏诗者众。一时间，赋诗咏怀成为时尚。

但是，英文诗歌创作绝非易事，语言功底、聪明智慧、创作技法和天赋灵感缺一不可。学校开设诗歌课程，教授诗歌欣赏和诗歌创作。诗人也乐于到学校现身说法，到各类诗社言传身教。诗歌创作教程之类的书籍应运而生，颇受大众欢迎。

伯吉斯·约翰逊（Burges Johnson, 1877—1963）是一位家喻户晓的人物，热衷于谐趣诗（light verse）创作。他编写的《新编音韵词典和诗人手册》（*New Rhyming Dictionary and Poet's Handbook*, 1931）曾畅销一时。他喜爱文字游戏，让诗歌创作成为诗人、普通民众一种十分喜爱的文字游戏。有人说，他是美国诗歌创作"项目化"教学的始作俑者。他通常事先设计诗歌类型，随机选定诗行的韵词（最后一个单音节或多音节单词），刊登于报刊杂志，或寄给文人雅士，让大家一起参与诗歌创作。

伯吉斯·约翰逊的努力颇见成效，促使诗歌走出了象牙塔，走进了平常百姓家，让诗歌创作成为普通民众喜闻乐见的智力游戏和娱乐活动，对诗歌大众化推波助澜，在诗歌语言发展方面功不可没。

20 世纪 20 年代初，伯吉斯·约翰逊就熟识路易斯·昂特迈耶，和弗罗斯特也有不错的交情。1930 年夏，他设计了一首十四行诗的形式，规定诗行最后一个单词依次为 whole、sweet、greet、goal、roll、feet、neat、soul、sleep、pass、know、deep、alas、go，分别寄送给昂特迈耶和弗罗斯特，请他们参与诗歌游戏活动，各创作一首十四行诗。

昂特迈耶和弗罗斯特虽然不认同这种诗歌创作方法，但抱着游戏、纯玩的心态，还是欣然应笔。弗罗斯特以"Trouble Rhyming"为题，创作了《因韵害意》这首十四行诗，并将它寄给昂特迈耶。昂特迈耶很好地保存了这首诗，并收入《弗罗斯特致路易斯·昂特迈耶书信集》正式出版，让这首应笔之作得以留存下来。可惜，昂特迈耶自己创作的十四行诗却不见踪影，消失在时间的长河里。

《因韵害意》是一首典型的意大利彼特拉克式十四行诗，押韵格式为

abbaabba cdecde。该韵式只与另两首十四行诗《找寻字眼》（"Pursuit of the Word"）和《当速度来临》（"When the Speed Comes"）相同。

《因韵害意》诗行结构紧凑，呈"四、四、三、三"排列。在第八行末有一个破折号，提示读者：诗人话犹未了。第九行首"There's"提示读者话题突转，诗人将深化主题。因此，全诗仍可视为"前8行、后6行"的诗行排列，循序渐进阐释主题，步步深入阐明思想。

诗句构思新颖，设想奇特，手法灵活，意趣横生。弗罗斯特采用双关、同音异义、异形同音、外来词等手法，对诗行末尾的定韵词 whole、sweet、greet、goal、roll、feet、neat、soul、sleep、pass、know、deep、alas、go 进行仔细推敲和揣摩，挪用时富有诗意，反讽时趣味十足，比喻时形象贴切，立意时别开新境。

全诗幽默风趣，耐人寻味，从一个全新的角度阐释了"意义之音"的铿锵音韵和丰富内涵。"意义之音"铿然有金石之声，音义转换灵巧，谐音灵动响亮，同韵绘声绘色，字字新声独韵，句句不同凡响，具有强烈说服力和感染力。

在首4行诗节，弗罗斯特利用同音异形异义词，将第一至四行末定韵词 whole、sweet、greet 和 goal 赋予新声新韵，转化为 hole、suite、great 和 gaol，体现了诗人机智、风趣、幽默的天性。

第一行以 hole 代替 whole。在日常用语中，hole 的含义十分丰富，有"洞穴、巢穴、窝巢"等含义，引申为"狭小的住处"或"地牢"等意义，在英语口语中，hole 有"为难的处境"的意思。因此，词组"be in the hole"就有"处境不妙，日子不好过"的意义。第一行里，由于"my spirits"（我的情绪）指向我的心情、心境等心理状态，故不难理解"be in the hole"表示"心情不好，情绪不佳"的意义。

词组 sort of 等同于 kind of，表示"有几分，有点"，描写我起伏不定的心情。"我"收到伯吉斯·约翰逊寄来的定韵作诗的"作业"，觉得又好气又好笑，世上竟然有这种创作诗歌的方法！用这种方法能创作出来好诗吗？好吧，"我"就和你玩一把。可是，实际开始创作时，心情不觉又沉重起来（put my spirits in the hole）。

第二行以 suite 代替 sweet，两个单词用音，很容易混淆。suite 指"一套房间、一套公寓"。诗行中"the adjoining suite"即"隔壁套房"。但是，我们也可仿照弗罗斯特的方法，用"street"代替"sweet"，同样和第三行的"greet"构成押韵。这样，诗行"the adjoining street"就是"邻街"，有"街道对面"或"相邻的街道"的歧义。

第三行以 great 代替 Greet 或 greet，异形异音词，但仍与第二行的 suite 构成押韵。苏格兰人口音中，常把英语的 great/greit/读成、说成 greet/griːt/。

弗罗斯特以友好的声调和风趣的口吻调侃苏格兰朋友的口音，也调侃世界各地人讲英语的口音。

第四行以 gaol 代替 goal，两个单词异形异音，但 goal 仍与第一行的 hole 构成押韵。定韵词是 goal，但弗罗斯特将字母 o 和 a 顺序对调，构成新单词 gaol。单词 gaol 在英国英语中是"监狱"的意思，和美国英语的 jail 同音同义。

基于以上分析，结合这首诗的创作背景，首 4 行诗节的意义就一目了然了：我接到定韵作诗的重任，便欣然命笔，却顿觉提笔沉重，心情低落。当我看到"我的苏格兰朋友"（my Scotch friend）从隔壁套间（邻街）向我走来，心情又或多或少地为之一振。他边走边嚷着：不得了！啊，不得了！有人被关进了芝加哥大牢……

在次 4 行诗节，诗人在第四、五行采用"跨行连续"手法，将首 4 行诗节和次 4 行诗节有机地联系起来。

第五行的 roll，不用其他单词替代仍能体会到完整意义。单词 roll 是一个至今仍流行通用的古老单词，它的原意是"卷"，表示"卷状物"，如面包卷、蛋卷、卷饼、花卷、胶卷、布卷、画卷等，roll 的意义很快就拓展到一卷一卷的纸币（美钞、英镑等）。因此，roll 就有了"财富"的象征意义。

今天，roll 依然是一个构词活跃的单词，在"财富、金钱"的拓展意义上与我们工作、生活息息相关。"payroll"是指工资清单、薪水账册、工资薪金总额等，如一次入职面试后，面试官对你说"You are on our payroll"，你应该高兴地说声"谢谢"，因为面试官说的是"你被正式录用了"。

再如，bankroll 作名词时，有"资金"的意义；用作动词时，指"资助"，有"用足够的资金资助"的含义。

单词 roll 古语新韵，生动传神。第五行还提到克洛伊索斯（Croesus，？-c. 546 BC）。他是古代吕底亚王国（公元前 1200—公元前 546 年）的最后一位国王（560BC—546BC）。吕底亚王国是小亚细亚中西部的一个文明古国，首都萨第斯（Sardis）规模宏伟，繁华富庶，盛极一时。据考古发现，吕底亚是世界上最早使用钱币的国家，早在公元前 660 年就开始铸币了。克洛伊索斯征战四方，集权敛财，富可敌国。克洛伊索斯成为历史上财富的象征。在英语中，Croesus 是"大财主、大富豪、大富翁"的意思。

诗人在第六行采用了定韵词 feet 的用法和意义，词组"in rhymes and feet"指诗歌创作中的韵律和音步技术。第一至六行构成一个完整句子，第四行说有人被关进了芝加哥大牢，通过跨行连续后，在第五至六诗行说明原因：不是因为他打劫大富豪的财富，而是因为他依韵律音步吟诗作赋，抒情咏怀（inditing verse in rhymes and feet）。

道明原因，水落石出。回看第三行，"我"这位苏格兰朋友大声嚷嚷："Greet，oh greet！"，即"Great，oh great！"（不得了！啊，不得了！），真是大惊小怪。大惊小怪，是因为有人被打入大牢。有人被打入大牢，不是因为他"抢夺了大富豪的面包卷"或"打劫大富豪的财富"（robbing Croesus of his roll），而竟然是因为他依照别人规定的韵律音步吟诗作赋、抒情咏怀！

弗罗斯特在嘲笑伯吉斯·约翰逊竟然以定韵词（或定韵律、定音步等）引导他人写诗，讽刺他那标新立异的"项目化"诗歌创作方式。伯吉斯·约翰逊应该被投入大牢！在弗罗斯特看来，定韵词是一张张无形的大网，抹杀诗歌创作天才，笼罩诗人自由空间，束缚人们想象力。定韵词必定会将诗歌创作引向一条死胡同。与其说，我们将伯吉斯·约翰逊投入芝加哥大牢，不如说，他自设罗网，自投大牢。

第七行 neat 在中古英语里，意思是"牛、家牛"，泛指牛类动物。诗人提及美国历史学家詹姆斯·特拉斯洛·亚当斯（James Truslow Adams，1878—1949）。他首倡"美国梦"（American Dream），1922 年以《新英格兰三部曲》第一部《缔造新英格兰》（*The Founding of New England*，1921）获得普利策奖。他的《美国史诗》（*The Epic of America*，1931）享有盛誉，被译成多种文字。亚当斯坚持以新鲜活泼、精炼生动的英语语言书写美国历史。

如果说，一个人因为有人依韵律按音步吟诗作赋被投入芝加哥大牢就大声嚷嚷，大惊小怪，那么，作为历史学家，亚当斯在书写美国历史时，"说我们是牛"（says we are neat），则情有可原，不足为怪（No wonder Truslow Adams says we are neat）。

时至今日，人们表达"我们是牛"的意义时，如果不愿与时俱进地使用"we are cattle"，反而还一成不变地坚持使用"we are neat"，那就大错特错、不可原谅了，因为单词"neat"指向"牛类动物"的意义早已被淹没在语言"死海"里了。

第八行，弗罗斯特跳出词语应用范畴（neat or cattle）上升到思想表达（we are neat or we are cattle）层面。在现实生活中，即使我们表达"我们是牛"这一思想时，或者，我们脑海里闪现"我们是牛"的想法时，有意或无意避免"neat"而使用"cattle"这个单词，也不能证明我们语言进步了、我们的思想与时俱进了。相反，这恰恰证明我们没有思想、没有灵魂（we are not the soul），恰恰证明我们没头没脑、糊里糊涂。

第八行行末的定韵词 soul 可以用两种方式处理，都能完整理解诗行意义。一是保留 soul，不用其他词替换，正如上一段落解释的那样；二是将 soul 改为异形同音词 sole。单词 sole 意思是"唯一的、仅有的"，有"独一无二、绝无仅有"的含义。

定韵词替换后，第八行的意义不言而喻：如果我们是牛，我们就不是独一无二、绝无仅有的人类了（But if we're cattle we are not the sole—）。那，我们是什么呢？我们无异于牛羊，无异于动物。

在后 6 行诗节，第八行末转韵词"soul"（sole）后的破折号表明诗行即将转韵，第九行"There's"起首标志着诗行意义突转，诗人将在后 6 行诗节进一步阐明主题思想。后 6 行诗节由两个 3 行诗节构成。

在首 3 行诗节，第九行末定韵词 sleep 可以用两种方式处理：一是保留 sleep；二是将 sleep 换成异形类音词 slip。花开两朵各表一枝，两种阐释方式，各得其所，各得其意。

如果保留 sleep，与第十二行的 deep 完全同韵。诗行意思是：还有其他人昏昏欲睡（There's others capable of such a sleep）。弗罗斯特嘲笑那些没头没脑的人是一群昏头昏脑、昏昏欲睡的家伙。他故意误用"There's others…"，而不用符合语法规则的"There're others…"，讽刺他们用词陈旧，竟然还用 neat 表示牛类动物，讥诮他们思想迂腐，竟然还在说"我们是牛"。

自己精神抖擞，才能嘲讽他人没头没脑；自己思想清醒，才能讽刺他人昏昏欲睡。

如果将 sleep 换成异形类音词 slip，与第十二行 deep 基本同韵，与第十行英语 fox pass 的法语 Faux-pas 意义相同。英语单词 slip 有"滑倒、失足"的意思。普通美国人在和英国人、法国人日常会话时，常发生口误（a slip of tongue），常有"滑倒、失足"的时候。法国人把英语 Faux-pas（失足）说成 fox pass（狐狸走过），同样，英国人和美国人将法语的 Faux-pas 说成 fox pass。

由 sleep 转换到 slip，由英语转换到法语，弗罗斯特以幽默、风趣的口吻玩着不同语言的文字游戏，赋予不同语言文字新声新韵，进一步展现"意义之音"的无穷魅力。

第十一行，通过行内转折"but ah, it's know"，弗罗斯特提醒读者，当我们收获一份文字游戏的愉悦时，千万别忘了另外一件事。

那是什么？

诗人在首 3 行诗节和次 3 行诗节之间运用了"跨行连续"手法，将两个 3 行诗节紧密相连，从而构成了一个完整的 6 行诗节。"but ah, it's know"之后，诗行随即运行至第十二行。

第十二行末的定韵词 deep 与第九行的 sleep 或 slip 构成押韵，同时还修饰同一诗行的 sin，因此这一行的 deep 不用别的单词替换。弗罗斯特提醒大家，我们在欣赏诗歌、文字游戏时，"须知/我们在找借口说别人罪过不小"（but ah, it's know/Excuse for us that others sin as deep）。须知，我们在找别人茬的时候，往往忘记自己和别人一样也犯着同样的过失，只是我们往往看不到自己的过失，或者，很容易原谅自己的过失。

弗罗斯特批评"昏昏欲睡的一些人"（others capable of such a sleep）后，在第十、十一行用了"As the French…"和"As we…"时，将法国人和美国人都囊括进来，指出法国人、美国人在使用语言交流时都会口误，都会跌倒，都会没头没脑，都会昏昏欲睡。他善意提醒大家：我们在语言交际时常常发生口误，在表达思想时常常词不达意；人们该宽宏大量，将心比心，设身处地，只要这样就一定能实现平等交流、准确表达的语言交际目的。

我们在朗读第十一、十二行时，脑海里很容易闪现出一个词组 no excuse，也容易想到诗人一贯主张的诗歌理念"意义之音"。我们不妨将第十一行末的定韵词 know 改成异形同音词 no，修饰第十二行行首的 Excuse，诗行的意义就更加明确：我们没有任何借口（it's no/Excuse for us that…），指责"别人罪孽深重"（others sin as deep）。"别人罪孽深重"，只不过是别人在语言交流时一时口误，在表达思想时一时语塞，在日常生活中一时跌倒。

关键是人们对待他人一时口误、一时语塞和一时跌倒的态度。人们看待他人的一时过失或半点差池时，往往夸大其词，言过其实，误将它们夸大为"罪孽深重"（sin as deep）。

第十三、十四行是一个完整句子。如果保留两行末的原定韵词"alas"和"go"，诗行意义是：我是一个男人，不是一个学生，唉！/我为芝加哥担负起我那份耻辱（my share of shame for Chicago）。感叹词"alas"有"唉、哎呀"意思，在表示悲伤、忧愁、恐惧的心理状态时，都可使用。弗罗斯特在诗行中使用"alas"，多了一份叹息和忧伤。"alas"承载着丰富的"意义之音"：他含着笑、叹息和忧伤。

鉴于"alas"的读音/əˈlæs/和"a lass"/ə læs/几乎相同，外国人（包括法国人）容易将"alas"读成"a lass"，我们不妨将第十三行末的定韵词"alas"改成"a lass"，同样和第十行"pass"押韵。诗行的意思就多了份情趣了：我是一个男人，不是一个学生，不是一个情人（a lass）/我为芝加哥担负起我那份耻辱。弗罗斯特在诗行中使用"a lass"，多了一份幽默和讽刺。和"alas"一样，"a lass"声情并茂，"意义之音"绘声绘色。可见，弗罗斯特闹着玩幽默和讽刺。

《因韵害意》全诗音韵诙谐，笔调幽默，押韵平整，语言通俗，看似平淡无奇，实则生动传神，看似游戏调侃，实则鞭辟入里，洋溢着英语古老而亲切的语言美感，"意义之音"遍布词里行间，弥漫着异国活泼而新颖的铿锵声韵。

九、《谷仓里的一张床》

A Bed in the Barn

He said we could take his pipe away
To make him safe to sleep in the hay.
And here were his matches—tramp polite.
He said he wanted to do things right.
Which started him off on a rigmarole
Of self respect to shame the soul,
Much too noble a hard luck yarn
To pay for an unmade bed in the barn.

I thought how lucky the one who stays
Where other people can tell his praise,
Such as it is however brief：
That he isn't a firebug or thief.
For you're sadly apt to overdo
Your praise when wholly left to you.

  《谷仓里的一张床》是弗罗斯特于 1944—1947 年间创作的一首十四行诗，最初收入琼·克莱恩于 1974 年编纂的《弗罗斯特：书籍与手稿叙录》中。

  《谷仓里的一张床》是一首容叙事性、戏剧性和哲理性于一体的优秀十四行诗，至少，在入选 1995 年出版的《弗罗斯特集：诗全集、散文和戏剧作品》中的《诗外集》（*Uncollected Poems*）里 9 首十四行诗中是质量最好的一首。它夹叙夹议，和《进入自我》（"Into My Own"）、《不等收获》（"Unharvested"）等不分伯仲；它奇出警句，和《曾临太平洋》（"Once by the Pacific"）、《意志》（"Design"）等并驾齐驱；它关注社会，直指问题本质，和《奇思妙想》（"Etherealizing"）、《为什么等待科学》（"Why Wait for Science"）、《大小不论》（"Any Size We Please"）等平分秋色。

  这首诗本可以更早面世。弗罗斯特在精心挑选《绒毛绣线菊》的诗篇时，已将它编入诗集第五辑《刍荛之言》（*Editorials*）中。可是，在诗集出版前最后关头，弗罗斯特却出人意料地把它移除了。很遗憾，《谷仓里的一张床》没有随《绒毛绣线菊》于 1947 年正式出版。直至 1995 年，这首诗随《弗罗斯特集：诗全集、散文和戏剧作品》出版，才有缘与广大读者见面。

《谷仓里的一张床》是一首莎士比亚式十四行诗，呈"前 8 行、后 6 行"诗节排列，押韵格式为 aabbccdd eeffgg，与《进入自我》《接受》《曾临太平洋》和《睡梦中歌唱的小鸟》4 首十四行诗韵式相同，押韵工整，声韵铿锵，朗朗上口。

另外，全诗基本上是抑扬格四音步。在格律上，诗行呈抑扬格向前推行，偶尔有抑抑格穿插其间，例如第四、五、八、十一等行。在音步上，除了第五行、第八行是五音步 10 音节外，大多数诗行只有 9 个音节。

可见，《谷仓里的一张床》不是一首韵律规范、音步整齐的十四行诗。或许出于格律和音步方面的考虑，弗罗斯特才不得不忍痛割爱，生前从未正式出版这首诗。

但是，从英语十四行诗的发展趋势看，打破传统英语十四行诗格律、音步规则的诗人大有人在，大受欢迎；冲破十四行诗传统规则、标新立异的作品屡见不鲜，佳作迭出。在这方面，《谷仓里的一张床》是潮头先声，弗罗斯特是潮流的先导。

《谷仓里的一张床》夹叙夹议，人称不同，视角转换，镕叙事和哲理于一体。在叙述中，"句子声音"婉转含蓄；在议论中，"意义之音"悠扬动听；不同人称，话里有话；不同视角，声外有声。

夜幕降临，一个流浪汉前来借宿。"我们"（牧场主人）在谷仓里铺设干草，权作一张简易床，让他安睡。不料，他却交出烟斗和火柴，开始滔滔不绝起来，"我"也开始思如泉涌起来，"你"也开始看个清清楚楚，想个明明白白……

在前 8 行诗节，诗人以第三人称开始叙事，人物是"他"（He，流浪汉）和"我们"（we，农场主）。

首 4 行诗节共 3 个句子。第一、二诗行和第四诗行各成完整句子，第三行独立成句，是叙述者的议论和判断。

应流浪汉请求，我们同意他借宿谷仓。他是一个"很礼貌的流浪汉"（tramp polite），出于流浪礼仪，他说："我们可以拿走他的烟斗"（we could take his pipe away）和火柴（his matches），他还说："他想做事情做得体体面面"（he wanted to do things right）。他说话的声调，请求时礼貌得体，不卑不亢；感激时自然大方，如行云流水。

他感到满意，感到安全。为了让我们感到满意，感到安全，他主动交出烟斗和火柴，表现出超乎常人的自律、诚信和智慧。自律，他不想、不能在夜深人静的时候擦火点烟。诚信，他不会、不愿在半夜三更不辞而别，更不至于趁神不知鬼不觉顺手牵羊。智慧，他自避嫌疑，自防未然，万一城池失火，殃及池鱼，他两手一摊，空空如也，瓜田李下，一干二净。

在次 4 行诗节，弗罗斯特并没有迎合读者期望明说叙述者"我们"（农场主）到底有没有接受流浪者"托管烟斗和火柴"的要求，反而跨行连续，不惜笔墨，转述流浪者的故事，重构流浪者的形象，重现流浪者的心路历程。

第五行"Which"是非限定性引导词，起着承上启下的作用，开启了一个构成次 4 行诗节的完整句子。他开始滔滔不绝地讲述一个冗长无聊的故事（started him off a rigmarole），一个有关流浪者身份自我构建、自我认同和自我尊重（Of self respect）的故事，一个有关流浪者自惭形秽、自叹不如、让灵魂蒙羞（to shame the soul）心路历程的故事，一个有关流浪者丢人现眼、命途多舛、时乖运蹇却不乏峰回路转、柳暗花明的故事（a hard luck yarn），一个有关流浪者不乏自我吹嘘、自我粉饰、自我拔高（much too noble）的故事，一个流浪者聊以慰藉，寻找自我安慰、内心平衡而不至于愧对"谷仓里一张没有被褥的客床"（To pay for an unmade bed in the barn）的故事。

后 6 行诗节由一个 4 行诗节和双行押韵对偶句组成。4 行诗节以"I thought…"起首，叙述角度由前 8 行诗节的第三人称"他"转向第一人称"我"。

作为叙述者，我（I）开始判断、反思流浪者的行为举止。第九行，以"the one"（那个人）代替了前 8 行诗节的"tramp"（流浪汉），含义更广泛、更深刻："那个人"既指那个流浪汉，也指像流浪汉那样的人，即广义上的"他人"，当然包括"我"朝思暮想、心驰神往的"他者"——流浪者，一个精神面貌焕然一新的另一个"自我"。我不仅在反思流浪汉的言行举止，而且在探索人类重要的生存方式——流浪的本义。

流浪，是一种生存形式，是一种精神境界。能够浪迹天涯、四海为家的人，是幸运的（how lucky the one…）。"who"引导一个定语从句，纵贯整个 4 行诗节。一个流浪者是幸运的。一个在所到之处受到别人的好评（Where other people can tell his praise）的流浪者是有福的，尽管有时候他人的好评是粗略的，点赞是简短的（it is however brief），甚至他人会话里有话，欲褒带贬，扬中含抑地说，"他既不是一个小偷也不是一个纵火者"（That he isn't a firebug or thief）。

在世俗人眼中，流浪者总和小偷小摸、翻墙纵火等为人不齿的行为联系在一起。评价一个流浪者，说：他不是小偷，不是纵火者，已经是很高的评价了。

弗罗斯特对流浪者的评价与众不同，无论是狭义上的"流浪汉"（a tramp）还是广义上的"流浪者"（a wanderer），都不能和偷鸡摸狗、拔葵啖枣、越墙纵火者等同起来。他理想中的流浪者，具有优秀的精神品格，身上渗透着一种高贵、高雅的品质。

最后双行押韵对偶句的叙述角度转向第二人称"你"，是叙述者"我"对自己"你"诉说着心事：可悲的是（sadly），你对流浪者的评价（your praise）虽粗略简短，但总很容易小题大做或大题小做（overdo/Your praise）：略有微词时言过其实，溢美之语时夸大其词，尤其是在你掌握话语权的时候（when wholly left to you），处于社会有利地位的时候（如农场主和流浪汉）。如何公平公正、不偏不倚地评判他人，弗罗斯特在诗中没有明确给出答案。诗歌，由世人评价；意义，由时代定夺；价值，由后人评判。

追寻答案，不是他的目的。他的目的在于，从他者中观照自我，从流浪者的存在里，观照自我人生轨迹和心路历程。

弗罗斯特在流浪者身上，看到了自我的身影，感悟了存在方式，观照了灵魂本质，参透了生命意义。流浪，不是自甘堕落，而是自我追寻，追寻光阴荏苒里消失的过往，把握生命轨迹中闪亮的当下，期盼时间长河里编织的梦想。

人生，在现实世界中流浪，是生活流浪的集中体现；诗歌，在精神世界中流浪，是精神流浪的广袤延伸。

此时此地，弗罗斯特功成名就。站在诗歌艺术巅峰，从独一无二的视角，望尽漫漫人生长路，他看到了一个意气风发的追风少年，怀揣崇高的诗歌理想，在人生路上历经不幸和挫折仍砥砺奋进，在诗歌艺术路上历经困顿和失望仍努力探索，多少失意和得意交织，几回失望和希望相随，几经喧嚣和沉寂相伴，几多荣誉和诋毁夹杂，几何孤独和掌声交汇，几许眼泪和鲜花交融……

回望漫漫诗歌长路，每一部诗集都是一座艺术高峰，每一首诗都是一座智慧殿堂，每一诗行都是一条心灵运动的轨迹，每一诗句都始于欢心、终于智慧……

结 束 语

　　"意义之音"是弗罗斯特的诗歌理论。在长期的诗歌创作生涯中，弗罗斯特不断完善"意义之音"的思想内涵。"意义之音"和弗罗斯特十四行诗一样，静水流深，貌似简单，实则深邃；表面精炼，实质复杂。"意义之音"既有语言意义和声音的纠缠，也有音调和词义的呼应，又有重音和节奏的映衬，还有韵律和音韵的观照，更有诗人语气和读者情绪的作用。弗罗斯特坚持将"意义之音"应用于诗歌创作实践，以新英格兰地区普通老百姓日常口语为基础，不断提炼口语化语言的语调声韵，融入传统十四行诗韵式和格律，丰富十四行诗主题思想，提升十四行诗意境，形成了别具一格、独树一帜的诗歌艺术风格。

　　十四行诗是弗罗斯特诗歌的重要组成部分，要深刻理解弗罗斯特的诗歌艺术，对他的诗歌理论"意义之音"的总体把握和对他的十四行诗的深入研究是不可回避的重要一环，因为十四行诗能较为全面地反映出他诗歌创作风格，即继承意大利彼特拉克十四行诗和英国莎士比亚十四行诗的传统。然而，作为美国现代诗人，他也创作了许多现代的、具有创新性的十四行诗，熔传统性和现代性于一炉，体现了弗罗斯特对现实世界和超验世界独特的审美发现和审美体验，展现了他继承传统、超越前人、勇于创新、不断开拓的诗歌艺术成就。

参考书目

特别说明：文中引用的诗句，均参考《弗罗斯特集：诗全集、散文和戏剧作品》，曹明伦译，沈阳：辽宁教育出版社，2002 年出版。在引用中文翻译时，本书作者做了适当调整。文中引用的英文诗句，来自《弗罗斯特集：诗全集、散文和戏剧作品》的英文版书籍：*Frost：Collected Poems，Prose，& Plays*，ed. Richard Poirier and Mark Richardson. New York：Library of America，1995.

在写作过程中，笔者蒙受过教益、与诗歌研究相关的中文书籍和学术期刊没有一一列出。

英文参考书目：

Adams, Frederick B. To Russia With Frost. Boston：Club of Odd Volumes，1963.

Anderson, Margaret Bartlett. Robert Frost and John Bartlett：The Record of Friendship. New York：Holt, 1963.

Auden. W. H. The Dyer's Hand and Other Essays. New York：Random House，1962.

Bagby, George F. , Frost and the Book of Nature. Knoxville：University of Tennessee Press，1993.

Barry, Elaine. Robert Frost. New York：Frederick Ungar, 1973.

Bain, David H. , and Mary S. Duffy, eds. Whose Woods These Are：A History of the Bread Loaf Writers Conference, 1926—1992. Hopewell, NJ. Ecco, 1993.

Baker, David, eds. Meter of English：A Critical Engagement. Fayetteville：University Press of Arkansas, 1996.

Barry, Elaine. Robert Frost. New York：Frederick Ungar, 1973.

Bloom, Harold, ed. Robert Frost. New York：Chelsea House, 2011.

Bloom, Harold, ed. Robert Frost. New York：Chelsea House, 2003.

Bloom, Harold, ed. Robert Frost. Modern Critical Views. New York：Chelsea House, 1986.

Blumenthal, Joseph. Robert Frost and His Printers. Austin, TX: W. Taylor, 1985.

Blumenthal, Joseph. Robert Frost and the Spiritual Press. New York: Spiral Press, 1963.

Bobber, Natalie S. A Restless Spirit: The Story of Robert Frost. New York: Holt, 1991.

Bogan, Louise. A Poet's Alphabet. New York: McGraw-Hill, 1970.

Borroff, Marie. Language and the Poet: Verbal Artistry in Frost, Stevens, and Moore. Chicago: Chicago University Press, 1979.

Bressler, Charles E. Literary Criticism on Introduction to Theory and Practice. Boston: Pearson Education, 2004.

Brodsky, Joseph, and Seamus Heaney. Homage to Robert Frost. New York: Farrar, Straus and Giroux, 1996.

Bromwich, David. A Choice of Inheritance: Self and Community from Edmund Burke to Robert Frost. Cambridge, MA: Harvard University Press, 1989.

Brower, Reuben A. The Poetry of Robert Frost: Constellations of Intention. New York: Oxford University Press, 1963.

Brooks, Clench. and Robert Penn Warren. Understanding Poetry. New York: Henry Hit, 1938.

Brooks, Van Wyck. New England: Indian Summer, 1865—1915. New York: Dutton, 1940.

Brower, Reuben. The Poetry of Robert Frost: Constellations of Intention. New York: Oxford University Press, 1963.

Burnshaw, Stanley. Robert Frost Himself. New York: George Braziller, 1986.

Buxton, Rachel. Robert Frost and Northern Irish Poetry. New York: Oxford University Press, 2004.

Cady, Edwin H. , and Louis J. Budd, eds. On Forst: The Best from American Literature. Durham: Duke University Press, 1991.

Clarke, Marian G. M. , eds. The Robert Frost Collection in Watkinson Library. Hartford, CT: Trinity College, 1974.

Conte, Joseph. Unending Design: The Forms of Postmodern Poetry. Ithaca: Cornell University Press, 1991.

Cook, Reginald Lansing. The Dimensions of Robert Frost. New York: Rinehent, 1958. Rpt. Barnes & Noble, 1968.

Cook, Reginald L. Robert Frost: A Living Voice. Amherst: University of

Massachusetts Press, 1974.

Cox, Earl J., and Jonathan N. Barron, eds. Roads Not Taken: Rereading Robert Frost. Columbia: University of Missouri Press, 2014.

Cox, James M. ed. Robert Frost: A Collection of Critical Essays. Eaglewood Cliffs, NJ: Prince-Hall, 1962.

Cox, Sydney. Robert Frost: Original "Ordinary Man". New York: Holt, 1929.

Cox, Sydney. A Swinger of Birches: A Portrait of Robert Frost. New York: New York University Press, 1957.

Cramer, Jeffrey S. Robert Frost and His Poems: A Literal Companion to the Poet's Own Biographical Contexts and Associations. Jefferson, NC: McFarland, 2007.

Crane, Joan St. C. ed. Robert Frost: A Descriptive Catalogue of Books and Manuscripts in the Clifton Waller Bartlett Library, University of Virginia University. Charlottesville: University Press of Virginia, 1974.

D'Avanzo, Mario L. A. A Cloud of Other Poets: Robert Frost and the Romantics. Lanham ND: University Press of America, 1992.

Doyle, John Robert, Jr. The Poetry of Robert Frost: An Analysis. New York: Hefner; Johannesburg: Witwatersrand University Press, 1962.

Evans, William R., ed. Robert Frost and Sydney Cox: Forty Years of Friendship. Hanover, NH: University Press of New England, 1981.

Faggen, Robert, ed. The Cambridge Companion to Robert Frost. New York: Cambridge University Press, 2001.

Faggen, Robert. Robert Frost and the Challenges of Darwin. Ann Arbor: University of Michigan Press, 1997.

Fitts, Dudley. Poems from the Greek Anthology. New York: New Directions, 1956.

Fleissner, Robert F. Robert Frost's Road Taken. New York: Peter Lang, 2006

Francis, Lesley Lee. The Frost's Family Adventure in Poetry: Sheer Morning Gladness at the Brim. Columbia: University of Missouri Press, 2004.

Francis, Robert. Robert Frost: A Time to Talk. Amherst: University of Massachusetts Press, 1992.

Frattali, Steven. Person, Place, and World: A Late-Modern Reading of Robert Frost. Victoria, BC: English Literary Studies, University of Victoria, 2002.

Frost, Robert. Christmas Trees, Illust. Ted Rand. New York: Holt, 1990.

Frost, Robert. The Family Letters of Robert and Elinor Frost. ed. Arnold Grade.

Albany: State University Press of New York Press, 1972.

Frost, Robert. Interviews with Robert Frost. ed. Edward Connery Lathem. New York: Holt, 1996.

Frost, Robert. The Letters of Robert Frost to Louis Untermeyer. ed. Louis Untermeyer. New York: Holt, 1963.

Frost, Robert. New Enlarged Anthology of Robert Frost's Poems. ed. Louis Untermeyer. New York: Washington Square, 1972.

Frost, Robert. The Poetry of Robert Frost. ed. Edward Connery Lathem. New York: Holt, 1972.

Frost, Robert. Prose Jottings of Robert Frost: Selections from His Notebooks and Miscellaneous Manuscripts. Lunenburg, VT: Northeast-Kingdom, 1982.

Frost, Robert. Robert Frost at 100. ed. Edward Connery Lathem. Boston: David R. Godine, 1974.

Frost, Robert. Frost: Collected Poems, Prose, & Plays. ed. Richard Poirier and Mark Richardson. New York: Library of America, 1995.

Frost, Robert. Robert Fost on Writing. ed. Elaine Barry. New Brunswick, JN: Rugers University Press, 1983.

Frost, Robert. Robert Frost: Poetry and Prose. ed. Edward Connery Lathem and Lawrance Thompson. New York: Holt, 1972.

Frost, Robert. Selected Letters of Robert Frost. ed. Lawrance Thompson. New York: Holt, 1964.

Frost, Robert. Selected Prose. ed. Hyde Code and Edward Connery Lathem New York: Holt, 1966.

Frost, Robert. You Come Too: Favorite Poems for Young Readers. New York: Henry Holt, 1969.

Gould, Jean. Robert Frost: The Aim Was Song. Hew York: Dodd, Mead, 1964.

Greenleaf, Robert K. Robert Frost's "Directive" and the Spiritual Joinery. Boston: Nimrod, 1963.

Greiner, Donald J. Robert Frost: The Poet and His Critics. Chicago: American Library Association, 1974.

Hadas, Rachel. Form, Infinity: Landscape Imagery in the Poetry of Robert Frost. Lewisburt. PA: Buckwell University Press, 1988.

Hall, Dorothy Judd. Robert Frost: The Contours of Belief. Athens: Ohio University Press, 1994.

Harris, Kathryn Gibbs, ed. Robert Frost: Studies of the Poetry. Boston: G. K. Hall, 1979.

Hass, Robert Bermard. Going by Contraries: Robert Frost's Conflict with Science. Charlottesville: University Press of Virginia, 2002.

Hart, Henry. The Life of Robert Frost: A Critical Biography. Malden, MA: John Wiley & Sons Ltd. 2017.

Hoffman, Tyler B. Robert Frost and the Politics of Poetry. Hanover, N. H. : University Press of New England, 2001.

Holland, Norman N. The Brain of Robert Frost: A Cognitive Approach to Literature. New York: Routledge, 1988.

Howe, Irving. A World of MoreAttractive: A View of Modem Literature and Politics. New York: Horizon Press, 1963.

Human, R. Baird. Great American Writers: Twentieth Century. Marshall Cvendish Publishing House, 2018.

Ingebretsen, S. J. , ed. RobertFrost's "Star in a Stone Boat": A Grammar of Belief. San Francisco: Catholic Scholars Press, 1994.

Isaacs, Elizabeth. An Introduction to Robert Frost. Denver: Swallow, 1962.

Jost, Walter. Rhetorical Investigations: Studies in Ordinary Language Criticism. Charlottesville: University of Virginia Press, 2004.

Katz, Sandra. Elinor Frost: A Poet's Wife. Westfield: Institute for Massachusetts Studies, 1988.

Kearns, Katherine. Robert Frost and the Poetics of Appetite. Cambridge: Cambridge University Press, 1994.

Kemp, John C. Robert Frost and New England: The Poet as Regionalist. Princeton NJ: Princeton University Press, 1979.

Kendall, Tim. The Art of Robert Frost. New Haven, CT: Yale University Press, 2012.

Kjerven, Johannes. Robert Frost's Emergent Design: The Truth of the Self In-between Belief and Unbelief. Atlantic Highlands, NJ: Humanity Press International, 1999.

Kilcup, Karen L. Robert Frost and Feminine Literary Tradition. Ann Arbor: University of Michigan Press, 1998.

Kuzma, Greg, ed. Gone Into If Not Explained: Essays on Poems by Robert Frost. Crete, NE: Best Cellar, 1996.

Lakritz, Andrew. Modernism and the Other in Stevens, Frost, and Moore.

Gainesville: University Press of Florida, 1996.

Langbaum, Robert. The Poetry of Experience: The Dramatic Monologue in Modern Literary Tradition. London: Chatto and Windus, 1987.

Larson, Mildred R. "Robert Frost as a Teacher." Diss. , New York University, 1949.

Latham, Edward Connery, ed. Robert Frost Speaking on Campus: Excerpts from His Talks 1949 – 1962. New York: W. W. Norton, 2009.

Lathem, Edward Connery, ed. The Poetry of Robert Frost. New York: Henry Holt, 1988.

Lathem, Edward Connery and Hyde Cox, ed. Prose Jottings of Robert Frost. Lunenburg, VT: Northeast Kingdom Publishers, 1982.

Latham, Edward Connery. Concordance to the Poetry of Robert Frost. New York: Holt Information Systems, 1971.

Lathem, Edward Connery, ed. Interviews with Robert Frost. New York: Holt, Rinehart and Winston, 1966.

Lehmann, John. Three Literary Friendships. New York: Holt, 1983.

Lentricchi, Frank. Modernist Quartet. New York: Cambridge University Press, 1994.

Lentricchia, Frank. Robert Frost: Modern Poetics and the Landscapes of Self. Durham, NC: Duke University Press, 1990.

Library of Congress. Robert Frost: Lectures on the Centennial of His Birth. Washington DC: Library of Congress, 1995.

Lowell, Amy. Poetry and Poets. Boston: Houghton Mifflin. 1930.

Lowell, Amy. Tendencies in Modern Poetry. New York: Macmillan, 1917.

Lynen, John F. The Pastoral Art of Robert Frost. New Haven, CT: Yale University Press, 1964.

MacArthur, Marit J. The American Landscape in the Poetry of Frost, Bishop, and Ashbery: The House Abandoned. New York: Palgrave Macmillan, 2008.

Madison, Charles. The Owl Among Colophons: Henry Holt as Publisher and Editor. New York: 1966.

Magill, Frank N. , ed. Masterpiece of World Philosophy. New York: Harper Collins, 1999.

Marcus, Mordecai. The Poems of Robert Frost: An Explication. Boston: G. K. Hall, 1991.

McAuley, James. Versification: A Short Introduction. Lansing: Michigan

University Press, 1966.

Mertin, Louis. Robert Frost: Life and Talk-Walking. Norman: University of Oklahoma Press, 1965.

Meyers, Jeffrey. Robert Frost: A Biography. Boston: Houghton Mifflin, 1996.

Mikkelsen, Ann Marie. Pastoral, Pragmatism, and Twentieth-Century American Poetry. New York: Palgrave Macmillan, 2011.

Monteiro, George. Robert Frost and the New England Renaissance. Lexington: University Press of Kentucky, 1988.

Monroe, Harriet. Poets and Their Art. New York: Macmillan, 1926.

More, Harriet. A Poet's Life: Seventy Years in a Changing World. New York: Macmillan, 1938.

Morrison, Kathleen. Robert Frost: A Pictorial Chronicle. New York: Holt, 1974.

Morrison, Kathleen. The Bread Loaf Writers' Conference. The First Thirty Years. Middlebury, VT: Middlebury College, 1974.

Muir, Helen. Frost in Florida: A Memoir. Miami: Valiant Press, 1995.

Muldoon, Paul. The End of the Poem. New York: Farrar, Straus, Giroux, 2006.

Munson, Gorham. Robert Frost: A Study in Sensibility and Good Sense. New York: Gorham, 1957.

Newdick, Robert S. Newdick's Season of Frost: An Interrupted Biography. ed. William A. Sutton. Albany: State University of New York Press, 1976.

Newdick, Robert S. "Robert Frost and the Sound of Sense." American Literature 9, 1970.

O'Brien, Timothy D. Names, Proverbs, Riddles, and Material Text in Robert Frost. New York: Palgrave Macmillan, 2010.

Orr, David. The Road Not Taken: Finding America in the Poem Everyone Loves and Almost Everyone Gets Wrong. New York: Penguin Press, 2015.

Oster, Judith. Toward Robert Frost: The Reader and the Poet. Athens: University of Georgia Press, 2001.

Pack, Robert. Belief and Uncertainty in the Poetry of Robert Frost. Lebanon, NH: University Press of New England, 2003.

Parini, Jay. Robert Frost: A Life. London: Heinemann, 1998; New York: Holt, 2009.

Parini, Jay, and Brett C. Miller. The Columbia History of American Poetry. New

York: Columbia University Press, 2004.

Parsons, Usher. Memoir of Charles Frost. Charleston, SC: BiblioBazaar, 2009.

Pearce, Roy Harvey. The Continuity of American Poetry. Princeton, NJ: Princeton University Press, 1961.

Phillips, Siobhan. The Poetics of the Everyday: Creative Repetition in Modern American Verse. New York: Columbia University Press, 2009.

Poirier, Richard. Poetry and Pragmatism. Cambridge, MA: Harvard University Press, 1992.

Poirier, Richard. The Renewal of Literature: Emersonian Reflections. New York: Random House, 1987.

Poirier, Richard. Robert Frost: The Work of Knowing. New York: Oxford, 1977.

Pritchard, William H. Frost: A Literary Life Reconsidered. New York: Oxford University Press, 1994.

Pritchard, William H. Playing It by Ear: Essays and Reviews. Amherst: University Press Massachusetts, 2003.

Reeve, F. D. Robert Frost in Russia. Brookline, MA: Zephyr Press, 2001.

Reeve, Franklin D. Robert Frost in Russia. Boston: Atlantic-Little, Brown, 1963.

Richardson, Mark. Robert Frost in Context. Cambridge: Cambridge University Press, 2014.

Richardson, Mark. The Collected Prose of Robert Frost. Cambridge, MA: Harvard University Press, 2007.

Richardson, Mark. The Ordeal of Robert Frost: The Poetics and His Poetics. Urbana: University of Illinois Press, 1997.

Ricks, Christopher. The Force of Poetry. Oxford: Oxford University Press, 1984.

Ritchie, George W. Human Values in the Poetry of Robert Frost: A Study of a Poet's Convictions. Durham, NC: Duke University Press, 1960.

Rosenthal, M. L. The Modern Poets: A Critical Introduction. Oxford: Oxford University Press, 2004.

Rotella, Guy. Reading and Writing Nature. Boston: Northeastern University Press, 1991.

Sanders, David. A Divided Poet: Robert Frost, North of Boston, and the Drama of Disappearance. Rochester, New York: Camden House, 2011.

Sears, John F. "The Subversive Performer in Frost's 'Snow' and 'Out, Out—.'" The Motive for Metaphor. ed. Francis Blessington. Boston: Northeastern University Press, 1983.

Selden, Roman, and Peter Widdowson. A Reader's Guide to Contemporary Literary Theory. Boston: Pearson Education, 2004.

Sergeant, Elizabeth Shepley. Robert Frost: The Trial by Existence. New York: Holt, 1960.

Sheehy, Donald G., general ed. Robert Frost: Poems, Life, Legacy. New York: Henry Holt, 1997.

Sheehy, Donald, Mark Richardson, and Robert Faggen, eds. The Letters of Robert Frost: 1886—1920. Cambridge, MA: Harvard University Press, 2014.

Smythe, Daniel. Robert Frost Speaks. New York: Twayne, 1966.

Spencer, Matthew, ed. Elected Friends: Robert Frost and Edward Thomas to One Another. New York: Other Press, 2004.

Squire, Radcliffe. The Major Themes of Robert Frost. Ann Arbor: University of Michigan Press, 1978.

Segner, Wallace. Robert Frost and & Bernard DeVoto. Palo Alto, CA: Association of Stanford University Libraries, 1974.

Stanlis, Peter. Robert Frost: The Poet as Philosopher. Wilmington, DE: Intercollegiate Studies Institute, 2007.

Taylor, Welford Dunaway. Robert Frost and J. J. Lankes: Riders in Pegasus. Hanover, NH: Dartmouth Library, 1996.

Tharpe, Jan. L., ed. Frost: Centennial Essays I. Jackson: University Press of Mississippi, 1974.

Tharpe, Jan. L., ed. Frost: Centennial Essays II. Jackson: University Press of Mississippi, 1974.

Tharpe, Jan. L., ed. Frost: Centennial Essays III. Jackson: University Press of Mississippi, 1974.

Thomson, Lawrance. Fire and Ice: The Art and Thought of Robert Frost. New York: Russel, 1964.

Thomson, Lawrance. Robert Frost: The Early Years: 1874 – 1915. New York: Holt, 1966.

Thomson, Lawrance. The Years of Triumph. New York: Holt, 1970.

Thomson, Lawrance, and R. H. Winnick. The Later Years: 1938 – 1963. New York: Holt, 1976.

Thomson, Lawrance, and R. H. Winnick. A Biography. ed. Edward Connery Lathem. New York: Holt, 1981.

Thornton, Richard. Recognition of Robert Frost: Twenty-Fifth Anniversary. New York: Henry Holt, 1937.

Timmerman, John H. Robert Frost: The Ethics of Ambiguity. Lewisburg, PA: Bucknell University Press, 2002.

Tuten, Nancy Lewis, and John Zubizarreta, eds. The Robert Frost Encyclopedia. Santa Barbara, CA: Greenwood Press, 2000.

Untermeyer, Louis, ed. Modern American Poetry, Modern British Poetry. Combined Mid-Century Edition. New York: Harcourt, Brace, 1950.

Van Dore, Wade. The Life of the Hired Man. Dayton, OH: Wright State University Press, 1986.

Van Egmond, Peter. The Critical Reception of Robert Frost. Boston: G. K. Hall, 1974.

Van Egmond, Peter. Robert Frost: A Reference Gude, 1974 – 1990. Boston: G. K. Hall, 1991.

Vogel, Nancy. "Robert Frost and Andrew Wyeth: Closeness to the Swaying Line." Master's Thesis, University of Kansas, 1965.

Vogel, Nancy. Robert Frost—Teacher. Bloomington, IN: Phi Delta Kappa, 1974.

Von Hallberg, Robert. American Poetry and Culture, 1945 – 1980. Cambridge: Harvard University Press, 2005.

Waggoner, Hyatt Howe. American Poets, from the Puritans to the Present. Rev. ed. Boston Rouge: Louisiana State University Press 1984.

Wagner, Linda, W. , ed. Robert Frost: The Critical Reception. New York: Burt Franklin, 1984.

Wakefield, Richard. Robert Frost on the Opposing Lights of the Hour. New York: Peter Lang, 1985. Rpt. 2017.

Walcott, Derek. "The Road Taken." Homage to Robert Frost. New York: Farrar, Straus and Giroux, 1996.

Walsh, John Evangelist. Into My Own: The English Years of Robert Frost, 1912 – 1915. New York: Grove, 1988.

Warren, Robert Penn. New and Selected Poems, 1925 – 1985. New York: Random House, 1985.

Wilcox, Earl and Jonathan Barron, eds. Roads Not Taken: Rereading Robert

Frost. Columbia and London: University of Missouri Press, 2000.

Wilcox, Earl J. , ed. His Incalculable Influence on Others: Essays on Robert Frost in Our Time. ELS No. 63. Victoria, British Columbia: University of Victoria, 1994.

Wimsatt, W. K. The Verbal Icon: Studies in the Meaning of Poetry. New York: Noonday, 1954. Rpt. 2016.

Winters, Yvor. The Function of Criticism. Denver: Alan Swallow, 1957.

Woodring, Carl, and James Shapiro. The Columbia History of British Poetry. New York: Columbia University Press, 2004.

Wright, Charles. Country Music: Selected Early Poems. 2nd. Edition. Middletown, Conn: Wesleyan University Press, 1991.

后　记

2023 年是值得纪念、令人回味的一年。

国家经过三年艰苦卓绝的奋战，战胜了疫情所带来的前所未有的困难和挑战。神州大地，山河无恙。烟火气，在大江南北升腾起来，在长城内外氤氲开来，汇聚成迎接美好未来、拥抱幸福生活的壮阔暖流。

学校经过 30 年筚路蓝缕和开拓进取，今年实现了办学层次和教育质量的一次质的飞跃。2023 年 6 月教育部批准，以深圳职业技术学院为基础整合资源设立深圳职业技术大学。

我在外语教育百花园中努力耕耘 37 年。2023 年，我步入了退休之年，迈进了"六十而耳顺"的人生阶段。《论语》，很朴素，很温暖，很励志。朴素，合我心；温暖，和我意；励志，策我行。《论语》让我受益匪浅。

回顾本书写作过程，可谓长路漫漫，一波三折。大约 2013 年，我完成了《维纳斯的微笑：英国文艺复兴时期十四行诗研究》书稿，就将时间和精力集中于弗罗斯特十四行诗的研习上。

2014 年初，学校批准我到国外大学访学的申请。同年 9 月，我应邀到俄罗斯圣彼得堡国立理工大学访学。访学期间，我一直忙于访学科研任务。回国后，我趁热打铁，先后完成了《涅瓦河畔的冥想》和《圣彼得堡日记》书稿。其间，我虽未中断弗罗斯特十四行诗的研习，且将探索目光聚焦于俄罗斯学者对弗罗斯特诗歌的研究成果上，但还是不得不放缓了弗罗斯特十四行诗的研究步伐，推迟了本书稿的写作计划。

2018 年初，我开始本书写作。除了克服写作本身特有的困难，一切似乎都很顺利：生活按部就班，工作有条不紊，写作计划按日计量进行……

不料，天有不测风云。2019 年末，出现新冠疫情；2020 年初，情势急转直下。这个冬天似乎特别暖和，特别漫长，我焦急地等待着，等待着冬天早日过去，春天早日来临……一个月过去了，两个月过去了，三个月过去了……疫情总该结束了吧？可是，事与愿违！疫情日趋严重，疫情消息令人不安，疫情结束遥遥无期。

随着生活方式的改变和工作模式的转换，我将主要时间和精力集中于外语教学新技术和新手段的学习和应用上，集中于疫情下的英语课程内容更新、教学方法创新、课堂活动设计、学习评估方式优化等方面上。

疫情下的生活，前所未有。疫情下的外语教学工作，既无前人经验可供借鉴，也无现成模式可以参考。生活中杂如乱麻，只得从头适应；工作上千头万绪，只能从我做起。

疫情之下，我别无选择，唯有努力地生活，唯有认真地工作；唯有反复调节心态，送走一个又一个感觉都不一样的不眠之夜；不断自我安慰，迎来一天又一天看似都一样的寂静清晨。我无暇顾及书稿，无心进行写作，无意再做更多。我一度心灰意冷，意志消沉；曾经萎靡不振，浑浑噩噩。我在紧张、焦虑、担心甚至恐惧中虚度了 2020 年的春天和夏天。

秋天是收获的季节。可我今年秋实的季节又收获了什么？我经不起这样的拷问，更无法给出一个令自己满意的回答。

好在有《论语》陪伴！先贤的谆谆教诲让我在紧张、焦虑中倍感安慰，让我在担心、恐惧中看到一丝丝希望的亮光。一味等待，只会加重我精神上不能承受的重负；虚度光阴，只会在我受伤的心灵上叠加划出一道又一道伤痕。

我痛定思痛，静下心来，排除纷扰，调整心态，重新审视疫情下的生活和工作，重新坐在书桌前，按日计量地进行写作。我惊奇地发现，我每天的写作思路更清晰，写作时间更多，进度也更快了。

中秋节那天晚上，我完成了当日的写作任务，揉揉眼睛，伸伸懒腰，打个哈欠，抬头往窗外望去，夜色特别美，月亮特别圆，星空特别干净。那晚，我睡得特别踏实。

危机之中，行动才是最好的回答；行动才是唯一的出路；行动才是先贤所晓谕我的最真实、最甜美的梦！这一顿悟，是我在疫情期间最丰富的思想收获；本书的出版，是我最真实的行动回报。

2023 年，注定是我刻骨铭心的一年。站在人生新的起跑线上，我将铭记圣贤温暖的话语，怀揣年少时朴素的梦想，在生命道路上再次标出脚下简单的新起点，在未来的日子一如既往善待生活，贴近自然，聆听世界，追求知识，讴歌生命！

此书获深圳职业技术大学学术著作出版资助。

2023 年 10 月 30 日
深圳西丽湖